Das Buch

Kit Butler, Viscount Ravensberg, ist der berüchtigtste Junggeselle Londons: Keiner Prügelei geht er aus dem Weg, zumindest nicht, wenn es die Ehre zu verteidigen gilt – auch mal die eines Milchmädchens. Und die Ehe ist nichts für ihn. Seine Familie hat allerdings andere Pläne und auch schon eine Kandidatin für ihn ausgewählt. Um diese Pläne zu durchkreuzen, will Kit sich lieber selbst eine Braut suchen … und stößt auf Miss Lauren Edgeworth. Eine junge Dame aus allerbesten Kreisen, zurzeit in London bei ihrer Tante zu Besuch und – so heißt es – ein Eisberg. Denn sie wurde ein Jahr zuvor von ihrem zukünftigen Ehemann am Altar stehen gelassen. Seitdem will sie vom Heiraten nichts mehr wissen. Kit schafft es, sie für eine Abmachung zu gewinnen: Lauren wird seine Verlobte spielen, für die Dauer eines Sommers voller Liebesabenteuer und Romantik. Danach löst sie die Verlobung und beide sind wieder frei. Alles läuft perfekt – doch dann passiert das Undenkbare: Kit verliebt sich in Lauren. Und will mehr als nur einen Sommer …

Die Autorin

Mary Balogh wurde in Wales geboren. Sie ging in jungen Jahren als Englischlehrerin nach Kanada, wo sie ihren Mann Robert kennen lernte und noch heute lebt. Mit ihren Liebesromanen begeistert Mary Balogh Leserinnen auf der ganzen Welt.

Von Mary Balogh sind in unserem Hause bereits erschienen:

Dir darf ich nicht gehören
Von dir kann ich nicht lassen

Mary Balogh

Diesen Sommer bin ich dein

Roman

Aus dem Englischen von Karin König

Ullstein

Besuchen Sie uns im Internet:
www.ullstein-taschenbuch.de

Umwelthinweis:
Dieses Buch wurde auf chlor- und säurefreiem Papier gedruckt.

Deutsche Erstausgabe im Ullstein Taschenbuch
1. Auflage Januar 2006

Titel der amerikanischen Originalausgabe:
A Summer To Remember (Delacorte Press, New York)
Umschlaggestaltung: Büro Hamburg
Titelabbildung: James Carroll Beckwith (1852–1917),
Woman with Japanese Lantern, Private Collection,
© David Findlay Jr Fine Art, NYC, USA / Bridgeman Giraudon
Gesetzt aus der Berkeley
Satz: LVD GmbH, Berlin
Druck und Bindearbeiten: Ebner & Spiegel, Ulm
Printed in Germany
ISBN-13: 978-3-548-26347-2
ISBN-10: 3-548-26347-X

1

Alle Pracht eines Maimorgens schmückte Londons Hyde Park. Sonnenlicht strahlte aus einem klaren, blauen Himmel und glitzerte auf einer Million Tautropfen, was den Bäumen und dem Gras ein neues, frisches Aussehen verlieh. Es war der perfekte Rahmen für die übliche Spazierfahrt entlang der eleganten Rotten Row. Die Reiter ritten im kurzen Galopp den breiten Rasenstreifen entlang, der von der Hyde Park Corner bis zum Queen's Gate verlief, und auf dem daneben liegenden Fußweg, der durch ein stabiles Geländer vom Reitweg getrennt war, schlenderten Spaziergänger.

Perfekt, bis auf ein störendes Detail. Auf einer offenen Rasenfläche, von der Row aus gut sichtbar war, zog ein Aufruhr rasch eine Menge Neugieriger an. Sehr bald stellte sich heraus, dass es sich um einen Kampf handelte. Kein Duell – es waren vier Beteiligte anstatt zweien, und der Morgen war schon viel zu weit fortgeschritten –, sondern eine unschickliche Prügelei.

Gentlemen, und einige wenige Ladys, ritten näher heran, um zu sehen, was geschah. Viele der Gentlemen blieben stehen, um den Verlauf des Kampfes zu beobachten; der Morgen schien ihnen plötzlich viel interessanter. Die wenigen, die sich unglücklicherweise in Damenbegleitung befanden, waren gezwungen, eilig weiterzureiten, da die Szene für weibliche Augen gewiss kein feiner Anblick war. Einige Fußgänger führte der Spazierweg ebenfalls in die Nähe, sie eilten entweder weiter oder traten näher, meist abhängig vom ihrem Geschlecht.

»Skandalös!«, erklärte eine hochmütige männliche Stimme über das Stimmengewirr der Menge hinweg, die sich um den leeren Platz versammelt hatte, wo die Rauferei immer heftiger wurde. »Man sollte einen Wachmann rufen. Man sollte nicht dulden, dass Gesindel den Park betritt und das Empfinden ehrbarer Bürger verletzt.«

Die schäbige Kleidung und die schmuddelige, ungepflegte Erscheinung von dreien der Kämpfer wies sie eindeutig als Mitglieder der allerniedrigsten Klassen aus, aber die elegante, wenn auch spärliche Kleidung und die allgemeine Haltung des Vierten erzählten eine vollkommen andere Geschichte.

»Es ist Ravensberg, Sir«, erklärte der ehrenwerte Mr. Charles Rush dem empörten Marquis von Burleigh.

Anscheinend genügte der Name als Erklärung. Der Marquis hob sein Monokel ans Auge und spähte von seiner günstigen Position auf dem Pferderücken über die Köpfe der Fußgänger hinweg zu Viscount Ravensberg, der bis zur Taille unbekleidet und gerade in diesem Moment den heftigsten Angriffen ausgesetzt war. Zwei Gegner umklammerten seine Arme, während ihm der dritte mit beherztem Enthusiasmus in den Magen schlug.

»Skandalös!«, erklärte der Marquis erneut, während die Gentlemen um ihn herum Beifall spendeten oder höhnten und zwei oder drei sogar Wetten auf den Ausgang dieses scheinbar ungleichen Kampfes abschlossen. »Selbst von Ravensberg hätte ich niemals erwartet, dass er sich mit Gesindel herumprügeln würde.«

»Schande!«, rief ein anderer, als der rothaarige Riese, der die Schläge ausführte, die Richtung änderte und eine Faust auf das ungeschützte rechte Auge seines Opfers pflanzte, so dass dessen Kopf hintenüberkippte. »Drei gegen einen ist unfair.«

»Aber er wollte unsere Hilfe nicht annehmen«, protestierte Lord Arthur Kellard einigermaßen entrüstet. »Er hat die Herausforderung ausgesprochen – und darauf beharrt, dass ihm drei gegen einen wunderbar zupass käme.«

»Ravensberg hat das Gesindel herausgefordert?«, fragte der Marquis verächtlich.

»Sie haben es gewagt, anmaßend zu werden, nachdem er sie dafür gerügt hatte, sich einer Milchmagd unsittlich genähert zu haben«, erklärte Mr. Rush. »Aber er wollte sie nicht nur mit seiner Peitsche strafen, wie wir übrigen vorschlugen. Er bestand darauf – oh, Donnerwetter!«

Grund für diesen Ausruf war Lord Ravensbergs Antwort auf den Schlag auf sein Auge. Er lachte, ein unangemessen fröhliches Geräusch, trat plötzlich mit einem schlanken Bein gezielt zu und erwischte seinen unvorsichtigen Angreifer mit der Stiefelspitze unter dem Kinn. Knochen knackten laut, und Zähne schlugen zusammen. Ravensberg nutzte die Verwirrung der Männer, die ihn an den Armen festhielten, um sich ihnen zu entwinden. Er fuhr herum, stellte sich ihnen in halb geduckter Haltung gegenüber, die Arme ausgestreckt, die Finger in lockender Bewegung. Er grinste.

»Kommt schon, ihr Schwuchteln«, forderte er sie ordinär auf. »Oder scheinen euch die Umstände plötzlich weniger vorteilhaft?«

Der Gegner, dessen Kiefer gerade zerschmettert worden war, mochte das vielleicht gedacht haben. Seine Augen waren zwar geöffnet, doch er schien eher am Morgenhimmel umherwirbelnde Sterne zu zählen, als die Umstände bedenken zu wollen.

Aus der ständig anwachsenden Menge der Zuschauer ertönte Beifallsgeschrei.

Viscount Ravensberg wirkte ohne Hemd weitaus vorteilhafter als mit Hemd. Als Gentleman mittlerer Größe, schmal und graziös, schien er den drei Schurken, die vor wenigen Minuten verächtlich und einfältig grinsend auf ihn losgegangen waren, zweifellos ein leichtes Ziel. Aber die schlanken Beine, die in einer vornehmen ledernen Reithose und hohen Stiefeln steckten, erwiesen sich nun, wo er aus dem Sattel gestiegen war, als beeindruckend muskulös. Und seine nackte Brust, Schultern und Arme waren die eines Mannes, der seinen Körper in jeder Weise trainiert und geschliffen hatte. Die weißen Spuren zahlreicher Narben an Unterarmen, Brust und entlang der linken Unterseite seines Kiefers verrieten, anders als seine Kleidung, dass er Soldat gewesen war.

»Eine grässliche Sprache für einen öffentlichen Ort«, bemerkte der Marquis verächtlich. »Und eine unziemliche Zurschaustellung von Haut. Und das alles wegen einer Milchmagd, sagt Ihr? Ravensberg macht seinem Namen Schande. Es tut mir leid für seinen Vater.«

Aber niemand, nicht einmal Mr. Rush, an den diese Bemerkungen gerichtet waren, beachtete ihn. Zwei der Schurken, die sich damit hatten amüsieren wollen, einer Milchmagd ohne Begleitung gegen ihren Willen im Park Küsse abzuschmeicheln, griffen den Viscount nun abwechselnd an, der sie lachend jedes Mal, wenn sie in Reichweite gelangten, mit Fausthieben abwehrte. Diejenigen, die ihn kannten, waren sich sehr wohl der Tatsache bewusst, dass er fast jeden Tag mehrere Stunden in Jacksons Boxhalle verbrachte, wo er mit Partnern übte, die ihm in Größe und Gewicht weit überlegen waren.

»Früher oder später«, sagte er im Plauderton, »werdet ihr eure beiden halben Gehirne zu einem zusammenschließen und begreifen, dass ihr eine weitaus bessere Chance gegen mich hättet, wenn ihr mich gleichzeitig angreifen würdet.«

»Dies ist kein Anblick für Ladys«, sagte der Marquis streng. »Die Duchess of Portfrey geht gerade mit ihrer Nichte vorüber.«

Bei Nennung des Namens der Duchess löste sich ein Gentleman hastig – und vielleicht widerwillig – aus der Menge; sonst jedoch wurde die missbilligende Stimme seiner Lordschaft weitgehend von enthusiastischen Rufen übertönt, als die beiden Angreifer Ravensbergs Rat befolgten und ihn gemeinsam angriffen, woraufhin er die Arme ausstreckte und ihre Köpfe zusammenschlug. Als seien ihre vier Beine auf einen Schlag zu Brei geworden, gingen sie zu Boden und blieben liegen.

»Bravo, Ravensberg«, rief jemand über den Chor aus Pfiffen und Jubel hinweg.

»Der verdammte Kerl hat mir den Kiefer gebrochen«, beschwerte sich der junge Mann, der sein Kinn mit beiden Händen umklammerte und sich über den Rasen beugte, um Blut und mindestens einen Zahn ins Gras zu spucken. Er zählte keine Sterne mehr, schien den Kampf aber auch nicht wiederaufnehmen zu wollen.

Der Viscount lachte erneut, während er sich die Hände an der Hose abwischte. »Bei Zeus, das war zu einfach. Ich hätte mir von den drei vorzüglichsten Arbeitern von London in der Tat bessere Unterhaltung erhofft. Sie haben es mir kaum gelohnt, dass ich vom Pferd gestiegen bin, und waren es gewiss nicht wert, mich für sie zu entblößen. Wären sie auf der Pyrenäenhalbinsel in meinem Regiment gewesen, hätte ich sie, zum Donner, an die vorderste Front geschickt, um wertvolleren Männern hinter ihnen Deckung zu geben.«

Aber der Morgen hatte noch einen weiteren interessanten Zwischenfall zu bieten – sowohl für Ravensberg als auch für die jubelnden Zuschauer. Die Milchmagd, die unabsichtlich der Grund für das Spektakel gewesen war, lief über das Gras auf ihn zu – die Menge teilte sich zuvorkommend, um sie hindurchzulassen – und warf sich ihm an die Brust.

»Oh, ich danke Euch, ich danke Euch, Euer Hochwürden«, rief sie inbrünstig, »dass Ihr die Tugend eines Mädchens gerettet habt. Ich bin ein gutes Mädchen, das bin ich, und sie hätt'n mir einen Kuss oder vielleich' mehr gestohl'n, wenn Ihr nich' zufällig vorbeigekommen wärt, um mich zu retten. Aber ich werd' Euch küssen, das werd' ich. Sozusagen als Belohnung, weil Ihr es verdient habt un' so.«

Sie war mollig und wohlgeformt und auf gesunde Art hübsch und veranlasste die Zuschauer zu schrillen Pfiffen und anerkennenden, unflätigen Kommentaren. Viscount Ravensberg lächelte ihr verschmitzt zu, bevor er den Kopf beugte und mit genüsslicher Gründlichkeit ihr Angebot annahm. Danach warf er ihr mit einem Zwinkern seines unverletzten Auges zehn Schilling zu und versicherte ihr, dass sie in der Tat ein gutes Mädchen sei.

Weitere Pfiffe ertönten, als sie gemächlich davonging, ganz Grübchen und kess schwingende Hüften.

»Skandalös!«, wiederholte der Marquis. »Und das am hellerlichten Tag! Aber was kann man von Ravensberg schon anderes erwarten?«

Der Viscount hörte ihn, wandte sich um und sah ihn mit ironisch hochgezogener Augenbraue an. »Ich leiste der Öffentlichkeit einen Dienst, Sir«, sagte er. »Ich liefere Themen für Unterhaltungen in Salons, die aufregender sind als das Wetter und der Gesundheitszustand der Nation.«

»Ich glaube«, sagte Mr. Rush kichernd, als der Marquis weiterritt, den Rücken starr wie ein Ladestock und fast bebend vor Missbilligung, »du wirst bei der vornehmeren Gesellschaft kaum im Gespräch sein, Ravensberg. Komm lieber mit zu White's und lass dir ein Beefsteak aufs Auge legen. Dieser Halunke hat dir ein Mordsveilchen verpasst.«

»Es tut auch weh wie tausend Teufel«, gab der Viscount munter zu. »Gott, das Leben sollte stets so amüsant sein. Mein Hemd, wenn du so freundlich wärst, Farrington.«

Nachdem er das Hemd von Lord Farrington, dem er seine Kleidung zu Beginn des Kampfes anvertraut hatte, entgegengenommen hatte, blickte er sich um. Die Menge zerstreute sich. Ravensberg hob die Augenbrauen.

»Ich habe wohl alle Ladys verschreckt?« Er schaute blinzelnd zur Rotten Row, als suche er jemanden.

»Es ist in der Tat ein erschreckend öffentlicher Ort, Ravensberg«, bestätigte Lord Farrington und stimmte in sein Lachen ein. »Und du warst nackt bis zum Gürtel.«

»Ah«, sagte der Viscount sorglos und schlüpfte in die Jacke, »ich habe den Ruf zu wahren, ein ungezügeltes Leben zu führen, verstehst du – allerdings glaube ich, dass ich meine Pflicht für diesen Morgen bereits übererfüllt habe.« Plötzlich runzelte er die Stirn. »Was, zum Teufel, sollen wir mit diesen beiden schlummernden Gestalten machen, was meinst du?«

»Sie ausschlafen lassen?«, schlug Lord Arthur vor. »Mein Frühstück ist überfällig, Ravensberg, und dein Auge schreit nach Aufmerksamkeit. Sein bloßer Anblick genügt, jemandem den Appetit zu verderben.«

»Du, Bursche.« Der Viscount erhob seine Stimme, während er eine weitere Münze aus der Tasche zog und sie neben dem einzigen seiner Gegner, der noch bei Bewusstsein war, ins Gras warf. »Weck deine Freunde auf und bring sie ins nächste Bierlokal, bevor ein Wachmann kommt und sie woanders hinbefördert. Ein oder zwei Krüge Ale pro Mann dürften euch alle wieder gesund machen. Und merkt euch für die Zukunft, dass Milchmägde es wahrscheinlich ernst meinen, wenn sie nein sagen. Es ist ein einfacher Sachverhalt. Ja bedeutet ja, nein bedeutet nein.«

»Verdammte Hölle«, murmelte der Mann, der noch immer mit einer Hand sein Kinn hielt, während er mit der anderen nach der Münze griff. »Ich werd' überhaupt kein Weibsbild mehr angucken, Mann.«

Der Viscount lachte und schwang sich in den Sattel seines Pferdes, dessen Zügel Mr. Rush gehalten hatte.

»Frühstück«, verkündete er fröhlich, »und ein saftiges Beefsteak für mein Auge. Reite voran, Rush.«

Wenige Minuten später bot der Hyde Park in der Nähe der Rotten Row wieder das übliche elegante Bild, alle Spuren der skandalösen Rauferei waren verschwunden. Ein weiterer Posten konnte der langen Liste verrückter Unüberlegtheiten hinzugefügt werden, durch die Christopher »Kit« Butler, Viscount Ravensberg, zweifelhafte Berühmtheit erlangt hatte.

»Ich kann dir gar nicht beschreiben«, hatte die Duchess of Portfrey wenige Minuten zuvor zu ihrer Nichte gesagt, »welches Vergnügen es ist, dich bei mir zu haben, Lauren. Meine Ehe erweist sich als größere Freude, als ich jemals erwartet hätte, und Lyndon ist bemerkenswert aufmerksam, selbst jetzt, wo ich in Erwartung eines interessanten Ereignisses bin. Aber er kann nicht immerzu um mich sein, der arme Liebe. Wir haben uns beide unendlich gefreut, als du unsere Einladung annahmst, bis nach meiner Niederkunft bei uns zu bleiben.«

Die ehrenwerte Miss Lauren Edgeworth lächelte. »Wir

wissen beide«, erwiderte sie, »dass du mir einen weitaus größeren Gefallen tust, als ich euch vermutlich tun kann, Elizabeth. Newbury Abbey wurde für mich unerträglich.«

Sie war bereits seit zwei Wochen in London, aber weder sie noch die Duchess hatten bis jetzt den geheimen Grund für ihr Hiersein angesprochen. Elizabeths vermeintliches Bedürfnis nach Laurens Gesellschaft, während sie die Geburt ihres ersten Kindes in zwei Monaten erwartete, war nur ein bequemer Vorwand.

»Das Leben geht weiter, Lauren«, sagte Elizabeth schließlich. »Aber ich will deinen Kummer nicht schmälern, indem ich dieses Thema ausweite. Es wäre gefühllos von mir, da ich niemals etwas erlebt habe, was mit dem vergleichbar wäre, was du erlitten hast – und weil ich letztendlich mein Glück gefunden habe. Obwohl dir dies vielleicht zur Beruhigung gereichen könnte. Ich war bereits sechsunddreißig, als ich Lyndon im vergangenen Herbst heiratete.«

Der Duke of Portfrey war seiner Frau gegenüber sehr aufmerksam und liebte sie zutiefst. Lauren lächelte zu den als Trost gedachten Worten zustimmend. Sie schlenderten durch den Hyde Park, wie sie es jeden Morgen seit Laurens Ankunft getan hatten, nur an drei Regentagen nicht. Die weiten Wiesen zu beiden Seiten des Weges wirkten, trotz der häufigen Blicke von Spaziergängern und Reitern, verlockend und täuschend ländlich. Es schien, als sei ein Stück Natur mitten in eine der größten, geschäftigsten Städte der Welt geworfen worden und hätte dort, unberührt von der Betriebsamkeit, überlebt.

Sie näherten sich der Rotten Row, vor der Lauren beunruhigt zurückgeschreckt war, als Elizabeth vor zwei Wochen zum ersten Mal vorgeschlagen hatte, dorthin zu gehen. Natürlich war die morgendliche Menschenansammlung mit der eleganten Nachmittagspromenade im Park keineswegs zu vergleichen, aber dennoch waren zu viele Leute hier, die sehen und – noch bedeutsamer – gesehen werden wollten. Lauren hatte geglaubt, sie würde niemals den Mut finden, der *Beau monde* nach dem Fiasko des Vorjahres entgegenzutreten.

Die Hälfte der vornehmen Gesellschaft war im letzten Jahr auf Newbury Abbey in Dorsetshire versammelt gewesen, um die Hochzeit Lauren Edgeworths mit Neville Wyatt, Earl of Kilbourne, zu begehen. Am Vorabend hatte ein großer Hochzeitsball stattgefunden. Lauren hatte damals geglaubt, sie könnte unmöglich glücklicher sein. Als welch entsetzliche Prophezeiung hatte sich dieser Gedanke erwiesen! Dann war der Zeitpunkt der Trauung gekommen, in der Dorfkirche, die bis zu den Türen von der Crème de la Crème der *Beau monde* besetzt gewesen war – eine Trauung, die gerade in dem Moment, als Lauren am Arm ihres Großvaters das Mittelschiff betreten wollte, durch das plötzliche Erscheinen der Ehefrau unterbrochen wurde, die Neville schon lange totgeglaubt hatte und von deren Existenz Lauren und die gesamte Familie nicht gewusst hatten.

Lauren war in diesem Frühjahr nach London gekommen, weil sie es nicht länger ertragen konnte, mit der Duchess-Witwe und Nevilles Schwester Gwendoline im Witwenhaus zu wohnen, während Neville und seine Lily nur zwei Meilen entfernt auf dem herrschaftlichen Wohnsitz lebten. Leider gab es nur wenige Fluchtwege. Sie war mit Neville und Gwen auf Newbury Abbey aufgewachsen, nachdem ihre Mutter den Bruder des verstorbenen Earl geheiratet hatte und mit ihm auf eine Hochzeitsreise gegangen war, von der sie niemals zurückkehrten. Mit unendlicher Dankbarkeit hatte Lauren damals Elizabeths Einladung gelesen. Aber sie war in der Annahme nach London gekommen, dass sie wegen Elizabeths Schwangerschaft an keinerlei gesellschaftlichen Anlässen der Saison würde teilnehmen müssen. Dem war auch so, aber Elizabeth ging zumindest gerne spazieren.

»Oh, du liebe Güte«, sagte die Duchess plötzlich, als sie eine kleine Anhöhe erreichten und in Sichtweite der Rotten Row gelangten. »Ich frage mich, was der Grund für diesen Menschenauflauf ist. Ich hoffe, es wurde niemand verletzt. Oder von einem Pferd abgeworfen.«

Auf dem Rasen, unmittelbar neben ihrem Weg, war in der Tat eine große Ansammlung von Pferden und Menschen zu sehen. Es waren überwiegend Gentlemen, schien es Lauren. Aber falls tatsächlich jemand verletzt worden war, wäre die Anwesenheit von Ladys vielleicht willkommen. Ladys konnten in Notfällen weitaus praktischer handeln als Gentlemen. Sie beschleunigten ihren Schritt.

»Wie unsinnig von mir«, sagte die Duchess, »gleich daran zu denken, dass Lyndon heute Morgen ausgeritten ist. Glaubst du …«

»Das glaube ich in der Tat nicht«, sagte Lauren mit Nachdruck. »Ich glaube nicht einmal, dass überhaupt ein Unfall geschehen ist. Die Leute jubeln.«

»Oh, Liebes.« Die Duchess berührte Laurens Arm, damit sie wieder langsamer ging, und klang plötzlich belustigt. »Mir scheint, wir sind hier an eine Rauferei geraten, Lauren. Wir sollten vorübergehen, als hätten wir gar nichts Widriges bemerkt.«

»Eine Rauferei?« Laurens Augen weiteten sich. »An solch einem öffentlichen Ort? Am hellerlichten Tag? Gewiss nicht.«

Aber Elizabeth hatte vollkommen Recht. Als sie näher kamen, überzeugte sich Lauren mit eigenen Augen davon, bevor sie den Blick abwandte und sittsam vorübereilte. Obwohl Zuschauer und Pferde dicht gedrängt standen, tat sich einen Moment lang eine jener unerklärlichen Lücken auf und gewährte ihr die Sicht auf das, was auf dem Rasen geschah. Eine schockierend klare Sicht.

Sie sah drei Männer, und vielleicht auch noch einen vierten, der im Gras lag. Zwei von ihnen trugen schickliche, wenn auch schäbige Arbeitskleidung. Aber Laurens Blick wurde einige bestürzte Augenblicke lang von dem dritten Mann angezogen. Er kauerte angriffsbereit da und schien die beiden anderen zu verspotten, indem er sie mit beiden Händen heranwinkte. Aber sein Tun bestürzte Lauren nicht so sehr wie der Zustand seiner Bekleidung – oder eher sein Zustand der Unbekleidetheit. Die geschmeidigen Stiefel und die enge Reithose kennzeichneten ihn als Gentleman. Aber oberhalb der Taille war er recht, recht nackt. Und überaus großartig und beunruhigend männlich.

Bevor sie den Blick errötend und verwirrt abwandte, wurde sich Lauren noch zweier weiterer Details bewusst, eines optischen und eines akustischen. Der Mann war blond und gutaussehend, und er lachte. Und die Worte, die er sagte, während er seine Gegner herbeiwinkte, erreichten, trotz des Stimmengewirrs der Zuschauer, unmissverständlich ihre Ohren.

»Kommt schon, ihr Schwuchteln«, sagte er, offenbar ohne jegliches Schamgefühl.

Während sie spürte, wie unangenehm heiße Röte ihren Hals hinaufkroch und dann auf beiden Wangen heftig erblühte, hoffte Lauren inständig, dass Elizabeth die Worte nicht gehört hatte – und den halb nackten Mann nicht gesehen hatte, der sie äußerte. Selten hatte sich Lauren so geniert.

Aber Elizabeth lachte und war anscheinend aufrichtig belustigt. »Armer Lord Burleigh! Er sieht aus, als würde ihn jeden Moment der Schlag treffen. Ich frage mich, warum er nicht einfach vorbeireitet und die Kinder spielen lässt. Männer können solch törichte Wesen sein, Lauren. Selbst die kleinste Misshelligkeit muss mit Fäusten geregelt werden.«

»Elizabeth«, erwiderte Lauren schockiert, »hast du gesehen …? Und hast du gehört …«

»Wie könnte ich nicht?« Elizabeth kicherte noch immer.

Aber bevor sie beide noch mehr sagen konnten, wurden sie durch das Erscheinen eines großen, dunklen, gutaussehenden jungen Gentlemans abgelenkt, der zu ihnen trat, sich mit eiligem Anstand verbeugte und jeder von ihnen einen Arm bot.

»Elizabeth«, sagte er, »Lauren. Guten Morgen. Und welch ein wunderschöner Morgen dies ist. Sehr wahrscheinlich wird es später für die Jahreszeit unangemessen warm sein. Erlaubt mir, euch zur Rotten Row zu begleiten und mir den Neid aller anderen Gentlemen dort zu verdienen.«

Joseph Fawcitt, Marquis von Attingsborough, war als Neffe der Duchess-Witwe of Kilbourne ein Cousin. Er war unter den Zuschauern des Kampfes gewesen, wie Lauren erkannte, hatte sie gesehen und war nun herbeigeeilt, um sie schleunigst fortzubringen. Sie nahm dankbar seinen Arm. Wahrscheinlich, dachte sie, während sie noch dem Nachhall seiner Worte lauschte, gab es gar keinen weiteren Gentleman auf der Rotten Row, da sich gewiss alle gerade um die kämpfenden Männer scharten.

»Wie unerträglich es manchmal ist, eine Frau zu sein, Joseph«, sagte Elizabeth, während sie seinen Arm ergriff. »Du wirst mir vermutlich nicht antworten, wenn ich dich frage, wer dieser Gentleman ist, der dort kämpft, und warum er solches tut?«

Er blickte lächelnd zu ihr hinunter. »Welcher Kampf?«

»Wie ich es mir schon dachte«, seufzte Elizabeth.

»Ich für meinen Teil«, versicherte ihm Lauren inständig, »möchte es gar nicht wissen!« Sie errötete bei der Erinnerung an den Gentleman-Kämpfer mit nacktem Oberkörper. Und an seine Worte – *kommt schon, ihr Schwuchteln*.

Joseph wandte den Kopf und blickte zu ihr hinunter, ein Zwinkern in den Augen. »Mutter beabsichtigt, Grosvenor Square heute Nachmittag einen Besuch abzustatten. Sie hat *Pläne* für dich, Lauren. Sei gewarnt.«

Zweifellos irgendeine Abendgesellschaft oder ein Konzert oder Ball. Es erwies sich als zunehmend schwierig, Tante Sadie, die Duchess of Anburey, Josephs Mutter, davon zu überzeugen, dass sie schlicht an keinem der Ereignisse der Saison teilnehmen wollte. Nachdem sich ihre Tochter, Lady Wilma Fawcitt, vorteilhaft mit dem Earl of Sutton verlobt hatte, bevor die Saison auch nur ernsthaft begann, hatte Tante Sadie ihr wohlmeinendes Kupplerinnen-Auge auf Lauren geworfen.

Joseph wandte sich mit einer Bemerkung an Elizabeth, während Lauren gegen ihren eigenen Willen einen Blick über ihre Schulter warf. Sie hatte lauten Jubel gehört. Der Kampf war vorbei. Die Menge hatte sich zerstreut, so dass Lauren den Gentleman mit dem bloßen Oberkörper noch stehen sehen konnte. Und wenn sie vorher schon schockiert gewesen war, so war sie nun doppelt entsetzt. Er hielt eine Frau in den Armen – die seinen lagen um ihre Hüften, und die ihren waren um seinen Hals geschlungen – und *küsste* sie! Vor Dutzenden von Zuschauern!

Er hob den Kopf gerade in dem Moment, als Lauren hinsah, und in dem Bruchteil einer Sekunde, bevor sie den Kopf mit einem Ruck wieder abwandte, begegneten seine lachenden Augen den ihren.

Ihre Wangen brannten erneut.

»Du siehst völlig trübsinnig aus, Ravensberg«, bemerkte Lord Farrington spät am nächsten Abend, während er durch den Raum zur Anrichte schritt und sein Glas füllte, bevor er seinen Platz wieder einnahm. »Bist du verliebt? Oder ist es das Auge? Es hat einen ganz wundersamen, schwarzpurpur-gelben Ton angenommen. Ganz zu schweigen von dem hell scharlachfarbenen Schlitz, durch den du in die Welt hinausblickst.«

»Ich sag dir was, Ravensberg«, fügte Lord Arthur hinzu, »ich konnte heute Morgen kaum die Nieren auf meinem Teller essen, während ich dein Auge betrachtete – oder war es gestern Morgen?«

»Wenn ich nur sicher sein könnte«, sagte Charles Rush, »dass dieser Rauchfang stehen bliebe, wenn ich mich davon zurückziehe. Dann würde ich mir noch einen Drink eingießen. Wie spät, zum Teufel, ist es?«

»Halb fünf.« Lord Farrington schaute auf die sechs Zoll vom Kopf seines Freundes entfernte Uhr.

»Zum Teufel!«, rief Mr. Rush aus. »Wo ist der Abend geblieben?«

»Wo alle Abende bleiben.« Lord Arthur gähnte. »Ich glaube, für mich begann er bei der Abendgesellschaft meiner Tante – eine verflixt langweilige Angelegenheit, aber eine Familienpflicht und so weiter. Ich blieb nicht lange. Sie schaute mir über die Schulter, um zu sehen, ob Ravensberg mich begleitete, hielt mir dann, obwohl er nicht dabei war, eine Strafpredigt über meinen schlechten Umgang und sagte mir, ein liederlicher Ruf habe die hässliche Tendenz, auf die Begleiter seines Besitzers abzufärben. Anscheinend sollte ich mich von dir fern halten, Ravensberg, wenn ich weiß, was gut für mich ist.«

Seine Freunde stimmten in den Scherz mit ein und lachten aus vollem Herzen. Das heißt, alle außer Kit, der sich in seinen Junggesellenräumen in der St. James' Street mit nachlässiger Eleganz in einem tiefen Sessel am Kamin räkelte und mit seinem unverletzten Auge leeren Blickes in die kalten Kohlen starrte.

»Du wirst meinen sündhaften Einfluss nicht mehr lange hinnehmen müssen«, sagte er. »Ich wurde nach Alvesley beordert.«

Lord Farrington nippte an seinem Drink. »Von deinem Vater? Von Redfield persönlich? Ein Befehl, Ravensberg?«

»Eine Aufforderung.« Er nickte zögerlich. »Diesen Sommer soll eine große, mehrtägige Gesellschaft zu Ehren des fünfundsiebzigsten Geburtstags der Witwe, meiner Großmutter, stattfinden.«

»Ein alter Drachen, nicht wahr, Ravensberg?«, fragte Mr. Rush mitfühlend. »Glaubst du, der Rauchfang würde einbrechen, wenn ich ihn losließe?«

»Du bist erheblich angeheitert, alter Junge«, klärte ihn Lord Arthur auf. »Es sind deine Beine, nicht der Rauchfang.«

»Ich hatte schon immer eine Schwäche für das alte Mädchen, wisst ihr«, sagte Kit, »und mein Vater weiß das. Oh, um Gottes willen, Rush, sieh dir nur dein Glas an, ja? Es ist noch immer halb voll.«

Mr. Rush blickte mit freudigem Erstaunen auf das Glas in seiner Hand und leerte es dann. »Was ich wirklich brauche, ist mein Bett. Wenn mich meine Beine nur dorthin trügen.«

»O Gott.« Kit heftete seinen trübsinnigen Blick wieder auf die kalten Kohlen. »Was ich wirklich brauche, ist eine Braut.«

»Geh zu Bett«, riet Lord Arthur ihm eilig, »und schlaf es aus. Morgen früh wird das Gefühl vergangen sein – garantiert.«

»Das Geburtstagsgeschenk meines Vaters für meine Großmutter soll die Verlobung seines Erben sein«, sagte Kit.

»Oh, Donnerwetter! Du bist der Erbe.«

»Verflixtes Pech, alter Junge.«

Lord Arthur und Mr. Rush sprachen gleichzeitig.

»Die Pocken über alle Väter!«, rief Lord Farrington entrüstet. »Hat er schon jemanden für dich ausgesucht, Ravensberg?«

Kit lachte und legte die Hände auf die Sessellehnen. »O ja, in der Tat. Ich soll zusammen mit allem anderen die Verlobte meines verstorbenen älteren Bruders erben.«

»Wer, zum Teufel, ist sie?« Mr. Rush vergaß seinen berauschten Zustand so weit, dass er sich aufrichten und ohne Hilfe stehen konnte.

»Bewcastles Schwester«, sagte Kit.

»Bewcastle? Der Duke of?«, fragte Lord Arthur.

»Ich bin meinem Vater schon entgegengekommen, indem ich mich von der Pyrenäenhalbinsel zurückgezogen und mein Offizierspatent verkauft habe«, sagte Kit. »Nun werde ich ihm noch weiter entgegenkommen, indem ich nach fast drei Jahren nach Alvesley zurückkehre, obwohl ich, als ich das letzte Mal dort war, auf Lebenszeit verbannt wurde. Ich komme ihm sogar in Sachen Geburtstagsgeschenk entgegen. Aber das alles werde ich zu meinen Bedingungen tun, bei Zeus. Ich werde eine Braut meiner eigenen Wahl mit mir nehmen, und ich werde sie heiraten, bevor ich gehe, so dass Redfield nichts wird dagegen tun können. Ich war ernsthaft versucht, mir irgendein ordinäres Frauenzimmer zu nehmen, aber das wäre nicht das Richtige. Genau das würde Redfield von mir erwarten. Ich werde stattdessen eine Tadellose wählen. Das wird ihn mehr ärgern als alles andere, weil er nichts gegen sie wird einwenden können. Sie wird fade, ehrbar, spröde und perfekt sein.« Er sprach in grimmig zufriedenem Tonfall.

Seine Freunde betrachteten ihn einen Moment lang mit

schweigender Faszination. Dann warf Lord Farrington den Kopf zurück und lachte. »Du wirst eine fade, ehrbare Frau heiraten, Ravensberg? Nur um deinem Vater zu trotzen?«

»Unklug, alter Junge«, sagte Mr. Rush, der entschlossenen Schrittes durch das Zimmer zur Anrichte ging. »Du wärst derjenige, der ein Leben lang mit der Frau verheiratet wäre, nicht dein Vater. Du würdest eine solche Frau unerträglich finden, glaub mir. Das ordinäre Frauenzimmer könnte dir mehr Amüsement verschaffen.«

»Aber Tatsache ist, dass man irgendwann heiraten muss« erklärte Kit, während er eine gewölbte Hand einen Moment lang über sein schmerzendes Auge legte. »Besonders wenn man durch den Tod des älteren Bruders wider Willen zum Erben einer Earlswürde, weitläufiger Besitzungen und obendrein eines Vermögens gemacht wurde. Man muss seine Pflicht tun und eine Familie gründen und all das. Mit wem könnte man dies besser tun als mit einer ruhigen, faden, achtbaren Frau, die das Heim tüchtig und ohne Aufhebens führt und pflichtbewusst einen Erben sowie noch einige in Reserve zur Welt bringt?«

»Aber einem solchen Plan steht ein sehr reales Hindernis im Wege, Ravensberg.« Lord Farrington runzelte die Stirn, grinste aber und kicherte dann regelrecht, bevor er fortfuhr. »Welche ehrbare Frau würde dich haben wollen? Du bist ein recht gut aussehender Teufel, das ist schon wahr, oder zumindest deute ich so die Blicke der Frauen. Und natürlich hast du deinen gegenwärtigen Titel und die zukünftigen Aussichten zu bieten. Aber du hast dir in der Tat einen beeindruckend schlimmen Ruf als Lebemann erworben, seit du aus der Armee ausgeschieden bist.«

»Und das ist noch milde ausgedrückt«, murmelte Lord Arthur in sein Glas.

»Ist es so schlimm? In welch einer verteufelt verknöcherten Welt wir leben«, kommentierte Kit. »Aber, bei Gott, es ist mir ernst damit. Und ich bin Redfields Erbe. Die Tatsache allein wird alles andere überwiegen, wenn man erkennt, dass ich mich ernsthaft nach einer Frau umsehe.«

»Wie wahr«, räumte Mr. Rush ein, während er sich auf einen harten Stuhl setzte, nachdem er sein Glas erneut gefüllt hatte. »Aber nicht notwendigerweise bei der Art Frau, nach der du suchst, alter Junge. Eltern mit hochtrabenden Prinzipien und heiratsfähigen Töchtern meiden Gentlemen, die sich in Sichtweite der Rotten Row mit übel riechenden Arbeitern schlagen und dann mit entblößtem Oberkörper Milchmägde küssen, wo alle Welt sie sehen kann. Und Männer, die nach einer Wette in ihren Karriolen an allen Gentlemen's-Klubs vorbei die St. James' Street entlangfahren, während sich zu ihren beiden Seiten ein angemaltes Flittchen auf den Sitz quetscht. Und Männer, deren Namen in Verbindung mit jeglichem anrüchigen und ungeheuerlichen Wagnis, auf das irgendjemand wetten will, in allen Wettbüchern erscheinen.«

»Welche möglichen Kandidatinnen gäbe es?«, fragte Kit, der die unheilvollen Prophezeiungen ignorierte und seine Aufmerksamkeit wieder den Kohlen im Kamin zuwandte. »Es muss Horden neuer Ankömmlinge in der Stadt geben, jetzt, wo die Saison ernsthaft begonnen hat. Horden hoffnungsvoller Misses, die nach Ehemännern Ausschau halten. Wer ist die fadeste, prüdeste, sittenstrengste, ehrenwerteste von allen? Ihr Burschen werdet das besser wissen als ich. Ihr nehmt alle an Ereignissen der feinen Gesellschaft teil.«

Seine Freunde begannen ernsthaft nachzudenken. Jeder nannte einige Namen, die von den anderen aus einer Vielzahl von Gründen aber immer sofort abgelehnt wurden.

»Es gibt noch Miss Edgeworth«, sagte Lord Arthur

schließlich, als ihnen die Vorschläge auszugehen schienen. »Aber sie ist zu alt.«

»Miss Edgeworth?«, wiederholte Lord Farrington. »Von Newbury Abbey? Die verlassene Braut des Earl of Kilbourne? Gott, meine Schwester war bei dieser Hochzeit. Es war die Sensation des letzten Jahres. Der Bräutigam wartete in der Kirche, die Braut bereitete sich im Portal auf ihren großen Auftritt vor, und dann erschien eine zerlumpte Frau, die behauptete, Kilbournes lange vermisste Ehefrau zu sein – und tatsächlich die Wahrheit sagte, bei Gott. Die kleine Edgeworth floh aus der Kirche – laut Maggie, die normalerweise nicht zu Übertreibungen neigt –, als wären die Höllenhunde hinter ihr her. Ist sie dieses Jahr in der Stadt, Kellard?«

»Sie wohnt bei Portfrey«, sagte Lord Arthur. »Die Duchess ist Kilbournes Tante, wisst ihr. Und Miss Edgeworth ist irgendwie auch mit ihr verwandt.«

»Ich hatte gehört, dass sie in der Stadt sei«, räumte Mr. Rush ein. »Aber sie unternimmt nicht viel, oder? Wird wohl von den Portfreys und Dutzenden anderer Verwandter überbehütet, die alle versuchen, sie im Stillen und ehrbar zu verheiraten.« Er kicherte. »Sie ist zweifellos fade genug, um schon beim bloßen Gedanken an sie zu gähnen. Die willst du nicht, Ravensberg.«

»Außerdem«, fügte Lord Arthur hinzu – und seine Worte sollten sich als schicksalhafte Herausforderung erweisen –, »würdest du sie gar nicht bekommen, selbst wenn du sie wolltest, Ravensberg. Portfrey, Anburey, Attingsborough – keiner ihrer Verwandten würde jemanden mit deinem Leumund auch nur in ihre Rufweite gelangen lassen. Und selbst wenn du zu ihr gelangtest, würde sie dich ostentativ schneiden, dich vermutlich auf der Stelle in einen Eiszapfen verwandeln. Du bist genau die Art Mann, die niemand von ihnen für sie haben will, und am wenigsten die Lady selbst. Uns muss eine andere für dich einfallen. Warum du allerdings …«

Aber Kit lachte fröhlich, als er das Gesicht wieder vom Kamin abwandte. »War das zufällig eine Herausforderung?«, unterbrach er seinen Freund mitten im Satz. »Wenn ja, dann hättest du es kaum unwiderstehlicher einfädeln können, wenn du es mit Absicht getan hättest. Du sagst, ich würde nicht einmal in Rufweite von Miss Edgeworth gelangen, weil ich ein Lebemann und Schurke bin, vor dem eine solch kostbare, alternde Blume um jeden Preis beschützt werden muss? Und sie würde mich mit einem einzigen Blick aus ihrem strengen jungfräulichen Auge zu Eis erstarren lassen, nicht wahr? Weil sie unverdorben ist und ich die Fleisch gewordene Verderbtheit? Bei Zeus, ich werde sie bekommen!« Er schlug mit der Handfläche auf seine Sessellehne.

Lord Farrington warf den Kopf zurück und brüllte vor Lachen. »Ich rieche eine Wette«, rief er. »Einhundert Guineen darauf, dass du es nicht schaffst, Ravensberg.«

»Und weitere hundert von mir«, fügte Lord Arthur hinzu. »Sie ist sehr hochmütig, Ravensberg. Letzte Woche hat jemand, ich kann mich aber partout nicht an den Namen erinnern, sie mit einer Marmorstatue verglichen, nur dass sie noch kälter sei.«

»Ich könnte ebenso gut auch hundert setzen«, sagte Mr. Rush, »obwohl ich es besser wissen sollte, wenn es Ravensberg betrifft. Es war übrigens Brinkley, Kellard, der stets neue Mütter für seine Waisenbrut sucht. Daher wusste ich, dass sie in der Stadt ist – ich erinnere mich jetzt. Sie sagte Brinkley geradeheraus, sobald er das Thema Heirat anschnitt – als er eines Morgens mit ihr die Rotten Row entlang spazierte, wenn ihr euch das vorstellen könnt –, dass sie keinerlei Absicht habe, überhaupt jemanden zu heiraten. Er glaubte ihr. Sie ist anscheinend keine Frau, deren Worte man bezweifelt. Da machte er die Bemerkung über die Marmorstatue. Und Brinkley ist ganz besonders ehrbar, Ravensberg.«

»Und ich bin es nicht.« Kit lachte erneut. »Nun, für dreihundert Guineen – und damit mein Vater sich über mich ärgert – werde ich sie umstimmen müssen, nicht wahr? Sagen wir bis Ende Juni, wenn ich nach Alvesley abreisen muss? Das heißt, eine *Heirat* vor Ende Juni. Natürlich zwischen Miss Edgeworth und meiner Wenigkeit.«

»In weniger als sechs Wochen? Abgemacht.« Lord Farrington erhob sich entschlossen. »Nun muss ich zu Bett, solange ich es noch finden und mich ohne Hilfe dorthin begeben kann. Komm mit, Rush, ich dirigiere dich gleichzeitig in Richtung deines Bettes. Ich würde die Kampagne frühestens in einer Woche beginnen, wenn ich du wäre, Ravensberg. Jede vornehm erzogene Frau würde beim Anblick dieses Auges in Ohnmacht fallen. Somit bleiben dir etwa fünf Wochen.« Der Gedanke amüsierte ihn beträchtlich.

»Also eine Heirat mit Miss Edgeworth bis Ende Juni«, sagte Lord Arthur, die Wette noch einmal zusammenfassend, während er sich seinen Freunden beim Verlassen des Raumes anschloss. »Das ist nicht machbar, Ravensberg. Nicht einmal für dich – *besonders* nicht für dich. Das werden die am leichtesten verdienten hundert Guineen dieses Jahres. Aber du wirst es natürlich versuchen.«

»Natürlich.« Kit grinste seine Freunde an. »Und es wird mir gelingen. Mit welchem Ereignis soll ich die Kampagne beginnen? Welche Veranstaltung findet in ungefähr einer Woche statt?«

»Lady Mannerings Ball«, sagte Lord Farrington nach einem Moment des Nachdenkens. »Das ist stets eine der am besten besuchten Veranstaltungen der Saison. Alle nehmen daran teil. Miss Edgeworth könnte sie jedoch sehr wohl meiden, Ravensberg. Ich habe sie noch bei keinem Ball gesehen – auch nicht bei anderen Vergnügungen, was das betrifft. Ich würde sie natürlich nicht erkennen, wenn ich sie sähe, aber irgendjemand hätte mich gewiss auf sie aufmerksam gemacht. Sie ist noch neu hier.«

»Lady Mannerings Ball«, sagte Kit und wuchtete sich aus dem Sessel, um sich seinen Freunden anzuschließen. »Ich muss herausfinden, ob sie dort sein wird. Ist sie übrigens hübsch? Oder wirkt sie eher abschreckend?«

»Nun«, antwortete Lord Farrington bestimmt, »das musst du selbst herausfinden, Ravensberg. Es geschähe dir recht, wenn sie einem Scheusal ähnelte.«

2

Lauren traf in der folgenden Woche in Begleitung des Duke und der Duchess of Anburey sowie der Marquise von Attingsborough auf dem Ball ein. Sie hatte nach erheblichem Widerstand schließlich zugestimmt teilzunehmen, obwohl sie genau wusste, dass fast die gesamte *Beau monde* anwesend sein würde. Oder vielleicht gerade deswegen. Sie hatte ihre Entscheidung getroffen, rein um ihres Stolzes willen hinzugehen.

Sie war während der Saison in London, und sie war ein Mitglied der vornehmen Gesellschaft. Wenn sie bei ihrer Entscheidung bliebe, als Elizabeths Gesellschafterin ein zurückgezogenes Leben zu führen, könnte sie vielleicht den Eindruck erwecken, sie fürchte die Öffentlichkeit, sie habe Angst, dass man über sie lachen, sie verachten, sie als arme zurückgewiesene Braut meiden würde. Sie hatte in der Tat Angst, Todesangst, aber sie war vor allem anderen zur Lady erzogen worden. Und Ladys ließen sich nicht von Angst beherrschen. Ladys schworen der Gesellschaft nicht ab, nur weil sie sich reizlos und unerwünscht fühlten. Ladys ergaben sich nicht dem Selbstmitleid.

Und so hatte sie all ihren Mut zusammengenommen und zugestimmt, auf einem der Lieblingsspielplätze der vornehmen Gesellschaft – in einem Londoner Ballsaal während der Saison – vor der Gesellschaft zu erscheinen. Sie würde mit hocherhobenem Kopf hingehen und sich den Dämonen stellen, die sie seit jenem schrecklichsten aller Vormittage in der Kirche in Newbury verfolgt hatten. Sie würde bis nach Elizabeths Entbindung in London bleiben – der Duke hatte seine Duchess in die Stadt gebracht, damit sie in der Nähe der besten Ärzte wäre –, und dann würde sie tun, was sie beschlossen hatte. Sie nähme ihr bescheidenes Vermögen, bezöge eine eigene Wohnung – vielleicht in Bath – und würde ein ruhiges, zurückgezogenes Leben mit einem kleinen Kreis ausgewählter Freunde führen. Sie würde diesen Ball ertragen, weil sie dann niemand mehr als Feigling bezeichnen könnte.

Die mit seinem Wappen geschmückte Kutsche des Duke of Anburey nahm ihren Platz in der Reihe der Kutschen ein, welche die Gäste vor dem Herrensitz der Mannerings am Cavendish Square absetzten. Lauren konnte sehen, dass alle Fenster von Kerzenschein erhellt waren. Licht drang aus den geöffneten Doppeltüren und fiel auf den roten Teppich, der die Treppe hinunter und über das Pflaster ausgerollt worden war. Lauren konnte sogar über das Schnauben der Pferde, das Stampfen ihrer Hufe und das Rattern der Wagenräder hinweg den geselligen Klang der Stimmen hören, die einander begrüßten und lachten.

Es war ein nervenaufreibender Moment, der ihr begreiflich machte, wie sehr sie sich in den vierzehn Monaten seit dem Ball am Vorabend ihrer Hochzeit verändert hatte. Damals hatte sie sich, behaglich geborgen in ihren eigenen Kreisen, vollkommen wohl gefühlt, sich ihres eigenen Wertes und ihres Platzes in den Rängen der *Beau monde* vollkommen gewiss. Es war an der Zeit, diesen Platz wieder einzunehmen, natürlich nicht als Nevilles zukünftige Braut und Duchess, sondern als die ehrenwerte Miss Lauren Edgeworth. Sie hob das Kinn, eine unbewusst anmaßende Geste, die ihren Wunsch verbarg, aus der Kutsche zu springen und davonzulaufen, bis Cavendish Square und Mayfair und ganz London weit hinter ihr lägen.

Und dann waren sie an der Reihe auszusteigen. Ein Lakai öffnete den Kutschenschlag und ließ die Stufen herab. Die Gentlemen stiegen aus, Onkel Webster half Tante Sadie, und Joseph streckte eine Hand aus, um Lauren zu helfen. Sie stieg auf den roten Teppich hinab, wobei sie besonders auf ihre Haltung und ihren Gesichtsausdruck achtete. Sie wusste, dass sie bestmöglich aussah. Ihr Gewand war von Elizabeths eigener Modistin speziell für diese Gelegenheit angefertigt worden, und Elizabeth hatte ihr bei der Auswahl des Stoffes und des Schnitts geholfen wie auch bei den Accessoires, die sie dazu tragen sollte. Die Duchess of Portfrey war für ihren erlesenen Geschmack bekannt. Aber Lauren Edgeworth ebenfalls.

Lauren lächelte, während ihre Tante und ihr Onkel das Haus betraten, und legte eine Hand auf Josephs dargebotenen Arm.

»Das ist es, Lauren«, murmelte er anerkennend, lächelte ihr zu und zwinkerte sogar. »Du bist das Abbild einer Königin, mein Mädchen. Du siehst in der Tat bezaubernder aus als jede Königin, die ich jemals sah.«

»Und wie viele waren das wohl, Joseph?«, fragte sie, während sie mit der freien Hand den vorderen Saum ihres Kleides raffte und anmutig die Treppe hinauf in die bevölkerte, hell erleuchtete Eingangshalle schritt. Sie bezwang die jähe panische Überzeugung, dass sie etwas Wesentliches vergessen haben musste – wie, zum Beispiel, ihr Kleid.

»Hmm, lass mich einmal sehen.« Er gab vor, über die

Antwort nachzudenken. »Tatsächlich eine. Unsere Königin Charlotte. Du bist hundertmal hübscher als sie.«

»Sprich leise«, riet sie ihm. »Du wirst wegen Verrats geköpft werden, wenn dich jemand hört.« Aber sie schenkte ihm ein rasches dankbares Lächeln. Er hatte offensichtlich bemerkt, dass ein Schwarm Schmetterlinge in ihrem Bauch flatterte, und tat sein Bestes, um sie abzulenken.

Er führte sie zur Treppe und auf die Schlange von Gästen zu, die langsam hinaufstiegen. Sie atmete einige Male tief und beruhigend durch und widerstand dem Drang, eher Dinge als Menschen anzusehen. Wie viele der Gäste auf der Treppe und wie viele Gäste im darüber liegenden Ballsaal waren wohl bei ihrer Hochzeit gewesen und Zeuge ihrer Demütigung geworden?

Es war natürlich eine erhebliche Anzahl. Aber lebenslange Übung kann etwas Wunderbares sein, wie Lauren bald entdeckte. Sie ermöglichte es ihr, die Treppe hinauf und am Empfangskomitee vorbei in den Ballsaal zu schreiten, der bereits von Menschen bevölkert war, die im Moment nichts Besseres zu tun hatten, als die Ankunft der Mitgäste zu beobachten und zu kommentieren.

Sie versuchte, sich auf die Pracht des Ballsaals zu konzentrieren, der von Hunderten von Kerzen in drei großen Kristalllüstern über ihnen sowie in zahlreichen Wandleuchtern erhellt wurde, wie auch auf die prächtigen Blumenarrangements, die den Raum mit ihren zarten Pastellschattierungen und ihrem Duft erfüllten. Und sie bemühte sich – einigermaßen erfolgreich –, sich ruhig umzusehen, Blickkontakt mit zahlreichen anderen Gästen aufzunehmen und Bekannten höflich zuzunicken.

Aber es war ihre eigene Familie, die ihr jede auch noch so kleine Chance nahm, den Abend zu genießen – durch Freundlichkeit. Beinahe noch bevor Lauren in den Ballsaal gelangt war, noch immer an Josephs Arm, ihr Onkel und ihre Tante ganz in der Nähe, kamen Wilma und Lord Sutton auf sie zu, ganz wohlwollende Herablassung, einen langen, schlanken jungen Mann im Schlepptau, und stellten ihn vor. Mr. Bartlett-Howe bat dringend um den zweiten Tanz mit Miss Edgeworth, während deutlich wurde, dass die Marquise von Attingsborough ihm bereits den ersten versprochen hatte. Und kaum eine Minute später kehrte Lord Sutton, der davongegangen war, mit einem weiteren Gentleman zurück, der anscheinend den brennenden Wunsch hegte, sich den dritten Tanz mit Miss Edgeworth zu reservieren.

Anscheinend hatte ihre Familie aus lauter Sorge, dass sie bei ihrem ersten Ball seit über einem Jahr als Mauerblümchen enden könnte, die wenigen Tage seit ihrer Zustimmung genutzt, um potentielle Tanzpartner aufzureihen – und auch potentielle Verehrer?

Erst vor gut einem Jahr hatte sie auf dem Ball am Vorabend ihrer Hochzeit getanzt, im sicheren Gefühl ihrer Reize, Gegenstand der Bewunderung aller, die beneidete Braut des Earl of Kilbourne. Heute Abend war sie eine alternde, verblasste Schönheit, die nicht selbst Partner anziehen konnte und in höchster Gefahr stand, in dauerhafter und unwiderruflicher Altjüngferlichkeit zu versinken. Zumindest vermittelte ihr ihre Familie dieses Gefühl.

Lauren fühlte sich zutiefst gedemütigt. Selbst Josephs freundliches Angebot, sie zu dem Ball zu begleiten, war – nun, es war nur Freundlichkeit.

Sie lächelte ihr unbewusst anmaßendes Lächeln und bewegte mit träger Anmut den Fächer.

Als Kit und Lord Farrington am Cavendish Square eintrafen, war der Ball bereits einige Zeit im Gange. Aber es war ein klarer, mondbeschienener Abend, ungewöhnlich warm für Mitte Mai, und die Eingangstüren deshalb noch weit geöffnet. Die fröhlichen Klänge von Gespräch und Gelächter drangen von der Eingangshalle und der Treppe nach draußen. Der Musik eines Orchesters, das einen kraftvollen Volkstanz spielte, schwebte aus dem darüber liegenden Ballsaal herab.

»Wirklich ein Gedränge«, sagte Kit, während er einem livrierten Lakaien mit Perücke Abendmantel und Zylinder übergab und sich offen interessiert in der Eingangshalle umsah. »Glaubst du, der Ballsaal ist ebenso bevölkert, Farrington?«

»Das wird er gewiss sein. Tatsächlich noch bevölkerter.« Sein Freund entledigte sich ebenfalls seines Mantels und Hutes und überprüfte dann die makellosen Falten seines Halstuchs. »Wir sollten hinaufgehen und es herausfinden.«

Kit nickte einigen Bekannten, überwiegend Männern, leutselig zu, während sie die Treppe emporstiegen. Dies war der erste Ball, an dem er seit Lissabon teilnahm. Er konnte sich nicht einmal genau erinnern, wie lange es her war. Er hatte natürlich Einladungen zu mehreren Bällen hier in London erhalten. Seine wilderen Ausschweifungen hatten vielleicht bewirkt, dass die schlimmsten Pedanten missbilligend die Augenbrauen hoben und die meisten gewissenhaften Eltern junger Ladys diese beschützend an den Familienbusen drückten, aber er war immerhin Viscount Ravensberg. Und mehr noch: Er war der Sohn und Erbe des Earl of Redfield. Und dies war die Saison, der große Heiratsmarkt, bei dem jeder, der eine gewisse Bedeutung besaß, fast überallhin eingeladen wurde.

»Du bist ganz sicher, dass sie heute Abend hier sein wird?«, fragte er, als sie die oberste Stufe erreicht hatten und sich in Richtung Ballsaal wandten. Die Menge wurde dichter, und der Geräuschpegel stieg merklich an. Kit spürte die zunehmende Wärme und roch den schweren Duft Tausender Blumen, vermischt mit den teuren Parfums der Gäste.

»So sicher, wie man nur sein kann.« Lord Farrington hielt im Eingang des Ballsaales inne und blickte gemächlich über die wogende Menschenmenge hinweg. »Sutton sagte, sie würde kommen, und er müsste es wissen – als Verlobter Lady Wilma Fawcitts, weißt du. Natürlich könnte sie sich eine tödliche Krankheit zugezogen oder ein Bein gebrochen oder einfach ihre Meinung geändert haben. Ah!« Er hob sein Monokel ans Auge.

»Hast du sie gesehen?«, fragte Kit.

Er hätte befangen sein können, da dies seit Jahren sein erster Auftritt bei einer großen gesellschaftlichen Veranstaltung war, und er zog zweifellos erhebliche Aufmerksamkeit auf sich. Einige von jenen, die gerade nicht tanzten, blickten recht betont in seine Richtung. Lorgnetten und Monokel wurden an neugierige Augen gehoben, Köpfe rückten zusammen, man tauschte Vertraulichkeiten aus. Einige junge Ladys warfen verstohlene Blicke in seine Richtung, besonders diejenigen, die über seine Person unterrichtet waren – der unerhörte, verbotene Lord Ravensberg! Aber Kit hatte sich noch nie allzu sehr um das gekümmert, was andere über ihn dachten oder sagten, was auch heute Abend nicht anders war.

»Die ergötzliche Miss Merklinger«, murmelte Lord Farrington, das Monokel auf eine der Tänzerinnen gerichtet. »Ganz Grübchen und tanzende, goldene Locken. Ganz zu schweigen von ihrem Busen.«

Kit kicherte und beehrte besagte Schönheit mit einem langen, prüfenden Blick durch sein Monokel. »Und keinen Tag älter als achtzehn«, sagte er. »Gewiss kein Objekt für deine spezielle Art Galanterie, Farrington.«

»Himmel, nein«, stimmte sein Freund ihm seufzend zu. »Eher für Mitleid. Das macht wohl auch die Anziehung aus. Nun denn, Miss Edgeworth.«

Er nahm seine gemächliche Betrachtung des Raumes und der darin befindlichen Menschen gerade wieder auf, als der Tanz endete, die Tänzer die Tanzfläche verließen und sich an den Seiten drängten.

»Kellard zeigte sie mir gerade erst vor drei oder vier Vormittagen im Park«, sagte Lord Farrington. »Ich bin mir ziemlich sicher, dass ich sie wiedererkennen werde.«

»Aber du wurdest ihr nicht vorgestellt«, sagte Kit, »so dass du mich ihr jetzt auch nicht vorstellen kannst.«

»Ich würde es dir ohnehin nicht so leicht machen«, versicherte ihm sein Freund. »Ich muss eine Wette gewinnen, falls du dich erinnerst. Ah, dort ist sie. Sie wird gerade von Stennson zu Attingsborough geleitet. Oh, das wird schwer, alter Junge. Anburey und seine Duchess halten sich auch in ihrer Nähe auf. Sie ist von ernst zu nehmenden Gefängniswärtern recht gut abgeschirmt.« Er grinste.

»Stennson? Dieser vertrocknete alte Stockfisch?« Kit folgte der Blickrichtung seines Freundes. Er kannte sowohl den Marquis von Attingsborough als auch George Stennson und machte sie bald in einiger Entfernung in der Menge aus. Das ältere Ehepaar in ihrer Begleitung mussten der Duke und die Duchess sein. Und die Lady, die zwischen den beiden Gentlemen stand, musste diejenige sein, der zu begegnen er gekommen war. Seine zukünftige Braut. Kit hob erneut das Monokel ans Auge.

Sie war groß und schlank, wie er erkennen konnte, aber nicht ohne gefällige weibliche Kurven. Er würde darauf wetten, dass ihre Beine unter dem fließenden Rock und der Schleppe ihres Gewandes mit der hoch angesetzten Taille lang und schlank waren. Sie hatte eine anmutige Haltung, mit dieser Wölbung des Rückgrats, die eine führende männliche Hand dazu einlud, sich hineinzuschmiegen. Ihr dunkles Haar glänzte im Kerzenschein. Es war mit drei mit Edelsteinen besetzten Kämmen hoch aufgesteckt, während sanfte Locken um Nacken und Schläfen fielen. Ihr Gesicht war oval, mit hohen Wangenknochen, einer geraden Nase und großen Augen – die Farbe konnte er von seinem Platz aus nicht erkennen. Sie war mit einem tief veilchenblau schimmernden Satinkleid, zu dem sie silberfarbene Handschuhe und Slipper sowie einen hell veilchenfarbenen Fächer trug, elegant und vornehm gekleidet.

Sie war eine Schönheit. Kit schürzte die Lippen zu einem stillen Pfiff.

Sie unterhielt sich mit ihren Begleitern, aber gleichzeitig fächelte sie sich Luft zu und sah sich um. Kit war einige Augenblicke lang angenehm überrascht von ihrem Lächeln. Die Behauptung, sie sei kalt wie eine Marmorstatue, schien ihm dadurch widerlegt. Aber als er sie weiterhin betrachtete, bemerkte er, dass sich ihre Miene nie änderte, während sie sich weiterhin unterhielt und umblickte. Da traf ihn jäh die Erkenntnis, dass es vielleicht weniger ein Lächeln als ein überheblicher, herablassender Ausdruck der Verachtung für all diese geringeren Sterblichen in ihrem Dunstkreis war.

»Ein lupenreiner Diamant«, murmelte er und senkte sein Monokel.

»In der Tat«, stimmte Farrington ihm zu. »Und eine uneinnehmbare Festung, wenn ich jemals eine gesehen habe, Ravensberg. Sie wirkt, als erachte sie alles nicht Königliche ihrer Aufmerksamkeit für eher unwürdig.« Der Gedanke belustigte ihn offensichtlich.

»Aber andererseits«, sagte Kit, während er sich nach der Gastgeberin umsah, die durch einen glücklichen Zufall gerade mit einem Willkommenslächeln auf sie zukam, »hatte ich schon immer eine Schwäche für uneinnehmbare Festungen, Farrington. Und für andere, verschiedenartige, unmögliche Herausforderungen.«

»Lord Farrington, Lord Ravensberg.« Lady Mannering war ganz anmutiger Charme, während sie ihnen beiden je eine behandschuhte Hand zum Kuss reichte. »Wie reizend, dass Ihr es für angebracht hieltet, an meinem Ball teilzunehmen. Und welche Provokation, dass Ihr so spät eingetroffen seid. Ihr könnt nicht wissen, welche Kopfschmerzen es einer Gastgeberin bereitet, für all die jungen Ladys Partner für den Eröffnungstanz zu finden, wenn alle jungen Gentlemen auf vornehmem Zuspätkommen beharren.«

»Aber ich bin nicht gekommen, um mit den *sehr* jungen Ladys zu tanzen, Madam«, sagte Lord Farrington mit seinem entwaffnendsten Lächeln. »Ich wusste, dass die Partnerin meiner Wahl während der ersten Tanzrunden damit beschäftigt wäre, Tanzpartner für ihre Gäste zu finden. Ich hatte gehofft, dass es Euch nun vielleicht freistünde, mir die Ehre zu gewähren, Euch zu einem Tanz zu führen.«

Lady Mannering lachte, während sie seinem Arm einen leichten Klaps mit dem geschlossenen Fächer versetzte. »Ihr seid ein Schurke, Farrington. Es würde Euch recht geschehen, wenn ich mich den Rest des Abends an Euren Arm klammerte. Nun, wie ist es Euch gelungen, Lord Ravensberg hierher zu locken? Soweit mir bekannt war, ist er stets zu beschäftigt damit, in seiner Karriole nach Brighton zu rasen oder sich mit ähnlich faszinierend männlichen Belustigungen zu befassen, um an solch faden Ereignissen wie Bällen teilzunehmen. Wie auch immer, seine offenkundige Anwesenheit wird den unbedingten Erfolg des meinigen garantieren.« Nun tippte sie Kit mit dem geschlossenen Fächer auf den Arm.

Er neigte den Kopf. »Wie konnte ich widerstehen, Madam«, sagte er, »als ich sah, dass die Einladung von einer der liebsten Freundinnen meiner Mutter kam?«

»Ich habe Eure Mama seit vielen Jahren nicht mehr gesehen«, sagte Lady Mannering offen. »Sie bleibt stets auf dem Lande. Nun, erlaubt mir, Tanzpartnerinnen für Euch beide zu finden. Es würde mich allerdings angenehm überraschen, wenn nicht alle liebevollen Mamas beim Anblick des berüchtigten Viscount Ravensberg in meinem Ballsaal ihre Töchter ergriffen und mit ihnen davonliefen.«

»Vielleicht, Madam«, sagte Kit und schenkte ihr sein gewinnendstes Lächeln, »könntet Ihr mich mit Miss Edgeworth von Newbury bekannt machen?«

Lady Mannering hob die Augenbrauen. »Ich glaube, es sind jüngere Ladys anwesend, die es weitaus eher nach gut aussehenden, schurkischen Partnern verlangt als Miss Edgeworth. Und es war eher ihre Familie als ich selbst, die heute Abend ihre Tanzpartner erwählt hat. Dennoch – wenn es Euer Wunsch ist.«

»Das ist es, Madam.« Kit verneigte sich erneut.

»Und ist es auch Euer Wunsch?«, fragte Lady Mannering Lord Farrington.

»Vielen Dank, Madam«, antwortete er, »aber ich sehe dort drüben einige Bekannte, die ich begrüßen muss – da Ihr anderweitig beschäftigt sein werdet.«

Kit folgte seiner Gastgeberin durch den Ballsaal, während sich die Menschenmenge teilte, um sie hindurchzulassen. Sein Erscheinen hatte eindeutig zu Getuschel geführt, wie er mit zögerlicher Belustigung bemerkte, obwohl er weder wusste noch wissen wollte, ob es empörtes oder nur mutmaßendes Getuschel war. Er bemerkte gerade, dass der Duke und die Duchess of Anburey durch eine glückliche Fügung des Schicksals in einer Unterhaltung mit einem anderen Ehepaar verstrickt waren, Stennson verschwunden war und Attingsborough seine Aufmerksamkeit und seine Galanterien gerade einer errötenden, kichernden jungen Lady zuwandte, welche die Tanzfläche eben erst verlassen hatte. Miss Edgeworth stand im Moment praktisch unbeaufsichtigt da, sah sich noch immer um und zeigte noch immer dieses starre Halblächeln.

»Miss Edgeworth.« Als Lady Mannering sie mit ihrem Namen ansprach, wandte sie den Blick den Neuankömmlingen zu und hob die Augenbrauen, während die Bewegung ihres Fächers jäh innehielt. »Viscount Ravensberg hat um die Ehre gebeten, Euch vorgestellt zu werden.«

Sie betrachtete ihn mit großen, von dunklen Wimpern umgebenen, veilchenblauen Augen, die genau die gleiche Schattierung aufwiesen wie ihr Kleid; sie waren gewiss das wunderschönste Merkmal eines insgesamt überaus wunderschönen Gesichts. Ein vollkommener Anblick.

Aber es war ein Gesicht, das er mit Sicherheit schon einmal gesehen hatte, dachte Kit – und das erst kürzlich. Bei welcher Gelegenheit, war ihm entfallen. Aber dann erinnerte er sich an die Prügelei letzte Woche im Hyde Park und an die Umarmung mit der Milchmagd. Als er nach dem Kuss aufgeblickt hatte, hatte sich sein Blick mit dem einer schockierten Schönheit in einiger Entfernung verschränkt, die eindeutig nicht der Klasse der Milchmägde angehörte, und er hatte sich flüchtig und ungezogenerweise gewünscht, sie wäre es, die seine Arme umfingen. Aber bevor er auch nur hatte lächeln oder ihr zuzwinkern können, hatte sie jäh den Kopf abgewandt und seinem Blick die Rückseite eines eleganten Hutes dargeboten. Als er kurz darauf nach ihr gesehen hatte, war sie zwischen den Flaneuren in der Rotten Row verschwunden.

Er hatte seitdem nicht mehr an sie gedacht – bis jetzt.

Kit vollführte seine eleganteste Verbeugung.

Lauren spürte den Schock des Wiedererkennens in dem Moment, als sie seiner ansichtig wurde, obwohl er heute Abend vollkommen anders aussah – er war vom Hals an *bekleidet*. Tatsächlich war er mit dem schwarzen, eng anliegenden Frack, der cremefarbenen Seidenkniehose und der bestickten Weste sowie feinstem weißem Leinen und Spitze tadellos elegant gekleidet.

Er sah nicht über Gebühr gut aus. Und er war nur zwei oder drei Zoll größer als sie, wie Lauren überrascht feststellte. Jedoch umgab ihn eine Aura selbstsicherer Lebenskraft, welche die Illusion eines außerordentlich anziehenden Äußeren heraufbeschwor. Sein Gesicht war gebräunt und wirkte gut gelaunt, und seine grauen Augen lächelten mit einer Art innerem Licht.

Er war der Typ Mann, dessen Bekanntschaft sie um jeden Preis vermeiden sollte, dachte Lauren in den wenigen Sekunden, die nach Lady Mannerings Vorstellung vergingen, während sich Lord Ravensberg verbeugte und sie ihren Knicks machte. Selbst wenn sie nicht Zeugin seines ungehörigen Verhaltens im Park geworden wäre, hätte sie gewiss die undefinierbare Ausstrahlung rauer Männlichkeit gespürt, die er verströmte. Tatsächlich war etwas an ihm, das ihn vollkommen von der überaus ehrbaren Parade von Gentlemen unterschied, die Wilma und Lord Sutton ihr bisher an diesem Abend vorgestellt hatten. Verblüfft spürte sie ihre eigene Belustigung, als sie bemerkte, dass ihre Tante, ihr Onkel und Joseph ihr sofort wieder besorgt ihre Aufmerksamkeit zuwandten – als sei sie ein unreifes Mädchen, nicht in der Lage, auf sich selbst aufzupassen. Und Lord Sutton kam zielbewusst mit einem sehr ernst wirkenden jungen Mann heran – als sei sie ein fades, alterndes Geschöpf, dem man einen Gentleman mit Gewalt zuführen musste, weil es selbst nicht genügend Charme besaß.

Viscount Ravensberg war zu nichts gezwungen worden.

»Mylord«, murmelte sie.

»Miss Edgeworth? Sehr erfreut.« Das bereits in seinen Augen lauernde Lächeln breitete sich über sein Gesicht aus und offenbarte sehr weiße Zähne und Lachfältchen an den Augenwinkeln. Lauren revidierte ihren ersten Eindruck, dass er nicht besonders gut aussah. »Ich bat darum, Euch vorgestellt zu werden, weil ich Euch einfach nahe genug kommen musste, um feststellen zu können, ob Euer Gewand tatsächlich zu der Farbe Eurer Augen passt. Das tut es.«

Lauren fächelte gemächlich ihre Wangen – der Ballsaal war überhitzt, obwohl beide Türen, die auf den Balkon auf der anderen Seite des Ballsaales hinausführten, weit geöffnet waren. Erwartete er, dass sie angesichts solch aufdringlicher Galanterie errötete und einfältig lächelte – obwohl sie letzte Woche noch ganz andere Worte von seinen Lippen gehört hatte? *Kommt schon, ihr Schwuchteln!*

Joseph räusperte sich entschlossen.

»Darf ich hoffen, dass Ihr mir den nächsten Tanz schenken werdet, Miss Edgeworth?«, fragte Viscount Ravensberg, während Lady Mannering neben ihm milde lächelte.

»Ich wollte meine Cousine gerade zum Büfett begleiten«, sagte Joseph ruhig, aber mit deutlich abweisendem Tonfall. Er bot ihr seinen Arm. »Miss Edgeworth ist durstig und braucht eine Tanzpause. Lauren?«

Aber Lord Ravensberg wandte den Blick nicht von ihr ab. Er hob fragend die Augenbrauen, während ein Lachen in seinen Augen tanzte. Er erwartete eine Antwort von ihr selbst. Kein wahrer Gentleman hätte so gehandelt. Und es bestand für sie keine Notwendigkeit zu antworten, da Joseph es bereits für sie getan hatte. Sie brauchte nur ihre Hand auf seinen Arm zu legen, hochmütig zu lächeln und davonzugehen. Es wäre die untadelige Art, mit unmanierlicher Anmaßung umzugehen. Aber sie tat nichts dergleichen.

Lord Ravensberg war zu nichts gezwungen worden. Er hatte ihr ein Kompliment über ihre Augen gemacht, wie töricht die Schmeichelei auch war. Und er war unleugbar attraktiv.

»Danke, Joseph«, hörte sie sich sagen, »aber vielleicht habe ich noch ausreichend Kraft für einen weiteren Tanz, bevor ich einer Erfrischung bedarf.«

Sie trat vor, legte eine Hand auf den Arm des Viscounts und ließ sich von ihm auf die freie Tanzfläche führen. Hätte sie das auch getan, wenn Joseph nicht die Stimme zu ihrem Schutz erhoben hätte? Oder wenn Lord Sutton ihr nicht einen weiteren Partner zugeführt hätte? Sie wusste es nicht. Aber jetzt, wo es zu spät war, ihre Meinung zu ändern, erkannte sie jäh, dass die nächste Runde dem Walzer gewidmet war – der intime Tanz, der von den schlimmsten Pedanten noch immer als etwas skandalös betrachtet wurde und den sie selbst einst als sehr romantisch empfunden hatte. Aber das war damals, als sie ihn beim Ball am Vorabend ihrer Hochzeit mit Neville getanzt hatte. Und niemals zuvor oder danach.

»Solch eine ernste Miene«, murmelte der Viscount, als sie sich zu ihm umwandte. »Seid Ihr wirklich müde? Würdet Ihr es doch vorziehen, wenn ich Euch zum Büfett begleite?«

»Nein. Danke.« Es war seltsam, wie sehr diese kleine Rebellion sie belebt hatte. Und tatsächlich war sie froh, dass der Tanz ein Walzer war. Vielleicht könnte sie heute Abend gleich mehrere Geister austreiben.

Das Orchester spielte die ersten Takte. Lauren legte ihre linke Hand auf seine Schulter und ihre Rechte in die seine. Sie konnte spüren, wie seine Hand mit Nachdruck die Wölbung ihres Rückens berührte. Seine Größe ließ ihre Haltung noch inniger wirken, als sie sich mit dem größeren Neville angefühlt hatte. Sie konnte kaum vermeiden, ihm ins Gesicht zu sehen. Sie konnte nicht vermeiden, seine eindringliche körperliche Gegenwart zu spüren. Sie konnte die warme Kraft seiner beiden Hände spüren. Sie roch den leicht moschusartigen Duft seines Cologne. Sie atmete tief ein und sah ihm in die Augen.

Sie blickten warm und wissend lächelnd in ihre – als spüre er ihr Unbehagen und es belustige ihn. Wirklich ein gefährlicher Mann, dachte sie. Sie hatte sich in Gegenwart solcher Männer noch nie wohl gefühlt. Sie hatte sie ihr Leben lang gemieden.

Er führte sie in den Walzer.

Die bitteren Erinnerungen an den Ball am Vorabend ihrer Hochzeit und an den folgenden Tag drohten sie einen Moment lang zu überwältigen. Sie beruhigte sich, indem sie bewusst ihre Schritte zählte und sich auf den Rhythmus der Musik und die Bewegung ihrer Füße konzentrierte. Aber es dauerte nicht lange, bis sie erkannte, dass sie von einem vollendeten Tänzer geführt wurde. Es war leicht, ja es fühlte sich beinahe an wie eine zweite Natur, ihre Schritte seiner Führung anzugleichen und dem anmutigen, umherwirbelnden Muster zu folgen, das er rings um die Tanzfläche beschrieb. Es war leicht, sich mit seiner Größe wohl zu fühlen und die Tatsache zu schätzen, dass sie über seine Schulter blicken und ihre Umgebung beobachten konnte.

Sie hatte den Abend bisher nicht genossen – und das war noch eine Untertreibung. Aber sie hatte sich mit dem Wissen getröstet, dass ihr Erscheinen bei solch einem Gedränge einen nützlichen Zweck erfüllt hatte. Jetzt, plötzlich, unerwartet, amüsierte sie sich. Die üppigen Blumenarrangements und die Gewänder der anderen Ladys verschmolzen zu einem prächtigen Kaleidoskop der Farben. Die Kerzen in den Lüstern verschwammen zu wirbelnden Lichtbändern. Und der Walzer mit einem Mann, der nicht nur die Schritte beherrschte, sondern die Magie des Tanzes gewiss ebenso spürte wie sie, hatte etwas unleugbar Erheiterndes.

Aber dieser Gedanke brachte Lauren nach einigen Minuten jäh in die Realität zurück. Sie tanzte in den Armen eines Fremden, den sie erst vor einer Woche unter schockierenden, skandalösen Umständen zum ersten Mal gesehen hatte, durch Lady Mannerings Ballsaal. Joseph hatte versucht, sie davon abzuhalten, mit ihm zu tanzen. War der Viscount also, trotz seines Titels und seiner Anwesenheit bei einem Ball der vornehmen Gesellschaft, nicht ehrbar? War ihr erster Eindruck von ihm richtig gewesen? War er ein Lebemann?

Einen Teil von ihr kümmerte es nicht, er fühlte sich durch die Möglichkeit sogar überraschend erregt. Aber das war ein Teil ihres Selbst, der ihr zutiefst unvertraut war, ein Teil ihres Selbst, der gezügelt werden musste.

»Besucht Ihr viele Bälle, Mylord?« Sie konzentrierte ihre Gedanken darauf, höfliche Konversation zu betreiben und eine Art sichere, gesellschaftliche Distanz zwischen sie zu legen. »Ich muss zugeben, dass es für mich der erste in diesem Jahr ist.«

»Nein, das tue ich nicht«, erwiderte er. »Und ja, ich weiß.«

Sie war über die Kürze seiner Antwort ungehalten. Kannte er keine höfliche Konversation? Und dann fiel ihr jäh auf, wie eigenartig seine Antwort gewesen war – *ja, ich weiß*. Wenn er selbst nicht viele Bälle besuchte, woher wusste er dann, dass sie noch an keinem teilgenommen hatte?

»Es herrscht großes Gedränge«, sagte sie, erneut bemüht, am Klischee festzuhalten. »Lady Mannering muss über den Erfolg ihrer Bemühungen sehr erfreut sein.«

»Wirklich ein Erfolg.« Seine lachenden Augen ließen nicht von den ihren ab.

»Die Blumen und die übrige Dekoration sind wunderschön und geschmackvoll«, sagte sie, sich mühsam vorantastend. »Findet Ihr nicht auch, Mylord?«

»Ich habe nicht hingesehen, aber ich vertraue auf Euer Wort.«

Er *poussierte* mit ihr, erkannte sie plötzlich erschrocken. Er deutete an, dass er nur Augen für sie hatte. Und sein Verhalten entsprach dieser Andeutung vollkommen. Sie empfand einen unbehaglichen und unvertrauten Ansturm physischer Bewusstheit – und dann erneut Empörung.

»Jetzt seid Ihr an der Reihe, ein Gesprächsthema zu wählen«, sagte sie bewusst hochmütig, um ihr Unbehagen zu verbergen.

Er lachte leise. »Ein Mann braucht kein Gespräch zu führen, wenn er mit einer wunderschönen Frau tanzt«, sagte er. »Er darf zufrieden damit sein, einfach zu fühlen. Sich allen seinen fünf Sinnen vollkommen hinzugeben. Gespräche sind nichts als Ablenkung.«

Es waren nicht nur die ungeheuerlichen Worte, die ihren Herzschlag beschleunigten. Es war die Art, wie sie ausgesprochen wurden. Sanft. Mit leiser, samtiger Stimme, die sie umhüllte, als würde sie ihre nackte Haut berühren. Als wären sie beide in dem Ballsaal allein – oder vielleicht ganz woanders, ganz privat.

Und dann waren sie plötzlich allein und fast in der Dunkelheit. Sie hatte erst bemerkt, dass sie in die Nähe der Balkontüren getanzt waren, als er sie unmittelbar hindurchgewirbelt hatte und sie allein – oder zumindest beinahe allein – auf dem Balkon jenseits des Kerzenscheins standen.

Lauren war bis in die Grundfesten ihrer Seele erschüttert.

»Und Licht kann auch eine Ablenkung sein«, sagte er und legte seine Hand fester auf ihre Taille, so dass sie sich seiner Nähe einen Moment noch stärker bewusst wurde und fürchtete, ihr Busen würde seine Brust streifen. Er neigte den Kopf näher zu dem ihren, während er sprach, so dass sie die Wärme seines Atems ihre Wange küssen spürte. »Wie auch Menschenmengen.«

Wie konnte er es wagen! Sie hatte ganz richtig vermutet … Kein Gentleman …

Aber er hatte nicht aufgehört zu tanzen, und nach einer weiteren Drehung waren sie wieder im Ballsaal, den sie kaum eine Minute, nachdem sie ihn durch eine Balkontür verlassen hatten, durch die andere Balkontür wieder betraten. Der vernichtende Rüffel, der auf ihrer Zunge lag, blieb unausgesprochen, als sie seinen lachenden Augen begegnete und erneut in der Magie des Tanzes mit einem kräftigen, attraktiven Partner gefangen war. Ihre kleine Rebellion erwies sich als unleugbar angenehm, wie sie sich reumütig eingestand. Er war natürlich ein geübter Charmeur. Lauren Edgeworth war nicht die Person, mit der Männer poussierten. Sie war es auch nicht gewesen, als sie noch jung und glücklich war.

Nun poussierte zum ersten Mal in ihrem Leben jemand mit ihr, und es fühlte sich eher angenehm an – vorausgesetzt, sie ließ sich keinen Moment davon betören.

Sie bemühte sich nicht mehr, ein Gespräch zu führen. Er auch nicht.

Als der Walzer vorüber war, bot Viscount Ravensberg ihr seinen Arm, um sie zu ihrer Familie zurückzubringen.

»Ich werde nicht vorschlagen, Euch zum Büfett zu geleiten, Miss Edgeworth«, sagte er, das Lachen nun ebenso in seiner Stimme wie in seinen Augen, »auch wenn Ihr inzwischen wohl sehr durstig seid. Eure Familie würde es nicht gutheißen. Sie kann Eure Rückkehr in ihre Mitte kaum erwarten, um Euch darüber zu informieren, dass Ihr soeben Euren Ruf riskiertet, indem Ihr mit Londons berüchtigtstem Lebemann getanzt habt.«

»Und habe ich das?«, fragte sie.

»Mit einem Lebemann Walzer getanzt? Oh, zweifellos!«, murmelte er.

»Ich danke Euch, Mylord«, sagte sie höflich, als er sie zu Tante Sadie zurückgeführt hatte. Sie betrachtete ihn mit bewusst kühlem Hochmut. Er schämte sich seines Rufes nicht einmal?

»Das Vergnügen war ganz auf meiner Seite, Miss Edgeworth«, sagte er, und bevor ihr seine Absicht bewusst wurde, nahm er ihre Hand wieder in Beschlag, die sie gerade von seinem Arm genommen hatte, und führte sie an seine Lippen. Sie trug Handschuhe, aber die Geste schien dennoch vollkommen – und schockierend intim. Sie widerstand dem Drang, ihm ihre Hand zu entreißen, als hätte sie sich verbrannt, und dieserart unwillkommene Aufmerksamkeit auf sich zu ziehen. Es war nichts wirklich Unschickliches an einer solchen Geste.

Und dann war er fort – nicht nur von ihrer Seite, sondern fort aus dem Ballsaal. Sie blickte ihm erleichtert hinterher – und mit dem seltsamen, unwilligen Bewusstsein, dass der restliche Abend nun wirklich überaus fade verlaufen würde.

Vielleicht sogar ihr restliches Leben, dachte sie. Sonst waren solche Übertreibungen nicht ihre Art.

3

Obwohl Lauren erst spät von dem Ball nach Hause zurückgekehrt war, stand sie am nächsten Morgen zur gewohnten Zeit auf, um mit Elizabeth ihren täglichen Spaziergang im Hyde Park zu absolvieren. Die Luft war frisch und frostig, dennoch versprach das Wetter später am Tag schön zu werden.

»Die Bewegung tut wirklich gut«, sagte die Duchess, als sie sich wieder dem Haus näherten. »Ich fühle mich trotz meiner zunehmenden Unbeholfenheit bemerkenswert gesund und bin mir recht sicher, dass die Spaziergänge und die frische Luft die Ursache dafür sind – trotz Lyndons Besorgnis.«

Die Ehe bekam Elizabeth gut, dachte Lauren. Sie hatte erst sieben Monate zuvor geheiratet. Auch die Schwangerschaft bekam ihr gut. Ein neues Strahlen umgab sie.

Der Lakai, der die Tür auf ihr Klopfen hin öffnete, verbeugte sich ehrerbietig und trat beiseite, um sie eintreten zu lassen. »Für Miss Edgeworth wurde ein Bukett abgegeben, Euer Gnaden«, sagte er. »Mr. Powers ließ es in den Salon bringen.«

»Für mich?«, fragte Lauren einigermaßen erstaunt.

Aber Elizabeth nahm lachend Laurens Arm und wandte

sie in Richtung des Besuchersalons, der von der Halle abging. »Ein Bukett am Morgen nach einem Ball?«, sagte sie. »Gütiger Himmel, Lauren, du hast einen Kavalier!«

»Unfug!« Lauren zuckte zusammen. »Wahrscheinlich ist es von Mr. Bartlett-Howe. Er hat gestern Abend zweimal mit mir getanzt und mich zum Essen geführt. Ich habe wirklich versucht, ihn nicht zu ermutigen. Wie äußerst unangenehm.«

»Die Bewunderung eines Gentlemans braucht dir niemals unangenehm zu sein, Lauren«, sagte Elizabeth, »selbst wenn du sie nicht erwidern kannst.«

Lauren biss sich auf die Lippen, als sie den Salon betrat und das hübsche Bukett aus mindestens zwei Dutzend roten Rosen zwischen üppigen Farnwedeln sah, das bereits in einer Kristallvase arrangiert worden war. Sie durchquerte den Raum und nahm die Karte, die an der Vase lehnte. Sie hoffte inbrünstig, dass er sich nicht mit ausschweifenden Gefühlsregungen zum Narren gemacht hatte.

»Sie sind recht hübsch«, sagte Elizabeth hinter ihr. »Rosen sind so früh im Jahr sehr schwer zu finden – und wohl unverschämt teuer. Armer Mr. Bartlett-Howe. Er ist so ernst und achtbar.« Aber in ihrer Stimme schwang ein leises Lachen mit.

»Leider«, besagte der Kartentext, »konnte ich keine Veilchen finden, die Euren Augen gerecht geworden wären.« Darunter stand mit kühner, nachlässiger Handschrift: »Ravensberg.«

Seine lachenden grauen Augen, sein verwegenes Lächeln, seine schlanke Anmut, seine männliche Lebenskraft, die undefinierbare Atmosphäre der Gefahr, die ihn umgab – Lauren hatte das alles hinter den geschlossenen Augenlidern gesehen, als sie nach dem Ball einzuschlafen versucht hatte. Und sie hatte sich ebenjenen Mann auch halb nackt in seiner hautengen Hose vorgestellt, wie er schockierende Gottlosigkeiten äußerte. Und eine junge Frau in seinen Armen hielt, die er mit offensichtlicher Begeisterung küsste.

»Die Blumen sind nicht von Mr. Bartlett-Howe«, sagte sie. »Sie sind von Viscount Ravensberg. Ich habe gestern Abend Walzer mit ihm getanzt.«

Die Duchess betrachtete über ihre Schulter hinweg die Karte. »Oh, gütiger Himmel«, sagte sie unbekümmert, »er ist wirklich verliebt, Lauren. Er hat dir ein Kompliment über deine Augen gemacht. Wer ist er? Der Name ist mir nicht vertraut.«

»Er sagte mir«, antwortete Lauren, während sie die Karte wieder an die Vase lehnte, »dass er darum gebeten hatte, mir vorgestellt zu werden, weil er ergründen wollte, ob mein Gewand zur Farbe meiner Augen passte. Hast du jemals so etwas Unsinniges gehört?«

»Das klingt nicht nach jemandem, den dir der Earl of Sutton vorstellen würde.« Elizabeths Stimme hatte noch immer einen belustigten Unterton. »Es muss Joseph gewesen sein, der Schurke.«

»Es war Lady Mannering«, erwiderte Lauren. »Tante Sadie und Wilma fielen fast in Ohnmacht. Sie sagten mir, nachdem ich mit ihm getanzt hatte, dass ich mich von ihm fern halten solle, falls er versuchen würde, an die Bekanntschaft anzuknüpfen. Onkel Webster nannte ihn ein schwarzes Schaf. Joseph erzählte mir, er sei bis vor kurzem Kavallerieoffizier gewesen. Er ist der Erbe des Earl of Redfield.«

»Ah.« Elizabeth nickte. »Ja, natürlich. Der älteste Sohn des Earl starb vor einem oder zwei Jahren, soweit ich mich erinnere.«

»Elizabeth?« Lauren wandte sich zu ihr um und spürte, wie ihre Wangen glühten. »Er ist der Gentleman, der letzte Woche im Park gerauft hat.«

»Oh, Liebes.« Aber Elizabeth entschied sich nach der ersten Schrecksekunde für ein Lachen, anstatt entsetzt zu erbleichen. »Arme Lauren. Du musst dich wirklich wie in der Falle gefühlt haben, als Lady Mannering ihn dir vorstellte und deine guten Manieren dich zwangen, mit ihm zu tanzen – mit ihm *Walzer* zu tanzen, sagtest du? Und nun schickt er dir Blumen. Ich habe bei jener schändlichen Gelegenheit natürlich bemerkt, dass er ein bemerkenswert gutaussehender junger Mann ist.«

»Nicht ungewöhnlich gutaussehend.« Lauren errötete. »Wenn ich ihn das nächste Mal sehe, falls es ein nächstes Mal gibt, werde ich ein wenig nicken, ihm für die Rosen danken und vollkommen deutlich machen, dass ich keine weitere Bekanntschaft mit ihm wünsche.«

»Du begegnest Anmaßung so geschickt«, sagte Elizabeth mit belustigtem Blick. »Es gibt keine perfektere Lady als Lauren Edgeworth.« Sie schob ihren Arm unter den ihrer Nichte. »Und nun lass uns zum Frühstück gehen. Ich werde einen Lakaien diese Vase in dein Wohnzimmer hinaufbringen lassen, damit du während der nächsten Tage an einen Gentleman in der Stadt erinnert wirst, der deine Augen so sehr bewundert, dass er Blumen suchte, die ihnen in ihrer Schönheit gleichkämen – und gezwungen war, sich stattdessen auf Rosen zu beschränken.«

»Das ist nicht lustig, Elizabeth«, sagte Lauren tadelnd, obwohl sie wider Willen lächeln musste und schließlich kicherte.

Kit sprang am Grosvenor Square vom hohen Kutschbock seiner Karriole und warf seinem livrierten Diener, der bereits von dem engen Rücksitz der Karriole heruntergestiegen und zu den Pferden geeilt war, die Zügel zu. Kit näherte sich der Eingangstür des Stadthauses des Duke of Portfrey und betätigte den Klopfer. Er hatte vorzeitig in Erfahrung gebracht, dass dies einer der Nachmittage war, an denen die Duchess regelmäßig Besucher empfing.

Lauren Edgeworth war zumindest wunderschön, dachte er. Tatsächlich ausgesprochen schön, selbst wenn man jene außergewöhnlichen, fast rauchig-veilchenfarbenen Augen unberücksichtigt ließ. Sie war natürlich kein junges Mädchen mehr, aber die Würde des reiferen Alters verstärkte ihr gutes Aussehen eher noch, als dass sie es geschmälert hätte. Er war selbst fast dreißig Jahre alt und nicht mehr annähernd daran interessiert, junge Mädchen zu beeindrucken. Miss Edgeworth zeigte stolze Anmut, und ihre Miene trug diese Art beständiges Halblächeln, das er an griechischen Statuen gesehen hatte. Er hatte gestern Abend den entschiedenen Eindruck gewonnen, dass sie Charme und Humor und auch der mildesten Form der Poussiererei gegenüber immun war. Ihr frostiges Verhalten hatte ihn in der Tat ein wenig verwirrt.

Aber darin lag auch die Herausforderung.

Die Tür wurde geöffnet, der herzogliche Butler verbeugte sich mit solch starrer Arroganz, dass Uneingeweihte ihn vielleicht fälschlicherweise für den Duke selbst gehalten hätten, und Kit warf seine Karte auf das Silbertablett, das der Mann in den Händen hielt.

»Viscount Ravensberg wünscht Miss Edgeworth zu sprechen«, sagte er und betrat forsch die Halle.

Es sollte leichter werden, als Kit erwartet hatte. Vielleicht wurden an diesen Empfangstagen nur so wenige Besucher abgewiesen, dass es dem Butler gar nicht in den Sinn kam, zuerst die Karte zu präsentieren, um in Erfahrung zu bringen, ob die Lady bereit war, ihn zu empfangen. Oder vielleicht erkannte der Butler seinen Namen als den Absender der Rosen von heute Morgen und nahm an, sein Besuch wäre willkommen. Oder vielleicht war es Portfrey nicht in den Sinn gekommen – wie es zweifellos bei Anburey der Fall gewesen wäre –, Anweisungen zu hinterlassen, dass man ihn nicht einlassen sollte, wenn er vorspräche.

»Bitte folgt mir, Mylord«, sagte der Butler mit einer weiteren Verbeugung, bevor er zur Treppe vorausging.

Der Klang von Stimmen, die politische Gespräche führten, drang aus dem Salon, als ein Lakai die Türen öffnete. Der Butler trat in den Eingang.

»Viscount Ravensberg für Miss Edgeworth, Euer Gnaden«, verkündete er.

Eine unnatürliche Stille senkte sich über den Raum, als Kit ihn betrat. Rasch erkannte er Sutton und Attingsborough. Und er sah, dass sich Lauren Edgeworth, die inmitten einer kleinen Gruppe nahe am Fenster saß, mit erstauntem Gesichtsausdruck erhob. Eine andere hübsche Lady mit königlicher Haltung kam – obwohl ganz offenbar in anderen Umständen – eilig auf ihn zu, die rechte Hand ausgestreckt, ein höfliches Willkommenslächeln auf den Lippen. Kit verneigte sich vor ihr.

»Euer Gnaden.« Er nahm ihre dargebotene Hand.

»Lord Ravensberg. Wie reizend.« Falls sie sein Erscheinen in ihrem Salon schockierte oder sie sich über ihren Butler ärgerte, weil er ihn, ohne zu fragen, eingelassen hatte, war sie zu gut erzogen, um es zu zeigen.

»Ravensberg?« Der Duke of Portfrey, den Kit vom Sehen kannte, war neben seine Duchess getreten. Sein Gesicht wirkte eher noch undurchdringlicher als ihres.

»Ich bin gekommen, um Miss Edgeworth meine Aufwartung zu machen. Sie war gestern Abend so freundlich, mit mir zu tanzen«, erklärte Kit. Der Raum war, wie ihm nun erst bewusst wurde, zur Hälfte voller Besucher. Die meisten starrten ihn noch immer an, als hätte der Butler gerade den

Fauxpas begangen, ihnen die Gegenwart des Kaminkehrers aufzudrängen. Dieser Moment, so vermutete er, würde mit einigem Behagen in einigen weiteren Salons diskutiert werden, noch bevor der Nachmittag vorüber wäre.

Dann trat Miss Edgeworth selbst auf ihn zu, und der Duke und die Duchess wandten ihre Aufmerksamkeit wieder ihren übrigen Besuchern zu. Diese hatten sich ihrer Manieren besonnen und nahmen die unterbrochenen Unterhaltungen wieder auf.

»Wie freundlich von Euch, mir Eure Aufwartung zu machen«, sagte sie. »Ich danke Euch für die Rosen. Sie sind exquisit.«

Hätten die Rosen in diesem Augenblick in ihrem Angesicht gestanden, dachte er, wären sie gewiss auf ihren Stängeln erfroren, so kalt war ihr Blick.

»Es war also nicht nur die Spiegelung Eures Gewandes«, sagte er sanft und neigte den Kopf ein wenig näher zu ihr. »Heute tragt Ihr Grün, aber Eure Augen sind noch immer unverkennbar veilchenblau.« Sie war genau so hübsch wie gestern Abend, obwohl ihr dunkles, glänzendes Haar heute weitaus einfacher frisiert war.

Sie zeigte nicht die geringste Freude über das Kompliment.

»Setzt Euch, Mylord«, sagte sie mit gnädiger Herablassung – ein Fremder hätte sie gewiss für die Duchess persönlich gehalten. Sie wandte sich um und deutete auf einen leeren Stuhl inmitten der Gruppe junger Leute, bei denen sie gesessen hatte. »Ich werde Euch eine Tasse Tee bringen.«

Als sie ihren Platz wieder einnahm, bemerkte er, dass sie sehr gerade saß und ihr Rückgrat die Stuhllehne nicht berührte. Sie begann eine Unterhaltung über Musik, der eine lebhafte Diskussion über allerlei Komponisten und die Vorzüge verschiedener Solo-Instrumente folgte.

Kit nahm nicht daran teil, sondern unterhielt sich damit, die übrigen Mitglieder der Gruppe zu betrachten. Sein Erscheinen hatte offensichtlich einige von ihnen aus der Fassung gebracht. Die rothaarige Wilma Fawcitt wirkte steif, Sutton hochmütig, Attingsborough aufmerksam und leicht belustigt. Der skelettartige junge Mann, dessen Name Kit eben entfallen war, wirkte verwirrt, George Stennson offen feindselig. Miss Edgeworth schien die Einzige zu sein, die seine Existenz anscheinend gelassen ignorierte. Kit trank seinen Tee.

»Miss Edgeworth«, fragte er schließlich in eine kurze Gesprächspause hinein, »würdet Ihr mir die Ehre erweisen, Euch am späteren Nachmittag in meiner Karriole in den Park führen zu dürfen?«

Er blickte sie direkt an und sah deshalb genau, dass sich ihre Augen einen Moment lang weiteten und ihre Lippen sich öffneten. Im nächsten Moment erwiderte sie seinen Blick kühl und mit höflicher Miene. Er war sich sicher, dass sie ihn abweisen würde. Vielleicht war er zu überstürzt vorgegangen. Wie sollte er seine Wette gewinnen, wenn sie nein sagte?

»Oh, Donnerwetter«, sagte der skelettartige, noch immer unbekannte junge Mann entrüstet, »ich kam, weil ich um dieselbe Gunst bitten wollte, Miss Edgeworth, mich aber korrekt zu verhalten glaubte, indem ich warten wollte, bis ich Euch beim Abschied allein sprechen könnte. Ich war vor Viscount Ravensberg hier«, fügte er kläglich hinzu.

Kit hob die Augenbrauen. »Ich bitte um Verzeihung – habe ich mich unkorrekt verhalten? Da ich so viele Jahre meines Erwachsenenlebens außerhalb Englands verbracht habe, muss ich zugeben, dass mir die Feinheiten der Etikette unvertraut sind.« Er lachte Lauren Edgeworth mit den Augen an.

»Oh, Donnerwetter!« Der namenlose Gentleman klang entschieden unbehaglich. »Ich wollte nicht andeuten …«

»Ich glaube«, sagte Attingsborough ruhig, »wir hatten wohl vereinbart, heute Nachmittag gemeinsam in die Bibliothek zu fahren, Lauren. Du wirst meiner Erinnerung auf die Sprünge helfen, falls ich mich irre.«

»Sutton liegt es sehr am Herzen, dich und mich nach dem Tee auszufahren, Lauren«, sagte Wilma, wobei sie ihre roten Locken zurückwarf. Sie kicherte. »Ich verlasse mich darauf, dass du als meine Anstandsdame fungierst.«

Kit lächelte weiterhin in Lauren Edgeworths himmelblaue Augen, welche die seinen nicht losgelassen hatten. Dort war nicht der leiseste Anschein davon zu sehen, dass sie sein Lächeln erwidern wollte.

Sie wandte den Blick ab. »Nein, du irrst dich, Joseph«, sagte sie. »Die Vereinbarung galt nicht für heute. Und du brauchst gewiss keine Anstandsdame, wenn du mit deinem Verlobten in einer offenen Kutsche fährst, Wilma. Vielleicht an einem anderen Tag, Mr. Bartlett-Howe? Danke, Lord Ravensberg. Das wäre sehr angenehm.«

Er hatte diese Zusage den anderen Mitgliedern der Gruppe zu verdanken, erkannte Kit, als er aufstand, um zu gehen. Gewiss hatte sie ihn abweisen wollen, bis sie alle so galant in die Bresche gesprungen waren, um sie vor dem Grauen zu retten, mit einem berüchtigten Lebemann ausfahren zu müssen. Sie war vielleicht kalt und unerschütterlich selbstbeherrrscht, seine zukünftige Braut, aber sie war nicht unempfänglich für eine Herausforderung.

Das war ein faszinierender Gedanke.

»Dann bis später, Miss Edgeworth«, sagte er, verneigte sich vor ihr, nickte den anderen leutselig zu und schlenderte dann durch den Raum, um sich von der Duchess of Portfrey zu verabschieden.

Wenige Minuten später lief er lächelnd die Treppe vor dem Haus hinab und rief seinen livrierten Diener herbei, der die Pferde um den Platz führte. Es erwies sich als eine sehr lohnenswerte Herausforderung, die hervorragende Abwehr Miss Lauren Edgeworths zu durchbrechen. Vielleicht würde er darauf hoffen müssen, dass ihm alle ihre Freunde und Verwandten zu Hilfe kämen, indem sie sie beständig vor ihm warnten und sie von ihm abzuschirmen versuchten – die Toren.

Aber am Nachmittag hätte er sie zumindest eine Weile ganz für sich.

Lauren saß mit geradem Rücken neben Viscount Ravensberg und hielt mit beiden Händen ihren Sonnenschirm über den Kopf, um ihren Teint vor schädlichen Sonnenstrahlen zu schützen. Sie war es nicht gewohnt, in einer leichten Karriole zu fahren, und fühlte sich so hoch über dem Boden erschreckend unsicher. Aber es wäre einer Lady nicht angemessen gewesen, Zweifel am Können des kutschierenden Gentlemans zu zeigen und sich etwa an den Kutschbügel zu klammern.

Die behandschuhten Hände, welche die Zügel hielten, waren schlank. Sie waren auch sichtlich dazu in der Lage, das höchst lebhafte und perfekt zusammenpassende Paar Grauer zu kontrollieren. Seine Beine, von einer engen blassbraunen Hose und geschmeidigen, hochglänzenden Schaftstiefeln umhüllt, waren ebenfalls schlank, aber wohlgeformt und an den richtigen Stellen muskulös.

Entsetzt über die Richtung, die ihre Gedanken genommen hatten, spannte Lauren die Hände um den Griff ihres Sonnenschirms und wandte den Blick entschlossen von Ravensberg ab, während er sein Gespann mühelos und geschickt zwischen den Torpfosten hindurch in den Park lenkte. Es war die Flanierzeit, die Zeit des Tages, in der die *Beau monde* in großer Anzahl erschien, um sich zu Pferd, zu Fuß und in einer Vielzahl verschiedener Kutschen zu präsentieren, darauf erpicht, zu sehen und gesehen zu werden und den neuesten Klatsch kundzutun und zu vernehmen.

Lauren würde sie mit einem neuen Thema versorgen, wenn man Wilma Glauben schenken durfte. Sie hatte bereits zahlreiche Menschen dazu veranlasst, die Augenbrauen zu heben, als sie gestern Abend zugestimmt hatte, mit dem schändlichen Viscount Ravensberg Walzer zu tanzen. Und dennoch hatte sie, nur einen Tag später, zugestimmt, mit ihm in den Park zu fahren. Noch dazu in einer leichten Kutsche. Ohne Anstandsdame. Wilma hatte sich, nicht wahrheitsgemäß, für sprachlos erklärt und Joseph, Lord Sutton und Elizabeth angefleht, Lauren zur Vernunft zu bringen. Nur Lord Sutton war ihrer Bitte nachgekommen. Er hatte geraten, Miss Edgeworth solle eine Indisponiertheit vortäuschen und Viscount Ravensberg ihr Bedauern übermitteln lassen, wenn er sie abholen komme. Sie würde doch keinesfalls wünschen, dessen war er sich sicher, dass ihr makelloser Ruf in Gefahr geriet, nur weil sie zu höflich war, einem Schurken eine Absage zu erteilen.

»Wenn irgendjemand etwas über Laurens Ruf zu sagen hat«, hatte der Duke of Portfrey mit träger Arroganz erwidert, während er sein Monokel auf Wilmas Verlobten richtete, »möge er sich an mich wenden.«

Laurens Lippen kräuselten sich bei der Erinnerung unerwartet belustigt. Aber ernsthaft betrachtet: Wäre sie jetzt hier, wenn alle sie in Ruhe gelassen hätten und sie auf Viscount Ravensbergs Einladung selbst hätte antworten können? Sie hätte sich niemals für eine eigensinnige Person gehalten. War sie es doch? Seit ihrer Ankunft in London hatte sie die Parade im Park gemieden. Aber es bestand keine Notwendigkeit, dies weiterhin zu tun. Sie hatte sich gestern Abend der vornehmen Gesellschaft gestellt. Und es war keinesfalls tadelnswert, mit einem Gentleman öffentlich auszufahren, der ihr auf die gehörige Weise vorgestellt worden war, selbst wenn es sich um einen berüchtigten Lebemann handelte.

»Nun, Miss Edgeworth.« Nachdem Kit die raffinierte Einfahrt in den Park zustande gebracht hatte, wandte er den Kopf und blickte sie an. »Das Thema Wetter haben wir anscheinend erschöpft.«

Lauren drehte ihren Sonnenschirm. Es war tatsächlich recht ungezogen gewesen, ihre Unterhaltung abbrechen zu lassen. Sie fragte sich kurz, ob er diesen speziellen Blick bis zur Perfektion vor einem Spiegel geübt hatte – diesen von Lachen erfüllten Ausdruck, der in seinen Augen begann und manchmal nicht einmal seinen Mund erreichte, um sich dort zu einem richtigen Lächeln zu entfalten. Es war verwirrend und beeinträchtigte ihre Denkfähigkeit ganz erheblich. Wohl handelte es sich um eines jener Talente, vermutete sie, die Lebemänner für Frauen so anziehend machte.

»Ihr Vater ist der Earl of Redfield, Mylord?«

»Ich bin sein Erbe. Der ältere von zwei überlebenden Söhnen. Mein älterer Bruder starb vor fast zwei Jahren.«

»Das tut mir leid.«

»Mir auch.« Er warf ihr einen kläglichen Blick zu. »Als ich Jerome zum letzten Mal sah, brach ich ihm die Nase, und mein Vater verbannte mich von Alvesley und verbot mir, jemals dorthin zurückkehren.«

Du meine Güte! Lauren war äußerst verwirrt. Es war schon ausreichend schockierend, dass dies wahr sein könnte, aber warum wusch er überdies seine schmutzige

Wäsche vor einer Fremden – und noch dazu vor einer Lady?

»Ich habe Euch schockiert.« Der Viscount lächelte ihr zu.

»Ich glaube, Mylord«, erwiderte sie mit plötzlichem Verständnis, »das war Eure volle Absicht. Ich hätte nicht nach Eurem Vater fragen sollen.«

»Erlaubt mir, mich zu revanchieren. Ihr habt fast Euer ganzes Leben auf Newbury Abbey verbracht, aber Ihr seid mit der dortigen Familie nicht blutsverwandt. Wer ist – oder war – Euer Vater?«

»Er war Viscount Whitleaf«, entgegnete sie. »Er starb, als ich zwei Jahre alt war. Kaum ein Jahr später brachte mich meine Mutter nach Newbury und heiratete den Bruder des Earl of Kilbourne.«

»Tatsächlich? Und lebt Eure Mutter noch?«

»Sie gingen zwei Tage nach ihrer Trauung auf Hochzeitsreise und kehrten niemals zurück. Einige Jahre kamen noch gelegentlich Briefe und Päckchen und dann ... nichts mehr.«

Das Lächeln war von seinem Gesicht gewichen, als er sie dieses Mal ansah. »Dann wisst Ihr nicht, ob Eure Mutter noch lebt oder gestorben ist? Oder Euer Stiefvater?«

»Sie sind gewiss beide tot«, sagte sie, »obwohl ich nicht weiß, wo oder wann oder wie sie gestorben sind.« Das war etwas, worüber sie fast niemals sprach. Sie hatte den Schmerz, das Gefühl des Verlassenseins, das Gefühl der Unvollständigkeit schon vor langer Zeit in sich eingeschlossen.

Sie fuhren näher an das Gedränge von Kutschen und Pferden und Spaziergängern heran, die den gemächlichen Kreis der täglichen Parade beschrieben.

Lauren wechselte entschlossen das Thema. »Kommt Ihr häufig hierher?«

Er lachte sie an. »Ihr meint, abgesehen von den frühen Morgenstunden auf oder in der Nähe der Rotten Row?«

Sie konnte spüren, wie sie errötete, und drehte erneut ihren Sonnenschirm. Sie war zunehmend überzeugt davon, dass er kein Gentleman war. Er hatte sie also wirklich gesehen? Und schämte sich nicht, es zuzugeben? Kein Gentleman …

»Ihr pflegt morgens dort zu reiten?«

Aber er wollte sich nicht vom Thema abbringen lassen. »Dieser Kuss war die Art der Milchmagd, mir dafür zu danken, dass ich die drei Schurken niederstreckte, die sich ihr genähert und gewisse Gunstbeweise gefordert hatten, die sie nicht gewähren wollte.«

War das der Grund für diesen Kampf gewesen? Er hatte es mit drei Männern aufgenommen, um die Ehre einer Milchmagd zu verteidigen?

»Es war eine großzügige Belohnung«, sagte er, bevor sie die Worte formulieren konnte, mit denen sie sein Motiv, wenn auch nicht seine Handlungsweise loben wollte. Sie erkannte, er wollte sie bewusst schockieren – schon wieder. Warum? Er führte die Peitsche an seine Hutkrempe, als zwei Ladys mit ihren Dienern vorüberritten, die Blicke voller lebhafter Neugier.

»Ein Gentleman«, sagte Lauren mit sprödem Tadel, »hätte überhaupt keine Belohnung verlangt.«

»Aber es wäre doch ungalant, eine freimütig angebotene Belohnung abzulehnen! Könnte ein Gentleman so etwas tun, Miss Edgeworth?«

»Ein Gentleman fände nicht so offensichtliches Vergnügen daran.« Sie warf ihm einen entrüsteten Blick zu, als er den Kopf zurückwarf und lachte – gerade als sie nahe genug an eine große Menge von Leuten von Stand herangekommen waren, um Aufmerksamkeit auf sich zu ziehen. Lauren drehte forsch ihren Sonnenschirm, aber es bestand keine Chance, das Thema weiterzuverfolgen. Warum hatte sie sich überhaupt dazu hinreißen lassen?

Die folgende Viertelstunde verging damit, dass sie im Schneckentempo den Kreis drehten, den auch die übrigen Kutschen und Reiter nahmen, lächelnd und nickend und alle paar Meter innehaltend, um mit Bekannten zu plaudern. Wilma und Lord Sutton waren natürlich dort, wie auch Joseph und noch einige weitere Bekannte, Freunde von Elizabeth, die Lauren während der letzten drei Wochen kennen gelernt hatte, sowie andere, denen sie gestern Abend auf dem Ball vorgestellt worden war. Und auch einige von Lord Ravensbergs Freunden waren dort, die neben der Karriole ritten, um Scherze auszutauschen und Lauren vorgestellt zu werden.

Es fiel ihr nicht schwer, diese Situation zu ertragen. Da sie bereits gestern Abend in Gesellschaft gewesen war, empfand sie die große Furcht nicht mehr, die sie über ein Jahr lang bewogen hatte, sich praktisch zu verstecken. Es war ein strahlender, sonniger Tag, und sie amüsierte sich weitaus mehr, als sie sollte – und weitaus mehr, als sie sich in Mr. Bartlett-Howes Gesellschaft amüsiert hätte, dachte sie verräterisch. Aber wie konnte der Viscount offen auf diese skandalöse Prügelei im Park zu sprechen kommen, wenn er sich anstandshalber doch hätte schämen müssen, dass sie dessen Zeugin gewesen war? Er hatte eine Frau verteidigt – eine Milchmagd. Die meisten Männer hätten die Not einer Person, die vom Rang so weit unter ihnen stand, nicht einmal bemerkt.

Die meisten Gentlemen in Rufweite begrüßten Ravensberg und schienen aufrichtig erfreut, ihn zu sehen. Die meisten Ladys ignorierten ihn entweder offen oder nickten ihm hochmütig distanziert zu. Aber viele von ihnen, alte und junge gleichermaßen, warfen ihm verstohlene Blicke zu. Er war in der Tat ein Gentleman, den man unmöglich übersehen konnte. Er verströmte Lebenskraft, Lachen und die unbekümmerte Missachtung unauffälligen Anstands. Und sie war die Einzige, mit der er gestern Abend getanzt hatte. Sie war diejenige, die er eingeladen hatte, heute Nachmittag mit ihm auszufahren. Sie, Lauren Edgeworth, der unauffällige Anstand in Person.

Der Gedanke sollte ihr eigentlich nicht schmeicheln!

Viscount Ravensberg lenkte seine Karriole aus dem Gedränge, noch bevor sie den Kreis vollendet hatte. Schon bald, dachte sie wider Willen enttäuscht, würden sie wieder am Grosvenor Square sein, und sie müsste ihm klar machen, dass sie nicht weiterhin das Objekt seiner Galanterie zu sein wünschte. Aber es gab eine Frage, die zu stellen sie nicht widerstehen konnte, so ungehörig sie auch sein mochte.

»Warum habt Ihr mich gestern Abend zum Tanz aufgefordert? Und warum nur mich? Ihr seid unmittelbar danach gegangen. Warum habt ihr mir nach dieser einzigen Begegnung Rosen geschickt? Warum habt Ihr mich gebeten, heute Nachmittag mit Euch auszufahren?«

Oh, lieber Gott. Mehr als eine Frage, und alle unverzeihlich unanständig. Und sie hatte viel Zeit, dies zu erkennen und sich immer unbehaglicher zu fühlen. Zu unbehaglich, um sofort zu bemerken, dass Lord Ravensberg die Karriole gewendet hatte, nicht auf den Hauptweg, der in die Stadt führte, sondern auf einen Pfad, der tiefer in einen weniger besuchten, dichter bewaldeten Bereich des Parks führte. Als sie es bemerkte, war es zu spät, um zu protestieren. Das würde gewiss zu neuem Gerede führen, dachte sie – zuerst hatte sie mit einem berüchtigten Lebemann Walzer getanzt, dann war sie auf seinen Kutschbock gestiegen, und nun ließ sie es zu, dass er ganz allein mit ihr davonfuhr.

»Vielleicht habt Ihr Euch in letzter Zeit nicht mehr in einem Spiegel betrachtet, Miss Edgeworth«, sagte er schließlich.

»Aber es gab in Lady Mannerings Ballsaal viele Frauen, die hübscher sind als ich. Und die meisten noch dazu erheblich jünger.«

»Zu Eurer Jugend kann ich nichts sagen«, erwiderte er, »aber zu Eurer Schönheit. Wenn Ihr nicht erkannt habt, dass Ihr bei weitem die hübscheste Lady auf dem Ball wart, dann habt Ihr Euch tatsächlich in letzter Zeit nicht mehr im Spiegel betrachtet.«

»Wie lächerlich.« Sie hatte noch nie viel Geduld mit Schmeicheleien gehabt. Oder mit Ladys, die nach Komplimenten fischten. Hatte sie dies gerade selbst getan? Wenn dem so war, hatte er geschickt geantwortet. Die hübscheste Lady auf dem Ball, in der Tat! Der Weg neigte sich zu einer Mulde hinab, die zu beiden Seiten von riesigen Eichen begrenzt war, deren Zweige sich über ihnen fast berührten.

»Es sind natürlich Eure Augen, die Euch einzigartige Schönheit verleihen.« Er blickte sie an. »Ich habe niemals vergleichbare gesehen.«

Dies alles war höchst unschicklich. Aber sie konnte es nur sich selbst vorwerfen.

»Ihr wusstet vermutlich, wer ich war. Jemand hat Euch auf mich aufmerksam gemacht. Ihr wusstet, was mir letztes Jahr geschehen ist. War es also Neugier?«

Er warf ihr einen durchdringenden Seitenblick zu. »Wie es ist, mit einer Braut zu tanzen, die am Altar verlassen wurde? Ich hoffe, der Park von Newbury ist groß genug. Denn ich vermute, Kilbourne treibt sich dort dauernd selbst mit der Peitsche im Kreis herum, wegen seiner Torheit, aus einer momentanen Eingebung heraus eine andere als Euch geheiratet und damit jede Chance vertan zu haben, Euch zu bekommen.«

Sie verachtete sich selbst dafür, dass sie diese Worte trösteten. Sie hatte sich seit über einem Jahr so … unattraktiv gefühlt. »Nun, Ihr irrt Euch, Sir«, sagte sie. »Seine Ehe mit der Countess war und ist eine Liebesbeziehung.« Sie fuhren in kühle grüne Schatten hinein. Lauren senkte ihren Sonnenschirm auf den Schoß, ohne ihn zu schließen.

»Und mit Euch wäre es das nicht gewesen?« Erneut dieser rasche, durchdringende Seitenblick.

Lauren reckte das Kinn empor und blickte streng geradeaus. Wie war sie hier hineingeraten? »Das ist eine unverschämte Frage, Mylord.«

Er lachte leise. »Ich bitte demütigst um Verzeihung, Madam. Aber Kilbournes Verlust ist mein Gewinn. Ich forderte Euch zum Tanz auf, weil mich der Pfeil Eurer Schönheit selbst durch Lady Mannerings ganzen Ballsaal hindurch traf und mich zwang, Euch kennen zu lernen. Ich schickte Euch Rosen, weil ich nach unserem Walzer nach Hause zurückkehrte und dann die halbe Nacht wachlag und an Euch dachte. Ich machte Euch heute Nachmittag meine Aufwartung und lud Euch ein, mit mir auszufahren, weil ich begriffen hatte, dass Ihr mich den restlichen Sommer bei Tag in meinen Gedanken und bei Nacht in meinen Träumen verfolgen würdet, wenn ich es nicht täte.«

Laurens Augen weiteten sich entsetzt, und als er verstummte, blickte sie ihn in sprachlosem Zorn an. Für wie töricht leichtgläubig hielt er sie?

»Mylord«, sagte sie mit all jener kühlen Würde, womit sie sich bereits den größten Teil ihres Lebens gewappnet hatte, »ein Gentleman würde eine Lady nicht so verspotten. Aber andererseits bin ich gewarnt worden, dass Ihr kein Gentleman seid, und habe mit eigenen Augen gesehen, dass es die Wahrheit ist. Nun sagen mir meine Ohren dasselbe. Ich wäre Euch verbunden, wenn Ihr mich unverzüglich zum Grosvenor Square zurückbringen würdet.«

Er besaß die Frechheit, sie anzublicken und leise zu lachen. »Ihr habt gefragt, wisst Ihr«, sagte er und nahm die Zügel in die rechte Hand. Mit der Linken ergriff er eine ihrer Hände und hob sie an seine Lippen. »Es wäre wenig gentlemanlike von mir gewesen, Euch anzulügen, nicht wahr?«

»Ihr erwartet vermutlich«, entgegnete sie mit eisiger Würde, »dass ich leichte Beute für diese aufdringliche Galanterie sei, Lord Ravensberg, da ich eine verlassene Braut bin. Ihr wolltet ein wenig Spaß mit mir haben. Es ist Euch misslungen. Ich kam in die Stadt, um der Duchess of Portfrey, die ein Kind erwartet, meine Gesellschaft anzubieten. Ich bin nicht gekommen, um mich auf dem Heiratsmarkt zu präsentieren. Ich suche keinen Ehemann und werde auch niemals einen Ehemann suchen. Und selbst wenn es anders wäre, für jemandem wie Euch wäre ich keine leichte Beute.«

»Für jemanden wie mich.« Sie fuhren wieder in Richtung der Parktore, wie Lauren jäh erkannte. »Hat man Euch sehr schreckliche Dinge über mich erzählt, Miss Edgeworth? Aber natürlich hat man das. Und Ihr habt mich mit eigenen Augen halb nackt im Park raufen und eine Milchmagd küssen sehen. Ich habe zugegeben, dass ich meinem Bruder die Nase gebrochen und die Schmach der Verbannung von meinem Familiensitz erlitten habe. Ich begreife, dass meine Chancen auf eine weitere Bekanntschaft mit Euch sehr schlecht stehen.«

»Absolut nicht vorhanden sind.« Sie fuhren aus den Schatten der Bäume heraus, und die Sonne strahlte wie zum Spott auf ihre Köpfe herab.

»Ihr habt mir das Herz gebrochen.« Er wandte sich erneut zu ihr und blickte ihr hingebungsvoll in die Augen – nur dass sie sogar jetzt noch Lachen in den Tiefen der seinen lauern sah.

»Ich bezweifle, dass Ihr eines habt, das man brechen könnte«, erwiderte sie.

Danach schwiegen beide. Als die Karriole mehrere Minuten später vor der Haustür des Dukes hielt, lief Lord Ravensbergs livrierter Diener eilig über den Platz, wo man ihn zuvor zurückgelassen hatte, und trat zu den Pferden. Lauren hatte keine andere Wahl, als so lange auf dem Bock sitzen zu bleiben, bis seine Lordschaft abgestiegen war und das Fahrzeug umrundet hatte, um ihr hinunterzuhelfen. Aber selbst dies gewährte er ihr nicht in Würde. Er umfasste mit beiden Händen ihre Taille und schwang sie auf das Pflaster hinab. Er ließ ihren Körper nicht, wie sie einen schrecklichen Moment lang erwartet hatte, den seinen hinabgleiten, aber sie war dennoch nur wenige Zoll von ihm entfernt, als ihre Füße auf dem Boden aufkamen. Sie sah ihn an, ihr Gesicht wieder verkrampft vor Empörung.

»Ich danke Euch für den Ausflug, Mylord«, sagte sie mit eisiger Höflichkeit. »Lebt wohl.«

Sein Lächeln ließ sein ganzes Gesicht vor Belustigung und Übermut strahlen. »Ich danke *Euch.*« Er löste den Griff um ihre Taille und verbeugte sich anmutig. »Au revoir, Miss Edgeworth.«

Die Eingangstür war bereits geöffnet, da Powers ihre Rückkehr bemerkt hatte. Lauren stieg mit gemessener Würde die Treppe hinauf und betrat die Eingangshalle. Sie schaute nicht zurück, als sich die Haustür hinter ihr schloss.

4

»Sutton?«, sagte Lord Farrington. »Ja, ich kenne ihn gut genug, Ravensberg. Wir waren zur selben Zeit oben in Oxford. Haben ein wenig Spaß miteinander gehabt. Das war, bevor er den Titel erbte und Familienoberhaupt, Säule der Gemeinschaft und unerträglich spießig wurde.«

»Du wirst ihn einladen, sich nächste Woche einer Gruppe von Freunden in deiner Theaterloge anzuschließen«, wies ihn Kit an. »Mit seiner Verlobten natürlich.«

»Werde ich?«, fragte Lord Farrington. Sie ritten früher als gewöhnlich im kurzen Galopp die Rotten Row entlang, die wie ausgestorben war. »Darf ich fragen, warum?«

»Weil Lady Wilma Fawcitt Miss Edgeworths Cousine ist. Oder Stiefcousine, um genau zu sein. Du wirst sie ebenfalls einladen.«

»Miss Edgeworth? Ah.« Die Stimme seines Freundes klang plötzlich verständnisvoll. »Und dich werde ich vermutlich auch einladen, Ravensberg. Oder hast du dich bereits selbst eingeladen? Und warum, bitte, sollte ich dir helfen, deine Wette zu gewinnen, wenn ich einhundert Guineen zu verlieren drohe?«

»Weil du deiner Neugier auf den Fortschritt meiner Werbung nicht widerstehen kannst«, meinte Kit lachend.

»Und meine Chancen sind anscheinend erbärmlich gering, wie du erfreut hören wirst. Ich habe sie am Tag nach dem Mannering-Ball, als ich mit ihr in den Park fuhr, mit Galanterien überhäuft, und anstatt zu erröten und geziert zu lächeln, erwies sie sich als genau der Eiszapfen, vor dem ich gewarnt wurde, und beschuldigte mich, sie zu verspotten. Ich hatte das vage Gefühl, oben auf dem Nordpol zu kauern, ohne Möglichkeit, hinunter und nach Hause zu gelangen.«

»Du konntest sie nicht bezaubern?« Lord Farrington warf den Kopf zurück und lachte. »Hast du es verlernt, Ravensberg?«

»In den anderthalb Wochen, die seitdem vergangen sind, habe ich bei einer langen trostlosen Phalanx von Bällen und Soiréen und sogar bei einem oder zwei Konzerten vorbeigeschaut, aber keinen einzigen Blick auf sie erhascht. Es ist an der Zeit, mein Ziel beherzter anzugehen. Wir müssen sie ins Theater locken.«

»Wir?« Lord Farrington wandte am Queen's Gate sein Pferd, und sie ritten zurück.

»Und ich denke, du solltest noch ein oder zwei weitere Paare einladen«, fügte Kit hinzu. »Wir dürfen nicht zu durchschaubar sein. Ich brauche wohl kaum zu betonen, dass es überaus ehrbare Paare sein müssen.«

»Natürlich. Und ich soll bei den Einladungen vermutlich vergessen zu erwähnen, dass der berüchtigte Lord Ravensberg auch kommen wird?«

»Nein, nein«, protestierte Kit. »Ich will nicht mit faulen Tricks gewinnen. Sie wird entschlossen sein, nicht zu kommen, wenn sie weiß, dass ich dort sein werde. Sutton und seine Verlobte werden, wenn sie es erfahren, ebenfalls all ihren Einfluss geltend machen, um sie davon abzuhalten. Ebenso Anburey und seine Lady. Und Attingsborough.

Wahrscheinlich auch Portfrey und seine Duchess, obwohl ich mir absolut nicht sicher bin, ob ich in dieser Dame nicht eine Verbündete habe – sie hat ein Zwinkern in den Augen. Wie dem auch sei – ich verlasse mich darauf, dass der Chor der Abschreckung um Miss Edgeworth laut genug sein wird, um sie zum Kommen zu bewegen, nur um ihnen allen zu trotzen.«

»Ach was! Du kannst ebenso gut jetzt gleich deine Schulden bezahlen und dich mit der Brautwahl deines Vaters abfinden.« Lord Farrington schüttelte den Kopf, bevor er sein Pferd zum Galopp trieb und seinen unvorsichtigen Freund in einer Staubwolke stehen ließ.

Aber die Wette zu gewinnen war zu einer sowohl reizvollen wie auch notwendigen Herausforderung geworden, erkannte Kit, als er die Verfolgung wiederaufnahm. Miss Edgeworth war spröde und sittsam und besaß anscheinend nicht einmal einen Hauch von Humor. Gleichzeitig war sie betörend schön und nicht unempfänglich für Herausforderungen. Sie würde es gewiss nicht zulassen, dass ihre Verwandten über sie bestimmten. Und sie hatte auch eine gewisse Intelligenz sowie Mut gezeigt, als sie seine so offenkundigen und wohlüberlegten Schmeicheleien im Park verächtlich zurückgewiesen hatte. Wie wäre eine solche Frau wohl im Bett?, fragte er sich plötzlich. Der Gedanke faszinierte ihn.

Er musste sie wiedersehen. Um seiner Wette willen. Für seine Chance, zu eigenen Bedingungen nach Alvesley zurückzukehren. Und um der persönlichen Herausforderung willen, diese kühle, hochanständige Fassade irgendwie zu durchbrechen – das heißt, wenn es hinter dieser Fassade etwas gab, wohin man durchbrechen konnte. Das mochte ebenso gut nicht der Fall sein.

Die Rosen waren nach wenigen Tagen verwelkt. Aber eine Blüte lag gepresst zwischen mehreren schweren Büchern, die ein Lakai von der Bibliothek in Laurens Wohnzimmer getragen hatte. Diese Blüte war zu vollkommen, um sterben zu dürfen und vergessen zu werden, hatte sie sich gesagt.

Sie hatte nach dem Mannering-Ball und der Fahrt in den Park alle weiteren Einladungen der Gesellschaft abgelehnt. Sie hatte Einkaufsbummel unternommen und war spazieren gegangen. Sie hatte mehrere Bücher sowohl aus der Sammlung des Dukes wie auch aus Hookhams Bestellbücherei gelesen. Sie hatte sich fleißig mit Stickerei und Schiffchenarbeit beschäftigt. Sie hatte fast täglich Briefe an Gwendoline und Tante Clara, Gwens Mutter, geschrieben. Sie hatte sogar einen Brief an Lily verfasst und ihn dem Duke für sein tägliches Sendschreiben übergeben – Lily war seine Tochter. Wenn eine gewisse Langeweile ihre Tage bestimmte und auch eine gewisse Ruhelosigkeit – nun, so sah wohl das Los einer Lady aus.

Aber an diesem Abend fuhr sie mit dem Earl und Wilma in der Stadtkutsche des Earls of Sutton. Sie waren auf Einladung von Lord Farrington auf dem Weg ins Theater, um sich eine Vorstellung von Shakespeares *König Lear* anzusehen. Viscount Ravensberg sollte auch dabei sein.

»Du musst dich zwischen Sutton und mich setzen, wenn wir ankommen, Lauren«, wies sie Wilma nicht zum ersten Mal an, als die Kutsche vor den Eingangstüren des Theaters hinter zwei weiteren anhielt.

Wilma war fest entschlossen gewesen, die Einladung nicht anzunehmen, und hatte in ihrem Verlobten einen starken Verbündeten gehabt. Aber Lauren hatte vor zwei Wochen eine neue Seite an sich entdeckt – eine eigensinnige Abneigung dagegen, ihre Handlungen von anderen bestimmen zu lassen, wie gut auch immer es gemeint sein mochte. Sie hatte sich ihr ganzes Leben lang so verhalten, wie sie glaubte, dass sich eine Lady verhalten musste. Und wohin hatte es sie gebracht? Sie hatte Wilma also mitgeteilt, dass sie ihre Einladung annehme, auch wenn sie Lord Farrington noch nie begegnet war. Sie war sich auch jetzt noch nicht sicher, was sie getan hätte, wenn Wilma es nicht als ihre Pflicht angesehen hätte, sie mit Lord Sutton zu begleiten.

Die Kutsche fuhr langsam vor. Ein Portier öffnete den Schlag und ließ die Stufen herab. Ein Gentleman trat aus der Menge um die Theatertüren hervor und streckte eine helfende Hand aus.

»Miss Edgeworth?«, sagte Lord Ravensberg. »Gestattet mir, Euch zu helfen.«

Er wirkte in schwingendem schwarzem Abendmantel und Zylinder unglaublich elegant und ansehnlich. Lauren legte ihre Hand in die seine, während Wilma und Lord Sutton schwach protestierten.

»Ich danke Euch, Mylord.« Sie trat aufs Pflaster.

»Ein veilchenfarbener Mantel«, stellte er fest, »mit passender Robe. Aber die Schattierung ist dieses Mal heller als Eure Augen – und weniger strahlend. Ich habe Euch vermisst. Ich habe überall nach Euch gesucht, Euch aber nicht gefunden. Daher musste ich mich zu dieser Strategie herablassen.« Er führte sie durch das bevölkerte Theaterfoyer zur Treppe zu den Logen.

»Warum?«, fragte sie.

Er konterte mit einer neuen Frage. »Warum habt Ihr die Einladung angenommen?«

»Vielleicht, weil ich das Werk von Mr. Shakespeare bewundere?«

Er lachte leise.

»Lauren«, rief Wilma hinter ihnen, »denk daran, dass du

dich zwischen Sutton und mich setzt. Ich brauche dich, damit du mir erklären kannst, was auf der Bühne geschieht. Ich bin doch so einfältig. Ich habe diese altertümliche Sprache noch nie verstanden.«

»Aha«, murmelte Lord Ravensberg. »Gerade hat sich Euch eine Gelegenheit geboten, meinen lüsternen Fängen zu entkommen, Miss Edgeworth. Wenn Ihr Euch neben mich setzt, wozu ich Euch einladen möchte, werdet Ihr vielleicht feststellen, dass ich Euch den ganzen Abend ungehörige Nichtigkeiten ins Ohr flüstern und Euch an Stellen berühren werde, die ich unter dem Schutz der Dunkelheit nicht berühren sollte.«

Seine Worte waren bestürzend ungeheuerlich. Das sollten sie auch sein, wie sie erkannte, genau wie auch sein verschwenderischer Lobpreis ihrer Schönheit an jenem Tag im Park eher als Herausforderung denn als Täuschung gedacht gewesen war. Sie würde ihre Entrüstung nicht zeigen. Sie würde ihm damit nur in die Hände spielen und ihn vermutlich amüsieren. Obwohl sie absolut nicht verstand, warum es einen Mann wie ihn amüsieren sollte, jemanden wie sie zu reizen.

»Wenn ich Euren Fängen hätte entkommen wollen«, belehrte sie ihn, »wäre ich zu Hause geblieben.«

»Wirklich herausfordernde Worte«, murmelte er, bevor er vor einer der Logen stehen blieb und die Tür öffnete.

Wenige Minuten später setzte sich Lauren, nachdem sie Lord Farrington, Miss Janet Merklinger und Mr. und Mrs. Merklinger, den Eltern der jungen Lady, vorgestellt worden war, auf einen samtbezogenen Sessel vorn in der Loge, auch wenn Wilma, die sich noch mit Mrs. Merklinger unterhielt, sie am Arm zu packen versuchte, um sie davon abzuhalten.

Viscount Ravensberg nahm neben ihr Platz.

Lauren verspürte, trotz all ihrer guten Absichten, ein Prickeln ihren Arm entlanglaufen, der ihm am nächsten war, sowie eine vorahnungsvolle Unruhe, die Erregung täuschend ähnelte. Sollte er sich dreist oder unverschämt oder anderweitig schändlich verhalten, würde sie ihn scharf zurechtweisen. Sie freute sich beinahe darauf, ihren Verstand mit dem seinen zu messen.

Das Leben war sonst so langweilig und vorhersagbar.

Sie saß, wie er erwartet hatte, ohne die Rückenlehne ihres Sessels zu berühren. Aber es wäre falsch, ihre Haltung als kerzengerade zu bezeichnen. Ihr Rücken wies eine elegante Biegung auf. Tatsächlich zeigte jede Linie ihres Körpers Anmut. Das heißt, disziplinierte Anmut. Und vielleicht unbewusste, disziplinierte Anmut. Sie folgte dem Theaterstück gewiss mit all ihrer Aufmerksamkeit, die Hände regungslos im Schoß, ihren geschlossenen Fächer mit einer Hand fest umfassend.

Kit beobachtete sie.

Bemerkte sie es? Hatte sie die äußerst interessierte Bewegung bemerkt, die bei ihrem Betreten von Farringtons Loge im Parkett und in den übrigen Logen aufgekommen war? Zahlreiche Monokel und Lorgnetten waren auf sie gerichtet und Köpfe zusammengesteckt worden, wie es geschieht, wenn man Klatsch austauscht. Es hatte natürlich aufgeregtes Gerede gegeben, als er an dem Tag, nachdem er mit ihr auf dem Mannering-Ball getanzt hatte, mit ihr in den Hyde Park gefahren war – besonders, laut Rush, deswegen, weil er sie auf einen der schattigeren Wege kutschiert hatte, anstatt den Gesellschaftskreis bis zu Ende zu drehen. Aber seit damals waren zwei Wochen vergangen, in denen nichts die Flammen der Spekulation gespeist hatte.

Sie schien sich des Interesses nicht bewusst, das sie erregt hatte. Sie wandte ihre Aufmerksamkeit erst von der Bühne ab, als der erste Akt endete.

»Ich hatte vergessen«, sagte sie, »wie es ist, die Aufführung eines Theaterstücks wirklich zu erleben. Man vergisst sich selbst vollkommen, nicht wahr?«

»Ich habe dem Stück nicht zugesehen«, gestand er ein, wobei er bewusst die Stimme senkte.

Sie presste in fast unmerklicher Verärgerung die Lippen zusammen und öffnete den Fächer auf ihrem Schoß. Offensichtlich verstand sie die Bedeutung seiner Worte. Ebenso offensichtlich missfiel ihr seine Art der leichten Poussiererei. Sie missfiel ihm auch selbst. Er war weitaus wirkungsvollerer Feinheiten fähig. Aber es amüsierte ihn zu studieren, wie weit er gehen konnte, bevor sie die kühle Kontrolle über ihr Naturell verlöre – und auch zu untersuchen, was geschehen würde, wenn dies in der Tat einträfe. Gab es hinter der kühlen Fassade denn etwas Interessantes zu entdecken?

Alle anderen Logengäste hatten sich inzwischen erhoben. Farrington führte Miss Merklinger auf ein Glas Zitronenlimonade davon. Ihre Eltern folgten ihnen, sehr korrekt, in kürzestem Abstand.

»Lauren.« Lady Wilma Fawcitt berührte ihre Cousine an der Schulter. »Sutton hat angeboten, uns zu Lord Bridges Loge hinüberzubegleiten, um der lieben Angela unsere Aufwartung zu machen. Komm mit.« Sie nickte Kit huldvoll zu. »Gütiger Himmel, Ihr werdet Euch recht verlassen fühlen, Lord Ravensberg. Aber wir werden zum zweiten Akt zurück sein.«

Lady Bridges war Suttons Schwester, wie sich Kit erinnerte. Er erhob sich. Miss Edgeworth nicht. Sie fächelte sich gemächlich die Wangen und legte einen schlanken Arm auf die Samtarmlehne ihres Sitzes.

»Ich glaube, ich werde hier bleiben, Wilma. Bitte grüß doch Lady Bridges von mir.«

Interessant!

Sutton und seine Verlobte hatten nun kaum noch eine andere Wahl, als wirklich in die Loge der Bridges zu gehen, die genau auf der entgegengesetzten Seite des Theaters lag. Miss Edgeworth schaute ins Parkett hinab und fächelte sich weiterhin Luft zu, während Kit seinen Platz wieder einnahm.

»Ihr wart Erkundungsoffizier auf der Pyrenäenhalbinsel, Lord Ravensberg«, sagte sie, ohne den Kopf zu wenden und ihn anzusehen. »Ein Spion.«

Sie hatte also einiges über ihn erfahren? »Ich bevorzuge erstere Bezeichnung«, erwiderte er. »Das Wort Spion beschwört Bilder von Umhängen und Dolchen und Großtaten verwegener Tollkühnheit herauf, die einem die Haare zu Berge stehen lassen.«

Da wandte sie sich zu ihm um. »Ich hätte erwartet, dass Euch ein solches Leben gefällt. War dem nicht so?«

Er dachte an die langen einsamen Reisen, manchmal zu Pferd, häufiger zu Fuß, durch feindliches Gebiet, gleichgültig zu welcher Jahreszeit. Er dachte an die endlosen, fruchtlosen Unterfangen, an das Umgehen französischer Kundschaftertrupps, an die Bemühungen um vorsichtigen Kontakt mit Partisanengruppen sowohl in Portugal als auch in Spanien, an die Notwendigkeit, geduldig und taktvoll mit unbedeutenden Diktatoren, wirren Hitzköpfen und grausamen, fanatischen Nationalisten zu verhandeln, an die entsetzlichen Gräueltaten, die weitab der Schlachtlinien geschahen – Folterungen, Plünderungen, Exekutionen. An die Erschöpfung von Körper und Geist und die beständige emotionale Belastung. An seinen Bruder …

»Ich fürchte, es war weitaus prosaischer und langweiliger«, versetzte er lachend.

»Und doch«, sagte sie, »wurdet Ihr in mehreren Kriegsberichten lobend erwähnt. Ihr habt Euer Land bei zahlreichen Gelegenheiten gerettet. Ihr seid ein Kriegsheld.«

»Mein Land?« Er sann darüber nach. »Das bezweifle ich. Manchmal fragt man sich als Soldat, was genau es ist, wofür man kämpft.«

»Gewiss kämpft man für das, was richtig ist. Man kämpft auf der Seite des Guten gegen die Mächte des Bösen.«

Wenn dem so wäre, warum war Schlaflosigkeit dann solch ein Problem für ihn? Und die häufigen Alpträume, wenn er einmal wirklich schlief?

»Dann glaubt Ihr also, dass jeder Franzose – und jede Französin – böse ist und jeder Brite und Russe und Preuße und Spanier gut?«

»Natürlich nicht«, erwiderte sie. »Aber Napoléon Bonaparte ist böse. Und jedermann, der für ihn kämpft, ist folglich auch böse.«

»Vermutlich gibt es in Frankreich viele Mütter, deren Söhne im Krieg fielen, welche die britischen Soldaten für die Verkörperung des Bösen halten.«

Sie öffnete den Mund zu einer Erwiderung, schloss ihn aber wieder.

»Es ist der Krieg selbst, der böse ist«, sagte sie schließlich. »Aber andererseits werden Kriege von Menschen provoziert und ausgefochten. Habt Ihr die Narbe unter Eurem Kinn aus einem Gefecht?«

Sie verlief von seinem linken Kiefergelenk zur Kinnspitze. »In Talavera. Ich habe mich damals nicht allzu laut darüber beklagt. Zwei Zoll tiefer, und ich hätte den Rest der Ewigkeit mit den Engeln die Harfe gespielt.« Lächelnd fuhr er mit einem Fingerknöchel vom Saum des kurzen Puffärmels bis zum oberen Saum ihres Handschuhs leicht den Arm hinab, der ihren Fächer hielt. Ihre Haut war seidig und warm.

Überall erklang das laute Summen der Gespräche. Theatergäste besuchten einander in den Logen und tauschten Eindrücke über das Stück und Klatsch aus. Und doch schienen sie beide plötzlich ganz allein. Er verspürte eine völlig unerwartete Regung sexuellen Verlangens für diese Frau, die nicht das Geringste dafür tat, dies zu bewirken. Sie besaß Schönheit im Überfluss, aber keine weibliche Ausstrahlung. Er hatte bisher noch kein echtes Lächeln auf ihrem Gesicht gesehen. Und doch wollte sein Körper den ihren.

Sie entzog ihm ihren Arm. »Ich habe Euch nicht erlaubt, mich zu berühren, Mylord. Tatsächlich habe ich Euch überhaupt nicht ermutigt. Warum habt Ihr diese ... Kriegslist heute Abend ersonnnen?«

»Ich war es Leid, an all den endlosen gesellschaftlichen Ereignissen der Saison teilzunehmen. Ich bin erschreckend ehrbar geworden. Wie langweilig für die vornehme Gesellschaft, ihre Unterhaltungen während der letzten Woche mit keiner meiner schändlichen Großtaten würzen zu können. Ich war gezwungen, etwas zu unternehmen.«

»Hätte ich Euch bei Lady Mannerings Ball geschmeichelt«, sagte Lauren, »und hätte ich während unserer Ausfahrt in den Hyde Park geziert gelächelt und gekichert, hättet Ihr das Interesse an mir augenblicklich verloren, Lord Ravensberg.«

»Gütiger Gott, ja«, stimmte er ihr zu. Wie scharfsichtig sie war.

»Ich wäre Euch dankbar, wenn Ihr den Namen des Herrn nicht unnütz erwähnen würdet«, sagte sie so spröde, dass er augenblicklich bezaubert war. »Ich sehe, dass ich mich Euch gegenüber genau falsch verhalten habe. Ich hätte Euch ermutigen sollen.«

»Es ist noch immer genug Zeit«, schlug er vor und rückte

seinen Stuhl einen halben Zoll näher an den ihren, »Euch zu bessern, Miss Edgeworth.«

»Ihr verspottet mich. Ihr lacht mich aus – ständig. Eure Augen hören niemals auf zu lachen.«

»Zu lächeln«, korrigierte er. »Ihr tut mir Unrecht. Meine Augen lächeln vor Freude, weil sie jedes Mal, wenn sie Euch anschauen, eine so wunderschöne Frau sehen, dass es keine andere danach mehr wert ist, angesehen zu werden – oder in Gedanken oder Träumen anwesend zu sein.«

Er amüsierte sich königlich, wie er erkannte – und umwarb sie auf völlig andere Art als geplant, mit recht offenkundigem Mangel an Raffinesse. Aber es gab vermutlich keine konventionelle Art, um diese Frau zu werben.

»Ich kapituliere«, erwiderte sie mit leicht geröteten Wangen. »Es gibt keine Gemeinsamkeiten zwischen uns, Mylord, auf denen man irgendeine bedeutungsvolle Bekanntschaft aufbauen könnte – falls dies Eure Absicht ist. Wir sind so verschieden wie Tag und Nacht.«

»Und doch treffen sich Tag und Nacht in der Morgen- und der Abenddämmerung flüchtig«, erwiderte er mit erneut gesenkter Stimme und verengten Augen und näherte seinen Kopf dem ihren um einen Zoll. »Und manchmal beschert ihr Verschmelzen dem Betrachter die zauberhaftesten Momente aller vierundzwanzig Stunden. Ein Sonnenauf- oder Sonnenuntergang kann vor Glanz erstrahlen und alle Leidenschaft, alles Sehnen im Betrachter erwecken.« Er lächelte sie sündhaft an und berührte mit den Fingerspitzen ihren behandschuhten Handrücken.

Sie entzog ihm die Hand mit einem Ruck und hob sie dann anmutig an, als sie sich erinnerte, dass sie fremden Blicken ausgesetzt waren, und fächelte ihre erhitzten Wangen. »Ich weiß nichts von Leidenschaft. Ihr verschwendet Eure Zeit mit mir, Mylord. Ich gehöre nicht zu der Art

Frauen, auf die Worte wie diese irgendeine wie auch immer geartete Wirkung hätten.«

»Das Theater ist gewiss überhitzt«, sagte er sanft, den Blick auf den Fächer gerichtet.

Sie hielt jäh in ihren Bewegungen inne, wandte den Kopf und blickte ihm gerade in die Augen. Er erwartete, dass sie zurückweichen würde, wenn sie bemerkte, wie nah sie einander waren, aber sie hielt Stand. Er konnte hinter ihrer Kontrolle lauernden Zorn spüren und wollte, dass er hervorbräche, sogar an diesem sehr öffentlichen Schauplatz. Vielleicht gerade hier. Sie würden augenblicklich zu einem aufsehenerregenden *Ondit*. Aber er konnte fast sehen, wie sie ihr Temperament zügelte, bevor sie sprach.

»Ihr wärt gut beraten, mich nach heute Abend nicht weiter zu verfolgen«, sagte sie. »Ich werde keine weitere Einladung annehmen, die Euch mit einschließt, Mylord. Ich bin es gewohnt, mich in Kreisen zu bewegen, in denen sich Gentlemen unfehlbar gentlemanlike benehmen.«

»Wie unerträglich langweilig für Euch.«

»Vielleicht.« Sie bewegte wieder ihren Fächer. »Ich mag ein langweiliges Leben. Langweiligkeit wird weit unterschätzt. Vielleicht bin ich eine langweilige Person.«

»Dann solltet Ihr vielleicht jemanden wie Bartlett-Howe oder Stennson heiraten. Sie verschwinden bei der geringsten Bewegung in einer Staubwolke.«

Er dachte einen faszinierenden Moment lang, sie würde lachen. Dann war er davon überzeugt, dass sie tief einatmete, um ihm den scharfen Rüffel zu erteilen, den er – Gott allein wusste, warum! – so verdammt zu provozieren versucht hatte. Aber verflixt – die Logentür öffnete sich, bevor sie lachen oder explodieren konnte, und sie wandte den Kopf jäh ab und blickte wieder ins Parkett hinunter.

Kit erhob sich, verbeugte sich vor Mrs. und Miss Merklinger, half ihnen, ihre Plätze wieder einzunehmen, und fragte sie, wie ihnen der erste Akt gefallen habe. Er grinste, zwinkerte Farrington zu, der keine Miene verzog, und nahm seinen Platz neben Lauren Edgeworth wieder ein, nur wenige Augenblicke, bevor Sutton und Lady Wilma zurückkehrten und alle mit einem Resümee jedes Gespräches erfreuten, das sie mit Lady Bridges und ihrer Gesellschaft geführt hatten.

Der zweite Akt des Stückes rettete sie alle vor einem Tod durch Langeweile.

5

Es regnete fünf Tage lang unaufhörlich. Man konnte während der kurzen Intervalle zwischen den heftigen Schauern unmöglich weiter gehen als bis zum rückwärtigen Garten des Hauses des Duke of Portfrey. Lauren wäre vollkommen zufrieden gewesen, still im Haus zu bleiben, Elizabeth Gesellschaft zu leisten und sich mit Nadel und Stift zu beschäftigen, aber alles um sie herum schien sich gegen eine solche Hoffnung verschworen zu haben.

Die Duchess of Anburey suchte Lauren am Morgen nach dem Theaterbesuch auf und tadelte sie sanft, weil sie zugestimmt hatte, mit Viscount Ravensberg allein zu bleiben, als Wilma überaus angemessene versucht hatte, sie fortzulocken, um Lady Bridges' Loge aufzusuchen. Selbst als Lauren erklärte, sie wäre gerne in Lord Farringtons Loge geblieben und ihr Tête-à-Tête hätte von jedem anderen Theaterbesucher beobachtet werden können, der sich die Mühe gemacht hätte hinzusehen, belehrte ihre Tante sie, dass eine Lady nie genug auf ihren Ruf achten könne. Besonders Lauren, unter den gegebenen Umständen, wie sie bedeutungsvoll hinzufügte.

Sie lud den Duke und die Duchess of Portfrey und Lauren für den nächsten Abend zum Essen ein. Es wäre ein recht erfreuliches Familienereignis, dachte Lauren später, wenn nicht der einsame Außenseiter wäre, ein weiterer der achtbaren, langweiligen Freunde des Earls of Sutton, der beim Essen neben Lauren platziert wurde und den ganzen Abend kaum von ihrer Seite wich. Es war in höchstem Maße unerträglich, sechsundzwanzig Jahre alt, sozusagen eine sitzen gelassene Braut und das Objekt aller wohlmeinenden Kuppelversuche mehrerer Verwandter zu sein.

Viscount Ravensberg blieb nicht unerwähnt. Lord Sutton unterhielt die Gesellschaft mit einem Bericht über die letzte skandalöse Eskapade des Viscounts. Er war am Vortag unangenehm aufgefallen, als er mitten am Tag zwischen zwei Regenschauern in der Serpentine im Hyde Park geschwommen war, wobei er nur – nun, der Earl bemühte sich nicht, dieses Thema in der Anwesenheit von Ladys kunstvoll auszuführen. Lord Ravensberg hatte fröhlich gelacht, als er aus dem Wasser gestiegen war und sich in seiner vollkommen nachlässigen Kleidung gezeigt hatte – er hatte nicht einmal seine Stiefel getragen! Dann hatte er sich auf spöttische Weise tief vor Lady Waddingthorpe und Mrs. Healy-Ryde verbeugt, die, trotz der Kränkung, Zeuginnen eines solch schockierenden Anblicks geworden zu sein, stehen geblieben waren, um ihn pflichtschuldig zu belehren, dass er seinen Namen, seine Familie und die Uniform entehrte, die er noch bis vor so kurzer Zeit getragen hatte. Natürlich hatten sie die Geschichte keine Stunde später bereits verbreitet, angefangen in Lady Jerseys Salon.

Der achtbare junge Mann versicherte Lauren mit stillem, würdevollem Ernst, dass einige Gentlemen diese Bezeichnung nicht verdienten.

Während dieser Woche wechselte Lauren Briefe mit daheim. Auch von Gwendoline, ihrer Cousine und besten Freundin – ja sogar noch eher Schwester als Cousine oder

Freundin –, erhielt sie einen Brief. Sie waren zusammen aufgewachsen und fast ihr ganzes Leben lang unzertrennlich gewesen. Gwen bezog sich auf einen Brief, den ihre Mutter, die Duchess-Witwe, von Tante Sadie erhalten hatte.

»Offensichtlich umgibt sie dich mit einem wahren Heer geeigneter Verehrer«, schrieb Gwen. »Alle zweifellos achtbar und unmöglich langweilig. Arme Lauren! Gibt es jemand Besonderen – jemanden, den *du* für geeignet hältst? Oh, ich weiß, du willst keinen Beau, niemand Akzeptablen oder Ähnliches, aber … gibt es jemanden?«

Lauren konnte sich das strahlende, schelmische Lächeln vorstellen, das beim Schreiben dieser Zeilen um Gwens Lippen gespielt hatte. Aber natürlich gab es niemanden. Hofiert er denn mit Absicht traurige Berühmtheit, fragte sie sich gedankenflüchtig. Halb nackt in der Serpentine zu schwimmen – also wirklich!

Gwens Brief endete mit einem in etwas dunklerer Tinte geschriebenen Satz, als hätte sie lange Zeit am Schreibpult gesessen und die Feder immer wieder ins Tintenfass getaucht, bevor sie ihn hinzugefügt hatte:

»Lily und Neville sprachen heute Morgen im Witwenhaus vor, um die freudige Nachricht zu überbringen, dass Lily ein Kind erwartet.«

Das war alles. Keine Details. Keine Beschreibung, wie Lily vor Freude gestrahlt haben und Neville vor Stolz fast zersprungen sein musste. Keine Beschreibung dessen, wie Tante Clara vor Freude geweint haben musste, dass sie bald ihr erstes Enkelkind im Arm halten würde – oder von dem Kummer, den Gwen bei der Erinnerung an den Verlust ihres eigenen ungeborenen Kindes empfunden haben musste, bei einer Fehlgeburt nach dem Reitunfall, der ihr auch eine dauerhafte Lähmung beschert hatte.

Nur die reine Tatsache, dass Lily ein Baby haben würde. Lily und Elizabeth – frisch verheiratet, froher Erwartung und so glücklich, wie der Tag lang war. Während Lauren plante, sich im Spätsommer in ihrem eigenen sehr einsamen, altjüngferlichen Dasein einzurichten, und sich selbst einredete, das sei ihr größter Wunsch im Leben.

Lily hatte ihrem Vater die Neuigkeiten natürlich auch geschrieben. Lauren befand sich bei Elizabeth im Damenzimmer, als er den Brief brachte, um seine Frau an dessen Inhalt teilhaben zu lassen.

»Oh, ist es also geschehen, Lyndon?«, fragte Elizabeth, die Hände auf den Busen gepresst. »Lily war recht überzeugt davon, dass sie unfruchtbar sei.« Dann biss sie sich auf die Lippen und blickte mit besorgtem Blick Lauren an.

Lauren lächelte mit aller verfügbaren Herzlichkeit. »Ihr müsst sehr glücklich sein, Euer Gnaden.«

»Das bin ich wirklich, Lauren.« Aber er lächelte kläglich. »Oder zumindest war ich es, bis ich eben daran dachte, dass mich nun Ängste nicht nur um meine Frau, sondern auch um meine Tochter plagen werden.«

Lauren legte die Stickerei beiseite, an der sie gearbeitet hatte, und erhob sich, um Elizabeth und den Duke allein zu lassen.

Und dann wurde Lauren am sechsten Tag beim Frühstück eine Karte gebracht. Er war eine Einladung von Mrs. Merklinger, am folgenden Abend bei ihr zu speisen und anschließend mit der Gesellschaft die Privatloge aufzusuchen, die Mr. Merklinger in den Vauxhall Gardens bestellt hatte, wo es Tanz und Feuerwerk gab.

Sie hatte im Theater kaum mit den Merklingers gesprochen. Sie pflegte keine weitere Bekanntschaft mit ihnen. Die einzige Erklärung für ihre Einladung, sich dieser anscheinend kleinen und auserwählten Gesellschaft anzuschließen, war die, dass Viscount Ravensberg ein weiterer Gast sein musste. Irgendwie hatte er dies eingefädelt.

Sie hatte ihm recht deutlich gesagt, dass sie nichts mehr mit ihm zu tun haben wollte. Sechs Tage lang hatte es geschienen, als habe er ihre Absage akzeptiert, und sie war erleichtert gewesen. Oh, wen versuchte sie zu täuschen? Die vergangenen sechs Tage waren fast unerträglich langweilig gewesen, obwohl sie sich kaum von ihrem Leben davor unterschieden. Sie musste die Einladung ablehnen. Es wäre einfach unsinnig, auf Viscount Ravensbergs spöttische Schmeicheleien und bewusste Versuche, sie zu schockieren, hereinzufallen. Sie waren so offensichtlich unaufrichtig. Sie musste ablehnen. Und doch …

Und doch sollten die Vauxhall Gardens am Abend bezaubernd sein.

Und sie war neugierig zu erfahren, wie er mit ihr weiter umgehen würde, jetzt, wo sie ihm sehr deutlich gemacht hatte, dass sie für seine Schmeicheleien unempfänglich war.

Und Tante Sadie, Wilma und Lord Sutton missbilligten ihn so sehr. Das war in sich beinahe eine Empfehlung, dachte sie und bekam ein schlechtes Gewissen.

Und Elizabeths Niederkunft wäre nun bald vorüber, und Lauren müsste … nun, das Leben aufnehmen, von dem sie gemeint hatte, das sie es sich wünschte.

Und Lily war guter Hoffnung. Neville war ein verheirateter Mann und bald Vater.

»Was soll ich tun?« Sie zeigte Elizabeth die Einladung, die sie durchlas und ihr zurückgab.

»Du nimmst also an, Lord Ravensberg wird Teil der Gesellschaft sein?«

»Ja.«

Elizabeth blickte sie freundlich an. »Was möchtest du denn tun?«

»Er ist ein verrufener Lebemann«, sagte Lauren. »Warum schürt er den Klatsch, indem er in der Serpentine schwimmt und darüber lacht, wenn er ertappt und gescholten wird?«

»Er ist auch ein bemerkenswert anziehender junger Mann«, sagte Elizabeth. »Anziehend für dich, Lauren. Was wünschst du dir? Ich kann dir nicht sagen, was du tun sollst. Ist deine Missbilligung Viscount Ravensbergs stärker als seine Anziehungskraft? Das ist die eigentliche Frage, die einer Antwort bedarf.«

»Ich fühle mich nicht von ihm angezogen«, protestierte Lauren.

»Dann schadet es gewiss nichts, wenn du die Gelegenheit nutzt, einen Abend in Vauxhall zu genießen. Vorausgesetzt, du fühlst dich nicht zu stark von ihm abgestoßen.«

»Ich fühle mich nicht von ihm abgestoßen.«

Elizabeth legte die gefaltete Serviette neben ihren Teller und erhob sich vom Tisch, wobei sie eine Hand über ihrem prallen Bauch spreizte. »Lauren«, sagte sie, »Lyndon und ich sind deinetwegen in Sorge. Lilys Neuigkeiten sind so bald nach deiner Ankunft hier eingetroffen, dass du dich gewiss fragst, ob du deinen schmerzlichen Erinnerungen jemals entkommen wirst. Nein.« Sie nahm Laurens Arm und führte sie in Richtung des Damenzimmers. »Du brauchst es nicht zu leugnen. Ich bin mir der Tatsache vollkommen bewusst, wie eng du mit Neville verbunden warst. Aber bitte – oh, Liebes, ich habe mir geschworen, nicht denselben Fehler zu begehen wie Sadie und zu versuchen, dein Leben für dich zu regeln.« Sie seufzte. »Aber ich kann nicht vollkommen widerstehen. Bitte, Lauren, denke nicht, dein Leben oder deine Hoffnung auf ein glückliches, fruchtbares Dasein sei vorüber. Nur du kannst wissen, was dich glücklich macht, und wenn es ein stiller Rückzug von der Gesellschaft ist, dann werde ich dich gegen alle Sadies dieser Welt unterstützen. Aber … nein, ich werde definitiv nicht mehr sagen. Willst du wirklich meinen Rat bezüglich dieser Einladung hören?«

»Nein«, antwortete Lauren nach kurzer Überlegung. Sie lächelte kläglich. »Es war unfair von mir zu fragen. Ich werde hingehen. Ich habe Vauxhall schon immer sehen wollen. Und ich fühle mich von Lord Ravensberg weder angezogen noch abgestoßen, Elizabeth. Es ist für mich recht belanglos, dass er auch einer der Gäste von Mrs. Merklinger sein wird.«

Elizabeth tätschelte ihren Arm.

Als sie wenig später allein in ihrem Zimmer war, erinnerte sich Lauren plötzlich an jene Worte, auf die sie damals nicht hatte antworten können: *Dann solltet Ihr vielleicht jemanden wie Bartlett-Howe oder Stennson heiraten. Sie verschwinden bei der geringsten Bewegung in einer Staubwolke.*

Wie unglaublich unverschämt! Wie furchtbar herzlos! Und wie absolut köstlich!

Lauren griff ein Kissen von einem Stuhl, der in Reichweite stand, und presste es gegen ihren Mund, während sie von Lachen geschüttelt wurde. Dann ließ sie das Kissen fallen und griff nach einem Taschentuch, um sich die Tränen aus den Augen zu wischen.

Er sollte nicht ermutigt werden, sagte sie sich ernst, auch nicht durch dieses heimliche Lachen.

Es war bereits dunkel, als sie sich den Vauxhall Gardens mit dem Boot näherten. Merklinger hatte beim Essen erklärt, es gäbe eine Brücke, über die sie mit der Kutsche über die Themse fahren könnten; aber warum eine wunderbare Gelegenheit verschwenden, die romantische Bootsfahrt zu wählen, zumal all der höllische Regen endlich aufgehört hatte, die Nacht sternenklar und der Mond fast voll war?

Wirklich – warum, dachte Kit, als er Miss Edgeworth ins

Boot half und sich dann auf die Bank gegenüber setzte. Er hatte auch während des Essens neben Lauren gesessen, da Mrs. Merklinger anscheinend angenommen hatte, sie seien ein Paar – genauso wie sie entschlossen darauf hinarbeitete, Farrington mit ihrem hübschen kleinen Fratz von Tochter zu verkuppeln. Farrington war fest in ihren Bekanntenkreis eingebunden.

»Und so«, sagte Kit, »segelten sie über den Rand der Welt davon in ein Land der Wunder und der Verzauberung. Und der sorglosen Tändelei.«

»Wir werden nur über die Themse zu den Vauxhall Gardens gerudert, Mylord«, entgegnete sie. »Eine Fahrt von vermutlich zehn Minuten.«

Zumindest sprach sie direkt mit ihm. Sie hatte ein Tête-à-Tête während des Essens gemieden und sich überwiegend mit Merklinger auf ihrer anderen Seite unterhalten.

»Ah, aber Vauxhall ist in der Tat ein wunderschönes, verzauberndes Land«, belehrte er sie. »Und berühmt als Schauplatz für Tändeleien und andere romantische Kapriolen. Wart Ihr schon einmal dort?«

»Nein. Und Eure Worte grenzen nun bereits an Anstößigkeit, Mylord.«

Er fragte sich, ob sie wusste, wie ergötzlich sie aussah, wenn sie so spröde und empört war. Schon zuvor hatte sie sich sehr gerade gehalten – aber seit der Erwähnung von Tändeleien ähnelte sie entschieden einem Stock. Sie hatte das Kinn einen Zoll angehoben und blickte hochmütig über das Wasser, anstatt seinen Blick zu erwidern. Sie trug den lavendelfarbenen Mantel, den sie zum Theater getragen hatte, die weite Kapuze bei der Flussüberquerung halb über ihre dunklen Locken gezogen, obwohl der Abend milde war. Darunter trug sie ein langärmeliges Kleid mit hoch angesetzter Taille aus elfenbeinfarbener Spitze über Seide. Er hatte sich gefragt, als er ihrer heute ansichtig geworden war, wie es ihr trotz ihrer vergleichsweise schlichten Kleidung bei jeder Gelegenheit gelang, die bestangezogene Lady zu sein. Aber die Frage hatte sich fast augenblicklich selbst beantwortet: Sie war, zusätzlich zu ihren übrigen Vollkommenheiten, eben auch eine Frau mit erlesenem Geschmack.

Diese Erkenntnis machte die Aufgabe dieses Abends noch beängstigender. Ihm blieben nur noch zehn Tage für seine Wette. Er musste entweder innerhalb von zehn Tagen mit ihr verheiratet sein oder wäre um dreihundert Pfund ärmer. Mit ihr verheiratet? In zehn Tagen? War das möglich? Aber das Wort *unmöglich* hatte noch nie zu seinem Wortschatz gehört.

Kit lauschte den schwatzenden Stimmen um sie herum. Miss Merklinger und ihre Cousine Miss Abbott kommentierten alles, was sie sahen, mit übersprudelnder jugendlicher Begeisterung. Und Lauren Edgeworth, die lange abgewartet hatte, damit ihre letzten tadelnden Worte einsinken konnten, sprach nun auch wieder, das Gesicht noch immer halb von ihm abgewandt.

»Warum seid Ihr nur halb bekleidet in der Serpentine geschwommen?«, fragte sie. »Warum habt Ihr Euch öffentlich zur Schau gestellt? Genießt Ihr es, Menschen zu empören, wo auch immer Ihr hingeht?«

»Ah.« Er lachte auf. »Dann hat man Euch also davon erzählt?«

»Und doch erwartet Ihr von mir, dass ich es zulasse, meinen Namen mit dem Eurem in Verbindung gebracht zu sehen?«

»Ihr möchtet nicht mit jemandem bekannt sein, der sich zum öffentlichen Ärgernis macht? Der seinen Ruf ruiniert? Ich bin untröstlich. Aber das Kind heulte erbärmlich, müsst Ihr wissen, und sein Kindermädchen wusste sich nicht zu helfen. Ich glaube, sie kam rasch zu dem Schluss, dass eine Ohrfeige ihre letzte Möglichkeit war.«

»Welches Kind?« Sie blickte ihn stirnrunzelnd an.

Er lachte. Sie sah sogar dann wunderschön aus, wenn sie böse war. »Ich hätte mir denken können, dass diese alten Klatschbasen nur einen Teil der Geschichte erzählen würden. Das Kind hatte ein neues Boot, das kühn und stolz zu fernen Horizonten aufbrach und seinen Kurs eine ganze Minute lang hielt, während der Junge freudig auf und ab sprang und so laut schrie, dass es einem Feldwebel Ehre gemacht hätte. Und dann sank das Boot schändlich, ohne dass auch nur eine Luftblase an der Oberfläche erschien. Und es war bereits mehrere Meter vom Ufer entfernt.«

»Und Ihr seid hineingetaucht, um es zu bergen.« Ihre Stimme enthielt eine Mischung aus Unglauben und Verachtung.

»Nicht sofort. Ich wartete, bis die völlige Unfähigkeit des Kindermädchens, diese Krise zu bewältigen, offensichtlich wurde. Es war in der Tat eine Krise, müsst Ihr wissen. Welcher Kapitän, der etwas auf sich hält, kann sein Schiff untergehen sehen, ohne einen gewaltigen Wutanfall zu bekommen? Als sich mir keine anderere Alternative mehr bot, als zuzusehen, wie ein Junge in seinem gerechten Zorn von einem hartherzigen Kindermädchen geohrfeigt würde, entledigte ich mich so weit meiner Kleidung, wie es schicklich war – obwohl ich verstehen kann, dass es darüber unterschiedliche Meinungen gibt –, und sprang ins Wasser. Ich barg das Boot aus seinem schlammigen Grab. Ich hielt meine Handlungsweise eher für eine Heldentat. Der Junge übrigens auch.«

Sie starrte ihn an und war offensichtlich sprachlos.

»Wisst Ihr«, sagte er und neigte den Kopf, »ich war früher selbst ein Junge.«

»Früher? Ihr meint etwa, Ihr seid inzwischen erwachsen geworden?« Sie biss sich auf die Lippen – um ein Lächeln zu unterdrücken? Auch in ihrer Stimme schwang verräterisches Lachen mit.

»Lady Waddingthorpe und Mrs. Healy-Ryde bebten vor Zorn, wie zwei Heißluftballons«, sagte er verächtlich.

Selbst im Mondlicht konnte er ihre Augen einen Moment lang vor Belustigung aufleuchten sehen. Aber – verdammt! – bevor sie diesem Gefühl Ausdruck verleihen konnte, lenkte Miss Merklingers und Miss Abbotts Geschrei die Aufmerksamkeit aller auf die Tatsache, dass sich ihr Boot dem Ufer näherte. Das Licht vieler Lampen, die in den Bäumen der Vauxhall Gardens hingen, tastete sich zitternd übers Wasser.

»Oh!«, sagte Lauren Edgeworth.

»Seht Ihr?«, sagte er sanft. »Es ist ein verzaubertes Land.«

»Magisch«, stimmte sie ihm mit solcher Inbrunst zu, dass es ihm fast schien, als habe sie ihre göttliche – oder teuflische – Würde im Augenblick ganz vergessen.

Er half ihr aus dem Boot, und sie folgten den anderen in die Vergnügungsgärten, deren Zauber sogar einen solch übersättigten Geschmack wie den seinen in Bann zu schlagen vermochte. Die langen Kolonnaden, ausgedehnten Haine und breiten Wege hätten auch am Tag angenehme Spaziergänge erlaubt. Aber am Abend verwandelten die bunten Lampen, die in den Zweigen der Bäume schwangen, Mondlicht und Sternenschein alles in ein prächtiges Wunderland. Die Musik des Orchesters, die vom Freilicht-Pavillon herüberschwebte, umhüllte sie und dämpfte die Klänge der Stimmen und des Lachens Dutzender Lustwandelnder.

Es war der perfekte Schauplatz für Tändeleien.

Und für einen Heiratsantrag.

Sie nahmen ihre Plätze in der Loge ein, die Merklinger für den Abend gemietet hatte, in der Nähe des Orchesters und der weiten Fläche des Parterres, wo das Publikum während der Konzerte und anderer Aufführungen zu stehen pflegte und wo heute Abend getanzt würde. Sie aßen Erdbeeren mit Sahne, tranken Wein und genossen die Abendluft. Miss Abbott tändelte mit Mr. Weller. Für ihre Tochter umwarb Mrs. Merklinger mit zielstrebiger Hingabe Mr. Farrington. Mr. Merklinger begrüßte fast jeden, der an ihrer Loge vorüberging, mit großer Freude, und wenn einer stehen blieb, verwickelte er ihn in eine lebhafte Unterhaltung. Kit wandte sich Lauren Edgeworth zu.

»Darf ich Euch zu einem Walzer auffordern?«

»O ja!«, rief Miss Merklinger aus und klatschte in die Hände. »Lasst uns Walzer tanzen! Dürfen wir, Mama?«

Erleichtert verstand Kit, als er die junge Lady verblüfft ansah, dass sie die Adressatin seiner Einladung keineswegs missverstanden hatte. Ihr glänzender Blick war auf Farrington gerichtet, der sich nachsichtig erhob, während die Mutter des Mädchens sie wohlwollend anstrahlte.

»Ein Walzer«, sagte sie. »Du hast noch keine Erlaubnis von den Patroninnen von Almack's bekommen, ihn zu tanzen, meine Liebe, und Amelia auch nicht. Aber in Vauxhall werden die Regeln wohl nicht so streng eingehalten. Also lauft los und amüsiert euch.«

Und so tanzten sie Walzer, Kit und Lauren und auch die anderen beiden Paare, unter den Sternen und den schwingenden Lampen, während die Abendbrise die Spitze von Laurens Kleid flattern ließ und Kits Haar zerzauste. Die zarte Wölbung ihres Rückgrats war wie für seine Hand gemacht, wie er erneut feststellte. Und der Walzer hätte sehr wohl für sie erfunden worden sein können. Sie führte die Schritte geschickt und anmutig aus. Und sie war schöner, als er jemals hätte erhoffen können.

Sie wäre eine perfekte Countess, wenn es so weit wäre.

Sein Vater könnte keine größeren Einwände gegen sie vorbringen als die Tatsache, dass sie nicht Freyja war. Wie verschieden sie waren … Aber er wollte diesen Gedanken nicht weiterverfolgen. Diese Frau wäre ihm durchaus angemessen.

»Kann es etwas Romantischeres geben, als unter den Sternen Walzer zu tanzen?«, fragte er sie, die Stimme so weit gesenkt, dass nur sie ihn hören konnte.

Sie hatte die Bäume und die Lampen betrachtet, aber als er sprach, blickte sie ihn direkt an. »Vermutlich«, sagte sie ernst, »hängt die Antwort auf diese Frage vom Partner ab.«

Er lachte leise. »Ich wage die Frage kaum zu stellen«, sagte er. »Aber kann es etwas Romantischeres geben als *diesen* Walzer unter den Sternen?«

»Es kann wohl nur wenige angenehmere Betätigungen als diese geben, Mylord«, sagte sie. Ein Dämpfer, wenn er jemals einen bekommen hatte.

»Mir würden durchaus einige einfallen.« Er senkte den Blick bewusst auf ihre Lippen und legte die Hand fester um ihre Taille. Warum, zum Teufel, musste er sie immer zu ärgern versuchen, obwohl er sie doch umwerben sollte?

»Warum beharrt Ihr darauf, mit mir zu poussieren?«, fragte Lauren. »Habe ich Euch nicht vollkommen klar gemacht, dass ich Eurer Schmeichelei nicht nachgeben werde? Amüsiert Euch mein Widerstand?«

Ihre Sprödigkeit amüsierte ihn in der Tat – zu seiner eigenen Überraschung. Sie sollte ihn vermutlich ärgern, aber dem war nicht so. Er fand ihre ernste Würde fast liebenswert.

Er wirbelte sie umher, ohne ihr zu antworten, und zog sie näher zu sich, als er ein weiteres Paar gefährlich nahe kommen sah. Aber sie wollte nicht mitspielen. Sie ging korrekt auf Distanz und blickte ihm mit stetem Tadel in die Augen.

»Da war ein großer Bauerntölpel, der Euch gerade niederwalzen wollte! Der da. Hoppla!« Der große junge Mann, auf den er deutete, war gerade mit einem anderen Paar zusammengeprallt. Kit lachte. »Ich werde Euch spazieren führen, wenn der Walzer vorüber ist. Und bevor Ihr das sehr entschiedene Nein äußert, für das Ihr gerade Luft holt, möchte ich die Form wahren, indem ich vorschlage, dass uns die anderen begleiten.«

Sie schloss den Mund und blickte ihn argwöhnisch an.

»Es wäre eine Schande«, sagte er, »nach Vauxhall zu kommen, ohne sich so viel wie möglich davon anzusehen, nicht wahr? Die Wege sind bewaldet, ländlich und unglaublich romantisch.«

»Ich bin nicht der Romantik wegen hierher gekommen.«

»Es gibt andere Möglichkeiten.« Er lächelte sie zweideutig an und wirbelte sie erneut umher, und ihr Hals bog sich zurück, als sie zu den umherwirbelnden Farben der Lampen hinaufblickte. »Warum seid Ihr dann gekommen?«

Als sie nicht sofort antwortete, seufzte er seelenvoll. Die Musik, das spürte er, würde bald enden.

»Macht einen Spaziergang mit mir«, sagte er. »Natürlich anstandshalber mit den anderen.« Wenn er deren Begleitung nicht würde abschütteln können, sobald sie die Umgebung des Pavillons verlassen hätten, dann hätte er in der Tat all seine Finesse verloren.

Die Musik verebbte, und sie standen einander noch einen Moment lang gegenüber, während die Paare um sie herum in ihre Logen zurückkehrten.

»Ihr zögert, weil ich nur in meinen Beinkleidern in der Serpentine geschwommen bin?«

»Für Euch ist alles nur ein Spaß«, rügte sie ihn. »Ich frage mich wirklich, ob Ihr irgendetwas ernst nehmt.«

»Einige Dinge schon«, versicherte er ihr. *Ah, ja, einige Dinge.* »Macht einen Spaziergang mit mir.«

»Nun gut«, willigte sie schließlich ein. »Vorausgesetzt, alle anderen sind einverstanden, uns zu begleiten, Mylord. Aber ich werde weder Poussiererei noch Getändel dulden.«

»Ich verspreche, weder mit Euch zu poussieren noch zu tändeln.« Lächelnd legte er die Hand aufs Herz.

Sie wirkte nicht überzeugt.

»Nun gut«, wiederholte sie.

6

Lauren hatte Schönheit stets geliebt. Der Park von Newbury Abbey war wunderschön, besonders an einem sonnigen Sommertag, wenn der Wind vom Meer nicht zu heftig wehte. Am meisten liebte sie jedoch die Rasenflächen und Blumenbeete im Inneren, wo der Park urbar gemacht und kultiviert worden war. Jene Abschnitte waren zivilisiert. Das wildere Tal und den Strand, die ebenfalls zum Park gehörten, hatte sie niemals wirklich gemocht. Sie waren ungezähmt und unordentlich. Etwas daran ängstigte sie auf unerklärliche Weise. Vielleicht erinnerte es sie daran, wie wenig Kontrolle der Mensch über sein eigenes Schicksal hat. Wie nahe wir stets dem Chaos sind.

Sie hatte schreckliche Angst vor dem Chaos.

Die Vauxhall Gardens waren eine reine Freude. Die Natur war gezähmt und wunderschön gestaltet. Der Wald war von Lampenlicht beleuchtet und von weiten, gut beleuchteten Wegen mit interessanten Skulpturen und Grotten durchzogen. Die Wege waren von Spaziergängern bevölkert, die sich alle vollkommen zivilisiert verhielten.

Und doch war sie sich einer Gefahr bewusst. Miss Merklinger und Lord Farrington sowie Miss Abbott und Mr. Weller gingen vor ihnen, unterhielten sich und lachten miteinander

ander. Lord Ravensberg unternahm keinen Versuch, sich an der Unterhaltung zu beteiligen, obwohl Lord Farrington sein Freund war. Und sie beide entfernten sich mit jeder Minute weiter von den anderen.

Hin und wieder wanden sich schmalere Wege in den Wald. Sie waren dunkler, einsamer als der Hauptweg.

Lauren konnte beinahe Lord Ravensbergs Gedanken lesen. Er beabsichtigte, sie auf einen dieser Seitenwege zu führen. Nur sie beide. Sie erschauderte. Sie könnte ihren Schritt beschleunigen und zu den anderen aufschließen. Sie könnte sich an deren Unterhaltung beteiligen. Oder sie könnte sich, wenn es denn so weit käme, schlicht weigern, den Hauptweg zu verlassen. Er würde ja wohl kaum versuchen, ihr seine Wünsche aufzuzwingen. Allein die Tatsache, dass sie diesen inneren Disput mit sich austrug, verwirrte sie. Lauren Edgeworth hatte immer gewusst, was richtig war, und es wäre gewiss nicht richtig, mit einem praktisch Fremden einen einsamen Weg entlangzugehen, wenn er nur Poussiererei im Sinn haben konnte.

Aber sie fühlte sich schlimm in Versuchung. Wie war das – zu poussieren? Es musste gewiss anders sein als bloße Tändelei. Man konnte in Gesellschaft anderer tändeln, aber man musste miteinander allein sein, um zu poussieren. Sie hatte sich noch niemals zuvor Gedanken darüber gemacht. Sie war noch niemals zuvor im Geringsten neugierig darauf gewesen.

Aber heute Abend war sie es.

»Der Weg wird bevölkerter«, sagte Viscount Ravensberg, den Kopf näher zu ihr geneigt. »Vielleicht gefiele Euch ein ruhigerer, gemächlicherer Spaziergang auf einem der Seitenwege, Miss Edgeworth?« Seine Blicke, die vor Vergnügen tanzten, verspotteten sie. Er wusste natürlich, dass sie wusste. Wusste er auch, dass sie sich versucht fühlte?

Sie hatte das Gefühl, an einen Scheideweg in ihrem Leben zu gelangen. Sie könnte und sollte nein sagen, und die Angelegenheit wäre beendet. Oder sie könnte ja sagen. Sie könnte einfach ja sagen und es riskieren … was riskieren? Entdeckung? Preisgegebensein? Einen Skandal? Sie wären ohne Begleitung. Beabsichtigte er, ihr einen Kuss zu stehlen? Das war ein schockierender Gedanke. Sie war bisher nur von Neville geküsst worden. Sie war sechsundzwanzig und war bisher nur – schamhaft – von einem früheren Verlobten geküsst worden. Vielleicht beabsichtigte er mehr als Küsse. Vielleicht …

»Danke«, hörte sie sich sagen, bevor sie sich einreden konnte, dass sie unmöglich annehmen dürfe. »Das wäre nett.«

Er wandte sich ohne weiteres Aufheben einem schmalen Weg zu ihrer Linken zu. Die beiden anderen Paare gingen weiter, ohne zu bemerken, dass sie zurückblieben.

Der Weg war schmal – gerade breit genug, dass zwei Menschen nahe nebeneinander gehen konnten. Lord Ravensberg presste ihren Arm fest an seine Seite, so dass sie keine andere Wahl hatte, als Schulter an Schulter mit ihm zu gehen. Es war der Weg, der ihr keine Wahl ließ – der Weg und die hohen, stillen Bäume, die ihn unmittelbar säumten und sich über ihnen wölbten, so dass sie das Mondlicht fast vollständig ausschlossen. Nur hier und da in den Bäumen befestigte Lampen spendeten ein wenig Licht.

Sie hätte nicht zustimmen sollen, dachte Lauren. Sie empfand noch stärkeres Alleinsein und Intimität, als sie erwartet hatte. Die Klänge der Stimmen und der Musik schienen augenblicklich schwächer. Niemand sonst ging auf diesem besonderen Weg.

Warum hatte sie nur zugestimmt? Neugier? Das Verlangen, geküsst zu werden?

Sie wünschte, er würde etwas sagen. Sie dachte an alle möglichen Dinge, die sie selbst vielleicht sagen könnte – sie war immerhin geübt darin, in Gesellschaft höfliche Konversation zu betreiben, aber jedes Thema, das ihr in den Sinn kam, hätte unter den gegenwärtigen Umständen lächerlich geklungen.

»Ich möchte Euch küssen«, sagte er in so beiläufigem Plauderton, dass ihr die Bedeutung einen Moment nicht recht bewusst wurde. Ihr Herz verstand es zuerst, das beunruhigend gegen ihre Rippen schlug und ihr fast den Atem nahm.

Wie wäre es, von einem Mann geküsst zu werden, der nicht Neville war? Von einem berüchtigten Lebemann geküsst zu werden? Von Viscount Ravensberg? Und warum hatte sie es ihm nicht augenblicklich fest und eiskalt verweigert?

»Warum?«, fragte sie stattdessen.

Er lachte leise. »Weil Ihr eine Frau seid – eine wunderschöne Frau – und ich ein lebenssprühender Mann. Weil ich Euch begehre.«

Lauren fragte sich, ob ihre Beine sie weiterhin tragen würden. Sie schienen plötzlich butterweich. Das war Poussiererei?

... weil ich ein lebenssprühender Mann bin.

Weil ich Euch begehre.

Seine Wortwahl lähmte vor Schreck ihren Geist. Und doch schlenderten sie weiter, als hätten sie gerade Bemerkungen übers Wetter ausgetauscht. Er wollte sie nicht einfach nur küssen. Er *begehrte* sie. Könnte sie möglicherweise begehrenswert sein? War sie wirklich wunderschön? War es etwa möglich, dass dies nicht nur eine einfache Poussiererei war? Oder fiel sie gerade törichterweise auf einen erfahrenen Lebemann herein?

Sie blieben wie in gegenseitigem Einverständnis stehen. Das schwache Licht einer fernen Lampe tanzte über seine beschatteten Züge. Er hob eine Hand und streifte mit der Rückseite seiner Fingerknöchel federleicht seitlich ihr Kinn.

»Lasst mich Euch küssen«, flüsterte er.

Sie nickte mit geschlossenen Augen – als entbinde sie ihre Blindheit von der Verantwortung für alles, was nun folgen würde, solange sie nur schwieg.

Sie spürte, wie sich seine Hände rechts und links um ihre Taille legten. Sie zogen sie vorwärts, bis ihr Busen seine Brust streifte und dann fester berührte, obwohl sie die Füße nicht bewegt hatte. Um das Gleichgewicht zu halten, hob sie die Hände und umfasste seine Schultern – und empfand erneut die seltsame Intimität, mit einem Mann zusammen zu sein, der nur zwei oder drei Zoll größer war als sie. Sie öffnete die Augen und sah sein Gesicht sehr nahe an ihrem, sein Blick gespannt auf ihren Mund gerichtet. Und dann bedeckte der seine den ihren.

Seine Lippen waren geöffnet. Sie spürte erschrocken die feuchte Hitze seines Mundes und die Wärme seines Atems an ihrer Wange. Einige Momente verlor sie sich in die verwunderte Betrachtung von Empfindungen, die sinnlicher waren, als sie es jemals für möglich gehalten hätte. Und dann wurde sie sich zweier Dinge gleichzeitig bewusst. Seine Zunge folgte dem Schwung ihrer Lippen und löste eine beängstigend brüske Empfindung aus, die fast schmerzhaft ihre Kehle ergriff, zu ihrer Brust hinabwanderte und dann noch tiefer … Und eine seiner Hände lag fest auf ihrem Rücken – nein, am Ende ihres Rückens – und zog sie heran, so dass ihre Oberschenkel die seinen berührten und …

Sie entzog sich ihm mit einem Ruck und kämpfte gegen das Chaos unvertrauter Empfindungen und Gefühle an, das sie durchströmte. Wie sinnvoll es doch war, dass unverheiratete Ladys niemals mit einem Mann allein sein durften, bis sie verlobt waren! Aber sie hatte bei Neville nichts dergleichen empfunden. Neville war … ein Gentleman.

»Danke, Mylord«, sagte sie, erleichtert über die ruhige Kühle ihrer Stimme, die in krassem Gegensatz zu ihrem Gefühlsaufruhr stand. »Das genügt durchaus.«

»Miss Edgeworth.« Er betrachtete sie genau, den Kopf ein wenig schief gelegt. Er versuchte nicht, sie erneut zu umfassen. Er berührte sie nicht einmal. Er hatte die Hände fest auf dem Rücken verschränkt. Dennoch wäre sie einen Schritt zurückgetreten, um mehr Abstand zwischen sie zu legen, wenn die Bäume es zugelassen hätten. »Würdet Ihr mir die große Ehre erweisen, mich zu heiraten?«

Was? Sie sah ihn sprachlos an. Seine Frage kam so unerwartet, dass ihr Verstand es im Moment nicht erfassen konnte. Das war gewiss keine Poussiererei. Er hatte sie gebeten, ihn zu heiraten!

»Warum?« Die Frage war gestellt, bevor sie sie zurückhalten konnte.

»Ich sah Euch auf der anderen Seite von Lady Mannerings Ballsaal und wusste, dass Ihr die Frau seid, die ich heiraten würde – wenn Ihr mich denn haben wollt.«

Es war gewiss der Traum jeden Mädchens, quer durch einen bevölkerten Raum erwählt zu werden. Eben noch Aschenputtel, plötzlich die große Liebe von Prince Charming. Es gab keinen romantischeren Mythos. Und wider Willen war auch Lauren dagegen nicht immun. Aber sie war kein Mädchen mehr. Zwischen Mythos und Realität bestand der größte Unterschied der Welt. Das Leben hatte ihr genug Portionen Realität zugeteilt, dass sie daran keinen Zweifel hegte. Sie glaubte nicht an Liebe auf den ersten Blick. Sie glaubte nicht einmal an romantische Liebe.

»Seitdem«, sagte er, »hat sich meine Achtung für Euch von Tag zu Tag verstärkt. Von Stunde zu Stunde.«

»Tatsächlich?« Sie wünschte fast, sie wäre das törichte Mädchen, das sie nie gewesen war – um des naiven Glaubens an märchenhafte Romantik willen. Sie wünschte fast, sie könnte glauben. »Warum?« Sie schien diese Frage in letzter Zeit sehr häufig gestellt zu haben.

»Ihr seid wunderschön«, sagte er. »Ihr seid elegant und anmutig und würdevoll. Tatsächlich seid Ihr eine perfekte Lady. Ich habe mich Hals über Kopf in Euch verliebt.«

Diese Worte weckten sie aus ihrer geistigen Lähmung. Männer verliebten sich nicht Hals über Kopf. Junge Mädchen vielleicht, aber wenn sich Männer überhaupt verliebten, dann weitaus langsamer und pragmatischer. Lord Ravensberg war nicht der Mensch, der sich leidenschaftlich in irgendeine Frau verliebte. Er liebte sich vermutlich viel zu sehr selbst. Und Lauren Edgeworth war nicht die Frau, die bei irgendeinem Mann hochfliegende Gefühlsregungen bewirkte.

»Mylord«, fragte sie ihn, während sie ihm unmittelbar in die Augen sah und wünschte, es wäre heller, »welches Spiel spielt Ihr?«

»Spiel?« Er beugte sich ein wenig näher zu ihr, und sie wandte sich jäh ab und ging einige Schritte den Weg entlang. Sie blieb stehen und kehrte ihm den Rücken zu.

»Ist es mein Vermögen?«, fragte sie ihn. »Müsst Ihr Geld heiraten?«

»Ich habe allen Reichtum, den ich brauche«, sagte er nach einer kurzen Pause. »Und ich erbe noch weitaus mehr.«

»Warum dann?« Sie blickte den Weg entlang und betrachtete geistesabwesend die sich verlagernden Muster bläulichen Lichts und den Schatten, den eine ferne Lampe darüber warf. »Warum habt Ihr an Lady Mannerings Ball teilgenommen? Man sagte mir, ihr hättet in dieser Saison noch keinen anderen Ball besucht. Warum habt Ihr nur mit mir getanzt? Ihr wart mit dieser Absicht dort, nicht wahr? Ihr hattet die Absicht, um meine Hand anzuhalten, bevor Ihr mich überhaupt gesehen hattet, nicht wahr?«

»Ich hatte Euch schon zuvor im Park gesehen«, sagte er. »Erinnert Ihr Euch? Man kann Euch nur schwer vergessen.«

London war während der Saison ein einziger großer Heiratsmarkt. Viscount Ravensberg musste Ende zwanzig sein, vielleicht auch älter. Er war Erbe einer Earlswürde. Es war durchaus denkbar, dass er beschlossen hatte, es sei an der Zeit zu heiraten. Aber warum sie? Und warum sozusagen ungesehen? Sie glaubte keinen Augenblick, dass er während dieses kurzen Blickwechsels im Park, als er die Milchmagd umfangen hielt und küsste, Leidenschaft für sie entwickelt hatte. Sie glaubte nicht, dass er überhaupt Leidenschaft für sie empfand. Sie wandte sich zu ihm um. Aus diesem Blickwinkel war sein Gesicht besser beleuchtet. Es zeigte weniger Lachen als gewöhnlich.

»Eure Vortäuschung der Leidenschaft ist beleidigend, Mylord«, sagte sie. »Lügen sind unnötig. Warum nicht einfach die Wahrheit?«

Seine Züge wirkten hart und wie gemeißelt, ohne den üblichen gut gelaunten Ausdruck. Sie konnte ihn sich jetzt besser als je zuvor als Kriegsoffizier vorstellen.

»Beleidigend«, wiederholte er leise. »Ich habe Euch beleidigt. Und Ihr habt in der Tat Recht. Das habe ich.«

Sie hatte das unbestimmte Gefühl, dass ihr Herz aus ihrer Brust bis hinunter in die Füße sank. Also hatte sie Recht. Er empfand nichts für sie. Natürlich nicht. Und sie wollte ihn ohnehin nicht. Sie wollte weder seine noch die Liebe irgendeines anderen Mannes. Besonders nicht seine. Aber sie fror plötzlich. Sie war *nicht* wunderschön. Sie war *nicht* begehrenswert. Sie war einfach Lauren Edgeworth, die vollkommene Lady und für einen Earl geeignete Braut – wie sie es ihr ganzes Leben lang gewesen war, es sei denn, der Mann fand eine ansprechendere Braut, bevor es zu spät war. Sie wandte den Kopf, um sich zu bestätigen, was ihre Augen zuvor gesehen hatten, ohne es wirklich zu bemerken – eine Bank. Sie ging darauf zu, setzte sich hin und arrangierte ihre Röcke sorgfältig um sich, damit sie ihn nicht ansehen musste. Er trat näher, machte aber keinerlei Anstalten, sich neben sie zu setzen.

»Ehre war mir stets überaus wichtig«, sagte er, seine Stimme so bar allen Lachens, dass sie den Klang kaum wiedererkannte. »Es gab eine Zeit – als ich Offizier war –, als mir Ehre mehr bedeutete als mein eigenes Leben und sogar das Leben derer, die ich liebte. Aber …« Nach kurzem Schweigen fuhr er fort. »Ich habe bei allem, was mit Euch zu tun hat, vollkommen unehrenhaft gehandelt. Ich schäme mich zutiefst und bitte Euch um Verzeihung. Vielleicht erlaubt Ihr mir, Euch zu Mrs. Merklinger zurückzugeleiten?«

Sie blickte zu ihm auf. Unehrenhaft? Nur weil er eine Liebe vorgetäuscht hatte, die er nicht empfand? Und warum fühlte sie sich nun so trostlos? Sie hatte ihm doch ohnehin nie geglaubt.

»Ich meine, Ihr schuldet mir zunächst eine Erklärung«, sagte sie, obwohl sie sich nicht sicher war, ob sie es wissen wollte.

Es schien ihr lange Zeit, als würde er nicht antworten. Schritte näherten sich auf dem Weg, begleitet von leisem Flüstern und Lachen. Aber wer auch immer es war, er musste sie aus der Ferne erblickt haben und umgekehrt sein. Die Musik eines weiteren Walzers drang aus scheinbar weiter Ferne heran.

»Es muss genügen, wenn ich Euch sage«, erklärte Lord

Ravensberg schließlich, nachdem er hörbar eingeatmet hatte, »dass ich gegen drei andere Männer gewettet habe, dass ich Euch bis Ende dieses Monats umwerben und heiraten würde.«

Lauren zügelte sich, indem sie erfolglos versuchte, still für sich ihre Gefühle mit einem Wort zu beschreiben. Schreck? Zorn? Verwirrung? Verletztheit? Erniedrigung?

»Eine Wette?«, flüsterte sie.

»Wir haben Euch ausgesucht, weil Ihr den Ruf unerschütterlicher Würde, Vornehmheit und Ehrbarkeit habt. Weil Ihr in der Tat die vollkommene Lady seid. Meine … Freunde sahen in Euch diejenige, die meinen Antrag mit der geringsten Wahrscheinlichkeit annehmen würde.«

»Weil Ihr ein Lebemann seid? Es war also alles ein Spiel?« Ihre Stimme klang ebenso tonlos wie die seine. »Und ein bemerkenswert törichtes Spiel. Was wäre, wenn Ihr die Wette gewonnen hättet? Ihr wärt lebenslang mit einer spröden, ehrbaren Ehefrau gestraft gewesen. Einer vollkommenen Lady. Einer vollkommen langweiligen Lady. Das ist es, was ich bin, Lord Ravensberg.«

Es war lächerlich, wie sehr es schmerzte. Sie hatte diesen Mann nie geachtet oder seine unsinnigen Schmeicheleien geglaubt. Sie achtete ihn jetzt noch weniger. Welchen Unterschied machte es, dass er um sie gewettet hatte, nur weil sie langweilig, langweilig, langweilig war? Denn das waren für ihn Würde, Vornehmheit und Ehrbarkeit. Und er hatte vollkommen Recht. Sie war genau das, wofür er sie hielt. Sie war stets stolz darauf gewesen, eine Lady zu sein. Sie war noch immer stolz darauf. Also war der Schmerz unberechtigt. Sie spürte ihn nicht wirklich. Nur Zorn – mehr auf sich selbst als auf ihn. Sie hatte von Anfang an gewusst, wer und was er war. Sie hatte bewusst entschieden, nicht auf ihre Familie zu hören. Sie hatte ihre Unabhängigkeit behaupten wollen. Und sie hatte sich die ganze Zeit über eingeredet, sie sei gegen seinen Charme gefeit.

»Nein«, sagte er. »Ihr tut Euch Unrecht. Und es war nicht nur ein Spiel. Ich brauchte – brauche – wirklich eine Braut. Jemanden wie Euch. Aber ich hätte Euch nicht so … gefühllos umwerben sollen. Mit solch unbesonnener Missachtung. Ich hätte nicht zulassen dürfen, dass Ihr – oder irgendeine andere Lady – Gegenstand einer Wette wurdet. Ihr wäret vielleicht die perfekte Ehefrau für mich, aber ich wäre für Euch gewiss der schlechteste Ehemann, den Ihr bekommen könntet.«

Nun hätte sie sich erheben sollen, da sie ihre Erklärung erhalten hatte, und zum Hauptweg und zur Loge zurückgehen, wo Mr. und Mrs. Merklinger warteten. Sie hätte allein um des Stolzes willen gehen – und seine Begleitung verweigern sollen. Aber sie regte sich nicht.

»Warum braucht Ihr bis Ende Juni eine Braut?«, fragte sie. »Das sind nur noch knapp zwei Wochen. Und warum eine – eine vollkommene Lady?« Sie konnte nicht verhindern, dass ihre Stimme verbittert klang.

»Ich sollte Euch besser alles erzählen.« Er seufzte und trat einen Schritt näher. Aber er setzte sich nicht neben sie. Stattdessen stellte er einen Fuß auf den Holzsitz und stützte einen Arm auf das erhobene Bein. Sein Gesicht, nun nur noch wenige Zoll von dem ihrem entfernt, war so ernst, wie sie es noch nie zuvor gesehen hatte.

»Ich wurde zum Sommer nach Alvesley berufen«, sagte er. »Das ist der Hauptwohnsitz meines Vaters. Der Tod meines Bruders vor fast zwei Jahren machte mich zum Erben meines Vaters, und er zwang mich, mein Offizierspatent zu verkaufen, indem er mir erklärte, es stünde mir nicht mehr frei, jeden Tag mein Leben zu riskieren. Mein Leben war für ihn plötzlich etwas wert, versteht Ihr, obwohl er mich das letzte Mal, als ich ihn sah, lebenslänglich verbannte.«

»Ihr wolltet Euer Offizierspatent nicht verkaufen?«, fragte sie, als sie seinen ungewöhnlich verbitterten Tonfall bemerkte.

»Als jüngerer Sohn wurde ich auf eine militärische Karriere hin erzogen. Das war es, was ich ohnehin wollte. Und es hat mir alles in allem gefallen. Es war etwas, was ich gut konnte.«

Sie wartete.

»Diesen Sommer soll zur Feier des fünfundsiebzigsten Geburtstags meiner Großmutter eine mehrtägige Gesellschaft stattfinden. Meine Verbannung wurde aufgehoben. Der reuige Sünder darf nach allem doch nach Hause zurückkehren. Er muss seine Pflichten als zukünftiger Earl erlernen, versteht Ihr. Und eine dieser Pflichten besteht darin, eine Braut zu nehmen und eine Familie zu gründen. Tatsächlich beabsichtigt mein Vater, meine Verlobung zum zentralen Ereignis dieses festlichen Sommers zu machen. Es soll ein Geburtstagsgeschenk für meine Großmutter sein.«

Allmählich ergab alles einen Sinn. Ihre Ehrbarkeit, ihr Ruf als vollkommene Lady machten sie zu einer guten Kandidatin. Sie war mit eiskalter Überlegung ausgewählt worden. Was natürlich für die meisten Bräute ihres Ranges galt. Hätte er seine Absichten von Anfang an offen dargelegt, wäre sie nicht gekränkt gewesen, denn es war eigentlich nichts Kränkendes daran.

»Der Earl of Redfield hat Euch angewiesen, eine ehrbare Braut zu wählen?«, fragte sie. »War er es, der mich vorschlug?«

»Nein.« Er tappte mit seiner freien Hand an das Bein, auf dem er stand. »Tatsächlich hat er jemand anderen im Blick.«

»Oh?«

»Die Verlobte meines toten Bruders.«

»Oh.« Lauren verschränkte die Hände fest im Schoß. Wie äußerst unangenehm sowohl für Lord Ravensberg als auch für die arme Lady, die von einem Bruder zum nächsten weitergereicht werden sollte wie ein abgenutztes Erbteil.

»Und davor die meine«, sagte er nach einer kleinen Pause. »Aber als sie vor drei Jahren vor die Wahl gestellt war, wählte sie lieber den Erben als den zweiten Sohn, der nur Kavalleriemajor war. Komisch, nicht wahr? Sie hätte sowohl mich als auch den Titel bekommen können. Aber ich möchte sie nicht mehr heiraten. Und so beschloss ich, meine Braut selbst zu wählen und sie als *fait accompli* mit mir zu nehmen. Ich wollte eine Braut, gegen die mein Vater wahrscheinlich keine Einwände erheben könnte. Ihr wurdet mir vorgeschlagen – nicht als jemand, der gewiss annehmen würde, sondern als eine Lady vollkommener Vornehmheit, die dies wahrscheinlich nicht täte. Daher die Wette.«

Lauren betrachtete ihre im Schoß ruhenden Hände. Sie war sich nicht sicher, ob er die reine Wahrheit sprach. Sie hielt es für wahrscheinlicher, dass sie als jemand genannt worden war, die seinen Antrag mit fast an Sicherheit grenzender Wahrscheinlichkeit bereitwillig annehmen würde. War sie nicht immerhin eine verlassene Braut? Eine Frau jenseits des ersten Errötens zarter Jugend, die gewiss mit verzweifelter Dankbarkeit den ersten Mann nähme, der sie haben wollte? Aber wenn das so war, warum sollten dann die drei anderen Gentlemen gegen seinen Erfolg gewettet haben?

Aber war das wichtig?

»Ich bitte Euch um Verzeihung«, sagte er. »Ihr wart das Opfer meines unverzeihlichen Ehrvergehens. Ich hätte Euch von Anfang an Ehrlichkeit geschuldet. Ich hätte mit meinem Antrag an den Duke of Portfrey herantreten und mit dem zufrieden sein sollen, was auch immer er vielleicht geantwortet hätte. Aber nun ist es zu spät, um Euch auf die richtige Art zu umwerben. Ihr habt nichts getan, was solch schändliche Behandlung verdient hätte. Bitte glaubt mir, dass ich wahrhaft zerknirscht und Euer ergebenster Diener bin. Darf ich Euch zur Loge zurückgeleiten?« Er senkte den Fuß auf den Boden und bot ihr einen Arm dar.

Sie betrachtete noch immer ihre Hände, während er wartete. Ein weiterer Scheideweg. Aber es war nichts weiter zu entscheiden, nichts weiter zu sagen.

Weil Ihr eine Frau seid – eine wunderschöne Frau – und ich ein lebenssprühender Mann bin. Weil ich Euch begehre.

Alles Lüge. Und sie fühlte sich unleugbar verletzt. Alles war eine List gewesen, um sie dazu zu verleiten, seinen Antrag anzunehmen und seine Wette für ihn zu gewinnen.

Aber dennoch … ein Scheideweg.

»Nein, wartet«, sagte sie leise, obwohl er das bereits tat: darauf zu warten, sie aus seinem Leben zu geleiten. »Wartet einen Augenblick.«

Kit beobachtete, wie sie die Hände im Schoß spreizte. Sie schwieg. Er fühlte sich scheußlich elend. Er wollte sie, nachdem die Wahrheit ausgesprochen war, nur noch zu Mrs. Merklinger zurückbringen und den Abend mit aller ihm zur Verfügung stehenden Geduld hinter sich bringen – und morgen früh seine drei Freunde aufsuchen, um seine Schulden zu bezahlen, bevor er sich nach Alvesley begab.

Er fühlte sich durch die Erkenntnis zutiefst gedemütigt, eine Lady – eine vollkommen unschuldige Lady – zum Gegenstand einer schäbigen Wette gemacht zu haben. Er hatte in der Tat jene Ehre befleckt, die er so wertschätzte. Die Wette war ihm damals, bevor er Lauren kennen gelernt hatte, recht amüsant erschienen.

Eine weitere Gruppe näherte sich auf dem schmalen Weg, ungestümer als das Paar zuvor. Sie kamen unmittelbar auf sie zu, selbst als sie merkten, dass sie wohl ein Tête-à-Tête störten. Kit setzte sich neben Lauren, und die vier Nachtschwärmer gingen in geräuschvoller Stille vorüber, die Augen sorgfältig abgewandt, und lachten und kicherten dann, bevor sie noch ganz außer Hörweite waren. Kit blieb, wo er war.

»Werdet Ihr also nach Alvesley gehen«, fragte Lauren Edgeworth, »und Euch doch mit Eurer früheren Verlobten verbinden?«

»Ich hoffe, dieses Schicksal umgehen zu können«, antwortete er.

»Wünscht *sie, Euch* zu heiraten?«

»Das bezweifle ich sehr. Sie hat mir Jerome vor drei Jahren vorgezogen.« Obwohl man bei Freyja nie genau wissen konnte.

»Ich werde einen Handel mit Euch abschließen, Lord Ravensberg«, sagte Lauren Edgeworth mit fester, ruhiger Stimme, »wenn Ihr damit einverstanden seid.«

Er wandte den Kopf und sah sie an, aber sie hatte den Blick noch immer auf ihre gespreizten Finger gesenkt.

»Ich werde mit Euch nach Alvesley gehen«, sagte sie sehr wohlerwogen, »als Eure Verlobte.«

Er saß sehr still.

»Als Eure *vorübergehende* Verlobte. Ich werde mit Euch gehen, mich Eurer Familie präsentieren und alles das sein, was Ihr von mir erhofftet. Ich werde dort sein, während Ihr Euch wieder als der Sohn Eures Vaters etabliert und Euren rechtmäßigen Platz als der Erbe in seinem Haus einnehmt. Ich werde dort sein, so dass weder Euch noch der Lady, die einst Euren Bruder vorzog, eine unerwünschte Verlobung aufgezwungen werden kann. Ich werde euch während der mehrtägigen Gesellschaft und der Geburtstagsfeierlichkeiten sozusagen ein wenig Freiraum verschaffen. Aber ich werde Euch nicht heiraten. Zum Ende des Sommers werde ich Alvesley verlassen und die Verlobung lösen. Ich werde es in einer Art und Weise tun, dass Euch kein Nachteil daraus erwächst. Es steht zu hoffen, dass Eure Familie zu diesem Zeitpunkt Euer Recht akzeptiert haben wird, Eure Braut zu gegebener Zeit selbst zu wählen.«

Er konnte sie kaum missverstehen. Sie drückte sich sehr klar aus. Aber was zum Teufel …?

»Ihr würdet die Verlobung lösen?«, fragte er stirnrunzelnd. »Seid Ihr Euch darüber im Klaren, welch einen Skandal das bewirken würde? Ihr würdet Euch außerhalb der Gesellschaft stellen.«

»Das glaube ich nicht«, erwiderte sie, den Blick mit leichtem Lächeln noch immer auf ihre Hände gesenkt. »Manche würden mir gewiss dazu gratulieren, mich gerade noch rechtzeitig vor einer Ehe mit einem Lebemann gerettet zu haben. Aber es kümmert mich ohnehin kaum. Ich sagte Euch bereits, dass ich keinen Ehemann suche, dass ich keinerlei Absicht habe zu heiraten. Ich habe erst vor sehr kurzer Zeit erkannt, dass ich mich von meinen wohlmeinenden Verwandten befreien muss, die mich behandeln, als sei ich sowohl ein unreifes Mädchen als auch eine ausgesprochen zerbrechliche Handelsware. In Wahrheit bin ich eine Frau, die ihre Reife schon vor langer Zeit erreicht hat, und ich besitze eine angenehme Unabhängigkeit. Ich beabsichtige, mir mein eigenes Heim zu schaffen, vielleicht in Bath. Wenn ich den Sommer in Alvesley verbracht habe, vermutlich als Eure Verlobte, und die Verbindung dann gelöst habe, wird es mir weitaus leichter fallen zu tun, was ich schon vor einem Jahr hätte tun sollen. Keiner meiner Verwandten wird Einwände erheben. Ich werde nachweislich nicht mehr heiratsfähig sein.«

Was zum Teufel ...? Er betrachtete ihr Profil und erkannte, was er schon lange hätte erkennen sollen – dass er diese Frau überhaupt nicht kannte. Und doch war er bereit gewesen, sie innerhalb der nächsten zwei Wochen zu heiraten.

»Also wart Ihr Kilbourne tief verbunden?«, fragte er.

Ihr Kopf sank noch ein wenig tiefer. Ihre Finger schlossen sich und spreizten sich dann wieder.

»Ich bin auf Newbury Abbey mit ihm aufgewachsen, seit ich im Alter von drei Jahren dorthin kam. Er schien in gewisser Weise ebenso mein wie Gwens Bruder. Aber ich wusste auch immer, dass wir füreinander bestimmt waren. Ich gestaltete mein Leben in der Erwartung, dass ich eines Tages seine Countess würde. Selbst als er sein Offizierspatent errang und fortging und mir sagte, ich solle nicht auf ihn warten, sondern könne durchaus jemand anderen heiraten, wenn ich wolle, blieb ich ihm treu. Ich wartete. Aber während er fort war, heiratete er heimlich und sah seine Frau dann bei einem Hinterhalt in Portugal sterben – oder zumindest glaubte er das. Er kam nach Hause und hätte mich nach allem doch noch geheiratet. Es schien, als hätte das Leben die stets von mir erwartete Richtung genommen. Aber Lily war nicht tot. Sie kam zu Neville nach Hause – an meinem Hochzeitstag.«

Er ließ sich von dem mangelnden Gefühl in ihrer Stimme nicht täuschen. Diese Geschichte war die Sensation des letzten Jahres gewesen. Aber fast aller Klatsch hatte sich auf die wunderbare Liebesgeschichte Kilbournes und seiner Lady konzentriert. Lauren Edgeworth war bemitleidet und zweifellos entsetzt hinter vorgehaltener Hand erwähnt worden. Wie viele Menschen, er selbst eingeschlossen, fragte sich Kit zutiefst beschämt, hatten wirklich über den Schmerz nachgedacht, den diese Frau empfunden haben musste und noch immer empfand? Sie hatte nur wenige Minuten vor der Erfüllung eines Lebenstraums gestanden, nur um ihn auf die grausamste Weise zerschlagen zu finden.

»Ihr habt ihn geliebt?«, fragte er. Obwohl er sich nicht sicher war, dass die Vergangenheitsform vollkommen angemessen war.

»Liebe«, sagte sie leise. »Was ist Liebe? Das Wort hat so viele Bedeutungen. Natürlich habe ich ihn geliebt. Aber nicht auf die Art, wie Neville und Lily einander lieben. Liebe dieser Art ist eine kranke, undisziplinierte Empfindung, die man tunlichst vermeiden sollte. Ich wäre weiterhin treu und zuverlässig gewesen und … Natürlich habe ich ihn geliebt.« Sie seufzte. »Ich werde keine andere Heirat in Betracht ziehen, Lord Ravensberg.«

Er sah sie an, mit tiefem Mitgefühl – und schuldbewusst – und schwieg. Aber sie schien seine Gedanken zu lesen.

»Ich möchte Euer Mitleid nicht. Bitte tragt es mir nicht an oder empfindet es überhaupt. Ich fordere nur das Privileg, das Männer als ihr natürliches Recht erwarten – mein Leben auf meine Art führen zu dürfen, ohne dass diejenigen, die mich zu lieben behaupten, ständig besser zu wissen glauben als ich, was mich glücklich macht. Ich möchte allein und unabhängig sein. Wenn ich in diesem Sommer meinen Ruf ruiniere, werde ich das erreichen, wofür ich nicht kämpfen müssen sollte.«

»Gütiger Himmel«, sagte er, wobei er sich mit einer Hand durchs Haar fuhr und sich dann vorbeugte und die Unterarme auf seine Beine stützte. »Wie kann ich dem zustimmen? Da ich erst vor wenigen Minuten von Ehre sprach – wie kann ich jetzt zustimmen, sowohl meine als auch Eure Familie zu täuschen? Und wie kann ich Euch alle Last einer gelösten Verlobung aufbürden? Ihr versteht doch – oder versteht ihr es nicht? –, dass ich sie als Gentleman kaum selbst lösen könnte!«

»Und darin liegt Eure Antwort«, erwiderte sie. »Für Euch müsste es eine wahre Verlobung sein, Mylord, nicht wahr? Seht Ihr: Wenn ich mich unehrenhaft verhalten und mich weigern sollte, sie zu lösen, obwohl ich einen Handel mit Euch abgeschlossen hätte, könntet Ihr mich nur noch heiraten. Und daher wärt Ihr an keiner Täuschung beteiligt, wenn Ihr meinem Vorschlag zustimmtet.«

Er bemühte sich, einen Fehler in ihrer Argumentation zu finden. Aber es gab keinen. Natürlich wäre es für ihn eine wahre Verlobung, wenn er ihrem seltsamen Vorschlag zustimmte. Und vielleicht – ja, vielleicht könnte er die Ehre wiederherstellen, die er während der letzten Wochen verloren hatte, und sie während des Sommers doch noch davon überzeugen, ihn zu heiraten. Vielleicht könnte er sie davon überzeugen, dass das, was er zu bieten hatte, ein wenig reizvoller war als ein Leben allein. Frauen, selbst diejenigen, welche die Mittel besaßen, ein unabhängiges Leben zu führen, hatten nur sehr wenig wahre Freiheit.

Er liebte Lauren Edgeworth nicht. Er kannte sie nicht einmal, wie er sich kläglich eingestand. Aber eines war ihm während der vergangenen halben Stunde schmerzlich bewusst geworden. Sie war eine sehr reale Person mit sehr realen Gefühlen. Und sie war ein Mensch, für den er eine gewisse Achtung empfand. Und ein Mensch, dem er etwas schuldete.

»Und Ihr seid Euch sicher, dass Euch eine mehrtägige Gesellschaft gefallen würde?«, fragte er sie, während er sich wieder aufrichtete.

Sie wandte ihm zum ersten Mal ihr Gesicht zu. »Ich glaube, es würde mir großartig gefallen. Ich wurde zur Countess erzogen, erinnert Ihr Euch? Ich wurde in der Erwartung erzogen, eines Tages als Gutsherrin Newbury Abbey zu führen. Als die Verlobte des Erben des Earl of Redfield nach Alvesley zu gehen wäre etwas, das ich mit größter Zuversicht und Sorglosigkeit erwägen könnte. Ich würde Euch nicht enttäuschen.«

Er blickte ihr stirnrunzelnd in die Augen. »Aber warum solltet Ihr das alles tun, nur um Eure Familie davon zu überzeugen, Euch das Leben Eurer Wahl leben zu lassen? Verzeiht mir, aber Ihr seid keine furchtsame oder leicht zu beherrschende Frau, Miss Edgeworth. Ihr braucht ihnen doch gewiss nur zu sagen, Ihr hättet Euch bezüglich Eurer Zukunft entschieden, und sie könnten sich ihren Atem ebenso gut dafür aufsparen, ihren Porridge zu kühlen, als zu versuchen, Eure Meinung zu ändern.«

Sie wandte erneut den Blick ab – zu den dunklen Bäumen auf der anderen Seite des Weges, zum Himmel über ihnen, der durch die Zweige der Bäume gerade eben zu sehen war.

»Euer Geständnis heute Abend hat mir all die schlimmen Dinge bestätigt, die ich über Euch gehört habe und gesagt bekam«, erklärte sie. »Ich hatte zunächst nur das Bedürfnis, von Euch fortzukommen und Euch niemals wiederzusehen. Aber ...«

Sie schien eine Weile nicht fortfahren zu wollen. Er wartete.

»Mein Leben verlief ruhig und schicklich«, sagte sie schließlich. »Ich habe erst kürzlich erkannt, dass es mich überdies langweilt. Die Langeweile gefällt mir. Sie ist das, was ich kenne, womit ich mich wohl fühle, womit ich den Rest meines Lebens recht zufrieden leben könnte. Aber in letzter Zeit sehne ich mich danach, einmal zu erfahren, wie es wäre, eine Art Abenteuer zu erleben. Und ... ach, ich weiß nicht, wie ich das Gefühl ausdrücken soll. Ich glaube, dass es recht ... abenteuerlich wäre, einen Sommer in Eurer Gesellschaft zu verbringen, als Eure vorgetäuschte Verlobte. Das lässt sich alles schlecht in Worte fassen.«

Aber sie sagte noch weitaus mehr, als die Worte selbst vermittelten. Sie war offensichtlich eine Frau, die niemals Freude gekannt hatte, die ihre Möglichkeiten, übermütig und glücklich zu sein, schon vor langer Zeit vollkommen unterdrückt hatte.

»Dieser Handel würde mir Euer Versprechen einbringen, Lord Ravensberg«, fuhr sie fort, »mir einen für den Rest meines Lebens unvergesslichen Sommer zu bescheren. Abenteuer und … nun, *Abenteuer*. Das möchte ich als Gegenleistung dafür, dass ich Euch vor einer unerwünschten Heirat rette.«

Er dachte, sie habe geendet, aber als er antworten wollte, hob sie die Rechte und gebot ihm zu schweigen. Dabei blickte sie erneut auf ihre andere Hand hinunter, die mit der Handfläche nach oben und gespreizten Fingern auf ihrem Schoß lag.

»Es gab einen Vormittag«, sagte sie, »in Newbury, nur wenige Tage nach meiner Hochzeit – nach der Hochzeit, die niemals stattfand. Ich spazierte früh am Morgen und ganz allein zum Strand hinunter – drei Dinge, die ich fast niemals tue. Als ich den Hügel ins Tal hinabstieg, das zum Strand führt, hörte ich Stimmen und Gelächter. Es waren Neville und Lily, die dort gemeinsam im Teich am Fuß eines Wasserfalls neben einer kleinen Hütte badeten, die Nevilles Großvater für seine Frau gebaut hatte. Die Tür stand offen. Sie hatten die Nacht dort verbracht. Sie waren … nun, ich glaube, sie waren beide unbekleidet. Und sie haben … Ich denke, das einzige passende Wort ist *herumtollen*. Das war der Augenblick, in dem ich erkannte, dass Lily auf mehr als eine Art gewonnen hatte. Er war vollkommen glücklich, versteht Ihr. Und das hätte ich niemals bewirken können. Ich hätte mich niemals so vollkommen … gelöst geben können. Zumindest glaube ich nicht, dass ich das jemals könnte. Es war Leidenschaft, deren ich nur wenige Sekunden lang Zeugin wurde, bevor ich so schnell wie möglich davonlief.«

Sie atmete tief ein, um fortzufahren, schüttelte aber dann den Kopf und schwieg.

»Fordert Ihr einen Sommer der Leidenschaft ebenso wie einen Sommer des Abenteuers?«, fragte er.

»Natürlich nicht.« Sie schien einen Moment wieder mehr sie selbst, straffte erschrocken die Schultern und hob das Kinn. »Ich wollte nur wissen, wie ... wie es sich anfühlt, einige der Fesseln abzuschütteln, die mich binden. Einfach zu entfliehen. Ich bin kein Mensch für wilde, leidenschaftliche Gefühle. Oder für impulsives Glück. Ich will einfach einen Sommer der Erinnerung erleben. Könnt Ihr mir das gewähren? Wenn ja, dann werde ich mit Euch nach Alvesley gehen.«

Gütiger Himmel! Er lehnte sich zurück und betrachtete ihr abgewandtes Gesicht. Sie war ein weitaus vielschichtigerer Mensch, als er es sich jemals hätte träumen lassen. Ein verletzter Mensch. Eine Frau, die aus einem ihm unverständlichen Grund niemals eins mit sich gewesen war – und niemals frei. Selbst wenn sie Kilbourne geheiratet hätte, hätte sie vermutlich hinter ihrer Maske vollkommener Vornehmheit nur ein halbes Leben gelebt. Was genau wünschte sie sich von ihm? Sie aus den Schatten zu führen, in denen sie ihr ganzes Leben lang gelebt hatte? Sie Spontaneität und Leidenschaft und Lachen zu lehren? Freude? Damit sie ihn dann verlassen und das einsame, altjüngferliche Dasein weiterführen könnte, das allein von ihren Träumen übrig bliebe?

Wollte er eine solche Herausforderung und Verantwortung annehmen? Was, wenn er es nicht erfüllen könnte? Schlimmer noch – was würde geschehen, wenn er es könnte? Aber eine gute Herausforderung war stets sein Lebensatem gewesen. Und wenn er diesem absonderlichen Vorschlag zustimmte, würde er das natürlich mit vollem Einsatz tun, entschlossen, sie als seine Ehefrau zu gewinnen. Sie liebte Kilbourne – sie hatte ihn stets geliebt, sie würde ihn stets lieben. Er suchte nicht nach Liebe. Aber könnte er … sie befreien?

»Ich kann Euch einen Sommer der Erinnerung gewähren«, sagte er.

Sie wandte ihm jäh den Kopf zu. »Dann seid Ihr einverstanden?«

Er nickte. »Ich bin einverstanden.«

In diesem Augenblick explodierten mit lauten Donnerschlägen die ersten Feuerwerkskörper. Selbst von ihrer Bank in dem schattigen Hain aus konnten sie sehen, wie plötzlich gewaltige Feuerbögen in strahlend schönen Farben den Nachthimmel erhellten.

7

Lauren befand sich auf dem Weg nach Alvesley Park. Sie nahm an, dass die lange Reise nach Hampshire tatsächlich fast vorüber sein musste. Der Nachmittag war bereits weit fortgeschritten. Seit dem Abend in Vauxhall, als dieser ganze Wahnsinn begonnen hatte, waren mehr als zwei Wochen vergangen. Und es war gewiss Wahnsinn. Damals hatte sie sich vorgestellt – falls sie denn überhaupt zum Nachdenken innegehalten hatte –, dass die Maskerade mit Viscount Ravensberg sofort begänne, dass sie gleich am nächsten Tag nach Alvesley und zu ihrem Abenteuersommer aufbrächen.

So war es nicht gekommen. Natürlich war es nicht so gekommen. Noch bevor sie sich eine schlaflose Nacht lang im Bett gewälzt hatte, nachdem die Merklingers sie nach Hause gebracht hatten, hatte sie begriffen, dass die Angelegenheit, der sie zugestimmt hatte – nein, die sie selbst vorgeschlagen hatte! –, für sie beide nicht nur ein sorgloses Sichaustoben war, sondern eine gewaltige Lüge, die viele Menschen betraf. Damals hatten der gesunde Menschenverstand und die Achtung vor der Angemessenheit fast die Oberhand gewonnen. Sie hätte Lord Ravensberg um ein Haar eilig eine Nachricht zukommen lassen, um alles rückgängig zu machen.

Um ein Haar. Aber sie war zunächst zum Frühstück hinuntergegangen, und Elizabeth hatte sie nach dem Abend in Vauxhall befragt.

»Es war sehr angenehm«, hatte sie erwidert. Und nach einem Moment des Zögerns: »Elizabeth, er hat mich gebeten, seine Frau zu werden, und ich habe ja gesagt.«

Elizabeth war trotz ihrer Leibesfülle aufgesprungen und hatte Lauren umarmt und begeistert gelacht und ihr versichert, dass sie trotz allem, was Tante Sadie und ihresgleichen sagen mochten, eine weise Wahl getroffen habe.

»Du hast letztendlich nach deinem Herzen entschieden, Lauren«, hatte sie gesagt. »Ich bin so unendlich stolz auf dich und teile dein Glück.«

Lord Ravensberg hatte kaum eine Stunde später vorgesprochen, um mit dem Duke of Portfrey zu sprechen, obwohl er keineswegs Laurens Vormund war. Es war ein Besuch, den Lauren nicht von ihm erwartet hatte, den Elizabeth aber anerkennend kommentierte.

Es hatte anscheinend plötzlich außer Frage gestanden, einfach mit ihrem Verlobten nach Alvesley davonzufahren. Wie hatte sie, Lauren Edgeworth, auch nur einen einzigen Moment lang glauben können, dies könnte möglich sein? Plötzlich wurde alles sehr formell und korrekt.

Es waren Ankündigungen vonnöten – bei Lord Ravensbergs Familie, dass sie sie erwarten sollten, bei ihrem Großvater in Yorkshire, ihrer Familie auf Newbury Abbey, ihren Verwandten in London und der vornehmen Gesellschaft insgesamt.

Die Verlobung – die falsche Verlobung – wurde erschreckend real und war überhaupt kein sorgloses Abenteuer mehr. Onkel Webster hatte vor Missfallen gepoltert und den Viscount – in dessen Abwesenheit – einen unverschämten Schnösel genannt. Tante Sadie hatte nach ihrem Riechsalz gerufen, und Wilma hatte wortreich erklärt, sprachlos zu sein. Joseph hatte leicht belustigt gewirkt, aber über den Wunsch hinaus, Lauren möge glücklich werden, hatte er nichts dazu geäußert. Der Duke of Portfrey hatte seine Meinung kundgetan, dass Lord Ravensbergs berüchtigte Heldentaten lediglich ein Hörnerabstoßen gewesen seien. Die Militärberichte über ihn erzählten eine ganz andere und sehr beeindruckende Geschichte, hatte er hinzugefügt. Er und Elizabeth hatten an dem Tag, bevor Lord Ravensberg nach Alvesley abfuhr, um seinen Eltern die Neuigkeit mitzuteilen, und zwei Tage, bevor die Anzeige in allen Morgenzeitungen erschien, zur Feier des Ereignisses ein großes Familiendinner ausgerichtet.

Lauren hatte natürlich unmöglich allein oder nur mit einer Zofe als Begleitung nach Alvesley fahren können, obwohl die Reise an einem Tag zu bewältigen war. Und sie hatte die Reise auch unmöglich in Lord Ravensbergs Begleitung machen können. Ein solches Benehmen wäre einfach nicht angemessen gewesen – sie waren schließlich nicht verheiratet. Elizabeth stand einen Monat vor ihrer Niederkunft und konnte nicht reisen. Und Tante Sadie wollte Lauren nicht bitten, sie zu begleiten.

Tante Clara, die Duchess-Witwe von Kilbourne, übernahm diesen Part sowie Gwendoline, die verwitwete Lady Muir. Sie waren den ganzen Weg von Dorsetshire nach London gekommen, um mit Lauren zu weinen und zu lachen und sie zu drücken, bis ihre Rippen knackten – und um sie auf Einladung der Countess of Redfield nach Alvesley zu begleiten.

Alles verlief sehr formell, sehr angemessen.

Lauren fühlte sich von der ungeheuren Größe der Lüge niedergedrückt, die sie in die Welt gesetzt hatte. Sie hatte nicht einmal Gwen die Wahrheit gesagt. Und es war keine

Nachricht von Lord Ravensberg gekommen, die ihr vermittelt hätte, wie gut – oder wie schlecht – seine Ankündigung in Alvesley aufgenommen worden war. Nur der Brief mit der formellen Einladung seiner Mutter.

»Ah«, sagte Tante Clara, aus einem Schlummer erwachend, der die beiden jüngeren Frauen zum Schweigen veranlasst hatte, so dass Lauren mit ihren Gedanken und ihrem Gewissen allein gewesen war, »das muss es sein. Ich gestehe, ich bedauere nicht, dass die Reise zu Ende ist.«

Die Kutsche – diejenige des Duke of Portfrey, mit allem Prunk seines herzoglichen Wappens, dem prächtig livrierten Kutscher und den Vorreitern – hatte gerade ein kleines Dorf durchquert und verlangsamte nun die Fahrt, um durch ein massives schmiedeeisernes Tor zu fahren, das ein Pförtner weit öffnete. Er trat beiseite, blickte in die Kutsche und verbeugte sich dann respektvoll.

»Oh, Lauren.« Gwen beugte sich vor, um das Knie ihrer Cousine zu drücken. »Das sieht wirklich sehr beeindruckend aus. Du musst vor Aufregung fast platzen. Du hast Lord Ravensberg beinahe zwei Wochen nicht mehr gesehen.«

»Ich bin begierig darauf, die Bekanntschaft des jungen Mannes zu machen«, sagte Tante Clara. »Ich bin, trotz Sadies Missbilligung und Wilmas törichten Hirngespinsten, durchaus bereit, ihn zu mögen. Elizabeth tut es, und sie schätzt Menschen ausnahmslos vernünftig ein. Und er hat sich schließlich deine Achtung verdient, Lauren. Das muss jeglichen Zweifel außer Kraft setzen, den ich möglicherweise hegen könnte.«

Lauren verzog die Lippen zu einem Lächeln – sie fühlten sich starr an. Sie wollte dies nicht tun – die beiden Menschen täuschen, die ihr die liebsten auf der Welt waren, den Earl of Redfield und seine Familie täuschen, sich durch einen schattigen, dichtbewaldeten Park einer selbsterschaffenen Scharade nähern. Aber jetzt war es natürlich zu spät.

Wie hatte sie in Vauxhall nur diesen unverantwortlichen Vorschlag machen können? Was, um alles in der Welt, war in sie gefahren? Sie war niemals impulsiv! Und sie mochte Lord Ravensberg nicht einmal. Oder? Gewiss akzeptierte sie ihn nicht. Seine tanzenden Augen und sein häufiges Lachen ließen auf eine insgesamt viel zu sorglose Lebenseinstellung schließen. Er hatte eindeutig Spaß daran, empörende Dinge zu sagen und zu tun, die einfach nicht gentlemanlike waren. In diesem Augenblick, dachte sie einigermaßen beunruhigt, konnte sie sich nicht einmal mehr genau daran erinnern, wie er aussah.

Plötzlich wurde das Innere der Kutsche wieder von Sonnenlicht durchflutet. Lauren neigte den Kopf näher zum Fenster und blickte geradeaus. Sie hatten den Wald verlassen und näherten sich einem Fluss, den sie auf einer überdachten klassizistischen Brücke überqueren würden. Sie konnte sehen, dass der Fluss weit zu ihrer Linken in einen See mündete, der hinter den Bäumen schimmerte. Jenseits der Brücke führten gepflegte Rasenflächen einen Hügel hinauf zu einem großen grauen Herrensitz, in Stein erbaut und von klassischer Eleganz. Uralte Bäume standen auf den Rasenflächen. Auf der Seeseite des Hauses befanden sich Ställe und das Kutschenhaus.

»Oh«, machte Lauren, und Gwen presste ihr Gesicht ebenfalls ans Fenster und wandte dann den Kopf, um zurückzublicken.

»Herrlich!« Tante Clara schaute durchs gegenüberliegende Fenster. »Das dort neben dem Haus muss eine Rosenlaube sein, und dort unten französische Blumengärten!«

Gwen tätschelte wieder Laurens Knie und lächelte, wobei ihre Augen vor Aufregung blitzten.

»Ich freue mich so sehr für dich!«, rief sie aus. »Ich wusste, dass du früher oder später dem Mann begegnen würdest, der nur für dich geschaffen ist. Liebst du ihn sehr?«

Aber Lauren hörte nur halb zu. Die Kutsche war an den Ställen vorbeigefahren, und nun knirschten ihre Räder über eine breite, mit Kies bestreute Terrasse auf eine Marmortreppe zu, die jenseits wuchtiger kannelierter Säulen zu den großen Doppeltüren des Herrensitzes führte, die geöffnet waren. Menschen standen auf den Stufen – zwei, drei, nein, vier Menschen. Und am Fuß der Treppe, in einem enganliegenden Rock aus edlem, blauem Stoff über engen, grauen Beinkleidern und glänzenden, mit Quasten versehenen Schaftstiefeln, flott und elegant, ein strahlendes Lächeln auf dem Gesicht …

»Ah, ja«, sagte Lauren, und niemand – am wenigsten Lauren selbst – fragte nach, ob dies ihre Antwort auf Gwens Frage war oder ob ihre eigene törichte Angst, ihn nicht wiederzuerkennen, diese Worte ausgelöst hatte.

Kit war schon den ganzen Tag lang ruhelos gewesen. Er war stundenlang ausgeritten, allein, über Land, keinem bestimmten Weg folgend, und hatte versucht, sich die Stunden zu vertreiben, bis ihre Ankunft vernünftigerweise zu erwarten war. Dann, wieder zu Hause, war er durch die vorderen Räume geschritten und hatte durch die Fenster gespäht, lange bevor die Kutsche überhaupt in Sicht kommen konnte, es sei denn, sie hätte London mitten in der Nacht verlassen. Er war sogar kurz nach der Zwischenmahlzeit forsch zum Pförtnerhaus hinuntergelaufen, um eine Weile mit dem Pförtner zu plaudern.

Er wünschte, diese ganze Geschichte fände nicht statt.

Er wünschte – jetzt wo es zu spät war, die Dinge zu ändern –, er hätte seinem Vater zu Beginn des Frühjahrs seine strikte Weigerung, eine Heirat für sich arrangieren zu lassen, einfach schriftlich mitgeteilt. Er hätte sich sogar weigern sollen, nach Hause zu kommen, bis er sich dazu wirklich bereit fühlte. Er hätte letztes Jahr nicht einmal sein Offizierspatent verkaufen sollen. Er könnte jetzt beim Heer sein und tun, was er am besten konnte. Er hätte seinem Vater schreiben sollen …

Aber das Problem war dies: Er war Ravensberg. Er war der Erbe. Und als der Erbe hatte er Verpflichtungen, vor denen er sich fast zwei Jahre lang gedrückt hatte, obwohl er seine Militärlaufbahn tatsächlich beendet hatte. Es war seine Pflicht, zu Hause zu sein, seinen Frieden mit dem Vater zu machen, zu lernen, was der zukünftige Earl of Redfield wissen musste, eine Frau zu nehmen, Söhne zu zeugen – ja, vorzugsweise mehrere.

Aber erfüllte er denn jetzt jene Pflichten? Mit einer Scheinverlobung? Und einer Rückkehr nach Hause, die selbst unter den besten Umständen schwierig gewesen wäre? Sein Vater war erwartungsgemäß zornig, als er nach der ersten unbeholfenen Begrüßung nach seiner Ankunft seine Verlobung verkündete. Die Situation war, wie er dann erkannte, weitaus schlimmer, als er angenommen hatte. Sein Vater und der Duke of Bewcastle, Freyjas Bruder, hatten eine Heiratsvereinbarung getroffen. Sie hatten sogar schon einen Vertrag unterzeichnet. Es war offensichtlich keinem von beiden in den Sinn gekommen, dass es ratsam sein könnte, zunächst die Wünsche der zukünftigen Braut und des Bräutigams zu erfragen.

Kit bezweifelte, dass Freyjas Wünsche berücksichtigt worden waren.

Seine Mutter war bestürzt gewesen und dann in Tränen

ausgebrochen. Die feste Umarmung, mit der sie ihn begrüßt hatte, war seitdem nicht wiederholt worden. Selbst seine Großmutter hatte ihn mit unausgesprochenem Tadel kopfschüttelnd angeblickt. Sie konnte nicht mehr viel sprechen, seit sie vor fünf Jahren einen Schlaganfall erlitten hatte, von dem sie sich nie vollständig erholte. Sie behandelte ihn noch immer liebevoll, aber er wusste, dass er auch sie enttäuscht hatte.

Und Sydnam – nun, er und sein jüngerer Bruder, der Kit bei seiner Ankunft unbeholfen die Hand geschüttelt hatte, ohne ihn richtig anzusehen, hatten noch am gleichen Abend einen hässlichen Streit gehabt und sprachen nun kaum noch miteinander. Kit hatte ihn im Büro des Verwalters vorgefunden, nachdem alle anderen zu Bett gegangen waren, wo er mit der linken Hand mühsam in ein Hauptbuch schrieb.

»Hierher bist du also nach dem Abendessen verschwunden«, hatte Kit gesagt. »Warum hierher, Syd?«

»Parkin ist letztes Jahr vor Weihnachten in den Ruhestand getreten«, hatte Sydnam erklärt, während er lieber den abgegriffenen Ledereinband des Hauptbuches betrachtete als seinen Bruder. »Ich bat Vater, seinen Platz als Verwalter von Alvesley übernehmen zu dürfen.«

»Als Verwalter?«, hatte Kit mit gerunzelter Stirn gefragt. »Du, Syd?«

»Es passt sehr gut zu mir«, hatte sein Bruder erklärt.

Kit hatte angenommen, dass Syd hier ein Leben erzwungenen Müßiggangs führte, ohne seinen rechten Arm, auf dem rechten Auge blind und ohne erkennbare Möglichkeit, zu tun, wozu er geschaffen war. Sie hatten in den drei Jahren keine Briefe gewechselt. Er hatte angenommen, dass Syd ohnehin keine Briefe schreiben konnte, und er hatte selbst keine geschrieben, weil … nun, weil es nichts zu sagen gab.

»Wie geht es dir?«, hatte er gefragt.

»Gut.« Das eine Wort war schroff, abwehrend geäußert worden. »Es geht mir vollkommen gut, danke.«

»Wirklich?«

Sydnam hatte die linke Schreibtischschublade geöffnet und das Hauptbuch hineingelegt. »Vollkommen gut.«

Sie hatten sich ungewöhnlich nahe gestanden, als sie jünger waren, trotz der sechs Jahre Altersunterschied. Er war Syds Held gewesen, und Kit hatte wiederum seinen jüngeren Bruder bewundert, der all die Charaktereigenschaften besaß, die ihm fehlten – Beständigkeit, Liebenswürdigkeit, Geduld, Weitblick, Hingabe.

»Warum hast du mir gesagt, ich solle verschwinden?«, war Kit plötzlich herausgeplatzt. »Warum hast du in den Chor eingestimmt?«

Sydnam hatte nicht fragen müssen, wovon er sprach. Nachdem ihr Vater Kit vor drei Jahren verbannt hatte, war Syd von seinem Krankenbett aufgestanden und in die Halle hinuntergekommen, wie ein Mischwesen aus einem Geist und einem Skelett, nur mit seinem Nachthemd bekleidet, sein Diener und ein Lakai besorgt im Hintergrund. Aber anstatt das erwartete Mitgefühl zu zeigen, hatte er Kit gesagt, er solle abreisen, er solle gehen und nicht zurückkehren. Und kein Abschiedsgruß, kein Wort der Vergebung …

»Du standest im Begriff, uns alle zu ruinieren«, hatte Sydnam als Antwort auf seine Fragen gesagt. »Dich selbst am allermeisten. Du musstest gehen. Ich dachte, du würdest dich Vater widersetzen. Ich dachte, du würdest Jerome wieder folgen und ihn umbringen. Ich sagte dir, du solltest gehen, weil ich wollte, dass du gingst.«

Kit war zum Fenster getreten, dessen Vorhänge zurückgezogen waren. Aber er hatte draußen nichts sehen können – nur sein eigenes Spiegelbild und jenes von Syd, der noch immer am Schreibtisch saß.

»Dann hast du mir die Schuld gegeben«, hatte er gesagt.

»Ja.«

Dieses einzige Wort hatte sein Herz getroffen. Er würde sich niemals verzeihen, was geschehen war, aber ohne Syds Vergebung bestand keine Hoffnung auf irgendeine Art dauerhaften Friedens. Nur mehr auf die rastlose Suche nach Vergessenheit, die er einigermaßen erfolgreich erlangen konnte, während er noch beim Militär war, die aber unerreichbar war, seit er sein Offizierspatent verkauft hatte. Er hatte es versucht. Er hatte kaum gerastet, ob Tag oder Nacht.

»Ja, ich gebe dir die Schuld«, hatte Sydnam gesagt. »Aber nicht so, wie du denkst.«

Es war es nicht wert gewesen, weiter verfolgt zu werden.

»Glaubst du«, hatte Kit gefragt, »dass ich nicht all dein Leid auf mich genommen hätte, wenn es möglich gewesen wäre? Ich wünschte, ich wäre es gewesen. Ich wünschte, ich hätte diese Wahl getroffen. Wenn du wieder gesund werden könntest – glaubst du nicht, ich gäbe mein Leben dafür?«

»Dessen bin ich mir sicher«, hatte sein Bruder gesagt. »Ich bin mir ziemlich sicher, dass du das tätest, Kit.« Aber in seiner Stimme hatte keine Vergebung gelegen. Nur harsche Verbitterung. »Ich möchte nicht darüber reden. Es war *mein* Leid, und dies sind *meine* Entstellungen, und es ist *mein* Leben. Ich fordere nichts von dir, überhaupt nichts.«

»Nicht einmal meine Liebe?« Er sprach die Worte beinahe im Flüsterton, zum Fenster gewandt.

»Nicht einmal das, Kit.«

»Nun.« Kit hatte sich lächelnd umgewandt und sich dabei gefühlt, als wäre alles Blut aus seinem Körper gewichen. Ihn hatte geschwindelt. Er war bewusst forschen Schrittes zur Tür gegangen. Er hatte den Raum verlassen und die Tür hinter sich geschlossen, bevor er die Augen schloss und den Kopf senkte.

Nein, niemanden hatte seine Rückkehr nach Alvesley glücklich gemacht, am wenigsten ihn selbst. Er fühlte sich in seinem eigenen Zuhause wie ein Fremder – ein unbequemer, unwillkommener Fremder. Er fühlte sich nutzlos – er, der stets aktiv, überaus erfolgreich und in seiner Karriere höchst geachtet gewesen war. Sein Vater hatte keinerlei Anstalten gemacht, ihn in den Pflichten des Erben zu unterweisen oder ihn in irgendwelche Tätigkeiten seiner täglichen Routine einzubinden. Vielleicht wollte er bis nach den mehrtägigen Feierlichkeiten warten, wenn der Haushalt wieder zur Normalität zurückgekehrt wäre. Und auch Kit hatte das Gefühl, als warte er darauf, dass ein neuer Lebensabschnitt für ihn beginne – aber der nächste Akt würde ein Maskenspiel sein. Eine Lüge. Es sei denn, er könnte Lauren davon überzeugen, ihn nach allem doch zu heiraten und seine Ehre zumindest teilweise zu retten, indem er ihr Gerechtigkeit widerfahren ließe.

Er hatte wieder nicht gut geschlafen. Und als er aus reiner Erschöpfung doch eingenickt war, hatte der alte Alptraum sein hässliches Haupt erhoben. Syd …

Am späten Nachmittag befand er sich in Gesellschaft seiner Mutter und seines Vaters – der seine Nachmittage selten dort verbrachte – sowie seiner Großmutter im Salon. Die anderen waren in ruhige Unterhaltungen vertieft, während Kit nicht vorgab, etwas anderes zu tun, als wartend am Fenster zu stehen, den Blick auf jenen Punkt der Auffahrt jenseits der Brücke geheftet, wo man ihre Kutsche zuerst erblicken würde. Sie alle warteten natürlich auf die unerwünschte, unwillkommene Ankunft der Gäste – obwohl niemand so unhöflich war, dies in Worte zu fassen.

Kits Verlobung hatte einen unangenehmen Bruch mit ihren Nachbarn auf Lindsey Hall bewirkt, dem sechs Meilen entfernten Heim des Duke of Bewcastle und der Bedwyns, seiner Brüder und Schwestern. Kit war am ersten Morgen nach seiner Rückkehr hinübergeritten und hatte darum gebeten, mit seiner Gnaden sprechen zu dürfen. Bewcastle musste natürlich angenommen haben, es sei ein Höflichkeitsbesuch, um formell um Freyjas Hand anzuhalten. Kit war fast augenblicklich in die Bibliothek geführt worden.

Wulfric Bedwyn, Duke of Bewcastle, war nicht der Mann, dem sich ein vernünftiger Mensch absichtlich in den Weg stellen würde. Groß, dunkel, eher mager, mit durchdringenden grauen Augen in einem schmalen Gesicht, einer großen Hakennase und schmalen Lippen, trug er eine anmaßende Haltung zur Schau, die seiner Herkunft entsprach. Er war von der Wiege an auf seine gegenwärtige Position hin erzogen worden und hatte sich daher immer ein wenig von seinen Brüdern und den Freunden seiner Brüder fern gehalten, auch wenn er nur ein gutes Jahr älter war als Kit. Er war kalt und humorlos.

Er war nicht vor Zorn explodiert, als er von Kits Verlobung hörte. Er hatte lediglich ein elegant gekleidetes Bein über das andere geschlagen, einen Schluck aus seinem Glas genommen – natürlich der edelste, französische Branntwein – und hatte sanft und freundlich gesprochen.

»Zweifellos«, hatte er gesagt, »wirst du mir das erklären.«

Kit hatte sich genauso gefühlt, wie er sich stets während seiner Kindheit gefühlt hatte, wenn er wegen irgendeiner Dummheit vor den Direktor der Schule gezerrt wurde – ungerechterweise in der Defensive. Er konnte es gerade noch rechtzeitig vermeiden, sich dementsprechend zu verhalten.

»Und du wirst mir erklären«, hatte er ebenso freundlich erwidert, »warum du lieber mit meinem Vater als mit mir, ihrem geplanten Ehemann, einen Heiratsvertrag für deine Schwester ausgehandelt hast.«

Lange, schweigende Momente lang ruhten zwei kalte unergründliche Augen auf ihm.

»Du wirst verzeihen«, sagte seine Gnaden schließlich sanft, »dass ich dir nicht zu deiner Verlobung gratuliere, Ravensberg. Aber lass dir dennoch gratulieren. Du besitzt ein feines Gespür für Rache. Feiner als früher. Sagen wir, weniger ungestüm?«

Er hatte sich natürlich auf eine Begebenheit von vor drei Jahren bezogen, als Kit, nachdem er Jerome die Nase gebrochen hatte, Hals über Kopf nach Lindsey Hall hinübergeritten war und eine halbe Stunde lang an die Außentür gehämmert hatte – es war spät in der Nacht –, bevor Rannulf, Bewcastles Bruder und Kits spezieller Freund, sie geöffnet und ihm gesagt hatte, er solle sich nicht zum Narren machen, sondern nach Hause reiten. Als Kit gefordert hatte, aus Freyjas eigenem Munde die Wahrheit über ihre Verlobung mit Jerome zu erfahren, war Rannulf herausgekommen, und sie hatten ihre Hemden ausgezogen und sich eine geschlagene Viertelstunde lang einen wilden Faustkampf geliefert, bevor ein stämmiger Lakai und Alleyne, ein weiterer Bruder, sie voneinander getrennt hatten, beide wund und blutend und beide fluchend und begierig, weiterzukämpfen. Bewcastle, der vor der Tür stand und den Kampf schweigend beobachtete, hatte Kit dann geraten, auf die Pyrenäenhalbinsel zurückzukehren, wo sein Zorn dienlicher wäre. Freyja hatte neben ihm gestanden, den Kopf stolz erhoben, ein offen verächtliches Lächeln auf den Lippen, während sie Kit ansah. Sie hatte kein Wort gesagt.

Jetzt, drei Jahre später, formulierte Kit in Gedanken gerade eine Antwort auf die Worte des Duke, als die Tür zur Bibliothek hinter ihm plötzlich gegen die Bücherregale krachte und der Blick seiner Gnaden über Kits Schulter wanderte, wobei er hochmütig die Augenbrauen hob.

»Ich kann mich nicht erinnern«, sagte er, »dich aufgefordert zu haben, dich mir hier anzuschließen, Freyja.«

Aber sie betrat den Raum dennoch und näherte sich Kits Sessel, wobei sie ihren Bruder ignorierte. Kit erhob sich, um sich vor ihr zu verbeugen.

»Ihr habt Euch Zeit gelassen, den Vergnügungen Londons adieu zu sagen«, meinte sie und schlug mit einer Reitgerte gegen ihre Röcke. »Ich wollte gerade mit Alleyne ausreiten. Wenn Ihr mich besuchen wollt, Lord Ravensberg, dürft Ihr mit Wulf eine Vereinbarung treffen, und ich werde sehen, ob ich an jenem Tag frei bin.« Sie wandte sich zum Gehen, ohne seine Antwort abzuwarten.

Sie hatte sich in den drei Jahren nicht verändert. Von knapp mittlerer Größe und üppig gewachsen, hielt sie sich mit stolzer Anmut. Niemand hatte Freyja jemals als hübsch bezeichnet, auch nicht in ihrer Kindheit. Sie war eine der hellhäutigen Bedwyns und trug ihr dichtes, goldenes Haar, wie sie es stets gerne getragen hatte, recht altmodisch in langen, lockeren Wellen ihren Rücken hinabhängend. Wie die anderen hellhäutigen Bedwyns besaß sie verblüffend dunkle Augenbrauen und einen dunklen Teint. Und die Famliennase. Als Kind war sie so garstig gewesen, dass es an Unberechenbarkeit grenzte. Dann war sie zu einer jungen Frau erblüht, und die Garstigkeit hatte sich in verblüffend gutes Aussehen gewandelt. Sie war schon immer, von früher Kindheit an, ein Hitzkopf gewesen.

»Lady Freyja«, hatte Kit gemurmelt.

»Wärst du einfach reiten gegangen, Freyja«, hatte ihr Bruder noch immer mit sanfter, freundlicher Stimme gesagt, »anstatt dich genötigt zu sehen, deine Absicht persönlich zu verkünden, Lord Ravensberg nicht zu empfangen, wäre es dir vielleicht erspart geblieben, so öffentlich zu erfahren, warum er hierher gekommen ist. Er hat sich kürzlich mit Miss Lauren Edgeworth von Newbury verlobt. Sie wird innerhalb der nächsten ein oder zwei Wochen nach Alvesley kommen.«

Freyja war nicht umsonst seine Schwester und eine Bedwyn. Nach kurzem Schweigen lächelte sie Kit über die Schulter hinweg zu – ein Entblößen der Zähne, das vage an ein Lächeln erinnerte.

»Oh, gut gemacht, Kit«, bemerkte sie sanft. »Wirklich gut gemacht. Du hast Feinheiten gelernt, die dir bisher nicht bekannt waren.«

Dann verließ sie den Raum ohne ein weiteres Wort.

Drei Jahre zuvor hatte Kit eine jähe und tiefe Leidenschaft für die Frau entwickelt, die ihre ganze Kindheit lang seine Spielgefährtin gewesen war – sie hatte sich stets rundweg geweigert, von ihren Brüdern und deren Freunden von deren wilden Heldentaten ausgeschlossen zu werden. Sie hatte seine Gefühle anscheinend vollkommen erwidert. Er hatte davon gesprochen, sie zu heiraten und sie mit auf die Pyrenäenhalbinsel zu nehmen, um dem Ruf der Trommel zu folgen. Sie hatte nichts getan, um ihn zu entmutigen. Er hatte in jenem Sommer geglaubt, dass er bereitwillig für sie sterben würde. Und dann, als Jerome plötzlich ohne Vorwarnung seine Verlobung mit ihr verkündete, hatte Kit geglaubt, an ihrem Treuebruch sehr wohl sterben zu können. Aber das war vor drei Jahren gewesen. Seitdem war viel Wasser unter der sprichwörtlichen Brücke hindurchgeflossen.

»Ah«, sagte er nun, als seine Gedanken wieder in den Salon seines Vaters zurückkehrten, den Blick auf jenen Punkt unmittelbar jenseits der Brücke gerichtet, wo das Hochwildgehege endete, »da kommt sie.«

Eine Kutsche, unverkennbar eindrucksvoll, gezogen von vier vollkommen zueinander passenden Pferden und von Vorreitern begleitet, war in Sicht gekommen. Es konnte nicht nur ein Nachbar sein, der seine Mutter oder Großmutter besuchen wollte.

Alle erhoben sich, wie er sah, als er sich zur Tür wandte, sogar seine Großmutter mit Hilfe ihres Stockes. Aber natürlich. Sie würden alles tun, was angemessen war, und hinuntergehen, um die unwillkommenen Gäste mit formeller Höflichkeit willkommen zu heißen. Er wünschte plötzlich, es wäre eine richtige Verlobung, es wäre eine Liebesverbindung, er könnte seine Familie letztendlich davon überzeugen – und sie dann in dieser Überzeugung bestärken –, er habe etwas getan, was richtig und verantwortungsvoll und gut für die ganze Familie sei, indem er die ehrenwerte Miss Lauren Edgeworth zu seiner Viscountess erwählte.

Er hätte seiner Großmutter den Arm gereicht, aber sein Vater kam ihm zuvor. So bot er ihn seiner Mutter dar, und sie stiegen gemeinsam die Treppe hinab, durchquerten das widerhallende Foyer und betraten gemeinsam die Außentreppe, ohne ein Wort zu wechseln. Er war stets der schwierigste ihrer drei Söhne gewesen. Wann immer es eine Dummheit zu begehen galt – und es hatte stets welche gegeben –, hatte er stets mitten darinnen gesteckt, der Anstifter und Hauptschuldige. Aber seine Mutter hatte ihn dennoch stets geliebt. Manchmal hatte sie seinetwegen sogar eine Träne vergossen, wenn sein Vater im Arbeitszimmer mit ihm fertig war. Seit seiner Rückkehr war er sich – bis auf die erste herzliche Umarmung – nicht mehr sicher, ob sie ihn jetzt auch noch liebte.

Die Kutsche hatte fast die Ställe erreicht. Portfrey hatte sie also mit seiner eigenen Kutsche geschickt und mit all seinem herzoglichen Prunk. Es war alles so abscheulich angemessen und förmlich. Hatte er während dieser Stunde des Wahnsinns in Vauxhall wirklich geglaubt, er könnte sie einfach gleich am nächsten Tag in eine Mietkutsche laden und hierher bringen, um seine Eltern mit der Ankündigung zu überraschen?

Er verließ die Seite seiner Mutter und lief die Stufen zur Terrasse hinunter. Verflixt – aber dies fühlte sich nun in der Tat seltsam an. Er würde sie gleich wiedersehen. Ihre großartige Maskerade würde beginnen. War sie nervös?

Und dann rollte die Kutsche aus, einer der Vorreiter sprang herab, um den Schlag zu öffnen und die Stufen herunterzulassen, und Kit trat lächelnd und mit einer ausgestreckten Hand vor. Er war sich der beiden anderen Ladys halbwegs bewusst, aber Lauren Edgeworth war es, die sich vorbeugte und ihre behandschuhte Hand in seine legte.

Er hatte fast vergessen, wie wunderschön und vornehm sie war. Ihre taubengraue Reisekleidung und der Hut, beide mit veilchenblauen Verzierungen, schienen von der langen Reise unbeeinträchtigt. Sie wirkte frisch und hübsch und vollkommen gefasst.

»Lauren.« Er half ihr hinab und beugte den Kopf, um sie auf die Wange zu küssen, obwohl er irgendwie auch ihren Mundwinkel traf.

»Kit.«

Sie waren in Vauxhall übereingekommen – oder er hatte sie vielmehr dazu überredet –, dass sie einander beim Vornamen nennen sollten, was sie bis jetzt nicht getan hatten. Er drückte ihre Hand, die noch immer in seiner lag, und lächelte ihr zu. Plötzlich hob sich eine seit zwei Wochen anhaltende Niedergeschlagenheit wie eine Last von seinen Schultern, und er fühlte sich bei der Aussicht auf die kommenden Tage von Zuversicht und Heiterkeit durchströmt.

Lauren war wirklich die richtige Wahl für ihn gewesen, wenn auch nur für diesen Sommer. Und da war die Herausforderung, sie dazu zu bringen, ihre Meinung bezüglich des Endes des Sommers zu ändern. Er liebte Herausforderungen.

»Tante Clara«, sagte Lauren, während sie sich wieder zur Kutsche wandte und seine Hand an die ältere der beiden anderen Ladys weiterreichte, »dies ist Kit, Viscount Ravensberg. Meine Tante, die Duchess-Witwe von Kilbourne.«

Sie war eine elegante, stattliche Lady mit klugen Augen und stolzer Haltung.

»Madam«, sagte er und verbeugte sich vor ihr, nachdem er ihr herabgeholfen hatte.

»Und Gwendoline, Lady Muir, meine Cousine.«

Er half auch der jüngeren Lady herab, die sehr klein, sehr blond und sehr hübsch war. Sie sah ihn mit blitzenden Augen offen abschätzend an, während er sich auch vor ihr verbeugte.

Dann war es an der Zeit, sich umzuwenden und sie seiner Familie vorzustellen, die auf der Treppe wartete. Alles wurde auf vollkommen gewandte, vollkommen höfliche Art abgewickelt. Wenn Lauren irgendwelche Befürchtungen hegte oder nervös war, zeigte sie es gewiss nicht. Noch ließen es sich seine Eltern auf irgendeine Weise anmerken, dass sie die Verlobung ihres Sohnes nicht billigten. Seine Großmutter nahm bei der Vorstellung sogar Laurens Rechte in ihre gesunde Hand und zog sie zu sich hinunter, um sie auf die Wange zu küssen.

»Hübsch«, sagte sie und nickte auf eine Art, die ausdrückte, dass sie noch weitaus mehr sagen würde, wenn sie es denn könnte. »Hätte … wissen … müssen … dass Kit … eine Hübsche … wählen würde.«

Lauren zeigte keinerlei Verdruss darüber, dass sie übermäßig lange warten musste, bis der kurze Satz vollendet war. Sie lächelte – ja, tatsächlich – und schenkte seiner Großmutter ihre volle Aufmerksamkeit.

»Danke, Madam«, sagte sie.

Aber dann bemerkte Kit, dass Sydnam oben an der Treppe stand, unauffällig im Schatten einer der Säulen und halb abgewandt, so dass nur seine linke Seite zu sehen war. Kit nahm Lauren am Ellbogen.

»Ich möchte dir noch jemanden vorstellen«, sagte er und führte sie die Treppe hinauf. Er erwartete fast, dass Syd durch die geöffnete Tür entfliehen würde, aber er blieb stehen. »Mein Bruder Sydnam. Lauren Edgeworth, meine Verlobte, Syd.«

Falls sie erschrak, als sie ihn vollständig sah, ließ sie es nicht merken. Auch ihr Ellenbogen an Kits Hand erstarrte nicht. Sah man Syds Profil von der linken Seite, war er so außerordentlich gutaussehend, wie er es sein ganzes Leben lang gewesen war. Aber sobald er sich drehte, sah man seinen leeren, an der Jacke festgesteckten Ärmel, die purpurnen Male der alten Verbrennungen, welche die rechte Seite seines Gesichts und Halses verfärbten und unbeweglich machten, sowie die schwarze Augenklappe über seiner rechten Augenhöhle. Derselbe Körper teilte sich Schönheit und Hässlichkeit.

Syd streckte seine linke Hand aus, und sie zögerte nicht, sie mit ihrer Linken zu ergreifen, so dass sie sich recht geschickt die Hände schütteln konnten.

»Mr. Butler.«

»Miss Edgeworth, willkommen auf Alvesley«, sagte Syd. »War Eure Reise sehr ermüdend?«

»Überhaupt nicht. Ich war in Begleitung meiner Tante und Cousine und wusste, dass Kit am Ende der Reise hier auf mich warten würde.«

Kit blickte sie anerkennend an. Sie klang so von Herzen überzeugend, dass er jäh törichte Freude empfand.

Aber seine Mutter war, wie stets, die perfekte Gastgeberin. Sie erklärte, während sie ihnen oben an der Treppe entgegentrat, sie würde die Ladys zu ihren Räumen begleiten, so dass sie vielleicht die Gelegenheit hätten, sich zu erfrischen, bevor im Salon Tee serviert würde. Sie nahm Laurens Arm, führte sie von ihren beiden Söhnen fort und ging ins Innere des Hauses voran, während Lady Kilbourne und Lady Muir ihnen folgten. Kit bemerkte, dass Lady Muir hinkte.

8

Gwendoline spielte auf dem Pianoforte, während der Earl of Redfield hinter ihrer Bank stand und die Noten für sie umblätterte. Die Countess und Tante Clara saßen nebeneinander auf einem Plaudersofa und lauschten abwechselnd Bach und unterhielten sich miteinander. Sydnam Butler saß am entgegengesetzten Ende des Salons auf dem Fenstersitz, schon seit sie nach dem Dinner aus dem Speisezimmer hierher gekommen waren. Er saß leicht abgewandt, so dass seine rechte Seite im Schatten der schweren Samtvorhänge lag. *Was war mit ihm geschehen*? Viscount Ravensberg – Kit – bewegte sich lächelnd durch den Raum, freundlich, gelegentlich eine Bemerkung in die Unterhaltung einbringend, aber ohne Teil einer der Gruppen zu sein und ohne sich jemals seinem Bruder zu nähern.

Er wirkte rastlos, eher wie ein gefangenes wildes Tier.

Lauren hatte fast den ganzen Abend nahe am Kamin an der Seite der Duchess-Witwe, Kits Großmutter, verbracht, obwohl sie die Gesellschaft auch mit einem kurzen Zwischenspiel auf dem Pianoforte erfreut hatte. Sie hatte der alten Lady von Newbury Abbey erzählt, von den Wochen, die sie kürzlich in London verbracht hatte, von den wenigen Vergnügungen, an denen sie dort teilgenommen hatte. Sie hatte auch zugehört. Das war nicht leicht, da die Duchess-Witwe verhalten sprach, von langen, qualvollen Pausen unterbrochen, während sie die Worte formulierte. Man war versucht, sie zu unterbrechen, die Worte zu äußern, die offensichtlich gemeint waren, Sätze zu vollenden, deren Ende man schon erahnen konnte, lange bevor die Worte gesprochen waren. So pflegten der Earl und die Countess es zu handhaben, wie Lauren sowohl beim Tee als auch beim Abendessen bemerkt hatte. Vielleicht war ihnen dieses Handicap in Gesellschaft unangenehm. Vielleicht glaubten sie, ihr damit etwas Gutes zu tun. Aber Lauren schien es bedauerlich.

Sie hörte zu und widmete der alten Lady mit freundlicher und interessierter Miene ihre volle Aufmerksamkeit. Doch sie hatte auch viel Zeit, nachzudenken und zu beobachten. Man hatte sie auf Alvesley mit akribischer Höflichkeit willkommen geheißen, jedoch ohne Herzlichkeit. Aber sie hatte auch keine Herzlichkeit erwartet. Höflichkeit genügte. Kit hatte seine Rolle gut gespielt. Tatsächlich hatte er so erfreut gewirkt, sie zu sehen, dass Gwen vollkommen betört gewesen war. Sie war in Laurens Zimmer gekommen, bevor sie zusammen zum Tee hinuntergingen, hatte sie umarmt und angestrahlt.

»Lauren«, hatte sie gesagt, »er ist einfach wunderbar. Dieses Lächeln! Und als er dich vor aller Augen küsste, sobald deine Füße den Boden berührten, hätte ich vor lauter Romantik glatt in Ohnmacht fallen können.« Sie hatte fröhlich gelacht. »Du sagtest ja, er könne sich recht unerhört benehmen.«

Die letzte Bemerkung war keine Kritik gewesen, obwohl der Kuss, so kurz er auch gewesen war, Lauren beinahe ihre Gelassenheit geraubt hätte.

Seit ihrer Ankunft hatte zwischen ihm und seinen Eltern

fast keinerlei Unterhaltung stattgefunden, wie sie bemerkt hatte. Alle drei hatten mit ihr, mit Tante Clara, mit Gwen gesprochen. Aber nicht miteinander. Also waren sie wegen dieser Verlobung sehr ärgerlich auf ihn, da sie auf eine andere Verlobung gehofft hatten. Und vielleicht konnten sie auch nicht vergessen, dass er vor drei Jahren mit seinem älteren Bruder gekämpft hatte, vermutlich wegen der Frau, die sie beide hatten heiraten wollen, und dass der Earl ihn danach fortgeschickt und ihm verboten hatte, jemals zurückzukehren. Welch bittere Erfahrung musste es für den Earl gewesen sein, seinen ältesten Sohn sterben und seinen verbannten Sohn plötzlich als neuen Erben zu sehen. Und wie doppelt bitter musste es für Kit sein zu wissen, dass seine Verbannung nur rückgängig gemacht wurde, weil sein älterer Bruder gestorben war.

Kit und sein jüngerer Bruder verhielten sich beide, als gäbe es den anderen nicht. Und doch hatte Kit Wert darauf gelegt, sie bei ihrer Ankunft miteinander bekannt zu machen. Sie hatte in dem Moment den Eindruck gehabt, als platze er fast vor Zuneigung zu seinem entsetzlich entstellten Bruder. *Was war geschehen*?

Die Familie des Earl of Redfield stand sich gewiss nicht sehr nahe und war keine glückliche Familie, vermutete sie. Plötzlich erschien ihr ihre Aufgabe, jene Aufgabe, die sie an dem Abend in Vauxhall so zungenfertig übernommen hatte, wirklich beängstigend. Wie konnte sie helfen, Kit mit seiner Familie zu versöhnen, wenn es sich eindeutig um tiefe und alte Wunden handelte? Und wenn sie daran die Schuld trüge, dass sich die Kluft noch verbreiterte, die Wunden noch verschlimmerten? Und wenn sie die Verlobung löste …

Aber dann wurden ihre Gedanken von der Duchess-Witwe abgelenkt, die mit der offensichtlichen Absicht, sich zu erheben, ihren Stock ergriffen hatte. Lauren unterdrückte ihren ersten Impuls, aufzuspringen und ihr zu helfen. Sie war nicht um Hilfe gebeten worden, und jegliche Aufdringlichkeit von ihrer Seite könnte übel genommen werden. Stattdessen lächelte sie.

»Gehst du zu Bett, Mutter?« Der Earl kam auf sie zu. »Erlaube mir, deine Ankleidefrau zu rufen.«

»Ich ... gehe ... erst ... spazieren«, sagte sie.

»Die Abendluft wird deinen Lungen schaden, Mutter«, sagte die Countess mit erhobener Stimme. »Warte bis morgen früh.«

»Ich ... gehe jetzt«, erwiderte die alte Lady entschlossen und scheuchte ihren Sohn mit der freien Hand fort. »Mit ... Kit. Und Miss ... Edgeworth.«

»Sie beharrt stets darauf, dass ihr frische Luft und Bewegung gut täten«, erklärte die Countess Tante Clara. »Obwohl ich mir sicher bin, dass Ruhe besser für sie wäre. Sie besteht jeden Tag darauf, die Terrasse entlang- und wieder zurückzugehen, bei Regen oder Sonnenschein. Aber das geschieht gewöhnlich morgens.«

Kit war inzwischen herangetreten und hatte den freien Arm seiner Großmutter durch den seinen gezogen, während sie sich mit der anderen Hand auf ihren Stock stützte. Er lächelte sein übliches strahlendes Lächeln.

»Wenn du jetzt spazieren gehen willst, Grandma«, sagte er, »dann werden wir mit dir gehen. Wenn du eine Gigue tanzen möchtest, dann werden wir eine Gigue tanzen – bis du mich erschöpft hast. Kommst du mit, Lauren?«

»Natürlich«, sagte sie und erhob sich.

Und so hatten sie fünf Minuten später ihre Mäntel angezogen und schlenderten die Terrasse entlang, fort von den Ställen, Kits Großmutter an seinem Arm, Lauren auf seiner anderen Seite, die Arme hinter sich verschränkt.

»Erzählt mir«, sagte die alte Lady auf ihre übliche langsame, mühsame Art, »wie ihr ... euch kennen gelernt habt.«

Kits Blick begegnete Laurens über den Kopf der Großmutter hinweg, und seine Augen tanzten. »Grandmama ist eine unheilbare Romantikerin«, erklärte er. »Erzähl du es ihr, Lauren.«

Aber er war bei solchen Geschichten geschickter als sie, dachte Lauren. Wie er sie durch einen bevölkerten Ballsaal hinweg zufällig erblickt hatte, sein Herz einen Moment aussetzte, und er wusste, dass sie die Frau auf Erden war, die für ihn bestimmt war – bei ihm klang das alles recht seelenvoll. Außerdem musste es aus seiner Perspektive erzählt werden. Sie könnte natürlich beschreiben ... Sie lächelte im Stillen.

»Es war eines Morgens im Hyde Park«, sagte sie und sah, wie das Lachen in Kits Augen innehielt, bevor sie den Kopf abwandte und fortfuhr. »Lord Ravensberg – Kit – befand sich mitten in einem Faustkampf mit drei Arbeitern, während die Hälfte der Gentlemen der vornehmen Gesellschaft ihn anspornten. Er war bis zur Taille nackt und fluchte höchst schändlich.«

Sie hörte sich selbst einigermaßen erstaunt zu. Lauren Edgeworth erzählte niemals solch schmutzigen Geschichten. Und sie wurde niemals, weder in Worten noch in Taten, von einem Gefühl des Übermuts ergriffen.

Die alte Lady überraschte sie mit schallendem Gelächter.

»Die Männer hatten eine Milchmagd beleidigt«, fuhr Lauren fort, »und Kit war zu ihrer Verteidigung geeilt. Er schlug sie alle nieder und küsste die Milchmagd dann, als ich in Begleitung meiner Tante und meiner Cousine vorüberging.«

»Tatsächlich, Großmama«, fügte Kit demütig hinzu, wenngleich Lauren an seiner Stimme erkennen konnte, dass er sich amüsierte, »hat die Milchmagd mich geküsst. Es wäre ungalant gewesen, auf hoher Moral zu bestehen und den Kopf abzuwenden.«

Seine Großmutter kicherte.

»Und dann begegneten sich unsere Blicke«, sagte Lauren und senkte die Stimme, »und es geschah. Einfach so.«

Sie hätte niemals vermutet, dass sie schauspielerische Fähigkeiten besaß. Sie überzeugte sich fast selbst davon, dass bei ihrer ersten schockierenden Begegnung das Schicksal im Spiel war.

»Alle … Frauen«, sagte die alte Lady, »lieben … Schurken.« Sie kicherte erneut.

»Nun, tatsächlich hatte man mich vor ihm gewarnt, Madam«, sagte Lauren. »Er besitzt einen schrecklichen Ruf, müsst Ihr wissen. Aber als wir uns auf Lady Mannerings Ball wieder begegneten, er sich mir durch eine List vorstellen ließ und mich um einen Tanz bat – wie konnte ich da widerstehen? Es war ein Walzer, Ihr versteht?«

Sie hatten das Ende der Terrasse erreicht. Das Tageslicht war geschwunden, aber der Mond und die Sterne vertrieben die Dunkelheit der Nacht.

»Das dort unmittelbar vor uns ist eine Rosenlaube«, erklärte Kit. »Ich werde sie dir morgen zeigen, Lauren.«

»Ich kann die Rosen selbst jetzt riechen«, sagte sie und atmete deren schweren, süßen Duft bewusst ein.

»Die französischen Gärten befinden sich darunter«, sagte er. »Und jenseits davon stehen Bäume. Aber es gibt einen verwilderten Weg dorthin, mit mehreren hübschen Ausblicken – natürlich alle sorgfältig geplant.«

»Ich freue mich darauf, das alles zu sehen«, sagte sie, während sie sich umwandten, um zum Haus zurückzuschlendern.

Als sie die Treppe hinauf in die Eingangshalle gingen,

hob die alte Lady ihren Stock und rief den diensthabenden Lakaien herbei.

»Euren Arm«, befahl sie und löste sich von dem ihres Enkels. »Kit, du … musst … Miss Edgeworth … die Rosen zeigen.«

Er beugte den Kopf und küsste sie auf die Wange, seine Augen voller Lachen, wie Lauren erkennen konnte.

»Ein sorgfältig im Voraus arrangiertes Stelldichein, Großmama?«, fragte er. »Normalerweise gehst du tatsächlich morgens spazieren. Aber wir werden dich nicht enttäuschen. Ich werde Lauren überreden, mit in die Rosenlaube zu kommen. Natürlich nur, damit sie den Rosenduft genießen kann.«

Lauren spürte ihre Wangen brennen.

Kit lachte, als sie erneut die Stufen zur Terrasse hinuntergingen, ihren Arm fest durch seinen gezogen. »Ich hatte dich gewarnt, dass sie eine Romantikerin ist«, sagte er. »Sie hat den ganzen Abend dort im Salon gesessen und ihren Enkel und seine frisch Verlobte beobachtet, die zwei Wochen lang getrennt waren und nun durch einen Raum voller Verwandter und die guten Manieren daran gehindert wurden, mehr zu tun, als sich höchstens ab und zu sehnsüchtige Blicke zuzuwerfen.«

»Ich habe dir keine sehnsüchtigen Blicke zugeworfen!«, protestierte sie.

»Ah, aber ich dir.« Er wandte sich zur Rosenlaube. »Und natürlich musste Großmama mir die Möglichkeit verschaffen, dich innig zu küssen, bevor ich dich zu Bett schicke.«

Sie war zutiefst verlegen. »Ich hoffe«, sagte sie spröde, »ich habe nicht den Eindruck erweckt …«

»Zutiefst in mich verliebt zu sein?«, schlug er vor. »Ich glaube, das hast du – zumindest bei Großmama. Und dann erzähltest du ihr diese Geschichte unserer Begegnung, um ihren Eindruck noch zu bestätigen. Ich hatte nicht speziell diese erwartet.«

»Mylord.« Sie hatten die Terrasse halbwegs überquert. »Die Maskerade ist nur dann nötig, wenn wir in Begleitung anderer sind. Wir brauchen nicht in die Rosenlaube zu gehen. Eure Großmutter ist vermutlich bereits zu Bett gegangen und wird es niemals erfahren, wenn wir augenblicklich zum Haus zurückkehren. Es ist nicht angemessen, wenn wir so miteinander allein sind. Wir sind nicht wirklich verlobt.«

»Oh, aber das sind wir doch.« Er beugte den Kopf etwas näher zu ihr. »Bis ich etwas anderes höre, bist du meine Verlobte. Und was soll dieser Unfug, dass unser Spiel nur anderen gälte? Und warum wieder dieses förmliche ›Mylord‹? Ich habe dir Abenteuer versprochen, nicht wahr? Und Leidenschaft? Wir müssen miteinander allein sein, wenn ich mein Versprechen halten soll. Wir werden heute Abend in der Rosenlaube beginnen. Du wirst geküsst werden.«

»Kit!«, sagte sie scharf. »Ich habe keine Leidenschaft gefordert. Zumindest keine Küsse. Ich würde nicht im Traum …«

»Du hast Abenteuer gefordert«, sagte er, sein Mund so nahe an ihrem Ohr, dass sie seinen warmen Atem spürte. »Aberteuer. Leidenschaft. Das sind austauschbare Begriffe.«

»Es wäre höchst unschicklich«, sagte sie wahrhaft bestürzt. Sie erinnerte sich nicht gern an ihren Kuss in Vauxhall. Sie hatte versucht, ihn aus ihrer Erinnerung zu verbannen. Er war so überaus beängstigend … physisch gewesen.

»Ich werde mein Bestes tun, um dafür zu sorgen, dass es das ist«, sagte er mit leisem Lachen, während er sie von der Terrasse herab und durch einen Gitterbogen in die Rosenlaube führte, wo der Duft der Rosen ihre Sinne augenblicklich bestürmte.

»Kit!« Aber je mehr sie sich empörte, je mehr sie auf ihre Würde bedacht wäre, desto besser gefiele ihm das natürlich. So viel hatte sie über ihn gelernt. Er neckte gerne. Er würde sie niemals ernst nehmen. Sie wechselte das Thema. Vielleicht vergäße er dann diesen Unfug. »War dein Vater sehr verärgert, als du nach Hause kamst?«

»O Gott, ja. Er und Bewcastle – das ist der Bruder der Lady – hatten tatsächlich schon einen Ehevertrag unterzeichnet. Ich stehe tiefer in deiner Schuld, als dir bewusst ist, Lauren.«

»Also wurde sie sitzen gelassen.« Sie schauderte. »Ich weiß, wie sich das anfühlt. Ist sie gekränkt?«

»Freyja? Sie hatte vor drei Jahren ihre Chance. Sie ist zweifellos ärgerlich, was ein kleiner Unterschied zu Gekränktheit ist. Sie ist gut darin, ärgerlich zu sein. Das sind alle Bedwyns. Aber sie haben kein Recht, verärgert zu sein. Mein Vater hat kein Recht, ohne meine Zustimmung eine Hochzeit für mich zu planen.«

»Leben sie weit entfernt?«

»Sechs Meilen.«

Er führte sie zu einer ländlichen Bank, und sie setzte sich. »Unsere Verlobung hat also Zwietracht zwischen den Nachbarn gesät«, sagte sie. »Das ist bedauerlich.«

Er stellte einen Fuß auf die Bank und stützte einen Arm auf sein aufgestelltes Bein – genau wie er es in Vauxhall getan hatte.

»Aber unter den gegebenen Umständen unvermeidlich«, sagte er. »Ich wollte wirklich nicht in diese Heirat gezwungen werden, Lauren.«

»Und doch musst du sie vor drei Jahren geliebt haben.« Sie fragte sich, ob sie die Gelegenheit bekäme, Lady Freyja Bedwyn kennen zu lernen.

»Manchmal«, sagte er, »stirbt eine Liebe.«

Das glaubte sie nicht. In ihrem Falle traf das gewiss nicht zu. Aber es bestand kein Grund, sich schuldig zu fühlen. Er hatte tatsächlich das Recht, seine eigene Braut zu wählen, und sie konnte erkennen, dass er ohne diese vorübergehende Verlobung wirklich in der Falle gesessen hätte. Das genau war der Grund für ihren Handel.

»Was ist deinem jüngeren Bruder zugestoßen?«, fragte sie.

Er stellte den Fuß jäh auf den Boden, wandte sich ab und beugte sich über eine nahe gelegene Blüte, wie um sie eingehend zu studieren.

»Der Krieg ist ihm zugestoßen«, sagte er nach längerem Schweigen. »Er beharrte darauf – entgegen jedermanns Rat und Bitte, einschließlich meiner eigenen –, dass unser Vater ihm ein Offizierspatent in meinem Regiment kaufte, damit er mir zur Pyrenäenhalbinsel folgen konnte. Das Leben beim Heer ist das Allerletzte, wofür Syd gemacht ist, aber er kann bemerkenswert stur sein, wenn er will. Ich versprach meiner Mutter ausdrücklich – und natürlich törichterweise –, dass ich auf ihn aufpassen und ihn vor Schaden bewahren würde. Kaum ein Jahr später brachte ich ihn mehr tot als lebendig nach Hause, nachdem die Ärzte und ein Fieber mit ihm fertig waren. Es war fraglich, ob er die Reise überleben würde. Aber ich war entschlossen, dass er, wenn er sterben müsse, zumindest zu Hause sterben solle. Ich kann auch stur sein.«

Sie konnte sich sehr gut vorstellen, wie schrecklich er sich gefühlt haben musste. »Aber du machst dir doch gewiss in keiner Weise Vorwürfe«, sagte sie. »Es muss in der Hitze des Gefechts unmöglich gewesen sein, ihn zu beschützen.«

»Es ist nicht im Kampf geschehen«, erwiderte er knapp.

Sie wartete darauf, dass er mehr erklären würde, aber er schwieg.

»Hat jemand anderer dir Vorwürfe gemacht?«, fragte sie. »Hat er selbst es getan?«

»Alle, einschließlich mir selbst. Das Urteil erfolgte einstimmig.« Er wandte sich ihr jäh zu, und sie sah in der Dunkelheit Tränen schimmern. Er nahm ihre Hand und zog sie auf die Füße. »Aber das sind alles uralte Geschichten, Lauren, die man am besten vergessen sollte. Syd hat überlebt. Ich ebenfalls. Ende gut, alles gut, um einen Satz zu zitieren, den jemand anderer für mich geprägt haben muss. Inzwischen verschwenden wir eine vollkommen annehmbare, mondbeschienene Nacht und die Gelegenheit zur Romantik, die Großmama empfahl.«

Die man am besten vergessen sollte. Aber beide Brüder hatten sie nicht vergessen. Oder verarbeitet. Es musste in demselben Sommer geschehen sein, in dem Kit sich in Lady Freyja verliebt und dann mit seinem älteren Bruder gekämpft hatte, als sie stattdessen seinen Antrag annahm. Kein Wunder, dass er so aufgebracht gewesen war, wenn sich seine beiden Brüder gegen ihn gewandt hatten. Und sein Vater ebenfalls. Und doch war es verständlich, dass der Earl ihn fortgeschickt hatte – er hatte seinen beiden Brüdern körperlichen Schaden zugefügt.

Nun war er nach Alvesley zurückgekommen, und soweit sie es erkennen konnte, schwärten all die alten Wunden noch immer. Und nun waren sie durch diese Sache mit dem Ehevertrag und seine Verlobung mit ihr noch verschlimmert worden. In welch ein Durcheinander sie da geraten war. Würde sie irgendetwas davon gerade rücken können?

Aber jetzt war nicht der richtige Zeitpunkt für solche Gedanken. Sie hatte ihn nicht von seinem Vorsatz abbringen können: Er wollte sie küssen. Sie wandte sich ab und entzog ihm ihre Hand. Dies hier war nicht nötig. Es hatte nicht in ihrer Absicht gelegen.

Aber er trat hinter sie, legte seine Arme um ihre Taille und zog sie an sich, bis ihr Hinterkopf an seiner Schulter ruhte. Sie konnte seinen warmen Männerkörper an den Wölbungen ihres Rückens und ihrer Oberschenkel spüren. Und es fühlte sich gut an, gestand sie sich mit einem stummen resignierenden Seufzen ein. Es gewährte ihr die Illusion von Romantik, die Illusion von Nähe, von Vertrautheit. Ein so großer Teil des Lebens musste naturgemäß allein verbracht werden. Und einiges davon – zu vieles – in Einsamkeit.

Sie hatte in der Tat ein Abenteuer gefordert. Impulsiv, ohne jegliche Voraussicht. Sie hatte niemals erkannt, dass sie das wollte. Und was genau *hatte* sie gewollt? Was hatte sie mit Abenteuer gemeint? Das hier? Hatte sie wieder geküsst werden wollen? Umarmt werden wollen? Sie hatte sich nie nach körperlicher Nähe zu einem Mann gesehnt. Oh, bei Neville vielleicht. Aber bei ihm hatte sie mehr gesucht … Zuneigung, Kameradschaft, Trost. Sie wusste nicht, was das Leben für manche Menschen – wie etwa Lily – zu einer intensiven Erfahrung machte. Das war es, was sie hatte entdecken wollen.

Lauren schloss die Augen, als der alte, widerwillige Hass sie erneut durchströmte. Was hatte Lily, das sie nicht hatte? Was wusste Lily?

Sie wandte sich in Kits Armen um und brachte dabei ein wenig Abstand zwischen sie. Sie blickte in sein beschattetes Gesicht und erkannte, dass er sie genau beobachtete. Sie könnte niemals wie Lily sein. Sie könnte sich mit dieser Art Umarmung, wie sie in Vauxhall stattgefunden hatte, niemals wohl fühlen. Sie befürchtete, dass all diese unbekannten Empfindungen sie überwältigen könnten – und noch mehr fürchtete sie, dass dies nicht geschähe, dass sie nichts empfinden würde, wenn er sie erneut küsste, und dass sie mit vollkommener Sicherheit erkennen müsste, dass sie gefühlskalt war. Dass er sich angewidert von ihr abwenden würde. Dass er ihren Handel bedauern würde, kaum dass er begonnen hatte. Dass sie endlich ohne jeden Zweifel wissen würde, dass sie für immer ungeliebt, unerwünscht, ungewollt war.

»Nein, nein«, sagte er sanft und neigte seinen Kopf ein wenig näher, die Hände an ihrem Rücken, »zieh dich nicht in deinen Eisberg zurück. Ich habe herausgefunden, dass er ein reiner Schutzmechanismus ist, weißt du. Ich werde dir nicht wehtun. Ich werde dich in der Tat nicht einmal küssen. Ich habe meine Meinung geändert.«

Wie lächerlich, dass sie ihr Herz jetzt vor Enttäuschung und Demütigung sinken spürte. Es war besser, wenn niemand anderer die Wahrheit über sie entdeckte. Aber – er wollte sie nicht einmal küssen?

Er hob beide Hände, knöpfte ihren Mantel auf und warf ihn mit einer Hand auf die Bank, wo sie eben noch gesessen hatte. Die Nachtluft berührte kühl ihren bloßen Arme. Seine Hände schienen sie im Gegensatz dazu mit Hitze geradezu zu brandmarken, als er seine Handflächen langsam von den bogenförmig verzierten Rändern ihrer kurzen Ärmel zu ihren Handrücken bewegte. Er umfasste sie, als sie zitterte, legte seine Daumen in ihre Handflächen und hob sie auf seine Schultern. Dann ließ er seine Hände leicht auf ihren Hüften ruhen.

»Lehn dich an mich«, sagte er. »Von den Schultern bis zu den Knien.«

Es klang wirklich erschreckend – umso mehr, als sie selbst die Initiative ergreifen sollte, nicht er. Seine Hände übten keinen Druck aus. Sie begriff, er würde nichts erzwingen. Diese Ausrede wäre ihr nicht gewährt. Sie verspürte einen scharfen, pulsierenden Schmerz in ihrem Unterleib und neigte sich ihm zu, stützte sich mit den Händen ab, bis ihre Brustspitzen seinen Mantel berührten, und presste sich dann dagegen. Sie schloss die Augen und lehnte die Stirn an seine Schulter. Sie konnte seine muskulöse Härte und seine Körperwärme mit ihrem ganzen Oberkörper spüren. Sie konnte sein moschusartiges Cologne und seine reine Männlichkeit riechen.

Er bewegte sich noch immer nicht. Seine Hände ruhten weiterhin auf ihren Hüften.

Sie lehnte ihre Oberschenkel an die seinen, und ihr Bauch und die Hüften folgten. Seine Hände glitten um ihren Rücken, aber leicht, unbedrohlich. Sie hätte jederzeit entkommen können.

Mehr tat er nicht. Sie auch nicht. Aber ihr Körper erspürte die Flächen des seinen und passte sich ihnen an, weiche Weiblichkeit gegen harte Männlichkeit, während ihre Gefühle in Aufruhr waren. Sie konnte hinter ihren geschlossenen Augenlidern sehen, wie er an jenem ersten Tag im Park erschienen war, nackt bis zur Taille, mit prächtigen Brust-, Schulter- und Armmuskeln, schlanken Hüften, geschmeidig in seiner hautengen Hose und den Stiefeln. Vor Leben sprühend, kräftig und männlich. Derselbe Körper, an dem sie nun lehnte. Sie konnte seinen Herzschlag hören. Sie meinte in Flammen zu stehen.

Beide bewegten sich lange nicht. Aber eines wusste sie, bevor sie schließlich zurücktrat und sich bückte, um ihren Mantel zu nehmen. Sie hatte keine Erfahrung in solchen Dingen, aber sie begriff, dass er sie zumindest körperlich begehrte. Und sie hatte noch etwas entdeckt. Sie spürte am ganzen Körper – an den heißen Wangen, den empfindlichen, angeschwollenen Brüsten, dem pulsierenden Leib und den zitternden Oberschenkeln – ihre Weiblichkeit. Sie erkannte, dass sie, trotz lebenslanger Selbstdisziplin, nicht nur eine Lady war. Sie war auch eine Frau.

Er berührte sie nicht und sagte auch nichts, wofür sie ihm unendlich dankbar war. Sie wandte sich nach einigen Momenten um und blickte ihn an, den Mantel mit einer Hand umklammernd. Er stand noch auf genau demselben Fleck.

»Also«, sagte sie in dem Versuch, einen gewissen Anschein von Normalität wiederherzustellen, »wurde deine Seite des Handels für heute erfüllt. Nun muss ich meine auch erfüllen. Es wäre nicht gut für uns, wenn wir dem Haus noch länger fernblieben.«

Sie wünschte, sie könnte sein Gesicht deutlicher sehen, während er sie eine Weile schweigend betrachtete. Dann beugte er sich herab, um ihr den Mantel aus der Hand zu nehmen, schlang ihn um ihre Schultern, knöpfte ihn am Hals zu und bot ihr seinen Arm.

»Ja«, sagte er lebhaft und heiter, »für heute haben wir unsere Pflicht erfüllt. Morgen werde ich mich ihr erneut widmen. Wir werden ausreiten. Früh. Bei Sonnenaufgang.«

Sie musste bei seinem Tonfall erneut gegen Enttäuschung ankämpfen. Hätte er nicht etwas Freundlicheres, Persönlicheres äußern können? Hatte sie sich nur eingebildet …? Aber das war unwichtig.

»Ich reite sehr selten«, sagte sie. »Und ich stehe fast niemals früh auf.«

»Morgen«, erwiderte er, »wirst du beides tun. Ich werde dir einen angenehmen Sommer verschaffen, und wenn ich uns beide dabei umbringe.«

»Wie lächerlich!«

»Morgen früh«, befahl er, als sie über die Terrasse zurückschlenderten. »Erscheine freiwillig – und allein – oder ich werde in dein Schlafzimmer kommen und dich eigenhändig holen.«

»Das würdest du nicht wagen«, protestierte sie entrüstet.

Er sah sie von der Seite an. »Diesen Satz sollte man in meiner Hörweite tunlichst nicht äußern, es sei denn, du wärst darauf vorbereitet, dass ich dich beim Wort nehme. Ich würde es gewiss wagen.«

»Du bist kein Gentleman!«

»Warum«, fragte er, während sie die Marmorstufen hinaufstiegen, »sagst du das immer wieder, als hättest du es gerade erst entdeckt?«

9

Kit war bereits draußen in den Ställen, als Lauren dort eintraf. Es war erst kurz nach sechs Uhr morgens. Bevor er das Haus verließ, hatte er seinen Kammerdiener geschickt, um ihre Zofe anzuweisen, sie zu wecken. Aber sie war wohl schon aufgestanden, da sie so früh hier eintraf – in waldgrüner Reitkleidung mit einem passenden Hut, der so auf ihrem sorgfältig frisierten dunklen Haar thronte, dass sich seine lavendelfarbene Feder, die sich verlockend über einem Ohr kräuselte, wie das Inbild der Eleganz wirkte.

Er hatte sich darauf gefreut, sie selbst zu wecken. Er hätte es in der Tat gewagt. Ihr Zorn wäre greifbar gewesen.

»Guten Morgen.« Er lächelte ihr zu. »Ich habe die ruhigste Stute in den Ställen für dich satteln lassen. Wäre sie noch zahmer, sie würde auf allen vier Beinen lahmen. Ich werde an deiner Seite reiten. Du hast absolut nichts zu befürchten.«

»Ich habe keine Angst vor dem Reiten«, erwiderte sie. »Ich genieße es nur nicht als Bewegungsform. Und ich nehme dir dies übel. Du solltest mir einen angenehmen Sommer verschaffen – für *mich* angenehm – und mich nicht zu Dingen zwingen, gegen die ich eine entschiedene Abneigung hege – wie zu dieser Zeit aufzustehen, um auszureiten.«

»Nein, nein!« Er lachte. »Ich habe dir einen denkwürdigen Sommer versprochen, und ich pflege meine Versprechen zu halten. Aber wenn du dich damit vielleicht besser fühlst, kann ich dir versprechen, dass wir nur eine kurze Strecke reiten werden. Ich habe etwas überaus Erfreulicheres für dich geplant. Wir werden schwimmen gehen.«

»Was werden wir?« Sie blickte ihn voller Verachtung an, anstatt entsetzt zurückzuschrecken, wie er es erwartet hatte. Es war sehr schwer, die Mauer um Lauren Edgeworth zu erschüttern. Gütiger Himmel, sie hatte ihn gestern Abend erregt, und sie hatte sich so eng an ihn gelehnt, dass sie es bemerkt haben musste, es sei denn, sie war unschuldiger, als sie es in ihrem Alter eigentlich sein konnte. Und doch schien sie so kühl wie eine Frühlingsbrise, als sie sich von ihm zurückzog und ihn darüber aufklärte, dass er seine Pflicht für den Tag erfüllt hätte. »Ich schwimme niemals, Mylord.«

»Kit.«

»Kit. Ich schwimme nicht, *Kit*. Das ist mein letztes Wort.«

»Zwei Züge und einmal tauchen?«, fragte er wohlwollend, während er die Hände für ihren gestiefelten Fuß wölbte, um ihr in den Sattel zu helfen. »Du wirst wie ein Stein versinken?«

»Ich weiß es wirklich nicht.« Sie richtete ihre Röcke und saß dann so anmutig da, als wäre sie im Sattel geboren. »Ich habe es nie versucht.«

Nie versucht? Gütiger Himmel! Was für eine Kindheit hatte sie gehabt? Oder hatte sie die Kindheit vollkommen übersprungen? Vielleicht war sie ja als Lady geboren.

»Dann wirst du heute damit anfangen«, erklärte er, während er sich auf sein Pferd schwang und aus dem gepflasterten Hof vorausritt. »Ich werde es dir beibringen.«

»Das werde ich nicht, und das wirst du nicht.« Sie ritt hinter ihm her.

Wäre Vauxhall nicht gewesen, hätte er sich vielleicht von ihr zurückgewiesen gefühlt. So kühl und würdevoll. So absolut ladylike. So ohne Elan und Humor. So vollkommen freudlos. Obwohl er selbst dann vielleicht nicht imstande gewesen wäre, der Herausforderung zu widerstehen, sie zu reizen. Aber es hatte Vauxhall gegeben. Und er wusste, dass irgendwo unter den unzähligen Schichten kühler Schicklichkeit, hinter den unzähligen Masken der Vornehmheit eine Frau gefangen war, die sich verzweifelt zu befreien suchte, aber nicht wusste, wie dies zu bewerkstelligen wäre. Wie ein Kind, das darauf wartet, geboren zu werden, sich aber an die vertraute, beengende Sicherheit des Mutterleibes klammert.

Sein Versprechen ihr gegenüber zu halten war die einzige Wiedergutmachung, die er in seinem Leben würde leisten können. Eine kleine Tat, die ihn selbst nicht lossprechen, aber vielleicht einen Mitmenschen befreien würde. Er konnte sie lehren, Freude zuzulassen. Das war etwas, was er für sich selbst niemals täte, obwohl seine Bekannten diese Bemerkung vielleicht skeptisch beurteilt hätten. Er trug andere Masken als Lauren. Aber es war möglich zu lehren, was man nicht selbst vermochte. Es musste möglich sein.

Er ritt den Fahrweg entlang voraus und über die Brücke, bevor er sich nach rechts einem Weg zuwandte, der dem Fluss folgte und dann am Seeufer entlangführte. Die Bäume standen hier dichter als auf der dem Haus näher gelegenen Seite. Manchmal wand sich der Weg tiefer in den Wald, so dass die Bäume das Wasser für eine Weile verbargen. An einer solchen Stelle hielt er inne und blickte zurück, um sicherzugehen, dass Lauren ihm mühelos folgen konnte.

»Was denkst du?«, fragte er sie.

Sie blickte ihn tadelnd an. »Ich denke, dass alle zivilisierten Sterblichen zu dieser Stunde noch im Bett liegen. Und ich glaube mich zu erinnern, dass du versprachst, mir heute die französischen Gärten zu zeigen, nicht die Wildnis der Wälder. Wenn dies deine Vorstellung davon ist, mich zu erfreuen, dann bin ich einen traurigen Handel eingegangen.«

Also ärgerte sie sich über ihn. Die ach so korrekte Miss Lauren Edgeworth ließ es zu, dass in ihrer Stimme Verärgerung mitschwang. Kit grinste.

Sein Ziel war der Pavillon, der vor Jahren an einer malerischen Stelle nahe am Ufer gebaut worden war, vor allem, um vom anderen Ufer aus bewundert werden zu können, wo sich an ruhigen Tagen seine marmorne Vollkommenheit im Wasser spiegelte. Aber er hatte auch eine praktische Funktion als Rastplatz für Spaziergänger, die genug Energie aufbrachten, um den See ganz zu umrunden. Seine Brüder und er hatten ihn in seiner Kindheit als Badehütte benutzt. Sie hatten stets im See baden dürfen, sofern sie ein Erwachsener beaufsichtigte. Der Haken an der Sache war, dass nur sehr selten ein Erwachsener verfügbar und bereit war, sie zu begleiten; und wenn doch einmal jemand mit ihnen kam, so wurden sie dauernd zurechtgewiesen, nicht von Baumästen ins Wasser zu springen, nicht zu tauchen, nicht ins Tiefe zu gehen und einander nicht aufzulauern, mit Wasser zu bespritzen oder unterzutauchen. Daher hatten sie lieber dort gebadet, wenn sie vom Haus aus nicht gesehen werden konnten und wahrscheinlich unentdeckt blieben.

Kit stieg ab, als sie den Pavillon erreichten, und band sein Pferd an einen Ast. Dann hob er Lauren aus dem Sattel, bevor er das Bündel löste, das er hinter dem seinen befestigt hatte. Er ging voraus, entlang dem Pavillon und die flachen

Marmorstufen hinauf, um die Doppeltüren hinter den vier Säulen zu öffnen.

Drei Innenwände waren von Holzbänken gesäumt. Der Boden war gefliest, die Wände schlicht, bis auf einen kunstvoll geschnitzten Fries, auf dem nackte lockige Jünglinge durch unwirkliche Haine wilder Blumen und reifer Früchte leichtfüßigen Nymphen nachjagten. Mit seinen Brüdern hatte er mehr als einmal auf der Bank gestanden, um über die Nymphen zu kichern, deren durchsichtige Kleidung keine ihrer weiblichen Reize verbarg. Kein Wunder, dass die Jünglinge ihnen auf ewig hinterherliefen.

»Setz dich«, forderte er sie auf, und sie ließ sich an der Innenwand nieder, vor der aus man den See betrachten konnte, die Füße ordentlich nebeneinander gestellt, die Hände im Schoß gefaltet. Kit legte sein Bündel ab und setzte sich auf eine der Seitenbänke. Lauren wirkte streng und spröde.

»Newbury Abbey liegt nahe am Meer, nicht wahr?«, fragte er sie.

»Ja. Der Strand ist Teil des Parks.«

»Aber du bist dort nie geschwommen?«

Sie schüttelte den Kopf. »Ich mochte den Strand nie. Der Sand gerät in Schuhe und Kleidung, und der Salzwind vom Meer trocknet die Haut aus. Und das Meer selbst ist ... wild.«

»Wild.« Er betrachtete sie neugierig. »Du magst die wilde Natur nicht?« Liebte nicht jeder das Meer? War in ihrem tiefsten Inneren letztendlich doch nur Sprödigkeit?

»Das Meer mag ich nicht.« Sie blickte auf den See hinaus, der so früh morgens wie ein glatter Spiegel wirkte und die Strahlen der Sonne reflektierte. »Es ist so unermesslich, so unberechenbar, so unkontrollierbar, so ... grausam. Nichts kommt vom Meer zurück.«

Was oder wer war nicht zurückgekommen? War jemand,

den sie kannte, ertrunken? Und dann stieg eine dunkle Ahnung in ihm auf.

»Als deine Mutter und dein Stiefvater auf Hochzeitsreise gingen«, fragte er, »sind sie da übers Meer gefahren?«

Sie wandte den Kopf zu ihm um, eher überrascht, als hätte er jäh das Thema gewechselt.

»Sie sind zunächst nach Frankreich gereist«, erklärte sie, »während eines Waffenstillstands, und dann langsam nach Südosten. Sie waren in Indien, als ich zum letzten Mal von ihnen hörte.«

Das Meer hatte ihre Mutter nicht zurückgebracht.

»Man erzählte mir, mein Onkel und meine Tante hätten mich mitgenommen, als sie sie verabschiedeten. Ich soll mit einem Taschentuch gewinkt haben, bis das Schiff am Horizont verschwand. Es muss sehr lange gedauert haben. Aber ich erinnere mich nicht daran. Ich war erst drei Jahre alt.«

Gar keine Erinnerung? Oder eine so tief vergrabene Erinnerung, dass sie nicht in ihr Bewusstsein dringen konnte?

Das Meer hatte ihre Mutter niemals zurückgebracht.

Aber dies war nicht das Meer, und er hatte sie nicht hierhergeführt, um sie zu betrüben. Er erhob sich, trat in den Eingang und blickte hinaus.

»Ist auch keiner deiner Spielgefährten jemals geschwommen? Selbst in diesem Teich nicht, von dem du mir erzählt hast?«

»O doch. Neville und Gwen sind beide geschwommen. Es war natürlich verboten, aber wann immer sie an einem besonders heißen und sonnigen Tag mit nassem Haar ins Haus zurückkamen, gab Tante Clara vor, es nicht zu bemerken, und mein Onkel schürzte die Lippen und fragte, ob es regnete.«

»Aber du selbst hast die Regeln niemals gebrochen?«

»Für mich war es anders«, sagte sie.

Er blickte über die Schulter zu ihr. »Wieso?«

»Ich war nicht ihr Kind. Ich war nicht einmal eine Blutsverwandte. Ich war eine Fremde, die ihnen durch die Umstände aufgebürdet wurde.«

Kit wurde zornig. »Sie haben dich immer wie eine Außenseiterin behandelt?«

»Nein.« Die Antwort klang sehr bestimmt. »Sie haben mich mit Liebe überschüttet. Sie behandelten mich nicht anders als ihre eigenen Kinder. Ich war ebenso sehr Nevilles Schwester, wie Gwen es war. Und Gwen und ich waren fast vom Tag meiner Ankunft an Busenfreundinnen. Du musst gestern gemerkt haben, dass mich sowohl Tante Clara als auch Gwen lieben. Sie kamen mit mir sogar hierher. Aber sie … Nun, das schuldete ich ihnen, verstehst du? Wie konnte ich meinem Onkel und meiner Tante nicht gehorchen? Wie könnte ich nicht jeden Tag meines Lebens alles in meiner Macht Stehende tun, um meine Dankbarkeit zu zeigen und mich ihrer Liebe würdig zu zeigen?«

Es schien ihm, dass Lauren Edgeworth ihm gerade einige Fragen beantwortet hatte: Dies war also der Grund, warum sie sich zu der Frau entwickelt hatte, die sie war – nein, nicht Frau. *Lady* war das weitaus passendere Wort. Um sich Anerkennung und Liebe zu verdienen? Deshalb war ihr ganzes Leben bis vor anderthalb Jahren Kilbourne gewidmet gewesen, der ihr anscheinend gesagt hatte, sie solle nicht warten, als er zur Pyrenäenhalbinsel aufbrach? Weil ihre Adoptiveltern eine Verbindung zwischen ihnen geplant hatten? Weil sie sich von einer Heirat mit Kilbourne endlich Akzeptanz, endlich Sicherheit erhofft hatte?

Aber diese Hoffnung war grausam zerstört worden.

War sie tatsächlich, trotz all ihrer Kontrolle und Würde, der unsicherste Mensch, dem er jemals begegnet war?

»Hast du viel mit der Familie deines Vaters zu tun?«, fragte er sie.

»Nein. Überhaupt nichts. Nachdem meine Mutter ungefähr ein Jahr fort war, schrieb mein Onkel meiner Familie, um zu fragen, ob sie meine Rückkehr wünschten, bevor sie nach Hause käme. Viscount Whitleaf, mein Onkel, der nach dem Tod meines Vaters den Titel erbte, lehnte ab. Aber das erfuhr ich erst, als ich ihm mit achtzehn selbst schrieb und er mir antwortete, dass … dass es seine übliche Vorgehensweise sei, Schmarotzer und mittellose Verwandte niemals zu ermutigen.«

Kit blickte über die Schulter zu ihr, aber sie schaute auf ihre im Schoß gespreizten Hände, wie sie es auch in Vauxhall getan hatte, wie er sich erinnerte. *Was, zum Teufel …* Er wünschte in der Tat, er hätte dies alles schon vor zwei Wochen gewusst.

»Mein Großvater hätte mich wohl aufgenommen, wenn man ihn gefragt hätte«, sagte Lauren und sah ihn wieder an, das Kinn leicht abwehrend gesenkt, als erwarte sie, dass er etwas dagegen einwenden würde. »Aber er hätte sich wohl richtigerweise gedacht, dass ich in Gegenwart von Kindern meines Alter besser aufgehoben war.«

Also hatte Galton niemals angeboten, sie aufzunehmen?

Kit lächelte ihr plötzlich zu. »Wir verschwenden hier gerade den besten Teil des Morgens, wenn das Wasser noch am ruhigsten und unverbrauchtesten ist.«

»Dann geh und genieß es«, sagte sie mit leichter Schärfe in der Stimme. »Ich werde hier sitzen bleiben und dir zusehen, obwohl ich dich bitten würde, dein Hemd nicht auszuziehen, denn das wäre höchst unschicklich.«

Er lachte offen. »Um der Schicklichkeit willen muss ich also in Jacke und Stiefeln baden und du ebenfalls in vollem Staat und mit Federhut? Am Ende hätten wir vollkommen anständige Kleidung ruiniert und sähen aus wie zwei nasse Ratten.«

»Ich bade überhaupt nicht«, erklärte sie. »Das könnt Ihr Euch aus dem Kopf schlagen, Mylord. Und Ihr könntet den Anstand besitzen, es draußen zu tun, wo ich Euch nicht sehen muss.«

Er hatte seine Jacke abgelegt und auf die Bank geworfen. Nun zog er an einem seiner Stiefel.

»Wovor hast du Angst?«, fragte er. »Nasse Füße zu bekommen? Oder zuzulassen, dass ich sie nackt sehe?«

Ihre Wangen wurden ein wenig rosiger. »Ich habe vor nichts Angst!«

»Gut.« Er warf den Stiefel unter die Bank und nahm den anderen in Angriff. »Du hast fünf Minuten Zeit, dich bis auf dein Hemd auszuziehen. Danach wirst du hineingeworfen, ob du bereit bist oder nicht.«

»Wie bitte?«

»Vier Minuten und fünfzig Sekunden.«

»Mein H-Hemd?« Sie errötete.

»Ich vermute, du trägst eines. Wenn nicht, so sehe ich ein gewisses Problem. Ich könnte meine Blicke vielleicht nicht zügeln.«

Sie erhob sich, ganz eisige Rechtschaffenheit, während sein zweiter Stiefel unter der Bank verschwand. Nun knöpfte er seine Weste auf.

»Ich gehe zum Haus zurück«, verkündete sie. »Ich erkenne allmählich, dass ich doch auf meine Verwandten in London hätte hören sollen. Gebt bitte den Eingang frei, Mylord.«

Er grinste, und die Weste landete auf seiner Jacke. Er begann, das Hemd aus der Reithose zu ziehen. »Vier Minuten.«

Ihre Nasenflügel bebten. »Du würdest es nicht wagen!«

»Ah. Wieder dieser durch und durch schlecht gewählte Satz.« Er zog sich das Hemd über den Kopf und fragte sich, ob sie wohl gleich in Ohnmacht fiele.

Aber sie war aus härterem Holz geschnitzt. »Ihr seid kein Gentleman, Mylord.«

Er neigte den Kopf, während er mit sich kämpfte, ob er in der Hose oder – was weitaus vernünftiger wäre – nur in der Unterhose baden sollte. »Du solltest dir wirklich etwas ein wenig Originelleres einfallen lassen, weißt du. Drei Minuten und fünfzehn Sekunden.« Er entschloss sich widerwillig für die Hose. Er hatte immerhin eine zweite mitgebracht. Er hob ein Bein, um den Strumpf abzustreifen.

»Bitte«, sagte sie leise, »lass mich gehen.«

Würde er sie wirklich in voller Montur ins Wasser werfen? Wahrscheinlich nicht. Zweifellos nicht.

»Du wolltest ein Abenteuer, Lauren«, sagte er. »Du wolltest einen Sommer, der sich von jedem anderen Sommer unterscheiden sollte, den du jemals erlebt hast. Du wolltest wissen, wie es sich anfühlt, so zu leben, wie andere Menschen leben – Menschen, die sich nicht den Respekt und die Liebe derer verdienen müssen, die sie großziehen. Du wolltest Überschwang und Glück und Freiheit von Fesseln kennen lernen. Du kannst nicht beides haben. Du kannst nicht erwarten, dass dir diese Dinge in den Schoß fallen, wenn du dich nicht dafür öffnest. Ich kann meinen Teil des Handels nicht einhalten, wenn du es nicht zulässt.«

»Ich kann nicht schwimmen«, sagte sie.

»Ich werde es dir beibringen. Das Wasser ist an dieser Stelle nicht einmal schultertief.«

»Ich kann mich nicht ausziehen bis auf … ich kann es einfach nicht!«

Das war entschieden ein Problem. Er verstand es, wenn er berücksichtigte, welcher Typ Frau sie war.

»Ich werde hineinspringen und ein paar Minuten schwimmen«, sagte er. »Ich werde nicht in diese Richtung blicken. Ich werde eine Weile lang nicht einmal merken, wenn du dich entscheiden solltest, dich zum Haus zurückzustehlen. Wenn du aber bereit bist, wickle eines der Handtücher um dich – sie sind groß – und komm zum Ufer. Ich werde dir ins Wasser helfen. Oder du kannst ohne Hilfe hineinspringen, und ich werde dich überhaupt nicht sehen.«

»Kit, ich wusste nicht, dass es so sein würde. Ich wollte das nicht.«

»Oder Küsse. Oder Leidenschaft. Oder Reiten. Was wolltest du dann? Geh zum Haus zurück, wenn du willst. Ich werde dich nicht aufhalten.«

Er wandte sich um und ging zum Ufer davon. Er sprang kopfüber ins Wasser, schwamm ein paar Züge und tauchte wieder auf, vor Schreck über die Kälte des Wassers keuchend. Er schüttelte sich die Tropfen aus den Augen, tauchte sein Gesicht dann wieder ein und kraulte langsam in Richtung des anderen Ufers.

»Kit?«

Mehrere Minuten vergingen, und obwohl er nicht zum Pavillon zurückschaute, war er überzeugt, dass sie zum Haus zurückgekehrt sein musste, wahrscheinlich zu Fuß. Aber bevor er den Kopf wenden konnte, um nachzusehen, rief sie erneut seinen Namen.

»Kit!«

Sie kauerte, nein, kniete am Ufer, ihr ganzer Körper bis auf den Kopf in die Decke gewickelt, in die er die Handtücher eingerollt hatte. Er schwamm einige Züge näher an sie heran.

»Das Wasser ist eiskalt«, sagte sie. »Ich kann das nicht tun. Bitte zwing mich nicht dazu!«

Was sie vermutlich nicht tun konnte, war, diese Decke

abzunehmen und sich seinen Blicken auszusetzen, nur mit einem Hemd bekleidet. Trotz des kalten Wassers schien seine Körpertemperatur um einige Grade zu steigen, als er begriff, dass sie tatsächlich den größten Teil ihrer Kleidung abgelegt haben musste. Er schwamm zu ihr und richtete sich einige Fuß von ihr entfernt auf, beide Hände ausgestreckt.

»Der Augenblick der Wahrheit«, sagte er. »Wie stark ist dein Wunsch nach Abenteuern wirklich? Wie groß ist dein Mut, etwas Neues und anderes – und unleugbar Wagemutiges – auszuprobieren? Das ist es, Lauren. Jetzt oder nie!«

Sie zog die Decke fester um sich, falls das überhaupt noch möglich war.

»Nimm meine Hände. Oder kehr nach Hause zurück.«

Nach Hause zurück, hatte er nicht grundlos gesagt. Nicht *zum Haus* zurück. Er konnte am Ausdruck ihrer Augen erkennen, dass sie ihn verstanden hatte. Wenn sie es wollte, könnte die ganze Scharade an diesem Morgen enden, fast bevor sie begonnen hatte. Sie könnte mit ihrer Tante und ihrer Cousine nach Newbury oder London zurückkehren.

Sie kauerte sich hin und legte zuerst eine, dann die andere Hand in seine, und als nichts sie mehr hielt, sank die Decke aufs Gras. Laurens Wangen brannten, er festigte seinen Griff, und sie sprang – das kleinere zweier Übel, wie er vermutete, da ihre schlanken, wohlgeformten Beine von den Knien abwärts plötzlich entblößt waren, wie auch ihre Arme und Schultern und ein großer Teil ihres Busens. Sie wirkte viel jünger als gewöhnlich.

Und dann keuchte sie krampfhaft und klammerte sich panisch mit beiden Händen an ihn. Er ergriff ihre Taille und zog sie mit sich hinunter, bis das Wasser ihre Schultern bedeckte und sie nur noch mit der Wassertemperatur und nicht mehr auch noch mit der kalten Morgenluft ringen musste. Er lachte – hauptsächlich über die Ungehörigkeit dessen, wozu er sie überredet hatte. Ihre nackten Beine streiften die seinen, und er war sich sehr wohl der Tatsache bewusst, dass sich zwischen seinen Händen und bloßer, einladender Haut fast nichts mehr befand.

»Du wirst nicht ertrinken«, versicherte er ihr, »oder erfrieren. Du wirst dich bald an das Wasser gewöhnen. Es ist nicht so schlimm kalt. Halt die Luft an.«

Er zog sie weiter, bis sie beide vollkommen eingetaucht waren. Er spürte, wie sich ihre Fingernägel in seine Arme gruben, und sah, dass ihre Augen fest geschlossen waren und ihr Haar als dunkle Wolke um ihr Gesicht trieb. Er hob sie fast augenblicklich wieder an die Wasseroberfläche.

Dann überraschte sie ihn. Sie öffnete die Augen, blickte zum Ufer, dann aufs Wasser und dann in seine Augen, während Tröpfchen auf ihren dichten Wimpern schimmerten. »Ich habe es getan«, sagte sie. Und dann noch einmal, als wäre dies ein Moment unermesslichen Triumphs: »Ich habe es getan!«

Er warf den Kopf zurück und lachte.

Dann begann er mit ihrer ersten Unterrichtsstunde. Er lehrte sie, wie sie ihr Gesicht ins Wasser tauchen konnte, ohne in Panik zu geraten, wie sie durch Nase und Mund ausatmen sollte. Sie war eine überraschend geschickte Schülerin. Obwohl es eigentlich nicht so sehr überraschend war. Er vermutete, dass sie bei allem, was sie in ihrem Leben hatte lernen wollen, stets fleißig gewesen war.

Schließlich lehrte er sie, wie sie sich auf dem Rücken treiben lassen konnte. Nachdem er sie erst davon überzeugt hatte, dass sie nicht einfach wie ein Stein auf den Grund sinken würde, so dass man niemals wieder etwas von ihr sähe oder hörte, entspannte sie sich und folgte seinen Anweisungen. Aber sie tat es nur so lange, wie er sie am Rücken zwischen den Schultern festhielt. Immer wieder stützte er sie mit den Händen, bis er erkannte, dass sie entspannt war und schwamm; dann nahm er die Hände fort. Sie trieb alleine, die Arme an den Seiten ausgestreckt, die Augen geschlossen. Nach einigen Sekunden trat er zurück und watete um sie herum, bis er bei ihren Füßen stand.

»Der Himmel ist heute Morgen wunderschön«, sagte er. »Diese flaumigen weißen Wolken dort oben akzentuieren hervorragend das Blau.«

Sie öffnete die Augen und blickte nach oben. »Ja«, stimmte sie zu – und begriff erst dann, wo er war. Sie ging sofort unter, kam prustend wieder hoch und wischte sich dann mit beiden Händen das Wasser aus den Augen.

»Ich hätte ertrinken können!«, schimpfte sie. Und dann ließ sie die Hände sinken, blickte ihn mit vor Erstaunen geweiteten, wunderschön himmelblauen Augen an und ... *lächelte*. Ein vollkommenes, sonniges Lächeln, das ihr Gesicht aufleuchten und sie plötzlich strahlend schön wirken ließ. »Ich habe es *getan*, Kit! Ich bin *alleine geschwommen*!«

Sie watete auf ihn zu, und irgendwie – seine Gedanken konnten dem Ablauf der Ereignisse nicht wirklich folgen – lagen ihre Arme dann fest um seinen Hals und seine um ihre Taille, und er, wirbelte sie im Wasser umher und tauchte sie unter, wobei er bevor sie ganz eintauchten, ihren Mund mit dem seinen bedeckte.

Die Geräusche waren gedämpft. Die Zeit stand still. Da war Körperwärme und da war Mundwärme, und die zeitlosen Augenblicke, die sie unter Wasser blieben, waren Triumph und Überschwang und Stolz und Freude – alles vermischt mit reiner Lust.

Und dann durchstießen sie die Wasseroberfläche und trennten sich, und sie war wieder sie selbst – und er war wieder er selbst.

»Euer erstes Abenteuer, Madam«, sagte er, bewusst unbekümmert lachend, »sicher vollbracht und gebührend vergolten.«

»Schockierend vergolten!« Sie beäugte ihn wachsam. »Aber was war vom berüchtigten Viscount Ravensberg schon zu erwarten? Oh, es muss spät sein.«

»Gott, ja«, sagte er. »Und einige oder alle unsere Verwandten könnten den Eindruck gewinnen, du wärst ausgegangen und hättest die Morgenluft mit deinem Verlobten genossen. Das wäre wirklich schockierend.«

»Ich kam nach Alvesley, um dir Unterstützung zu gewähren«, erinnerte sie ihn, »und nicht, um dich in einen weiteren Skandal zu verwickeln.«

Er lächelte und zog sich ans Ufer hoch. Er lief die wenigen Stufen zum Pavillon hinauf und kam mit einem um sich gewickelten Handtuch und einem weiteren in einer Hand zurück. Außerhalb des Wassers war es teuflisch kalt.

»Nimm meine Hand.« Er beugte sich herab, um ihr herauszuhelfen.

Sie hätte genauso gut gar nichts tragen können. Er fühlte sich beunruhigend an die Nymphen auf dem Fries im Pavillon erinnert – und an seine Reaktion auf diese als Junge. Angezogen war sie eine wunderschöne Lady. Nur mit einem tropfnassen Hemd bekleidet, das an jeder schlanken Wölbung klebte, war sie Frau und Buhlerin und Sirene – und in hohem Maße begehrenswert. Er warf ihr das trockene Handtuch zu und marschierte davon, um seine Kleider aus dem Pavillon zu holen, die er ohne einen Blick zurück mit in den Hain nahm, um sich dort anzukleiden und ihr ein wenig Ungestörtheit zu gewähren, damit sie das Gleiche tun konnte.

Zehn Minuten später befanden sie sich auf dem Rückweg zum Haus, ihr Pferd vor dem seinen. Abgesehen davon, dass ihr Haar feucht und lockiger als gewöhnlich war, wirkte sie wieder wie das elegante, eiskalte Mädchen, an das er sich bereits gewöhnt hatte. Ihr Handtuch war aufgerollt vor ihrem Damensattel befestigt. Sie hatte sich geweigert, es ihm zu geben, wahrscheinlich, so dachte er, um nicht daran denken zu müssen, dass ihr nasses Hemd darin eingewickelt war. Was natürlich bedeutete, dass sie unter ihrem überaus bezaubernden Reitgewand nackt war.

Es war schön und gut, dachte er, ihrem Wunsch zugestimmt zu haben, ihr einen denkwürdigen Sommer zu verschaffen sowie einen Vorgeschmack auf Leidenschaft. Aber es war etwas vollkommen anderes, sich mit den eigenen Begehrlichkeiten konfrontiert zu sehen, bei einer Frau, deren erklärter Ehrgeiz es war, ein unabhängiges Dasein als ewige Jungfer zu führen. Seine Gedanken brauchten ein wenig Ablenkung.

»Hat sich Lady Muir erst kürzlich verletzt?«, fragte er. »Oder hinkt sie schon immer?«

»Sie wurde während ihrer Ehe von ihrem Pferd abgeworfen«, erklärte sie ihm. »Sie brach sich das Bein, das anscheinend nicht richtig gerichtet wurde. Sie erlitt damals auch eine Fehlgeburt.«

»Und wurde nicht lange danach Witwe?«, fragte er. »Sie kann nicht älter sein als du.«

»Ein Jahr älter. Lord Muir starb nach einem schrecklichen Unfall in ihrem Haus. Er stürzte über eine Balustrade in die Eingangshalle. Sie war bei ihm. Du kannst dir vorstellen, dass sie lange, lange Zeit gebraucht hat, um sich zu erholen – falls sie sich überhaupt je vollständig erholte. Es war eine Liebesheirat.«

Kit sagte nichts dazu. Was konnte man über eine junge Frau sagen, deren Leben so von Tragödien verfolgt wurde? Abgesehen von dem Hinken war nicht zu erkennen, dass sie überhaupt gelitten hatte. Sie lächelte viel und war charmant und sympathisch.

Wie unmöglich es war, dachte er, als hätte er diese bestürzende Entdeckung gerade erst gemacht, Menschen nach ihrem äußeren Verhalten zu beurteilen. Wie viele Myriaden von Masken die Menschen trugen.

Lauren Edgeworths Rücken war starr vor damenhafter Würde. Und doch hatte sie vor kaum einer halben Stunde in fröhlichem Überschwang gelächelt und sich in seine Arme geworfen. Nur weil sie zum ersten Mal in ihrem Leben auf dem Rücken geschwommen war.

Er lächelte still belustigt und verspürte gleichzeitig ein merkwürdiges Brennen in der Kehle, fast als kämen ihm die Tränen.

10

Lauren kam nicht zu spät zum Frühstück, wie sie befürchtet hatte. Es blieb sogar noch genügend Zeit, dass ihre Zofe etwas gegen die Feuchtigkeit ihrer Haare unternehmen konnte, nachdem sie sich umgezogen hatte. Dann ging sie mit Gwen und ihrer Tante hinunter, nachdem die beiden sie in ihrem Zimmer aufgesucht hatten, um ihr zu sagen, wie sehr sie ihr schönes Willkommen auf Alvesley beeindruckt hatte und wie sehr sie Lord Ravensberg mochten. Und natürlich, wie glücklich sie für sie waren.

Die ganze Familie war zum Frühstück versammelt, mit Ausnahme der Witwe, die stets den größten Teil des Vormittags still in ihren Räumen blieb, bevor sie ihren täglichen Spaziergang unternahm, wie die Countess erklärte. Der Earl führte die Ladys persönlich an ihre Plätze, Lauren zu seiner Rechten, Tante Clara zu seiner Linken.

»Ihr seid heute Morgen mit Ravensberg ausgeritten«, bemerkte er an Lauren gewandt. »Ich sah Euch die Ställe verlassen.«

»Ja, Mylord.« Sie lächelte. »Die frühe Morgenluft war frisch und belebend. Wir ritten durch die Wälder zum Pavillon am anderen Ufer des Sees. Die Aussicht von dort ist großartig.«

»Ja, in der Tat«, stimmte er zu.

»Du hast heute Morgen schon einen Ausflug unternommen?«, fragte Tante Clara erstaunt. »Du, Lauren? Du bist *geritten*?«

Und auch geschwommen, dachte Lauren. Wie schrecklich gedemütigt sie wäre, wenn der Earl auch Zeuge dessen gewesen wäre. Aber sie war wirklich geschwommen! Allein! Und dann hatte sie den Kopf verloren – etwas, was eine Lady niemals tat – und war Kit in ihrer Aufregung um den Hals gefallen. Und er hatte sie geküsst. Oder hatte sie ihn geküsst? Aber dieser Gedanke war zu absurd.

Gwen lachte. »Lauren war noch nie eine Frühaufsteherin. Und das Reiten nie ihre liebste Fortbewegungsart. Ich glaube, Ihr habt einen positiven Einfluss auf sie, Lord Ravensberg.«

»Das hoffe ich. Aber vielleicht, Madam«, erwiderte er mit übermütigem Schalk in den Augen, »war es nur der Erfolg meiner Drohung. Ich kündigte ihr an, sie persönlich aus dem Bett zu zerren, wenn sie nicht freiwillig in den Ställen erschiene.«

Lauren spürte ihre Wangen erröten.

»Kit!«, tadelte seine Mutter.

Tante Clara lachte.

»Es hat gewirkt«, sagte Gwen fröhlich.

»Die Bewegung hat Euch eine gesunde Gesichtsfarbe beschert, Miss Edgeworth«, erklärte der Earl. »Sydnam, inspizierst du mit mir nach dem Frühstück die neuen Dächer auf den Cottages der Arbeiter?«

»Gewiss, Sir«, erwiderte sein Sohn.

Kit wurde, wie Lauren bemerkte, nicht aufgefordert, sie zu begleiten. Und er schlug es auch nicht selbst vor. Natürlich war Mr. Butler der Verwalter seines Vaters. Aber dennoch …

Die Countess plante am Vormittag einen Besuch bei ihren Nachbarn, um persönlich Einladungen für die Festlichkeiten zum Geburtstag ihrer Schwiegermutter abzugeben.

»Kit wird sich heute Morgen um Euch kümmern«, sagte sie zu ihren Gästen.

»Aber kann ich Euch nicht ein wenig helfen, Madam?«, fragte Lauren.

»Das ist außerordentlich freundlich von Euch.« Die Countess blickte sie anerkennend an. »Ja, danke, Miss Edgeworth. Es wäre gewiss angemessen, wenn ich Kits Verlobte mit den Nachbarn bekannt machte. Lady Kilbourne, Lady Muir, möchtet Ihr uns ebenfalls begleiten?«

Es wurde beschlossen, dass die vier Ladys die Besuche gemeinsam unternehmen würden.

Sydnam Butler war es, welcher der Diskussion um die verschiedenen Pläne für den Vormittag eine peinliche Note gab. »Wirst du auch in Lindsey Hall vorsprechen, Mutter?«, fragte er. »Wirst du eine Einladung dorthin bringen?«

»Das ist ziemlich weit entfernt«, sagte sie. »Ich glaube, ich werde einen Diener eine Karte hinüberbringen lassen.«

»Wenn alle anderen Einladungen persönlich überbracht werden?«, beharrte Kit. »Es könnte als Kränkung angesehen werden, meinst du nicht, Mutter?«

»Sie werden wohl ohnehin nicht teilnehmen können«, erwiderte sie barsch. »Obwohl natürlich eine Einladung erfolgen muss. Nun, ich glaube, wir sollten …«

»Ich werde hinüberreiten und als dein Bote fungieren«, sagte Kit. »Dann habe ich heute Morgen etwas zu tun.«

Ein kurzes, verlegenes Schweigen entstand.

»Ich würde gerne mit dir kommen, Kit«, sagte Lauren zu ihm. »Kannst du warten, bis wir zurück sind? Es wäre doch seltsam, wenn ich überall sonst vorgestellt würde, außer in Lindsey Hall.«

Der Earl räusperte sich, schien aber, als alle zu ihm blickten, nichts dazu sagen zu wollen.

»Ich weiß um die Peinlichkeit der gegenwärtigen Beziehungen zwischen Alvesley und Lindsey Hall«, versicherte Lauren dem Earl und der Countess. »Ich weiß, was geschehen ist, und habe es auch Tante Clara und Gwen erklärt. Ich glaube wirklich, das Kit und ich unser Bestes tun sollten, jegliche dauerhafte Entfremdung zu vermeiden. Wie sollten heute Nachmittag gemeinsam hinfahren. Wie der Duke of Bewcastle uns empfängt und ob er und seine Familie an den Geburtstagsfeierlichkeiten teilnehmen wollen, wird ihre Entscheidung sein.«

»Oh, meine Liebe.« Die Countess seufzte. »Ihr müsst das wirklich nicht tun. Der Duke und seine Familie können sehr … Nun, sie nehmen es nicht freundlich auf, wenn man ihrem Willen entgegenhandelt. Das ist allein unser Problem.«

»Aber ich werde zu Eurer Familie gehören, Madam«, erinnerte Lauren sie.

»Es ist gewiss der richtige Handlungskurs. Ich gratuliere Euch zu Eurem Mut, Lady Edgeworth.« Der Earl sah sie mit großem Respekt an. »Ravensberg wird auf Euch warten.«

Kit betrachtete sie, wie Lauren bemerkte, als sie über den Tisch zu ihm schaute, mit stetigem, ernstem Blick.

Der restliche Morgen war sehr geschäftig, bot aber nichts, was über Laurens Erfahrungsbereich hinausgegangen wäre. Sie besuchten sechs Familien, drei im Dorf, drei auf dem jenseitigen Land. Teilweise in Erfüllung ihres Handels mit Kit, teilweise, weil es ohnehin ihre zweite Natur war, verhielt sich Lauren liebenswürdig und charmant. Sie stand als Verlobte Lord Ravensbergs natürlich im Mittelpunkt der neugierigen Aufmerksamkeit. Die größte Anerkennung wurde ihr zuteil, als sie einige Augenblicke lang, während

Mrs. Heath Tante Clara und Gwen ihren Blumengarten zeigte, bevor sie zum Landauer zurückkehrten, an der Seite der Countess dahinschlenderte.

»Ihr seid eine äußerst angenehme Überraschung«, sagte die Countess.

Lauren blickte sie fragend an.

»Wir haben nur sehr wenig Gutes über Kit gehört, seit er letztes Jahr nach England zurückgekehrt ist«, sagte seine Mutter. »Wir waren recht entsetzt, als er vor zwei Wochen nach Hause kam und uns von Euch erzählte. Wir erwarteten das Schlimmste, wie ich zugeben muss. Es bedeutet für uns eine ungeheure Erleichterung zu entdecken, dass er eine vollkommen bezaubernde Lady gewählt hat.«

»Ich danke Euch, Madam.« Lauren errötete vor Freude. »Aber wart Ihr sehr enttäuscht? Ich meine, wegen Lady Freyja Bedwyn?«

»Redfield und der Duke of Bewcastle – sowohl der jetzige als auch vor ihm sein Vater – haben stets von einer Verbindung zwischen unseren beiden Häusern geträumt, schon seit wir Nachbarn sind«, erklärte die Countess. »Unser ältester Sohn starb, bevor er Lady Freyja heiraten konnte. Redfield glaubte, eine Verbindung mit ihr käme Kit zupass. Wir glaubten das beide. Wir waren vollkommen überrascht, als er mit der Nachricht seiner Verlobung mit einer anderen Frau nach Hause kam. Und ich kann nicht behaupten, dass ich vollkommen enttäuscht wäre, besonders seit ich Euch kennen gelernt habe. Ich glaube, Ihr werdet meinem Sohn sehr gut tun. Vielleicht könnt Ihr ihn davon überzeugen, sich endlich häuslich niederzulassen.« Sie seufzte. »Und wieder glücklich zu sein.«

Es blieb keine Zeit für weitere Gespräche. Schon bald saßen sie wieder im Landauer, und Tante Clara ließ sich über die Schönheit von Mrs. Heaths Garten aus.

Lauren blieb es überlassen, sich im Stillen mit ihrer Schuld auseinander zu setzen. Wie würden sich Kits Eltern fühlen, wenn sie die Verlobung am Ende des Sommers löste? Sie waren aufrechte Menschen. Sie waren nicht die herzlosen Tyrannen, die sie sich vorgestellt hatte, als Kit in Vauxhall seine Geschichte erzählt hatte, sondern Eltern, die das Beste für ihren Sohn wollten. Die ihn glücklich sehen wollten.

Wie hatte sie auf diese Täuschung eingehen können? Nein – wie hatte sie sie *vorschlagen* können?

Plötzlich überwältigte sie der Drang, sich jemandem anzuvertrauen. Sie begegnete Gwens Blick auf der anderen Seite des Landauers. Gwen lächelte ihr zu und wirkte glücklich – glücklich wegen *ihr*. Sie war durch die Ereignisse des letzten Jahres um Laurens willen furchtbar verletzt gewesen. Sie hatte das Gefühl, wie Lauren wusste, unloyal zu sein, weil sie Lily sehr gerne mochte und sich über das Glück ihres Bruders freute. Und nun glaubte sie, Lauren habe ihr Lebensglück ebenfalls gefunden.

Aber ein Handel war ein Handel, beschloss Lauren. Sie konnte niemandem die Wahrheit sagen, bis alles vorüber wäre.

Kaum zwei Stunden später saß sie neben Kit in seiner Karriole. Es war ein vollkommener Sommernachmittag, aber Lauren, die ihren Teint mit einem Sonnenschirm schützte, war nicht in der Stimmung, ihn zu genießen. Sie fühlte sich aus zwei Gründen unbehaglich. Sie dachte mit erheblicher Verlegenheit immerzu an den frühen Morgen, und sie war wegen des bevorstehenden Besuchs nervöser, als sie zugeben mochte.

Kit schien abgeneigt, sich zu unterhalten, während er die Landstraße in einem Tempo entlangfuhr, das Lauren entschieden zu leichtsinnig erschien. Aber sie würde ihn nicht tadeln. Sie wünschte nur, er würde übers Wetter oder ein ähnlich sicheres Thema reden. War sie wirklich heute Morgen im Hemd mit ihm im See gewesen, während er über der Gürtellinie überhaupt nichts getragen hatte? War es möglicherweise nur ein Traum? Aber nein, ihre Träume waren nie so bizarr. Lauren drehte ihren Sonnenschirm.

»Ich habe erkannt«, sagte Kit, ohne den Kopf zu wenden, »dass es ein Zeichen einer Empfindung ist, selbst wenn du vollkommen gelassen wirkst.«

»Wie bitte?« Sie blickte ihn verständnislos an.

»Du hast deinen Sonnenschirm gedreht und mit dem Luftzug meine Wange gefächelt. Das ist ein Zeichen einer Empfindung. Es verrät dich.«

»Wie äußerst töricht«, sagte sie und hielt den Sonnenschirm still.

»Bist du nervös?«

»Nein, natürlich nicht.«

»Das solltest du aber sein.«

Ein uralter, hoch mit Heu beladener Wagen rumpelte auf sie zu. Kit zog seine Karriole geschickt an den Wegesrand, so dass die Räder beängstigend die Hecke streiften, und lächelte dem Farmer zu, der nickte und respektvoll eine Hand an die Stirn hob, während sein runzliges Gesicht ebenfalls von einem Lächeln erhellt wurde. Die Pferde liefen nicht langsamer. Lauren löste erst dann ihren krampfhaften Griff um den Sonnenschirm, als sie den schmalen Weg wieder für sich hatten.

»Es gibt sechs Bedwyns«, fuhr Kit fort, ganz so, als habe er nicht zwischen zwei Sätzen ihr Leben in Gefahr gebracht, »von denen du vielleicht keinem, vielleicht auch den meisten begegnen wirst. Und nicht einer von ihnen wird uns freundlich gesinnt sein. Es sind, der Geburtsreihenfolge nach: Bewcastle selbst, der den Titel seines Vaters erbte, als er erst siebzehn war, Aidan, Rannulf, Freyja, Alleyne und Morgan. Ihre Mutter war wahrscheinlich eine unersättliche Leserin der Geschichte und Literatur des alten Britannien – daher diese fremdartigen Namen. Bewcastle ist Wulfric, obwohl nicht viele Menschen außerhalb seiner Familie ihn jemals so genannt haben. Wir alle, außer Bewcastle, der zu hochnäsig, und Morgan, die zu klein war, waren während unserer Kinder- und Jugendzeit Freunde und Spielkameraden. Aidan erfüllt seine Pflicht in den Pyrenäen, aber die Übrigen sind diesen Sommer wohl alle zu Hause. Sie sind Teufel, Lauren, ungeachtet ihres Geschlechts. Es kam mir heute Morgen in den Sinn, dass ich dadurch, dass ich dein Angebot annahm, mich zu begleiten, vielleicht auch zugestimmt habe, den Wölfen das Lamm zum Fraß vorzuwerfen.«

Das klang alles sehr beunruhigend. Aber sie hatte gelernt, dass Höflichkeit und gutes Benehmen die Antwort auf jedes Übel, dass Haltung alles ist und dass man Unsicherheit stets streng für sich behalten muss.

»Ich habe keine Angst«, sagte sie. »Ich bin nach Alvesley gekommen, um dir zu helfen, dich hier zu deinen Bedingungen wieder zu etablieren. Das war Teil unseres Handels. Also muss auch versucht werden, den Bruch zwischen euren Familien zu heilen.«

Sie hatten die schmale Landstraße verlassen, der sie mehrere Meilen weit gefolgt waren, und fuhren nun auf einer breiten, prächtigen Ulmenallee auf ein beeindruckendes Herrenhaus aus Stein zu, das so viele verschiedene Bauteile hatte, dass man es unmöglich mit einem Wort beschreiben konnte. Und doch war es großartig. Das war wohl Lindsey Hall. Lauren ignorierte eisern ihr Magengrimmen.

»Mir scheint«, sagte Kit, »du erfüllst deinen Teil des Handels mit aufrichtiger Hingabe, Lauren. Ich werde mich dem meinigen viel gewissenhafter widmen müssen. Ich werde dir nach diesem Nachmittag ein amüsantes Abenteuer schulden. Und ein wenig wahre Leidenschaft.«

»Ich werde heute nicht wieder schwimmen gehen«, sagte sie hastig. »Oder dich jemals wieder küssen.«

Er lachte auf. »In der Tat«, sagte er, »hatte ich daran gedacht, auf einen Baum zu klettern.«

Ihre Gedanken überschlugen sich beunruhigt, aber es blieb keine Zeit, die Angelegenheit weiterzuverfolgen. Die Allee teilte sich nahe vor dem Haus und umschloss einen großen und prächtigen Blumengarten mit einem Marmorbrunnen in der Mitte. Wasser schoss dreißig Fuß in die Luft und erweckte im Sommersonnenschein den Eindruck von einer Million Diamanten und einer Phalanx von Regenbogen. Kit half Lauren hinunter und übergab Pferde und Karriole der Obhut eines Stallburschen, der von den Ställen herbeigelaufen war.

»Das Haus ist ein Mischmasch architektonischer Stile«, erklärte Kit, während er den Türklopfer betätigte. »Generationen von Dukes und Earls haben das Gebäude erweitert und verschönert, ohne je etwas niederzureißen. Die große Eingangshalle ist, wie du sehen wirst, reines Mittelalter.«

Er hatte vollkommen Recht, wie Lauren erkannte, sobald sie eingetreten waren. In die Decke waren Eichenbalken eingezogen und die schlichten Wände mit Waffen und Wappen und verblassten alten Bannern geschmückt. Ein gewaltiger Kamin beherrschte die Wand gegenüber der Tür, und ein massiver Eichentisch nahm die Mitte des Raumes ein.

»Ich werde nachsehen, ob Euer Gnaden zu Hause ist, Mylord«, sagte der ältliche Butler, der sie einließ.

Falls der Duke zu Hause war, ließe er sie gewiss lange warten. Natürlich könnte er sich ebenso gut weigern, sie zu empfangen, selbst wenn er hier wäre. Aber Lauren wollte sich nicht sorgen. Sie unternahmen diesen notwendigen Höflichkeitsbesuch, und nur das war wichtig. Kit schwieg. Er stand in der Eingangstür, die Stiefel leicht auseinander gestellt, die Hände auf dem Rücken verschränkt, und machte einen grimmigen Eindruck.

An einem Ende der Eingangshalle befand sich eine Galerie mit einem kunstvoll geschnitzten Eichengitter, das unter der vorstehenden Balustrade des Balkons begann und bis zum Boden der Halle reichte. Lauren ging näher heran, um die Details der Schnitzerei in Augenschein nehmen zu können. Und dann hörte sie unmittelbar über sich eine Stimme.

»Nun …« – es war eine tiefe Männerstimme, recht freundlich und doch auch mit einem unbestimmbaren, unfreundlichen Unterton – »Lieutenant-Colonel Lord Ravensberg persönlich.«

Kit blickte nach oben, während Lauren unter dem Überhang der Galerie stehen blieb. »Ralf?« Der Mann nickte knapp.

Das war also Lord Rannulf Bedwyn? Er sprach erneut. »Ein Nachbarschaftsbesuch, Kit? Nicht das Klügste, was du je getan hast, alter Junge. Tu dir selbst einen Gefallen und scher dich zu deiner sauertöpfischen Braut. Ihr müsstet gut zueinander passen. Eine Allianz der Sitzengelassenen, denke ich.«

Lauren fühlte sich unbehaglich und recht unentschlossen, ob sie sich zeigen sollte oder nicht.

»Entschuldige«, sagte Kit mit der gleichen Freundlichkeit wie der unsichtbare Mann, »aber man hat mich nicht darüber informiert, dass du der Herr von Lindsey Hall seist oder irgendeine Befugnis besäßest, hier Befehle zu erteilen, Ralf. Ich habe etwas mit Bewcastle zu besprechen. Ich bin gekommen, um ihm meine Verlobte vorzustellen, da wir wohl in Zukunft Nachbarn sein werden.«

Lord Rannulf lachte leise. »Kauert deine Zukünftige etwa unter meinen Füßen? Ich lebe schon fast mein ganzes Leben lang auf Lindsey Hall und bin auf diese Weise schon so häufig in Verlegenheit gebracht worden, dass man meinen sollte, ich hätte inzwischen gelernt, unter der Galerie nachzusehen, bevor ich den Mund öffne. Bitte nehmt meine Entschuldigung an, Madam. Ich liege mit Kit im Streit, nicht mit Euch.«

Lauren trat von dem Gitter zurück und schaute aufwärts. Rannulf lehnte lässig an der Balustrade, ein Riese von einem Mann mit dichtem, ungebändigtem hellen Haar und kräftigen, ansprechenden Zügen. Er erinnerte sie stark an die Wikingerkrieger, über die sie in ihren Geschichtsbüchern gelesen hatte.

»Eure Entschuldigung ist angenommen, Mylord«, sagte sie. »Es ist stets schockierend, nicht wahr, von genau der Person belauscht zu werden, über die man sich gerade boshaft äußert? Besonders wenn man die Tatsache bedenkt, dass man diese Person überhaupt nicht kennt – ihr tatsächlich noch nie begegnet ist. Aber es gibt wohl niemanden unter uns, der nicht von Lektionen in Diskretion und Liebenswürdigkeit profitieren könnte.«

Er lächelte anerkennend zu ihr hinab. »Stell mich vor, Kit«, befahl er. »Ich glaube, mir wurde gerade ein vernichtender Rüffel von einer Lady erteilt, die sich gleich daran erinnern wird, wie wenig ladylike es ist, eine Bemerkung an einen Gentleman zu richten, dem sie noch nicht angemessen vorgestellt wurde.«

»Darf ich dir Lord Rannulf Bedwyn vorstellen, Lauren«, fragte Kit, »der gute Manieren nicht einmal erkennen würde, wenn sie sich aufbäumten und ihm ins Gesicht schlügen?

Die ehrenwerte Miss Edgeworth, Ralf. Der du eine Entschuldigung schuldest.«

Der Riese lächelte ihr weiterhin zu. »Eine Schönheit, bei Gott! Die Bemerkung mit der sauertöpfischen Braut war höchst ungerechtfertigt, Madam, und wäre nicht geäußert worden, wenn ich Eurer früher ansichtig geworden wäre. Ich bitte ergebenst und innigst um Vergebung. Aber anscheinend möchte Euch der echte Herr von Lindsey Hall Gehör schenken. Oder aber Euch ausrichten lassen, dass er nicht zu Hause ist. Was ist es, Fleming?«

Der Butler ignorierte ihn. »Folgt mir, Mylord«, bat er Kit, verbeugte sich ehererbietig, wandte sich dann um und ging durch die Eingangshalle in entgegengesetzter Richtung zur Galerie voran.

Lauren konnte Lord Rannulfs leises Lachen hören, während sie Kits Arm nahm. Wirklich ein sehr gefährlicher Gentleman, dachte sie. Kit hatte ihn als Teufel beschrieben – und seine Brüder und Schwestern ebenso.

Die Szene im Salon, die sich ihren Augen nun bot, ließ solches nicht vermuten. Es war ein riesiger, langer Raum, und alle darin Befindlichen waren am entgegengesetzten Ende versammelt. Sie blieben still und regungslos, während Kit und Lauren den Raum durchquerten. Absichtlich, vermutete Lauren. Allein die Größe und Pracht des Saales schien Gäste einschüchtern zu sollen; nicht nur von zwergenhafter Größe im Gegensatz zu seinen Ausmaßen sollte man sich fühlen, sondern gleichzeitig auch zitternd unterwürfig. Die starre Aufstellung der Familie trug ihrerseits dazu bei, Besucher Demut zu lehren. Doch Lauren war aus härterem Holz geschnitzt. Sie blickte sich um, anstatt den Blick auf den Perserteppich unter ihren Füßen zu richten, wie man es sich vermutlich von ihr wünschte.

Der Duke of Bewcastle – dies war gewiss der Mann, der

vor dem Kamin am Ende des Raumes stand – war groß, bedrohlich dunkel, mit schmalen Lippen und hochmütiger Aura. Kein Hinweis auf ein Lächeln lag in seinen höhnischen Augen und kein Zeichen des Willkommens in seiner Haltung. Ein dünnes junges Mädchen, ebenso dunkel wie der Duke, saß zusammen mit einer älteren Lady in Schwarz steif und ernst neben ihm. Auf seiner anderen Seite, eine beringte Hand auf der Rückenlehne des Sofas, stand ein schlanker, dunkler junger Mann, dessen Ähnlichkeit mit dem Duke unverkennbar war, obwohl er ausnehmend gut aussah und sein Gesicht durchaus Ausdruck hatte – den Ausdruck kalten Spottes. Er teilte ihn mit der Dame auf dem Sofa. Lauren erkannte sofort, dass dies Lady Freyja Bedwyn sein musste, auch wenn ihr erster Anblick erschreckend war. Trotz Kits Warnungen vor dieser Familie hatte sie sich aus einem unbestimmten Grund ein blasses, hübsches, schüchternes, demütiges Geschöpf vorgestellt, das dem Willen ihres Bruders nichts entgegenzusetzen hatte.

Lady Freyja Bedwin trug mitten am Nachmittag im Salon Reitkleidung, einschließlich Stiefeln. Sie war absolut nicht hübsch oder zierlich und auch das sanfte weibliche Betragen schien ihr fremd. Sie trug ihr helles Haar in ungebändigten Locken, die ihr um die Schultern und auf den Rücken fielen. In schockierend undamenhafter Haltung saß sie mit übereinander geschlagenen Beinen und wippte mit dem Fuß, während sie Lauren mit schmalen Augen eingehend von Kopf bis Fuß betrachtete.

Sie brauchten wohl nur wenige Sekunden, um den Raum zu durchqueren. Es kam Lauren jedoch wie mindestens fünf Minuten vor. Seine Gnaden neigte den Kopf, als sie näher kamen.

»Ravensberg«, sagte er, und seine Stimme klang leise und eiskalt.

»Bewcastle?«, erwiderte Kit wie üblich gutgelaunt. Lauren begriff plötzlich, dass er diesen Empfang vielleicht sogar genoss, den seine Nachbarn und früheren Freunde offensichtlich inszeniert hatten, nur um ihm Unbehagen zu bereiten. »Ich habe das Vergnügen, Euch meine Verlobte, die ehrenwerte Miss Lauren Edgeworth von Newbury Abbey, vorzustellen. Seine Gnaden, der Duke of Bewcastle, Lauren.«

Lauren fand sich von einem Paar scharfer, schwerlidriger, silberfarbener Augen betrachtet, die sie an Wölfe erinnerten. Eine Gedankenverbindung? Hatte Kit nicht erwähnt, sein Vorname sei Wulfric?

»Miss Edgeworth«, sagte er im selben höflichen, eiskalten Tonfall, während sie knickste. »Darf ich Euch Lady Freyja Bedwyn, Lady Morgan mit ihrer Gouvernante, Miss Cowper, und Lord Alleyne vorstellen?«

Ja, sie hatte Lady Freyja richtig erkannt, begriff Lauren, während sie vor jeder Person knickste und Lord Alleyne Bedwyn sich vor ihr verbeugte, während seine Augen genau das taten, was die Augen der Schwester zuvor getan hatten – mit dem Unterschied, dass sein Blick Lauren zu entkleiden schien.

»Wir sind im Auftrag meiner Mutter gekommen. Sie bittet Euch alle, an den Geburtstagsfeierlichkeiten meiner Großmutter teilzunehmen«, sagte Kit heiter. »Obwohl wir uns freuen würden, wenn Ihr uns auch schon vorher besuchen würdet. Morgen werden viele Familienangehörige eintreffen, und wir haben bereits die Duchess-Witwe von Kilbourne und Lady Muir, ihre Tochter, zu Gast.«

»Lady Redfield ist zu freundlich«, sagte seine Gnaden. »Miss Edgeworth, nehmt Platz. Miss Cowper, sorgt dafür, dass das Teetablett heraufgebracht wird.«

Die Gouvernante erhob sich, knickste, ohne den Blick zu ihrem Dienstherrn zu erheben, und eilte aus dem Raum.

Lauren nahm ihren Platz ein.

»Kilbourne«, sagte Lady Freyja stirnrunzelnd, einen Zeigefinger mit einem langen Nagel am Kinn. »Das klingt bekannt. Ah, ja! Ist die gegenwärtige Countess nicht unter eher aufsehenerregenden Umständen in Newbury erschienen, um den Earl davon abzuhalten, eine bigamistische Ehe einzugehen?«

»Gerade zum richtigen Zeitpunkt, Free, soweit ich gehört habe«, sagte Lord Alleyne mit lässiger Arroganz. »Die Hochzeitszeremonie hatte begonnen. Die Braut errötete bereits.«

»Ah, ja, jetzt erinnere ich mich«, sagte Lady Freyja – und hielt dann inne. »Aber die verlassene Braut … Doch nicht etwa Ihr, Miss Edgeworth?« Bosheit schimmerte in ihren Augen.

»Ihr seid in der Angelegenheit ganz richtig informiert«, sagte Lauren.

»Wie unverzeihlich rüde von mir, Euch an eine solche Demütigung erinnert zu haben!« Lady Freyja wippte noch immer lässig mit dem bestiefelten Fuß. »Vergebt mir!«

Genau diese Art Spott hatte Lauren gefürchtet, als sie nach London kam. Dies war das erste Mal, dass sie tatsächlich damit konfrontiert wurde. »Es gibt nichts zu vergeben«, sagte sie. »Wir alle äußern uns gelegentlich zu hastig.« Sie lächelte und wandte ihre Aufmerksamkeit dem Duke zu. »Ich hatte Zeit, das Eichengitter in der Eingangshalle zu bewundern, Euer Gnaden. Die Schnitzereien sind bemerkenswert gut erhalten. Sind es die ursprünglichen?«

Eine Viertelstunde lang, fast bis zu dem Augenblick, wo es die Sitte erlaubte, sich zurückzuziehen, führte Lauren geschickt die Unterhaltung, lenkte sie auf unpersönliche Themen, an denen alle teilhaben konnten, und weigerte sich, sich vom Widerwillen der Bedwyns einschüchtern oder die frostige Atmosphäre sich auch nur um ein Grad erwärmen zu lassen.

»Reitet Ihr, Miss Edgeworth?«, fragte Lady Freyja plötzlich, mitten in einer Diskussion über die Vorzüge und Nachteile von Stadt- und Landleben.

»Natürlich«, sagte Lauren.

»Zur Jagd?«

»Nein, das habe ich noch nie getan.«

»Aber Ihr betrachtet Euch als vollendete Reiterin?«

»Das kommt darauf an, was Ihr mit vollendet meint«, erwiderte Lauren. »Natürlich kann ich …«

»Reitet Ihr im Galopp über Land?«, fragte Lady Freyja. »Springt Ihr lieber über Hecken, als Euch ein Tor zu suchen? Riskiert Ihr Euren Hals um des reinen Nervenkitzels willen, Pferdefleisch zwischen Euren Schenkeln zu spüren?«

Die Erziehung zur Lady konnte manchmal wirklich ein Segen sein. Die Derbheit der letzten Worte hatte schockieren sollen, und das war auch gelungen. Wie konnte Lady Freyja in Gegenwart von Gentlemen so reden? Und ritt sie etwa wirklich im Herrensitz? Aber Lauren verriet ihr Unbehagen nicht einmal durch das Zucken eines Augenlids.

»Nein«, erwiderte sie lächelnd. »Ich fürchte, in diesem Sinne bin ich absolut keine vollendete Reiterin.«

»Könnt Ihr schwimmen?«

»Nein.« Dies war nicht der richtige Zeitpunkt, sich der Tatsache zu rühmen, dass sie sich auf dem Rücken treiben lassen konnte.

»Oder Cricket spielen?«

Ein Männersport? »Nein.«

»Oder schießen?«

Grundgütiger! »Wirklich nicht.«

»Oder fischen?«

»Ich habe es noch nie versucht.«

»Oder Billard spielen?«

»Nein.«

»Und womit verbringt Ihr Eure Zeit, Miss Edgeworth?«, fragte Freyja, offene Verachtung sowohl in der Stimme als auch im Blick, da es ihr gelungen war, Lauren als so langweilig und hilflos darzustellen, wie ein Mensch nur sein konnte.

Niemand kam ihr zu Hilfe – nicht einmal Kit, der sie nur merkwürdig ansah. Alle anderen konzentrierten sich mit kalter Höflichkeit auf die unglaublich langweilige Person Lauren Edgeworth, außer vielleicht Miss Cowper, die besorgt wirkte, als wisse sie, wie es sich anfühlte, der Gegenstand von Lady Freyjas Spott zu sein.

»Ich besitze einige Fertigkeiten, die von einer Dame der Gesellschaft erwartet werden«, sagte Lauren und blickte Lady Freyja in die Augen, »obwohl ich mich bei keiner dieser Fertigkeiten des Genies rühme. Ich bin in verschiedenen Arten von Handarbeiten geschickt, ich führe Haushaltsbücher, ich spreche fließend Französisch und Italienisch, ich zeichne, spiele das Pianoforte, singe, schreibe Briefe, die meine Familie und Bekannten als gut zu lesen und interessant empfinden, und ich lese Bücher, um meinen Verstand und meine Redegewandtheit zu bilden. Ah, und ich habe die schwierige Kunst der Höflichkeit unter allen Umständen gemeistert. Besonders betrachte ich es stets als meine Pflicht, das Wohlergehen meiner Gäste zu gewährleisten und die Unterhaltung auf Themen zu lenken, die sie weder in Verlegenheit bringen noch ihr Unwissen bloßstellen.«

Lord Alleyne saß mit geschürzten Lippen da, die Augen vor Lachen sprühend, wie Lauren bemerkte, als sie sich erhob, um sich zu verabschieden, und die Gentlemen ihr folgten.

»Wir hoffen, Euch bald auf Alvesley zu sehen«, sagte Kit.

»Es war uns ein Vergnügen, Euer Gnaden«, sagte Lauren an den Duke gewandt. »Ich danke Euch für Eure liebenswürdige Gastfreundschaft.«

Er neigte den Kopf, ohne den Blick von ihr abzuwenden. »Das Vergnügen war ganz auf meiner Seite, Miss Edgeworth.«

Kit bot ihr seinen Arm, und sie durchquerten erneut den Salon, das Schweigen und die Blicke der Bedwyns im Rücken.

»Eine zimperliche Miss!«, sagte Lady Freyja mit unverhohlener Verachtung, fast bevor sich die Türen zum Salon noch ganz hinter den scheidenden Gästen geschlossen hatten. »Kit kann das doch gewiss nicht ernst meinen!«

Lord Alleyne kicherte. »Aber ich glaube, die Lady hat die erste Runde der Feindseligkeiten gewonnen, Free. Sogar recht eindeutig. Sie hat dich mit offenem Mund stehen lassen.«

»Unsinn!«, erwiderte sie unwirsch. »Sie wird ihn innerhalb eines Monats zu Tode langweilen. Handarbeit, Zeichnen, Haushaltsbücher, Französisch, Italienisch, Singen – gähn, gähn! Was kann eine Frau, die aussieht, als hätte sie gerade einen Stock verschluckt, und oh-so-korrekt dasitzt, ohne die Rückenlehne zu berühren, und an ihrer Teetasse nippt, als hätte sie niemals von Durst gehört, und sich über … über mittelalterliche Gitter unterhält, um Gottes willen – was kann ein solch klägliches Geschöpf jemandem wie Kit zu bieten haben?«

»Ein kleiner Rat, Freyja«, sagte der Duke mit seiner sanften, freundlichen Stimme, die den meisten Menschen, die jemals in ihre Hörweite kamen, aus einem unbestimmten

Grund ahnungsvolle Schauer über den Rücken rieseln ließ. »Wenn man sich auf einen Zweikampf einlässt, ist man stets gut beraten, auf seine Verteidigung zu achten, anstatt unnötige Ausfälle zu unternehmen.«

»Ich habe nicht …«, begann sie.

Aber selbst Lady Freyja war nicht gefeit gegen die hochmütig gehobenen Augenbrauen und den steten Blick aus den silbrigen Augen seiner Gnaden.

»Und es ist einer Bedwyn niemals würdig«, schloss er, bevor er den Kamin und den Raum verließ, »das Herz auf der Zunge zu tragen.«

Freyjas Nasenflügel bebten, und sie öffnete den Mund. Aber sie wusste, dass Trotz hinter dem Rücken ihres Bruders nicht empfehlenswert war. Sie wartete, bis er fort war, bevor sie ihren Zorn auf einen schwächeren Gegner richtete.

»Wisch dir dieses törichte Grinsen aus dem Gesicht«, fuhr sie ihren jüngeren Bruder an, »sonst könnte ich mich gezwungen sehen, es selbst zu tun!«

Lord Alleyne zog augenblicklich ein Pokergesicht, was sie noch mehr aufbrachte.

»Und du«, sagte sie und stach mit dem Zeigefinger in Richtung ihrer jüngeren Schwester, »solltest im Schulzimmer sein! Ich weiß nicht, was Wulf sich dabei gedacht hat, als er dir erlaubte, Besucher mit zu empfangen, die er nicht einmal selbst hätte empfangen sollen.«

Miss Cowper erhob sich bestürzt.

»Bestimmt hat er erwartet, Freyja«, erklärte Lady Morgan seelenruhig und bewegungslos, »eine gewisse Befriedigung daraus zu ziehen, wenn er zusehen könnte, wie Miss Edgeworth beim Anblick so vieler nüchtern schweigender Bedwyns im Erdboden versänke. Bestimmt wird er ärgerlich auf Ralf sein, weil dieser sich dem Besuch entzogen hat. Aber ich glaube, ebenso wie Alleyne und Wulf, dass sie eine würdige Gegnerin sein wird. Sie ist absolut nicht gescheitert, oder? Und Kit hat die ganze Zeit gelacht, das konnte ich in seinen Augen erkennen.«

»Für dich immer noch Lord Ravensberg«, wies sie Freyja scharf zurecht.

»Als ich fünf Jahre alt war«, erwiderte Lady Morgan, »und er mich einmal auf den Schultern trug, weil ich sonst nicht mit euch allen hätte mithalten können, bat er mich, ihn Kit zu nennen. Also nichts für ungut, Freyja.«

Sie erhob sich und genoss einen Abgang im Triumph. Miss Cowper trottete hinter ihr her, während Lord Alleyne wieder zu lachen begann.

»Kleiner Hitzkopf«, sagte er. »Wer weiß, Free, vielleicht stellt sie uns noch eines Tages alle in den Schatten.«

11

»Lady Freyja war gekränkt«, sagte Lauren.

»Nein.« Kit nahm ihre Hand und zog ihren Arm durch den seinen. »Das glaube ich nicht. Ihr Stolz wurde verletzt, das ist alles.«

Sie liefen im Zickzack den Kiesweg der französischen Gärten entlang, wobei der Saum von Laurens Musselinkleid, das mit einem zarten Zweigmuster verziert war, die Blüten streifte, die über die Randbefestigungen wuchsen. Sie eilten auf den überwucherten Pfad zwischen den Bäumen zu, aus dem Kit erst vor fünf Minuten mit Lady Kilbourne und Lady Muir aufgetaucht war. Seine Großmutter war mit ihnen bis zur Rosenlaube spaziert und hatte dann darauf beharren wollen, dass man sie dort zurückließ, damit sie die köstliche Luft genießen konnte, während die Übrigen ihren Spaziergang fortsetzten. Aber Lauren hatte darauf bestanden, bei ihr zu bleiben und ihr Gesellschaft zu leisten.

Lauren Edgeworth umgab eine ruhige Liebenswürdigkeit, die man erst wirklich bemerkte, wenn man sie genau beobachtete. Kit beobachtete sie genau.

»Und du bist sicher, dass das alles ist?«, fragte sie.

Sie hatten auf dem Rückweg von Lindsey Hall nur wenig gesprochen, als hätten sie in gegenseitigem Einverständnis beschlossen, ihre Eindrücke für sich zu behalten, bis sie sie angemessen verarbeitet hätten. Aber nun waren sie durch Kits Großmutter erneut zusammengeführt worden, die darauf bestanden hatte, dass sie eine Zeit lang spazieren gehen sollten, während die übrigen Ladys sie zum Haus zurückbegleiteten.

»Wir hatten vor drei Jahren eine kurze Romanze, Lauren«, sagte er, »nachdem wir ein Leben lang einfach nur Freunde und Spielkameraden gewesen waren. Dann hat sie sich mit Jerome verlobt, ich habe mich zum Narren gemacht, indem ich mich sowohl mit ihm als auch mit Ralf geprügelt habe, und bin dann auf die Pyrenäenhalbinsel zurückgekehrt, wo ich auch hingehörte. Es wäre absurd, mir einzubilden, sie hätte um mich getrauert. Das ist nicht Freyjas Art.«

»Ist es deine?« Sie verließen die französischen Gärten, um das schmale Rasenstück zu der kleinen buckligen Brücke über den Bach zu überqueren, der durch ein mit Steinen ausgekleidetes Bett dem Fluss zuströmte.

»Du meinst, ob ich die ganze Zeit eine heimliche Leidenschaft für sie gehegt habe?«, fragte er. »Nein, natürlich nicht. Sie bestand nur kurzzeitig und war bald vorüber. Außerdem, Lauren, würde ich in deiner Gegenwart wohl kaum stärkere Gefühle für sie zugeben, oder? Das wäre schrecklich geschmacklos.«

»Warum? Unsere Verlobung gilt immerhin auch nur für kurze Zeit. Es besteht also keine Notwendigkeit, die Wahrheit aus Taktgefühl vor mir zu verbergen. Hast du sie geliebt? Liebst du sie noch?«

Seine Stiefel klapperten im Gegensatz zu Laurens leichterem Schritt über die Bohlen der Brücke. Hatte er Freyja geliebt? Er hatte es damals Liebe genannt, doch rückblickend erschienen ihm seine Gefühle eher wie eine verzweifelte Gier, sich im Körper einer Frau zu verlieren, die ihm vielleicht einen Moment des Vergessens bescheren könnte. Nicht, dass ihre Leidenschaft jemals vollzogen worden wäre. Sie hatte ihn mehr als einmal nahe herankommen lassen, nur um ihm im letzten Moment lachend zu entwischen. Er hatte sie damals nicht als Spötterin empfunden, aber heute fragte er sich, ob sie seine Werbung jemals ernst genommen hatte.

»Man kann vergangene Gefühle schwer benennen«, sagte er. »Sie sind zu sehr von allen unseren nachfolgenden Erfahrungen geprägt. Ich wollte sie unbedingt heiraten und sie mit mir zur Pyrenäenhalbinsel nehmen. Aber ich war in jenem Sommer in vieler Hinsicht ein verzweifelter junger Mann. Und es scheint alles lange her zu sein. Wie könnte ich sie jetzt lieben? Sie war unverzeihlich rüde zu dir.«

Er wandte sich gen Norden, zu einem Weg, der den Hügel hinauf- und dann um das Haus herumführte. Er hatte Laurens Tante und Cousine zuvor in die entgegengesetzte Richtung geführt, einen leichteren Weg zum Flussufer hinunter.

»Ich war nicht gekränkt«, sagte sie. »Ich verstehe ihre Beweggründe, da ich sie schon selbst empfunden habe. Obwohl ich mich nie überwinden konnte, Lily gegenüber offen rüde zu sein.«

Aber sie wäre es gerne gewesen? Weil Kilbourne sie verletzt hatte?

»Warst du auch nicht gekränkt«, fragte er, »dass ich dir nicht beistand? Ich habe dich den Wölfen zum Fraß vorgeworfen, nicht wahr? Aber wenn du den Bedwyns nicht bei der ersten Begegnung standhältst, tun sie sich bei jeder späteren an dir gütlich. Du hast dich übrigens hervorragend geschlagen. Und falls du es nicht bemerkt hast – du hast dir Ralfs Respekt erworben, noch bevor wir hinaufgingen, und den Respekt Bewcastles, Alleynes und Morgans, nachdem wir oben waren.«

»Sie reitet und schwimmt und schießt also und tut tatsächlich all diese Dinge, nach denen sie mich gefragt hat?«, wollte Lauren wissen. »Sie weiß, wie man sich vergnügt, wie man Spaß hat. Sie weiß, wie man dem Leben mit Lebenskraft und Leidenschaft begegnet. Sie ist die perfekte Partnerin für dich, Kit. Vielleicht solltest du die Zeit, solange ich hier bin, nutzen, deine Zukunft sorgfältig zu überdenken. Es wäre vielleicht unklug, den Gedanken an eine Heirat mit ihr zu verwerfen, nur weil du einen alten Groll hegst.«

Sie wählten einen schmalen, duftenden Durchgang, der ganz aus hohen Rhododendronbüschen bestand. Jenseits davon bildeten hohe Bäume einen Baldachin als Schutz vor der Spätnachmittagssonne. Lauren hatte ihren Sonnenschirm in der Rosenlaube gelassen. Sie blickte den Weg entlang, wie Kit bemerkte, als er den Kopf neigte, um ihr ins Gesicht zu sehen. Manchmal vergaß er fast, dass sie nicht wirklich verlobt waren.

»Vielleicht sollte ich die Zeit tatsächlich weise nutzen«, sagte er. »Vielleicht sollte ich *dich* umwerben, um mich richtig mit dir zu verloben.«

»Nein.« Sie schüttelte den Kopf. »Wir würden nicht zueinander passen. Das musst du doch einsehen. Nein, Kit, ich werde frei sein, wenn dies alles vorüber ist. Endlich herrlich frei.«

Die Erkenntnis demütigte ihn, dass sie ein einsames Jungferndasein tatsächlich einer Ehe mit ihm vorziehen könnte, auch wenn er sein Bestes tat, sie zu bezaubern, auch wenn es so weit kommen sollte, dass er sie wirklich heiraten wollte, auch wenn er sich in sie verliebte. Freiheit, wie sie es nannte. Nun, vielleicht war es wirklich keine Überraschung. Frauen besaßen denkbar wenig Freiheit. Und er war in der Tat nicht der beste Preis.

»Vielleicht hast du deinen Vater zu Anfang des Jahres falsch verstanden«, sagte sie. »Du glaubst, er habe aus rein dynastischen Gründen eine Verbindung zwischen dir und Lady Freyja gefördert, nur seine Macht demonstriert und keinerlei Sorge um dein Glück gezeigt. Aber vielleicht wollte er dir mit diesem Plan ein Friedensangebot machen, Kit. Vielleicht dachte er wirklich, du würdest dich freuen.«

»Warum sagst du das?«, fragte er stirnrunzelnd.

»Deine Mutter hat es heute Morgen erwähnt«, erklärte sie. »Kit, manchmal sehen wir Dinge einfach aus der falschen Perspektive. Weil du vor drei Jahren Streit mit dem Earl of Redfield hattest und er dich verbannt hat, kannst du dir nicht vorstellen, dass er dich liebt und vielleicht nur dein Glück will.«

Ein Friedensangebot? Oder die selbstherrliche Annahme, dass ein Sohn, selbst einer, der fast dreißig Jahre alt ist, seinem Willen unterworfen sei, ohne Recht auf eigene Gefühle oder Wünsche. Wirklich zwei vollkommen verschiedene Perspektiven.

Der Weg wand sich weiterhin leicht hügelaufwärts auf den höchsten Punkt nördlich des Hauses zu. Aber da war noch ein Pfad, schmaler, steiler und steiniger, der scharf nach rechts abbog. Er führte auf einen bewaldeten Hügel und zur Ruine eines Turms, die uralt wirkte, aber in Wirklichkeit nur ein weiterer Pavillon war. Kit führte Lauren auf diesen steilen Pfad und entzog ihr seinen Arm, damit er ihre Hand ergreifen und ihr besser beim Hinaufklettern helfen konnte. Sie raffte mit der freien Hand ihren Rock und klomm würdevoll wie je weiter.

»Kit, starb dein Bruder erst ein volles Jahr, nachdem du auf die Pyrenäenhalbinsel zurückgekehrt warst?«

»Fast genau. Er fing sich eine Erkältung ein. Es hatte ungefähr eine Woche lang sintflutartig geregnet, und der Fluss schoss nahe an einigen Cottages vorbei, schnitt deren Bewohner von der Außenwelt ab und drohte sie alle zu ertränken. Es waren nicht unsere eigenen Arbeiter, aber Jerome ritt dennoch zu ihrer Rettung. Es gab nicht genug Boote, so dass er durch wiederholtes Hinüberschwimmen eine Anzahl Leben rettete. Niemand starb dabei – außer ihm, zwei Wochen später.«

»Oh«, sagte sie. »Dann war er ein Held.«

»Absolut.« Ein verdammter Held, der nicht einmal die Fäuste gehoben hatte, um sich zu verteidigen, bevor Kit ihm die Nase brach, und sich auch danach nicht gewehrt hatte. Ein verfluchter Held, der nicht einmal darauf gewartet hatte, dass Kit nach Hause käme, bevor er starb. Ein strahlender Held, der seinen Bruder auf dieser Seite des Grabes stranden ließ, ohne ihm zuerst die Hand zu schütteln und Frieden mit ihm zu schließen.

»Wo ist er begraben?«, fragte sie.

»Vermutlich im Familiengrab auf dem Friedhof«, sagte er knapp. Und nein, antwortete er lautlos, obwohl sie nicht danach fragte, er wusste nicht genau, wo. Und nein, er hatte nicht die Absicht, das Grab zu besuchen. Niemals. Es war verdammt töricht von Jerome gewesen, sein Leben so zu riskieren und zu verlieren. Er hatte seinem Bruder auf der Pyrenäenhalbinsel in diesem ganzen Jahr nicht einen Brief geschrieben. Nicht einen einzigen. Auch Kit hatte ihm natürlich nicht geschrieben. Die erste Nachricht, die er nach seiner Verbannung von Alvesley erhalten hatte, war der schwarz umrandete Brief in der Handschrift seines Vaters gewesen.

Er hatte das Feldlager verlassen, nachdem er ihn gelesen hatte, war in die freie Natur hinausgegangen, hatte den leeren Himmel angeheult und dem grausamen unsichtbaren Gott mit den Fäusten gedroht. Und dann, obwohl der Brief keine zwei Stunden nach seiner Rückkehr von einem anstrengenden Einsatz kam, hatte er sich freiwillig an einem weiteren beteiligt. Er hatte weder zum Schlafen noch zum Essen gerastet. Nicht einmal, um sich rasieren zu lassen. Im Handeln lag eine gewisse Hoffnung auf Kontrolle dieser feindseligen Angelegenheit, die man Leben nannte. Und vielleicht – wenn es auch unwahrscheinlich war – auf Vergessen.

»Oh«, sagte Lauren atemlos, während sie stehen blieb, die Füße fest auf einen großen, flachen Stein gestellt. »Ist das steil!« Sie wandte sich um und blickte den Weg zurück, den sie gekommen waren. Sie waren von Bäumen umgeben, aber weit unten war der Hauptweg zu sehen und ein Teil der bunten Blumenbeete der französischen Gärten.

»Schöpf einen Moment Atem«, sagte er.

Er wünschte, sie wären wieder in London. Er wünschte, er könnte in seine Junggesellenräume, in seine Klubs und zu seinen Freunden zurückkehren, um die Tage und Nächte mit ihnen zu verbringen. Und um Lauren zu necken. Es war ein Fehler gewesen, nach Hause zu kommen und zu glauben, dass es mit einer Ehefrau – oder auch mit einer zeitweiligen Verlobten – möglich wäre, sich von allem zu verabschieden, was ihn von seiner Familie und seinem jungenhaften Selbst vor drei Jahren entfremdet hatte.

Jerome war tot und würde niemals zurückkehren. Und Syd …

»Warum waren dein Bruder und Lady Freyja nach einem Jahr Verlobungszeit noch nicht verheiratet?«, fragte Lauren.

Er hatte zunächst angenommen, sie seien verheiratet gewesen und Freyja sei Jeromes Witwe. Erst nachdem er wieder in England war und sein Offizierspatent verkauft hatte, erfuhr er die Wahrheit. Er war verwirrt gewesen – und zutiefst bestürzt.

»Ich habe keine Ahnung.« Er zuckte die Achseln. »Ein verbannter Sohn erfährt nicht viel über die Familie.«

Sie nahmen ihren Aufstieg wieder auf. Lauren atmete mühsam, und ihre Wangen röteten sich. Der Boden musste sich unter ihren leichten Schuhen hart anfühlen. Aber sie klagte nicht. Sie war die personifizierte ruhige Würde, dachte er, und verspürte eine unerwartete Woge der Zuneigung. Er lachte bei der Erinnerung an die wundervollen Rüffel, die sie zuerst Ralf und dann Freyja erteilt hatte. Er hatte stark befürchtet, dass man sie, wie die Katze die Maus, auffressen und die Überreste wieder ausspeien würden.

Aber Stärke zeigte sich nicht immer nur in Kühnheit und Körperkraft, wie er gerade entdeckte.

»Was ist so lustig?«, fragte sie.

»Nichts ist lustig«, erwiderte er. »Nur erfreulich. Es ist Juli und ein heißer, sonniger Tag. Wie leben in einem Land, das innerhalb seiner Grenzen Frieden genießt. Wir sind jung und gesund und von den Schönheiten der Natur umgeben.« Seine Stimmung wechselte von Niedergeschlagenheit zu Überschwang, und er zog sie an der Hand vorwärts. »Ich möchte dir etwas zeigen.«

»Den Turm?«, fragte sie atemlos und schaute aufwärts. »Vermutlich führt eine dieser steilen Wendeltreppen dort hinauf, oder? Und du wirst darauf bestehen, dass ich sie erklimme. Das würde ich aber lieber nicht tun. Hinaufzugelangen ist stets leicht, und der Abstieg ist dann der reinste Alptraum.«

»Nicht der Turm.« Er deutete in eine andere Richtung. »Die beste Sicht hat man nicht oben vom Turm aus.«

Sie blieb stehen und blickte, noch immer nach Atem ringend, in die von ihm angezeigte Richtung. »O nein«, sagte sie entschlossen. »Nein, Kit. Ich bin noch nie in meinem ganzen Leben auf einen Baum geklettert. Es sah gefährlich aus, wenn Gwen und Neville es taten, und es sieht auch jetzt gefährlich aus. Außerdem wäre es kindisch. Wir sind hoch genug für eine schöne Aussicht, vielen Dank. Ich kann das Dach des Hauses von unserem Standplatz aus recht deutlich sehen. Ich werde nicht – ich werde absolut, definitiv *nicht* auf diesen Baum klettern!«

Es dauerte geschlagene zehn Minuten, um den Ast zu erreichen, den er im Sinn hatte. Sie stiegen nicht so hoch in den uralten Eichbaum, wie er es als Kind häufig getan hatte, aber entschieden höher, als der Turm war. Der dicke, kräftige Ast war über zahlreiche sichere Fuß- und Handstützen leicht zu erreichen. Aber Lauren musste zu jeder Bewegung, besonders zur ersten, die sie vom Boden fortbrachte, überredet werden. Er stieg hinter ihr hinauf, einen Arm um ihre Taille geschlungen, obwohl sie nicht zulassen wollte, dass er sie hinauftrug.

»Ich werde es selbst tun, danke«, belehrte sie ihn knapp beim einzigen Mal, als er sie fester umfasste und sie hochheben wollte, als sie vor Unentschlossenheit wie gelähmt schien. »Und so etwas hatte ich in Vauxhall nun gewiss nicht im Sinn, Kit. Es ist nicht einmal annähernd angenehm.«

»Aber es ist denkwürdig, wie du zugeben musst«, flüsterte er ihr lachend ins Ohr. »Am selben Tag im Hemd zu schwimmen und auf einen Baum zu klettern. Du befindest dich in ernsthafter Gefahr, ein berüchtigter Wildfang zu werden.«

Der Ast war so dick wie viele der Stämme kleinerer Bäume.

»Du könntest nicht einmal herunterfallen, wenn du es versuchtest«, behauptete er nicht ganz wahrheitsgemäß, während er sich auf dem Ast niederließ, den Rücken gegen den Stamm lehnte und sie zwischen seine gespreizten Beine hinabzog, ihr Rücken an seiner Brust, seine Arme schützend um ihre Taille.

»Ich habe nicht die Absicht, es zu versuchen«, versicherte sie ihm. »Kit, wie sollen wir jemals wieder hinuntergelangen?«

Er konnte ihr Herz gegen seine Hand hämmern spüren. Sie war erhitzt und atmete schwer – und vermutlich auch vor Angst. Er bemerkte, dass ihr Blick keinen Millimeter abwärts schweifte. Sie drückte ihren Kopf fest an seine Schulter – ihr Hut war am Fuß des Baumes geblieben.

»Vertrau mir«, sagte er an ihrem Ohr.

»Dem Mann vertrauen, der für alle möglichen Arten von leichtsinnigen und törichten Heldentaten bekannt ist?« Lauren schloss die Augen. »Dem Offizier vertrauen, der in vielen Kriegsberichten als besonders wagemutiger Spion erwähnt wurde?«

»Aber ich bin von jedem Einsatz heil zurückgekommen«, sagte er.

Ihr Herz schlug nun langsam wieder in normaler Geschwindigkeit. Sie entspannte sich allmählich. Sie lag halb auf dem Ast, die Beine leicht gebeugt, die Füße flach aufgestellt. Es waren lange, schlanke Beine, die sich unter dem zarten Musselin ihres Kleides deutlich abzeichneten. Ihre Füße waren schmal, ihre Knöchel grazil. Es war schon seltsam, wie sich die Wahrnehmung einer Person verändern konnte, wenn man sie kennen lernte. Lauren Edgeworth erschien ihm viel jugendlicher als bei ihrer ersten Begegnung. Und weniger als klassische Schönheit, eher hübsch auf eine weiblichere Art.

»Wenn du dich jemals dazu überwinden könntest, die Augen zu öffnen«, sagte er, »würdest du sehen, dass der Ausblick den Aufstieg rechtfertigt.«

»Nichts würde mich dazu veranlassen«, versicherte sie ihm. Aber sie öffnete die Augen dennoch und sah sich um.

Es war wirklich eine beeindruckende Aussicht. Man hatte über die Bäume hinweg einen klaren Blick auf den Wasserlauf und die französischen Gärten, die von hier aus in ihrer ganzen geometrischen Präzision erkennbar waren, sowie auf die Ostseite des Hauses. Aber sie befanden sich auch hoch genug, um noch weitaus mehr zu sehen. Da waren die kultivierten, mit Bäumen bestandenen Wiesen um das Haus, der Fluss mit dem See in der Ferne, das Wildgehege und der Turm der Dorfkirche, in entgehengesetzter Richtung die Hügel und Ackerland in der Ferne.

Ein Fest für die Augen und auch für die anderen Sinne. Vögel sangen. Die leichte Brise spendete einen Hauch von Kühle. Die Strahlen der Abendsonne und die Schatten der Zweige liebkosten ihre Körper. Da waren der schwere Duft von Hitze und Pflanzenwuchs und … ein zarter Duft von Seife.

»Nichts könnte den Aufstieg rechtfertigen«, erklärte sie streng, »obwohl die Sicht gut ist, wie ich zugeben muss.«

Nun. Ein wirklich kühles Lob. Aber kurz darauf verdarb sie die Wirkung ihrer Worte. Er spürte ein leichtes Zittern unter seinen Händen, und dann lachte sie leise. Lauren Edgeworth lachte!

»Ich sitze oben in einem Baum«, sagte sie. »Gwen und Tante Clara würden es nicht glauben, selbst wenn ich es ihnen erzählte. Niemand, der mich kennt, würde es glauben. Lauren Edgeworth oben in einem Baum, ohne Hut!«

Sie fand den Gedanken anscheinend überaus reizvoll. Sie kicherte eine Weile fast lautlos, konnte aber dann nicht mehr an sich halten und brach in schallendes Gelächter aus. Und Kit, der sie sicher festhielt, stimmte mit ein.

»Und sie liebt jeden Augenblick?«, fragte er, als er wieder zu Atem kam.

»Nun, das werde ich niemals zugeben«, sagte sie und lachte erneut. Aber schließlich waren sie beide still, und als sie wieder sprach, klang ihre Stimme eher wehmütig als heiter. »Ich werde mich an den heutigen Tag erinnern. An jede Einzelheit. Mein restliches Leben lang. Danke, Kit.«

Er legte seine Wange an ihren Kopf – ihr Haar war vom Sonnenschein warm. Die Freude, die er ihr heute verschafft hatte – wenn es ihr denn Freude gemacht hatte –, bestand aus solch einfachen Dingen. Aber sie würde sich ihr restliches Leben lang daran erinnern? Seltsamerweise glaubte er das von sich auch.

Er zog die Knie an, stützte die Füße rechts und links von ihr auf den Ast und entspannte sich. Wann hatte er das zum letzten Mal getan? Das heißt, einfach nur dasitzen, Sonnenschein und Wärme in sich aufsaugen, die reine Behaglichkeit der Gegenwart eines anderen Menschen spüren? Es schien ihm, als habe er das vielleicht noch nie getan. Gewiss nicht in den letzten Jahren. Er war stets eifrig damit beschäftigt gewesen, jeden müßigen Moment auszufüllen, jede Gelegenheit zu meiden, bei der er vielleicht unabsichtlich mit seinen Gedanken konfrontiert würde. Er vermied es sogar, sich nachts zu Bett zu begeben, bevor er zu erschöpft war, um noch etwas anderes zu tun, als augenblicklich in Schlaf zu sinken. Aber selbst dann waren da diese Träume …

Aber er verbannte alle Gedanken und alle Vorsicht, während er die Augen schloss.

Er hatte stets kleine Frauen bevorzugt, da er selbst nicht besonders groß war. Er hatte sich stets von sinnlichen Frauen angezogen gefühlt. Und von leidenschaftlichen Frauen. Er hatte im Laufe der Jahre mehrere Verhältnisse gehabt, von denen die meisten stürmischer Natur, zutiefst befriedigend und bald vorüber waren. Sein Sommer mit Freyja war weitgehend dem üblichen Muster gefolgt, obwohl er das sich selbst gegenüber nie eingestanden hatte. Der einzige echte Unterschied hatte darin gelegen, dass seine Leidenschaft nicht körperlich befriedigt und daher niemals gestillt wurde. Es war vorbei gewesen, bevor er selbst es wollte. Damals hatte er geglaubt, er wollte es niemals beendet sehen und sie sei die Frau, der er lebenslange Hingabe schwören könnte. Aber hatte er das nicht auch bei zahlreichen Geliebten vor ihr gedacht?

Lauren Edgeworth war groß für eine Frau. Sie war schlank. Sie war von Natur aus kühl. Nicht gefühlskalt. Nein, das nicht. Aber wahrscheinlich nicht fähig zu heißer körperlicher Leidenschaft. Sie hätte für ihn trotz ihrer unleugbaren Schönheit reizlos sein sollen.

Aber er begehrte sie. Er wandte leicht den Kopf, barg seine Nase in ihrem Haar, atmete ihren Duft ein. Er begehrte sie auf eine unvertraute, kontrollierte Art. Ohne das übliche brennende Bedürfnis, ihren Körper zu besteigen, um seinen Hunger zu stillen. Es war ein seltsam unkörperliches Verlangen. Und doch war es körperlich. Er verspürte Verlangen, nicht nur Bewunderung oder Zuneigung.

Er strich ihr mit der Wange das Haar aus dem Gesicht und küsste ihre Schläfe, ihre Wange, ihr Kinn. Er küsste ihr Ohrläppchen und sog es sanft zwischen seine Zähne ein.

Sie saß regungslos, die Augen wieder geschlossen. Aber nicht vollkommen regungslos. Sie neigte den Kopf ein wenig zu seinem Arm, gewährte ihm leichteren Zugang zu ihrem Gesicht. Er küsste ihren Hals, schmiegte sich sanft daran.

Irgendwie passt sie mir wie ein Handschuh, dachte er. Ein bequemer Glacéhandschuh. Und doch spürte er entschiedenes Verlangen – einen belebenden Blutstoß und die Anspannung der Lenden. Verlangen, vermischt mit Zärtlichkeit, zwei Gefühle, die bei ihm noch niemals zuvor zusammentrafen. Er befand sich auf unbekanntem Boden.

Er legte seine Wange erneut an ihren Kopf und breitete die Handflächen über ihre Taille und ihren Bauch. Er war flach und doch auch weich und weiblich. Er hob seine Hände und wölbte sie leicht über ihre Brüste. Er hielt inne, gab ihr die Chance zu protestieren, seine Hände fortzuschieben, den schläfrigen Zauber des Verlangens zu brechen, den er erkundete. Schläfrigkeit und Verlangen als gleichzeitige Empfindungen? Wirklich seltsam! Sie spreizte die Hände über seinen Schaftstiefeln, unmittelbar über den Knöcheln.

Es waren kleine Brüste, aber fest und wunderschön. Sie passten in seine Hände, als wären sie dafür gemacht. Sie schien vollkommen entspannt, und doch waren ihre Brustwarzen, wie er feststellte, als er sie mit den Innenseiten seiner Daumen leicht berührte, aufgerichtet und hart. Er senkte den Kopf erneut, um die warme Wölbung zwischen Hals und Schulter zu küssen. Er öffnete den Mund, leckte sie, schmeckte sie, atmete warme Luft auf ihre seidige Haut.

Sie stieß zum ersten Mal einen Laut aus – ein sanft wimmerndes Seufzen tief in ihrer Kehle. Sie war vielleicht keine leidenschaftliche Frau, dachte er, aber sie war gewiss des Verlangens fähig. Sie zu lieben wäre eine zärtliche Erfahrung. Man müsste sie langsam erwecken, geduldig, mit ruhiger Überlegung. Man würde sie hegen müssen, die eigenen Bedürfnisse bändigen müssen, um die ihren zu nähren. Man müsste sie auf eine Weise lieben, wie er noch niemals zuvor jemanden geliebt hatte. Dieser Gedanke hatte etwas seltsam Erregendes.

Er ließ seine Handflächen abwärts gleiten und fuhr mit den Fingerspitzen die sanfte, warme Wölbung ihrer Oberschenkel nach. Sie sog den Atem ein, nicht laut, sondern mit langsamer Behutsamkeit, und lehnte ihren Kopf fester an seine Schulter. Der weiche Musselin ihres Rockes gab unter dem Druck seiner Finger nach, und er streichelte sie sachte.

Es war gut, dachte er, dass sie waren, wo sie waren. Sie waren nicht wirklich verlobt. Sie würden nicht heiraten. Und obwohl er es als seine Ehrenpflicht ansah zu versuchen, sie davon zu überzeugen, ihre Meinung während der kommenden Wochen zu ändern, wollte er sie nicht zwingen. Er würde ihr nicht Gewalt antun und ihr damit die Wahl für ihre Zukunft nehmen. Das Wissen darum, wo sie sich befanden, bestimmte die Grenze, wie weit er gehen durfte. Er ließ seine Handfläche an der Innenseite ihrer Oberschenkel entlanggleiten, versuchte aber nicht, nach ihrem Saum zu greifen, um den Rock anzuheben.

Er wollte sie. Er begehrte sie. Es würde sich gut anfühlen, in ihrem Körper zu sein. Und doch mangelte es seinem Verlangen seltsamerweise an körperlicher Dringlichkeit. Es fühlte sich eher wie ein Herzenssehnen an. Vielleicht nach ihrer Unschuld? Nach der süßen, stillen Disziplin, die man so leicht als kalte Teilnahmslosigkeit missdeuten konnte?

»Kit«, sagte sie, »nein. Das brauchst du wirklich nicht.«

»Das *brauche* ich nicht?« Er schlang seine Arme widerwillig wieder fest um ihre Taille. »Was weißt du von meinen Bedürfnissen?«

»Genug, um mir recht sicher zu sein, dass ich nicht die Frau bin, die auch nur ein einziges davon befriedigen kann«, sagte sie. »Du warst heute wunderbar zu mir. Abscheulich, aber wunderbar. Ich werde mich gewiss an das Schwimmen und Bäumeklettern erinnern, weißt du. Ich werde mich mit Vergnügen daran erinnern. Aber ich habe nicht um Leidenschaft gebeten, jedenfalls nicht … dieser Art. Es ist unschicklich. In Wahrheit sind wir Fremde, oder nicht? Und wir werden in Zukunft Fremde sein. Wenn unsere Familien wüssten, dass wir nicht wirklich verlobt sind, würden sie uns niemals so miteinander allein sein lassen. Und es ist leicht zu begreifen, warum. Ich habe niemals … Kit, ich habe so etwas niemals zuvor getan. Und ich muss es auch nicht wieder tun. Bitte.«

»Du musst keine Frau sein?«, murmelte er an ihrem Ohr. »Nur eine Lady?«

Sie antwortete eine Zeit lang nicht. »Ja«, sagte sie schließlich. »Ich habe beschlossen, nur eine Lady zu sein.«

»Du kannst nicht beides sein?«

»Nur wenn wir verheiratet wären. Mit jemandem, den ich lieben und der meine Liebe erwidern würde.«

»Du glaubst, Kilbourne hat dich geliebt?«

Er spürte, wie sie schluckte. »Das hat er«, sagte sie. »Er hat mich immer geliebt. Wir haben uns immer geliebt. Nicht wie er Lily liebt oder sie ihn, aber … Kit, ich möchte diese Unterhaltung nicht fortführen. Ich kann dich niemals lieben, das ist alles. Und du kannst auch mich gewiss niemals lieben. Ohne Liebe ist das, was wir getan haben, falsch. Vielleicht sogar ein wenig schmutzig, obwohl es sich nicht so angefühlt hat. Bring mich bitte nach Hause. Aber wie um alles in der Welt sollen wir dort hinunterkommen?«

»Jetzt wo du es erwähnst: Wie sollen wir nur?«

Sie wandte jäh den Kopf und blickte ihn mit großen Augen erschrocken an. Er grinste und ließ seine Augenbrauen tanzen.

»Ich habe A-Angst!«, jammerte er.

»Oh, Kit!« Und sie lachte erneut, wie sie es schon vorher getan hatte, wobei ihr ganzes Gesicht vor Vergnügen aufleuchtete, während sie ihm mit der Faust gegen die Schulter boxte. »Keine Angst. Ich werde dich retten. Ich werde den

Mund öffnen und um Hilfe rufen.« Sie lachte erneut – nein, sie kicherte. Wie ein Mädchen. Wie das Kind, das sie vielleicht nie gewesen war. Sie atmete tief ein, wie eine Opernsopranistin, die das hohe C anschlagen will, und er legte ihr eine Hand auf den Mund.

»Wenn ich die Wahl treffen müsste, mir entweder beide Beine zu brechen oder eine Armee von Gärtnern zur Rettung hier heraufeilen zu sehen«, sagte er, »dann würde ich wohl meine Beine opfern. Also los. Halt dich fest und vertrau mir. Mein zweiter Vorname lautet Sir Galahad.«

Sie lachte erneut.

12

»Wir hatten kaum einen ungestörten Moment zusammen. Aber vermutlich muss ich mich an den Gedanken gewöhnen, dich zu verlieren.« Gwendoline hakte Lauren unter. »Glücklicherweise ist es alles in allem ein guter Grund. Ich mag Lord Ravensberg ausgesprochen gern.«

»Wirklich, Gwen?«

Sie befanden sich auf dem verwilderten Weg, nutzten einen ruhigen Morgen vor dem erwarteten Ansturm von Gästen später am Tag. Kit war mit seinem Vater aufgebrochen, um die Heuernte auf einem fernen Feld zu überwachen. Lauren freute sich darüber. Sie hoffte nur, sie würden miteinander reden. Sie hatte sie gestern Abend zusammengeführt. Der Earl hatte am Pianoforte ihre Noten umgeblättert und sie hatte, nachdem sie das Stück beendet hatte, Kit bewusst zugelächelt, der sich mit Gwen und seiner Großmutter unterhielt, hatte ihn fast an ihre Seite gezwungen. Sie hatte gewusst, dass er nur widerwillig kommen und dass sich auch sein Vater ein wenig in der Falle fühlen würde. Vater und Sohn mieden einander, so gut sie konnten, auch wenn Lauren auf keiner Seite offene Feindseligkeit bemerkt hatte.

Sie hatte ihre Notenblätter zusammengelegt, sich auf der

Bank umgewandt, sowohl Kit als auch seinem Vater zugelächelt und Fragen über das Familiengut gestellt, während die beiden linkisch nebeneinander standen. Glücklicherweise musste sie nicht direkt vorschlagen, Lord Redfield solle Kit die Landwirtschaft zeigen. Der Earl hatte es selbst vorgeschlagen, und Kit hatte zugestimmt. Oh, sie hatte sie wirklich sehr geschickt in die Richtung gelenkt, die sie sich wünschte. Sie wusste, dass dies eine ihrer besten Fähigkeiten war.

Vielleicht erkannten sie nicht einmal, dass sie manipuliert worden waren. Aber das war einer der Gründe, warum sie hierher gekommen war – um Kit mit seiner Familie zu versöhnen.

»Er ist so perfekt für dich, dass man eure Begegnung als glücklichen Streich des Schicksals ansehen muss«, sagte Gwendoline, während Lauren ihren Schritt verlangsamte, um sich dem Hinken ihrer Cousine anzupassen. »Seine unbekümmerte, lustige Art gleicht deine Vernunft aus und schafft ein erfreuliches Ganzes. Ich bin sehr glücklich.«

»Danke.« Lauren war sich nicht sicher, ob der steile Pfad, den sie am Vortag mit Kit genommen hatte, gut für Gwen wäre, aber sie wählte ihn dennoch, und sie mühten sich langsam aufwärts.

Gwendoline lachte fröhlich. »Oh, du bist so ernst, Lauren! Gerade so, als würdest du nicht innerlich vor Glück sprudeln. Ich bin's, Gwen! Und ich habe beim Frühstück dein feuchtes Haar bemerkt, genauso wie ich es schon gestern bemerkt habe. Ich dachte, du wärst früh aufgestanden, um es zu waschen, bis Lord Redfield erwähnte, dass er dich mit Lord Ravensberg hat ausreiten sehen. Ich bin sehr wohl imstande, eins und eins zusammenzuzählen. Lauren, du bist geschwommen! Oh, das ist famos!«

»Und überhaupt keine große Sache«, sagte Lauren, als

sie auf einem großen, flachen Stein innehielten, um Atem zu schöpfen. »Aber er besteht darauf, dass ich mich amüsiere. Kannst du dir etwas Lächerlicheres vorstellen, Gwen, als dass ich es amüsant finden sollte, am frühen Morgen auszureiten und im See zu schwimmen?«

»Oh, Lauren! Ich liebe ihn! Das tue ich. Du solltest ihn besser rasch heiraten, sonst schnappe ich ihn dir weg!«

»Gwen«, sagte Lauren, während sie den mühsamen Aufstieg wiederaufnahm. »Ich kann mich treiben lassen. Auf dem Rücken und sogar auf dem Bauch – mit dem Gesicht im Wasser. Ich sinke jedoch wie ein Stein, wenn ich versuche, mich mit den Beinen vorwärtszubewegen. Und dann lacht er mich aus.« Das stimmte eigentlich nicht. Er hatte mit ihr gelacht. Tatsächlich hatte sie in den letzten beiden Tagen häufiger gelacht als je zuvor in ihrem Leben. Nicht nur das Lachen höflicher Belustigung, sondern die hilflose, unmittelbar aus dem Bauch dringende Erheiterung, die sie zwang, sich zu krümmen, während ihr Tränen über die Wangen liefen.

»Oh, gütiger Himmel«, sagte Gwen, blieb stehen und schaute aufwärts. »Sieh dir diesen Turm an. Denkst du, es ist eine richtige Ruine?«

»Ein Pavillon«, antwortete Lauren. »Er wurde als künstliche Ruine erbaut. Aber er ist recht malerisch.«

Sie hatte wieder hierher kommen müssen. Sie musste ihre Gedanken von einer gewissen Verzauberung befreien, die sie anscheinend befallen hatte. Der gestrige Nachmittag hatte nichts Magisches gehabt. Sie hatten lediglich auf einem Ast gesessen und die Aussicht betrachtet. Sie hatte ihm lediglich erlaubt, sie auf eine Art zu liebkosen, die so erschreckend unschicklich war, dass sie sogar jetzt noch kaum glauben konnte, dass sie ihm nicht weitaus früher Einhalt geboten hatte. Es war lächerlich, sich an diesen gemeinsamen Augenblick als einen der bezauberndsten ihres Lebens zu erinnern. Es wäre jämmerlich, wenn die Wahrheit bekannt würde.

Arme, notleidende, sechsundzwanzigjährige Jungfrau!

Vielleicht wäre sie inzwischen, fast sechzehn Monate nach ihrer Hochzeit, schon Mutter gewesen. Die Pflichten der Hochzeitsnacht wären für sie inzwischen vielleicht zur Routine geworden. Sie wäre vielleicht gegen solche törichten, unbekannten Sehnsüchte gefeit gewesen, die sie die halbe Nacht wach gehalten hatten. Allerdings war sie nicht als Einzige wach gewesen. Sie hatte Kit draußen in der Dunkelheit umherspazieren sehen, den Fahrweg entlang und über die Brücke, bis er außer Sichtweite war.

»Wir sind gestern hier heraufgekommen«, erzählte sie Gwen. »Wir sind so hoch geklettert, dass wir über die Wipfel der Bäume hinwegsehen konnten.«

Gwendoline blickte aufwärts. »Die Aussicht von dort oben muss atemberaubend sein. Aber ich stelle es mir lieber vor, als es zu sehen. Ich glaube, ich werde mich eine Weile aufs Gras setzen.«

Sie betrachtete den Turm.

»Ich meine den Baum«, sagte Lauren. »Wir sind auf den Baum geklettert.« Der Ast, auf dem sie gesessen hatten, wirkte vom Boden aus nicht so sehr hoch, aber er war gewiss hoch genug. Höher als der Turm. Ihre Knie wurden weich.

Gwen amüsierte sich. »Du bist wirklich verliebt! Neville und ich konnten dich nie dazu überreden, etwas auch nur annähernd Wagemutiges zu tun, als wir alle noch jünger waren. Oh, Lauren, welche Erleichterung es ist, dir gegenüber seinen Namen erwähnen zu können, ohne Angst haben zu müssen, diesen verletzten Ausdruck in deinen Augen zu sehen. Und Lily erwähnen zu können. Sie ist wirklich eine Freude, weißt du. Ich sah sie beide an dem

Tag, nachdem sie Mama und mir verkündet hatten, dass sie ein Kind erwartet. Sie waren unten am Strand, und Lily wirbelte über den Sand, die Arme ausgestreckt, ohne Hut und Schuhe und Strümpfe, und Neville stand an den großen Felsen gelehnt, die Arme vor der Brust gekreuzt, und lachte ihr zu. Ich wollte mich nicht aufdrängen.«

Lauren atmete langsam ein und legte eine Handfläche an den gewaltigen Stamm der alten Eiche. Es tat nicht weh. Nein, es tat nicht weh.

»Lily wird eine gute Mutter sein«, sagte sie.

Die Magie war auch heute Morgen noch da. Sie schloss die Augen. Er war nicht annähernd so groß wie Neville. Sie hatte stets geglaubt, sie liebe große, starke Männer. Aber sie passte so bequem an Kits Gestalt. Er hatte wunderschöne Hände – nicht groß, sondern langfingrig, kräftig und ausdrucksvoll. Sie hatten sich gut angefühlt … Er sollte nicht … Und sie hätte es nicht zulassen dürfen. Er hatte ihre Brüste umfasst, und es hatte sich einen Moment so … richtig angefühlt. Und eine seiner Hände war auch *dorthin* gewandert. Aber anstatt Entsetzen zu verspüren, hatte sie … es genossen. Und mehr als das …

Aber nicht darin hatte die Magie gelegen. Nicht wirklich. Es war die Heiterkeit, ein Gefühl des Wagemuts und des Triumphes, ein Gefühl der Sicherheit angesichts der Gefahr. Sie würde ihm ihr Leben anvertrauen, begriff sie plötzlich. Und das Lachen. Ah ja, das Lachen!

Die verführerische Verzauberung reiner Freude.

»Wollen wir uns nicht eine Weile hinsetzen?«, fragte Gwen.

Lauren hatte gestern nicht bemerkt, dass der Hügel und die Bäume jenseits des Hanges, den sie erklommen hatten, jäh abfielen. Es war ein steiler Abhang, auf dem nur wenige robuste Sträucher wuchsen. Darunter erstreckte sich ordentlich von Hecken gesäumtes Acker- und Weideland, einige der Felder bebaut, andere gesprenkelt mit Schafen. Es war wie ein Patchwork-Quilt, hier und da von kleinen Cottages und Wirtschaftsgebäuden unterbrochen.

»Welch ein stürmischer Tag im Vergleich zu gestern«, sagte Gwendoline. »Und auch kühler. Ich hoffe, diese Wolken wollen später keinen Regen bringen. Dies ist ein wundervoller Platz, Lauren. Dein zukünftiges Zuhause. Und nicht zu weit von Dorsetshire entfernt, Gott sei Dank. Wir werden uns manchmal sehen können.«

»Es sei denn, du heiratest jemanden, der dich auf die fernste Hebrideninsel davonschleppt. Oder an die irische Westküste.«

»Das glaube ich nicht. Besser gesagt, ich weiß es.«

»Du kannst Lord Muir nicht vergessen?«, fragte Lauren traurig. »Niemand kann jemals seinen Platz in deinem Herzen einnehmen?«

»Ich werde Vernon niemals vergessen«, sagte Gwen mit ruhiger Überzeugung. »Ich werde niemals wieder heiraten. Aber Neville ist glücklich, und du wirst es sein, und Mama braucht Gesellschaft. Und so werde ich zufrieden sein. Ich verspreche es, Lauren.«

Lauren hob das Gesicht in den Wind, ungeachtet der Gefahr für ihren Teint. Ja, Alvesley war hübsch. Ländlich und friedlich und wunderschön und ausgedehnt. Aber es war nicht ihr zukünftiges Zuhause. Das wäre, wie sie hoffte, irgendwo in Bath. Sie würde sich in der begrenzten, gesetzten Gesellschaft des Badekurortes einrichten, der nicht mehr so vornehm war wie ehedem. Dort lebten überwiegend ältere Menschen. Das würde ihr gefallen. Die Sicherheit.

»Oh, das sieht recht gefährlich aus«, sagte Gwen, während sie mit dem Kopf auf die Landschaft unter ihnen deutete.

Drei Reiter bewegten sich wie Spielzeugfiguren durch

die Landschaft. Sie folgten keiner Straße und keinem Weg, sondern ritten mehr oder weniger querfeldein. Sie ritten schnell, in verwegenem, halsbrecherischem Galopp. Träfen sie auf dem unebenen Feld auf einen Stein oder Kaninchenbau, würden sie im Handumdrehen abgeworfen, verletzt oder möglicherweise sogar getötet. Noch während sie hinsahen, hielten die Reiter direkt auf eine Hecke zu und sprangen darüber. Gwen sog geräuschvoll den Atem ein, aber sie landeten sicher auf der anderen Seite und galoppierten weiter.

»Einer der Reiter ist eine Frau«, sagte Gwendoline.

Mit langem, hellem Haar, das hinter ihr herwehte.

»Lady Freyja Bedwyn«, sagte Lauren. »Mit Lord Rannulf und Lord Alleyne, wenn ich mich nicht irre. Sie reiten in diese Richtung. Sie wollen Alvesley wohl einen Besuch abstatten.«

»Die Lady, die Lord Redfield für Lord Ravensberg vorgesehen hatte?« Gwendoline beschattete ihre Augen mit einer Hand und betrachtete die Reiter genauer. »Du liebe Güte, Lauren, sie trägt keinen Hut, und ihr Haar fällt offen herab. Will sie in diesem Aufzug die Countess aufsuchen?«

»Ich glaube schon.« Freyja ritt im Damensattel, aber sie tat dies vollendet. Lauren empfand ungewollt Bewunderung.

»Ist sie hübsch?«, fragte Gwen.

»Nein, nicht hübsch«, erwiderte Lauren. Tatsächlich hatte sie anfangs den Eindruck gehabt, dass Lady Freyja bemerkenswert hässlich war. »Sie hat ein kühnes Gesicht mit dunklem Teint, einer vorspringenden Nase und dunklen Augenbrauen, die in starkem Kontrast zu ihrem Haar stehen. Sie … sie sieht gut aus.« Das war auch nicht ganz das richtige Wort. Da war etwas an ihr, ein Charisma, das Lauren, wie sie wusste, niemals bekommen würde, selbst wenn sie eine Million Jahre lebte.

»Und ihre Brüder ebenso, wenn ich richtig vermute«, sagte Gwen. »Wollen sie wirklich nach Alvesley? Wenn ja, dann scheint Lord Ravensbergs gestriges Beharren darauf, persönlich in Lindsey Hall vorzusprechen, und das deine, ihn zu begleiten, die gewünschten Ergebnisse gebracht zu haben.«

»Das würde mich freuen«, sagte Lauren. »Nachbarn sollten nicht im Streit miteinander liegen.«

Sie konnte sich vorstellen, wie Lady Freyja und Kit Seite an Seite ritten. Galoppierten, über Hecken setzten, zusammen lachten, ungeachtet der Gefahr. Sie passten gewiss perfekt zusammen. Und mussten einander gewiss noch immer lieben. Lauren hegte keinerlei Zweifel, dass Lady Freyjas gestriges Verhalten nichts als das Ergebnis enttäuschter Hoffnung gewesen war.

Aber vielleicht nicht für immer enttäuscht, dachte sie, während sie die Reiter um eine Biegung des Hügels in Richtung der klassizistischen Brücke verschwinden sah. Wenn der Sommer erst vorüber war, stand es ihnen frei, ihre Liebe ohne Einmischung des Earls of Redfield und des Dukes of Bewcastle neu zu beleben. An Weihnachten wären sie wahrscheinlich verheiratet. Er wäre glücklich. Er hätte den Streit mit seinem Vater beigelegt und die Unannehmlichkeiten mit seinem Bruder überwunden. Er hätte die Liebe seines Herzens zurückerobert.

An Weihnachten hätte sie sich in Bath eingerichtet.

Die dichten Wolken, das seit ungefähr einer Stunde aufgezogen war, verdüsterten schließlich die Sonne. Lauren zitterte in der plötzlichen Kälte.

Der Earl of Redfield hatte beschlossen, seinen Sohn nicht nur, wie geplant, mit zum Heufeld zu nehmen, sondern ihm das Familiengut insgesamt zu zeigen. Er sprach den größten

Teil des Vormittags entschieden und sachlich über Ernten und Entwässerung und Vieh und Löhne und ein Dutzend weitere verwandte Themen. Gelegentlich hielten sie inne, um mit Arbeitern zu sprechen. Kit hatte den deutlichen Eindruck, dass sich sein Vater in seiner Gegenwart unwohl fühlte und nicht wusste, wie er auf einer wie auch immer gearteten persönlichen Ebene mit ihm umgehen sollte.

Aber er verstand es. Er empfand genauso.

Er war zehn Jahre lang Kavallerieoffizier gewesen. Er wusste natürlich, wie man Befehle entgegennahm. Selbst als Lieutenant-Colonel während der letzten anderthalb Jahre seines Dienstes hatte er stets vorgesetzte Offiziere gehabt. Aber im Wesentlichen war er der Verantwortliche gewesen, der die Befehle erteilte, der alle Verantwortung für deren Ausführung trug. Das hatte besonders für seine zahlreichen Einsätze als Erkundungsoffizier gegolten, als er häufig schwierige und bedeutsame Entscheidungen von großer Tragweite treffen musste. Er hatte sich mit dieser Fähigkeit einen Namen gemacht. Er war wagemutig und skrupellos, aber auch äußerst sachlich und vertrauenswürdig gewesen. Er war derjenige gewesen, der für die scheinbar unmöglichsten Aufgaben ausgewählt wurde. Er hatte stets eine Möglichkeit gefunden, das Notwendige zu tun. Er hatte das Gefühl gehabt, sehr selbstbestimmt zu leben.

Nur bei seiner Familie hatte er sich jemals linkisch und wertlos gefühlt. Für seine Familie war er ein vollkommener Versager gewesen – angefangen mit Sydnams Eindringen in sein anderes Leben. Aber das war erst der Anfang gewesen. Es war vermutlich in dem Jahr eskaliert, das er in London verschwendet hatte, indem er sich eher wie ein unreifer Jugendlicher verhalten hatte als wie der Lieutenant-Colonel Lord Ravensberg, als den ihn seine Kameraden im Heer gekannt hatten. Fast als hätte er sich gezwungen gefühlt, der gesamten vornehmen Gesellschaft zu beweisen, wie nutzlos er tatsächlich war. Fast als hätte er gewollt, dass die Nachricht nach Alvesley gelangte, damit sich sein Vater und die übrige Familie in ihrer Meinung über ihn bestätigt sähen.

Er hatte niemals auch nur versucht, dies alles zu überdenken. War er wirklich so unreif?

»Reitet Syd in Geschäftsdingen immer mit dir aus?«, fragte er plötzlich, als sie sich schließlich auf dem Heimweg befanden. *Außer heute Morgen.*

»Normalerweise«, sagte sein Vater.

»Es überrascht mich, dass er reiten kann«, bemerkte Kit und schnitt damit ein Thema an, das er zwar eigentlich nicht besprechen wollte, aber das auch nicht ewig vermieden werden konnte. Syd hatte keinen rechten Arm.

»Er war schon immer eigensinnig«, sagte der Earl. »Er hat sich schon lange, bevor der Arzt zu Bewegung riet, aus dem Krankenbett erhoben. Er ging immer spazieren, auch wenn er die Zähne gegen den Schmerz zusammenbeißen musste, bis er es ohne zu hinken tun konnte. Und er hat sich immer wieder blaue Flecke zugezogen – und deine Mutter viele bittere Tränen gekostet –, bis er reiten konnte, ohne den Halt zu verlieren und herunterzufallen. Er hat viele Stunden geübt, bis er es nur mit der linken Hand gut beherrschte. Und er begann, ganze Tage mit Parkin zu verbringen und die Pflichten eines Verwalters zu erlernen. Als Parkin Ende letzten Jahres in den Ruhestand ging, fragte Sydnam mich, ob er seinen Posten einnehmen könne.«

»Aber Syd ist nicht zum Verwalter gemacht«, widersprach Kit.

»Er hat sein Leben in die Hand genommen«, sagte sein Vater bestimmt. »Er will natürlich kein Gehalt von mir annehmen, aber er hat mit Bewcastle über eine Anstellung auf einem der zahlreichen Bedwyn-Anwesen gesprochen. Anscheinend ist für den Herbst eine freie Stelle zu erwarten – eine bezahlte Anstellung, auch wenn Sydnam finanziell unabhängig ist und das Geld nicht braucht. Er ist entschlossen, auf eigenen Füßen zu stehen. Er will dir hier nicht im Weg stehen.«

Aber Alvesley würde einen Verwalter brauchen. Warum nicht Sydnam, wenn er diese Arbeit bereits tat? Es war zumindest etwas, das er zu Hause tun konnte, wo er eine Familie hatte, die für ihn sorgte. Aber natürlich schloss diese Familie jetzt auch wieder Kit mit ein. Das genügte als Erklärung für Syds Entschlossenheit, fortzugehen.

»Warum ist er heute Morgen nicht mit dir geritten?«, fragte Kit, obwohl die Antwort natürlich offensichtlich war. *Weil ich dabei bin.*

»Die Geschäftsbücher mussten auf den neuesten Stand gebracht werden«, entgegnete sein Vater.

Sie ritten an einer ordentlichen Reihe neu mit Stroh gedeckter Cottages vorbei, und der Earl deutete darauf und belehrte Kit, dass dies einige der Arbeiterhäuser seien, die während des Frühjahrs undicht wurden. Er begrüßte eine Frau, welche die Außentreppe ihres Heims fegte, während ihre drei kleinen Kinder auf der Wiese nebenan spielten, und tauschte Höflichkeiten mit ihr aus.

»Deine Mutter und ich würden am Sonntag gerne das erste Aufgebot für eure Hochzeit verlesen lassen«, sagte sein Vater plötzlich, während sie weiterritten. »Unsere und Miss Edgeworths Familie können gewiss davon überzeugt werden, noch einen Monat länger hier zu bleiben, um an der Hochzeit teilzunehmen. Nach dem, was letztes Jahr in Newbury geschehen ist, wird sie nicht dort heiraten wollen. Und es gibt keinen Grund für eine Verzögerung, nicht wahr? Wir mögen sie. Sie ist eine wahre Lady. Die Geschichte mit

Lady Freyja ist bedauerlich, aber es hat keinen Sinn, bei dem zu verweilen, was man nicht ändern kann. Was sagst du?«

Kit hatte bestürzt zugehört – vielleicht umso mehr, weil sein Vater eher nach seiner Meinung zu fragen schien, als dass er es ihm befohlen hätte.

»Ich möchte sie nicht bedrängen, Sir«, sagte er. »Es muss ein Brautkleid besorgt werden, und es gibt noch viele weitere Verwandte, die sie gewiss bei ihrer Hochzeit – bei *unserer* Hochzeit – dabeihaben möchte. Zum Beispiel die Duchess of Portfrey, ihre Tante, die bald niederkommen wird – ich glaube, im nächsten Monat. Wir dachten eher an eine Hochzeit im Winter oder vielleicht im Frühjahr.«

»Ich möchte deine Mutter und deine Großmutter nur nicht erneut enttäuschen«, sagte der Earl.

Erneut? Sprach er von Jerome und Freyja? Natürlich, das musste er gemeint haben. Aber seit Kits Rückkehr hatte noch niemand Jeromes Namen erwähnt, so dass er es jetzt auch nicht tun konnte. Und sein Vater anscheinend ebenso wenig. Sie ritten in bedrücktem Schweigen durch das Dorf und sprachen dann mit falscher Fröhlichkeit mit dem Pförtner, der die Tore für sie öffnete und sie einige Momente aufhielt, während er zu den schweren Wolken hinaufblinzelte und über die Wahrscheinlichkeit spekulierte, dass ihre Lordschaften nass würden, bevor sie die Ställe erreichten.

»Ich möchte, dass Lauren das Aufgebot nicht zu bald aufgedrängt wird, Sir«, sagte Kit, während sie in die dunkleren Schatten des Wildgeheges hineinritten. »Sie hat letztes Jahr eine ernste und demütigende Enttäuschung erlitten. Ich möchte, dass dieses Mal alles perfekt für sie wird.«

»Hm. Der Gedanke ehrt dich«, sagte sein Vater.

Gott helfe ihm, aber das war wirklich sein Wunsch, dachte Kit. Er glaubte lächerlicherweise, er würde freudig sein Leben dafür geben, für Lauren etwas perfekt zu gestalten. Vielleicht würde er Vergebung und Frieden finden, wenn er ihr Glück herbeiführen könnte. Aber genau das könnte er tun, dachte er eher verbittert – er könnte sie freigeben.

Als sie aus dem Wald herausritten, rauschte ein kurzer, heftiger Regenschauer auf sie hernieder. Mehr Regen würde bald folgen.

»Wir sollten uns besser beeilen«, sagte der Earl mit einem Blick gen Himmel. Dann fügte er recht starr hinzu: »Es war ein guter Vormittag, Ravensberg. Sie ist eine wahre Lady.«

Ja. Es war Kits Aufmerksamkeit ebenfalls nicht entgangen, dass sie diesen gemeinsamen Vormittag Laurens sanfter Manipulation von gestern Abend zu verdanken hatten: der Earl und sein Erbe zusammen – so sollte es sein.

Kit lächelte kläglich, während er sein Pferd zum Galopp trieb und hinter seinem Vater mit klappernden Hufen über die Brücke ritt.

Die Gäste trafen bald nach der Zwischenmahlzeit im strömenden Regen ein. Lauren verbrachte einen Großteil des Nachmittags mit dem Earl und der Countess, der Duchess-Witwe, Mr. Sydnam Butler und Kit in der Eingangshalle, empfing die Gäste, wurde allen vorgestellt und versuchte, sich die Namen und Verwandschaftsbeziehungen zu merken.

Es war nicht einfach. Es wäre vielleicht unmöglich erschienen, hätte sie sich nicht schon vor langer Zeit darauf vorbereitet, als sie erwartet hatte, ihr Erwachsenenleben mit allen Pflichten einer Gastgeberin als die Countess of Kilbourne zu verbringen. Sie würde sich an Lady Irene Butler erinnern, die unverheiratete Schwester des verstorbenen Earls, weil sie weißhaarig und gebrechlich und tief gebeugt war. Und sie würde sich an Viscount Hampton erinnern, den Bruder der Witwe, wegen seines glänzenden kahlen Kopfes und seines lauten Lachens, und an Mr. Claude Willard, seinen Sohn, weil er ihm sehr ähnlich sah. Dann war da Daphne Willard, Claudes Frau, und ihre drei noch nicht ganz erwachsenen Kinder, zwei Söhne und eine Tochter – drei junge Leute, die sich vorzüglich benahmen, zweifellos in der Hoffnung, während der kommenden Tage eher der Gruppe der Erwachsenen als jener der Kinder zugerechnet zu werden. Dann war da die sanfte Marjorie, Lady Clifford, die Schwester des Earl of Redfield, und Sir Melvin, ihr schnaufender Ehemann mit dem geröteten Gesicht. Der Brillenträger Boris Clifford war ihr Sohn, die dralle Nell dessen Ehefrau. Dieses Paar hatte drei kleine Kinder, die nach einer kurzen Betrachtung durch die Witwe, ihre Urgroßmama, ins Kinderzimmer hinaufbefördert wurden.

Es entstand eine Pause, bis die nächsten Gäste eintrafen und Lauren sich weitere Namen, Gesichter und Verwandtschaftsverhältnisse merken musste. Mr. Humphrey Pierce-James kam mit seiner Frau Edith sowie mit deren Tochter Catherine und ihrem Ehemann, Mr. Lawrence Vreemont. Dieses Paar hatte ebenfalls zwei Kleinkinder. Mr. Pierce-James war, soweit Lauren verstand, über eine verstorbene Schwester der Neffe der Witwe. Als Letztes erschien Mr. Clarence Butler, der jüngere Bruder des Earls, mit seiner Frau Honoria, ihrer Tochter Beatrice und deren Ehemann, Baron Born, sowie einer ganzen Brut unverheirateter Nachkömmlinge in verschiedenen Altersstufen, angefangen bei Frederick, der in Kits Alter sein musste, bis zum achtjährigen Benjamin. Doris, eine der Töchter, wurde von ihrem Verlobten Sir Jeremy Brightman begleitet.

Lauren maßte sich nicht an, sofort jeden Namen und jedes Gesicht und Verwandtschaftsverhältnis zu behalten – es waren so viele –, aber sie dachte, dass es ihr innerhalb eines Tages gelingen könnte. Sie lächelte einigermaßen erleichtert, als anscheinend die letzten Gäste eingetroffen waren und vor dem Tee nach oben gingen, um sich frisch zu machen. Alle waren reizend gewesen. Falls jemand von ihnen von Kits geplanter Verbindung mit Lady Freyja Bedwyn gewusst hatte, schien niemand einen Groll zu hegen.

Sie hatte keine Gelegenheit gehabt, Kit heute Morgen danach zu fragen. Aber er hatte den ganzen Vormittag in Geschäftsangelegenheiten mit seinem Vater verbracht – ein wirklich vielversprechendes Zeichen. Beide waren nicht zu Hause gewesen, um Lady Freyja Bedwyn und ihre beiden Brüder zu empfangen, aber diese hatten in der Tat Kits Mutter und Großmutter sowie Tante Clara besucht und eine Viertelstunde mit ihnen verbracht. Sie hatten ihre Absicht geäußert, vor dem Tag der Geburtstagsfeierlichkeiten erneut herüberzureiten. Anscheinend war ein dauerhafter Streit vermieden worden.

Es war bestimmt an der Zeit, wieder hinauf in den Salon zu gehen, dachte Lauren. Aber der Butler, der diskret durch ein Fenster schaute, verkündete, dass sich eine weitere Kutsche über die Brücke näherte.

»Vielleicht dieses Mal«, sagte die Countess an den Earl gewandt, aber Lauren zulächelnd. »Setz dich, Mutter. Du musst vom Stehen den ganzen Nachmittag über erschöpft sein.«

»Ich werde mich nicht … hinsetzen«, sagte die alte Lady. »Miss … Edgeworth, reicht mir … noch einmal … Euren Arm.«

Aber Sydnam Butler trat vor und bot ihr stattdessen den seinen an. Die neu angekommene Kutsche fuhr gerade vor, und der Butler ging mit einem großen schwarzen Regenschirm hinunter, um den Gentleman, der aus der Kutsche stieg, zu begleiten. Zwei Lakaien öffneten die Türen weit.

Lauren erzitterte von der Kälte des nassen, windigen Wetters draußen. Aber sie legte wieder ihr freundliches Lächeln auf und machte sich bereit, noch einem weiteren Mitglied von Kits Familie vorgestellt zu werden.

Und dann nahm der Butler den schützenden Regenschirm fort und trat beiseite, während der Besucher über die Schwelle in die Eingangshalle trat und sich erwartungsvoll umsah.

Vor Überraschung und Freude vergaß Lauren einen Augenblick lang ihre berühmte Würde. Sie sprang mit ausgebreiteten Armen auf den Gast zu.

»Großpapa!«

»Lauren! Da bist du ja, meine Liebe!«

Er umarmte sie, und sie atmete den schnupftabakartigen, ledrigen Geruch ein, den sie stets mit ihm verband. Und sie schluckte und blinzelte und versuchte vergeblich ihre Tränen zurückzuhalten.

Er war gekommen.

Er war gekommen!

»Ich wusste es nicht«, sagte sie, nahm ein wenig Abstand und schaute in sein runzliges, geliebtes, vertrautes Gesicht. »Ich hatte nicht erwartet …« Sie wandte sich mit tränenschimmernden Augen zum Earl und zu Kit um. »Wer war es? Wessen Idee war das?«

»Meine«, sagte Kit. Er grinste. »Sobald Mutter und Vater mich fragten, welche deiner Verwandten eingeladen werden sollten.«

»Danke«, sagte sie und lächelte ihnen nacheinander zu. »Oh, vielen, vielen Dank.«

»Bitte mach mich bekannt, Lauren.« Kit trat vor und rief sie zur Pflicht.

Sie stellte sie einander vor, bei Baron Galton – ihrem ureigensten Verwandten – eingehakt, ihr Herz vor Glück überfließend. Sie hatten ihn zu ihren Verlobungsfeierlichkeiten eingeladen, und er war den ganzen Weg von Yorkshire gekommen. Nur für sie! Gewiss, weil er sie liebte! Und es war Kits Idee gewesen, ihn einzuladen und sie auf diese Weise zu überraschen. Welch eine wunderbare Überraschung es war.

Erst als sie ihren Großvater etwas später zusammen mit Kit die prächtige Treppe hinauf zu dem Zimmer führte, das für ihn vorbereitet worden war, fiel ihr etwas wieder ein. Es war ihr erstaunlicherweise, beängstigenderweise, ganze zehn Minuten lang vollkommen entfallen.

Es war keine wirkliche Verlobung.

13

Lauren hatte den restlichen sowie den ganzen nächsten Tag lang das Gefühl, dass sie vollkommen glücklich gewesen wäre, wenn sie nicht ständig daran gedacht hätte, dass sie in einer Lüge lebte. Sie verdrängte den Gedanken, so gut sie konnte. Sie hatte sich die Verpflichtung auferlegt, genau das zu tun, was sie tat, und jetzt war es zu spät, sich zurückzuziehen. Es wäre noch genug Zeit, sich mit ihrer Schuld auseinander zu setzen, wenn sie die Täuschung beendet hätte.

Sie hatte sich die Aufgabe gestellt, sich mit Kits Verwandten bekannt zu machen. Es war keine schwere Aufgabe. Sie waren eine sich nahe stehende und grundsätzlich freundliche Familie und durchaus bereit, Kits Verlobte in ihre Reihen aufzunehmen und auch zu ihrer Familie freundlich zu sein. Tante Clara wurde von Lady Clifford und Mrs. Butler, Kits Tanten, sowie von Mrs. Vreemont mit Beschlag belegt. Viscount Hampton, der Baron Galton von früher kannte, erneuerte diese Bekanntschaft bereitwillig. Gwen wurde augenblicklich zum Liebling des zahlreichen Nachwuchses von Baron Born, besonders für Frederick und Roger, die bald um ihr Lächeln und ihre Aufmerksamkeit wetteiferten.

Und Lauren war ohnehin jedermanns Liebling, vermutlich einfach deshalb, weil Kit ebenfalls jedermanns Liebling war.

Der Streit mit seiner Familie vor drei Jahren hatte seine Beziehung zu den zahlreichen Tanten, Onkel, Cousins und Cousinen nicht beeinträchtigt. Es fühlte sich verführerisch wohltuend an, im Zentrum der Aufmerksamkeit zu stehen. Lady Irene Butler tätschelte gerne Laurens Hand und erzählte ihr, welch ein hübsches Kind sie sei. Die Tanten und älteren Cousinen sprachen mit ihr bereitwillig über London und die neuesten Moden. Die Onkel neckten sie gerne mit allem, wovon sie glaubten, es könnte ihr die Röte in die Wangen treiben. Die jüngeren Cousinen wollten wissen, wer ihre Modistin sei, wer die wunderschönen Stoffe, die eleganten Muster und die perfekt abgestimmten Farben ihrer Kleider ausgewählt hätte. Und wie ihre Zofe ihr Haar so perfekt frisierte. Auch wollten sie wissen, wie ihr Brautkleid aussehen würde. Die jüngeren Cousins machten ihr Komplimente, einige davon sehr übertrieben und töricht. Sie nannten Kit einen Glückspilz, und er stimmte ihnen aus vollem Herzen zu, während er ihr zuzwinkerte. Die jungen Mütter nahmen sie mit ins Kinderzimmer, damit sie ihre Kinder kennen lernte, in der Annahme, dass sie Kleinkinder mochte. Tatsächlich fürchtete sie sie eher, da sie während ihres Erwachsenenlebens nur wenig mit Kindern zu tun gehabt hatte. Aber sie lernte alle ihre Namen, und es berührte sie, als sie Fragen stellten, ihr ihre Schätze zeigen, auf den Arm genommen werden und mit ihr spielen wollten.

Sie achtete sorgfältig darauf, Kits unmittelbarer Familie einen Großteil ihrer Aufmerksamkeit zu widmen, da sie sich seiner vollkommenen Versöhnung mit ihnen verschrieben hatte. Der Earl of Redfield schien geneigt, sie mit Wohlwollen zu betrachten. Und er und Kit mieden sich nicht mehr, auch wenn sie einander noch immer mit etwas steifer Herzlichkeit begegneten. Die Countess nahm Laurens Hilfe freudig an. Abgesehen von all den Plänen für den Geburtstag selbst, galt es, bei so vielen Gästen jeden Tag Mahlzeiten und Unternehmungen und Blumenarrangements zu planen. Die Countess war zwar durchaus in der Lage, alles selbst zu bewältigen, schien aber bei einigen Einzelheiten für eine zweite Meinung und sogar einige neue Vorschläge dankbar zu sein. Sie schien auch recht geneigt, ihren älteren Sohn mit Zuneigung zu behandeln.

Lauren hatte die Duchess-Witwe lieb gewonnen. Es fiel ihr niemals schwer, mit ihr spazieren zu gehen oder bei ihr zu sitzen und ihr zuzuhören. Die linke Hand der alten Lady war steif und nach ihrem Schlaganfall einwärts gekrümmt. Aber sie war nicht vollständig gelähmt. Lauren nahm sie an dem Abend, nachdem alle Gäste eingetroffen waren, in ihre beiden Hände und massierte sie sanft, öffnete vorsichtig die Finger. Um der Witwe willen empfand Lauren die meiste Schuld, da sie ihre Zuneigung vollkommen zu erwidern schien.

Nur zu Sydnam Butler hatte sie bisher keinerlei Beziehung aufbauen oder auch nur länger mit ihm sprechen können.

Sie sah Kit nicht sehr häufig. Oder vielmehr sah sie ihn doch, da es den restlichen ersten und den größten Teil des zweiten Tages regnete und alle gezwungen waren, im Haus zu bleiben; aber sie verbrachte nicht viel Zeit in seiner Gesellschaft und überhaupt keine Zeit mit ihm allein. Ihre Schwimmstunden mussten wetterbedingt ausfallen, obwohl er nicht einsah, warum, da sie ohnehin nass würden, wie er auf ihren Protest hin erklärte. Sie vermisste den morgendlichen Ausflug, die reine Freude daran, sich treiben zu lassen und im Wasser zu plantschen. Sie fragte sich, wie sie zur gegebenen Zeit ohne solche Unternehmungen zurechtkäme, aber sie verdrängte diesen Gedanken entschlossen.

Am zweiten Abend spielten sie im Salon Scharade. Die meisten nahmen daran teil, und man wurde sehr lebhaft und lachte viel. Die jüngeren Leute wollten das Spiel nicht beenden, so dass alle recht spät zu Bett gingen. Lauren saß danach noch eine Stunde mit Gwen zusammen – wie an den meisten Abenden – und unterhielt sich mit ihr. Es war bereits nach Mitternacht, als sie in ihr Zimmer zurückkehrte, und selbst dann ging sie noch nicht sofort zu Bett, sondern blies die Kerzen aus, stellte sich ans Fenster, bürstete ihr Haar und genoss erneut den Anblick des Mondes und der Sterne. Der Regen hatte am Spätnachmittag aufgehört, und die Wolken waren verschwunden.

Ob er wohl schlief? Sie wusste, dass er, genau wie sie, zumindest zeitweise an Schlaflosigkeit litt. Sie hatte ihn mehr als einmal außerhalb des Hauses gesehen, nachdem alle zu Bett gegangen waren. Einmal war er den Fahrweg hinabspaziert, bis er außer Sichtweite war. Eigentlich würde man keine Schlafprobleme bei ihm vermuten. Er schien stets fröhlich und vergnügt. Aber sie wusste auch, dass seine äußere Erscheinung auf mancherlei Art nicht der wahre Kit war. Sein Charakter hatte Tiefen, die den meisten seiner Bekannten verborgen blieben.

Was bereitete ihm solche Sorgen, dass er nicht schlafen konnte?

Es war, als hätten ihn ihre Gedanken heraufbeschworen. Er erschien unter ihr auf der Terrasse, in Kniehosen, Stiefeln und Reitjacke, statt der Abendkleidung, die er noch vor einer Stunde getragen hatte. Er überquerte die Terrasse zum Wiesenrand und blieb dort stehen, die Füße leicht gespreizt, die Hände hinter dem Rücken verschränkt. Er blickte in die Dunkelheit hinaus und wirkte einsam.

Vielleicht wollte er einsam oder zumindest allein sein. Vielleicht schätzte er Zeiten wie diese, wenn alle anderen vermutlich schliefen und er endlich eine Stunde der Einsamkeit genießen konnte. Oder vielleicht hatte ihn die Schlaflosigkeit hinausgetrieben, und vielleicht wurde diese Schlaflosigkeit durch sorgenvolle Gedanken verursacht. Vielleicht war er müde, ruhelos, unglücklich. Vielleicht brauchte er eine verwandte Seele, die ihm zuhörte oder mit ihm schwieg – eine tröstliche Gegenwart.

Oder vielleicht war sie es, die Gesellschaft brauchte.

Es wäre schrecklich unschicklich, hinunterzugehen und sich zu ihm zu gesellen. Selbst wenn sie wirklich verlobt wären, wäre es vor der Hochzeit unschicklich. Aber sie wurde der Schicklichkeit furchtbar müde, ihrer eigenen spröden Ergebenheit in eine Lebensart, die nur das Korrekte achtete, nicht, was das Herz befahl. Vielleicht war das Herz ein dürftiger und unzuverlässiger Ratgeber, doch kalte, blinde Schicklichkeit war dies gewiss ebenso.

Sie eilte in ihr kleines Ankleidezimmer. Wenn er sie nicht wollte, könnte er sie fortschicken. Sie würde ohnehin nicht lange bleiben. Sie würde nur eine Weile bei ihm stehen, und sie würden reden. Vielleicht könnte er dann schlafen. Vielleicht könnte sie es dann.

Es war nicht leicht, im Dunkeln den Weg die Treppe hinunter und durch die Eingangshalle zu finden. Zumal sie befürchtete, dass er vielleicht einen anderen Weg hinaus genommen hätte und sie die Türen verriegelt vorfände. Aber als sie den großen Knauf einer der Türen drehte, öffnete sie sich mühelos, und Lauren trat auf die Marmortreppe hinaus.

Er war fort.

Da war nur leerer Raum, wo er noch kurz zuvor gestanden hatte. So viel zu ihrer Kühnheit, dachte sie, während sie die Treppe langsam hinunterging, die Enden ihres Tuches über der Brust gekreuzt. Er war fort. Aber noch während sie das dachte, sah sie ihn. Er schritt über die Wiese in Richtung des Fahrwegs. Er ging recht schnell. Sie zögerte einen Moment, bevor sie ihm folgte.

»Kit.«

Er war bereits auf dem Fahrweg angelangt, nicht weit von der Brücke entfernt. Lauren rannte fast übers Gras. Sie konnte die Nässe an ihren Knöcheln und am Saum ihres Kleides spüren.

Er blieb jäh stehen und wandte sich zu ihr um, noch während sie dachte, sie hätte nicht laut genug gerufen.

»Lauren?«

Er klang überrascht. Auch ungehalten? Hatte sie das Falsche getan? Sie erreichte ihn nach wenigen Momenten, blieb aber mehrere Fuß vor ihm stehen.

»Ich sah dich durch mein Fenster«, sagte sie. »Nicht zum ersten Mal. Konntest du nicht schlafen?«

»Und konntest *du* nicht schlafen?« Sie konnte an seinem Tonfall unmöglich erkennen, ob er verärgert war oder nicht.

»Ich dachte, ich könnte dich begleiten«, sagte sie. »Ich dachte, es wäre vielleicht ... tröstlich, Gesellschaft zu haben.«

»Hast du Schlafprobleme, Lauren?«, fragte er.

»Manchmal«, räumte sie ein. Früher war es nicht so gewesen. Aber die Verzweiflung nach ihrer fehlgeschlagenen Hochzeit hatte ihr das Vergessen des Schlafes geraubt, nach dem sie sich so sehnte, und dann war die Schlaflosigkeit zur Gewohnheit geworden. Es war die Zeit, in der unbekannte Sehnsüchte sie am stärksten plagten. Während des Tages konnte sie sich üblicherweise ausreichend beschäftigen, aber nachts ...

»Wir sollten zum Haus zurückgehen«, sagte er. »Dorthin, wo ich gehe, würdest du nicht mitkommen wollen.«

»Wo ist das?«, fragte sie.

»Die Hütte eines Wildhüters im Wald. Ich habe vermutlich zu viele meiner Erwachsenenjahre allein und unter rauen Bedingungen verbracht. Ein zivilisiertes Zuhause, besonders eines, das andere Menschen beherbergt, beengt mich. Ich habe das Gefühl, nicht frei atmen zu können. Seit ich nach Hause gekommen bin, habe ich die Hütte mit dem wenigen Notwendigen ausgestattet, und manchmal gehe ich nachts dorthin. Es beruhigt mich. Manchmal schlafe ich auch dort.«

»Ah.« Sie wünschte, sie hätte nicht so übereilt gehandelt. »Also willst du wirklich allein sein. Es tut mir leid. Und du brauchst nicht mit mir zum Haus zurückzugehen, Kit. Das brauchst du wirklich nicht. Gute Nacht. Ich sehe dich morgen früh. Werden wir – werden wir schwimmen gehen?«

Er antwortete nicht sofort. Sie fühlte sich unbeholfen und fast gedemütigt. Sie wollte hastig forlaufen. Aber seine Stimme hielt sie zurück.

»Ich würde mich freuen, wenn du mit mir kommst, Lauren.«

»Wirklich?« Sie schaute zu ihm zurück. »Du musst das nicht sagen, nur um höflich zu sein, Kit. Ich will mich nicht aufdrängen.«

Aber er lächelte ihr zu und wirkte ganz er selbst.

»Wirklich.«

Sie trat neben ihn, ihr Tuch umfassend. Er bot ihr nicht seinen Arm.

»Welche Sorgen halten dich vom Schlafen ab?«, fragte er sie.

Sie schüttelte den Kopf. »Ich weiß es nicht.«

»Was letztes Jahr geschah?«

Sie schüttelte erneut den Kopf. »Ich weiß es nicht.«

»Welche Masken wir doch tragen. Niemand, der die wunderschöne und würdevolle Miss Lauren Edgeworth vor zwei Monaten in Lady Mannerings Ballsaal gesehen hätte, würde vermuten, dass sie ein gebrochenes Herz hat. Es tut mir leid, dass ich nicht das Feingefühl besaß, es zu erkennen oder auch nur zu vermuten. Es tut mir so sehr leid, Lauren.«

»Es war eher mein Leben, das zerbrochen ist, als mein Herz«, sagte sie. »Aber rückblickend bin ich mir nicht sicher …«

»Wessen?«

Sie spazierten über die klassizistische Brücke. Sie konnte das Wasser rauschen hören.

»Ich bin mir nicht sicher, ob es wirklich das Desaster war, für das ich es damals hielt«, sagte sie. »Ich war damals nur ein halber Mensch. Bitte mich nicht, das zu erklären, Kit. Ich bin mir nicht sicher, ob ich überhaupt selbst genau weiß, was ich meine. Das Leben war von einem festen Regelwerk bestimmt, das ihm ein Muster verlieh. Aber das ist nicht das wahre Leben, oder? Irgendwann muss mir diese Tatsache bewusst geworden sein. Das Leben hätte nicht bis zum Ende in dieser vollkommenen Ruhe verlaufen können.« Vielleicht passten Ruhe und Vollkommenheit ohnehin nicht zusammen, obwohl sie es immer geglaubt hatte.

Er blickte sie seltsam an, aber dann schwiegen sie. Bald nachdem sie die Brücke überquert hatten, erreichten sie den Wald, und er nahm ihren Arm und bog vom Fahrweg ab. Es war sehr dunkel zwischen den Bäumen. Sie wäre vollkommen verloren und sehr ängstlich gewesen, wenn er nicht sicher ausgeschritten wäre. Nun musste sie nur auf ihn vertrauen – was bemerkenswert einfach war. Sie glaubte, dass sie sich bei ihm stets vollkommen sicher fühlen würde, selbst wenn ihnen eine hungrige wilde Bestie entgegenträte. Sie lächelte bei dem Gedanken in sich hinein.

Sie hatte keine Ahnung, wie er die Hütte in der dichten Dunkelheit fand, aber er fand sie. Er tastete oben auf dem Fenstersturz entlang, brachte einen Schlüssel zum Vorschein und drehte ihn im Schloss. Er ließ Lauren auf der Schwelle zurück und ging hinein. Kurz darauf erwachte das schwache Licht einer Lampe zum Leben, und sie betrat die kleine Holzhütte und schloss die Tür. Er lag auf den Knien, um das Feuer zu entzünden, das in dem kleinen Kamin aufgeschichtet war.

Das Innere der Hütte war bemerkenswert gemütlich. Es gab ein niedriges, mit Decken belegtes Bett, einen alten Holzschaukelstuhl und einen grob gezimmerten Holztisch mit einem einzelnen, darunter geschobenen Stuhl. Zwei Bücher lagen auf dem Tisch, und die Lampe stand dort. Abgesehen von diesen Dingen und einer Binsenmatte, war die Hütte leer.

»Nimm den Schaukelstuhl«, sagte Kit. Er hatte die oberste Decke vom Bett gezogen und breitete sie über das blanke Holz.

»Danke.« Sie setzte sich, und der Stuhl schaukelte sanft.

Kit setzte sich auf die Bettkante, die Arme über den gespreizten Knien verschränkt, die Hände dazwischen herabbaumelnd. Es war eine ungezwungene, entspannte Haltung. Lauren lächelte ihm zu, lehnte sich entspannt im Schaukelstuhl zurück und schloss die Augen. Es war keine kalte Nacht, aber die Wärme des Feuers tat dennoch gut. Sie lauschte dem Knistern des Anmachholzes.

»Warum kannst du nicht schlafen?«, fragte sie.

»Schlaflosigkeit ist vermutlich eine Abwehr gegen Alpträume«, erklärte er, »wenn auch nicht immer eine bewusste.«

»Alpträume?«

»Du würdest es nicht wissen wollen, Lauren«, sagte er. Aber er sprach dennoch weiter. »Ich ging zum Militär, weil es das war, was mein Vater schon immer für seinen zweiten Sohn geplant hatte. Und es war auch meine eigene Wahl. Ich kann mich nicht an eine Zeit erinnern, wo ich nicht davon geträumt hätte, Offizier zu werden und mich auf dem Schlachtfeld auszuzeichnen. Ich war auch nicht ernüchtert, nachdem mein Offizierspatent für mich gekauft wurde. Dieses Leben gefiel mir. Ich konnte die Aufgaben gut erfüllen. Ich ergriff die Gelegenheit, Erkundungsoffizier zu werden, als sie sich mir bot, und habe meine Wahl niemals bereut. Als ich mein Offizierspatent letztes Jahr verkaufte, war das sehr schwer für mich. Ich hatte in mancherlei Beziehung das Gefühl, einen Teil meiner Identität aufzugeben. Obwohl ...«

Der Schaukelstuhl knarrte. Es war kein unangenehmes Geräusch. Es war beinahe beruhigend.

»Obwohl?«, wiederholte sie.

»Obwohl es bedeutet hatte, töten zu müssen. Ich habe schon vor langer Zeit aufgehört zu zählen, wie viele Männer ich getötet habe. Im Krieg gibt es natürlich alle Arten von Rechtfertigungen für das Töten. Es ist eine Frage des Tötens oder Getötetwerdens. Es ist höchst tröstlich, wenn auch nicht oft möglich, sich den Feind als eine Masse böser Ungeheuer vorzustellen, die nichts Besseres als den Tod verdienen. Gewiss muss man, wenn man Soldat ist, eine Möglichkeit finden, seine Skrupel zu überwinden und einfach zu tun, was getan werden muss. Aber die Gesichter der toten Männer begegnen mir in meinen Träumen. Nein, nicht die Toten. Die Sterbenden. Die Gesichter sterbender Männer. Normaler Männer, die zu Hause Mütter und Ehefrauen und Liebste hatten. Männer mit Träumen und Hoffnungen und Sorgen und Geheimnissen. Männer wie ich. In meinen schlimmsten Alpträumen hat der Sterbende das Gesicht des Mannes, den ich jeden Tag im Spiegel sehe.«

»Und so zeigt sich, dass du ein Mensch bist«, sagte sie. »Der Krieg wäre wirklich ungeheuerlich, wenn er alles Entsetzen vor dem Töten zunichte machen würde.«

»Aber man könnte besser schlafen, wenn man ein gefühlloses Ungeheuer wäre«, erwiderte er.

Sie hatte sich nie die Frage gestellt, ob die Gräuel des Krieges das Gemüt der Männer dauerhaft schädigten. Sie hatte stets geglaubt, Engländer kämpften für Recht und Gerechtigkeit und würden sich daher nichts auf ihr Gewissen laden.

»Etwas, wofür ich dankbar bin«, sagte er, »ist, dass du und meine Mutter und Großmutter und die Kinder im Kinderzimmer niemals kriegführenden Heeren in den Weg geraten seid. Dafür bin ich zumindest dankbar.«

Sie öffnete die Augen, wandte den Kopf und lächelte ihm zu. Es war an der Zeit, das Thema zu wechseln, dachte sie, Zeit, die Düsternis zu erhellen, es ihm zu ermöglichen, zum Haus zurückzukehren und traumlos zu schlafen.

»Welche Freude die Kinder sind, Kit«, sagte sie. »Ich bin nicht vielen begegnet, seit ich selbst ein Kind war. Ich war ein glückliches Kind, musst du wissen. Warst du es auch?«

»Ja.« Er erwiderte ihr Lächeln.

»Das haben wir also gemeinsam«, stellte sie fest. »Ich glaube, es ist ein seltenes Glück. Ich denke nicht oft an meine Kindheit zurück, aber es gab sehr viele glückliche Momente. Ich hatte Glück, Gwen und Neville als Gefährten zu haben, und da waren auch noch Cousins und Cousinen, die wir häufig sahen.«

Sie begannen, sich gegenseitig Geschichten aus ihrer Kindheit zu erzählen, wie Lauren es beabsichtigt hatte. Geschichten voller Humor und Abenteuer und Nostalgie – und auf Kits Seite voller Übermut. Zunächst erzählten sie abwechselnd, ohne Pausen dazwischen. Aber schließlich legte Lauren den Kopf zurück und schloss erneut die Augen, und auch als die Pausen zwischen den Geschichten länger wurden, fühlten sie sich nicht unwohl, sondern waren von herzlichen Gedanken und einer behaglichen Kameradschaft erfüllt, die keiner Worte bedurfte. Das Feuer, das er noch einmal geschürt hatte, brannte zischend und knisternd herunter. Der Schaukelstuhl knarrte langsam.

Ja, sie hatte eine glückliche Kindheit gehabt, die ihr vielleicht nicht beschieden gewesen wäre, wenn ihre Mutter und ihr Stiefvater von der Hochzeitsreise zurückgekehrt wären und sie vielleicht irgendwohin mitgenommen hätten, wo sie allein mit ihnen hätte leben müssen, fern von ihrem angenommenen Bruder und ihrer angenommenen Schwester. Und doch hatte sie einen Großteil ihrer Kindheit damit verbracht, sich insgeheim nach der Mutter zu sehnen, an deren Gesicht sie sich nicht einmal mehr erinnern konnte. Seltsam!

Sie seufzte tief.

Kit saß noch immer aufrecht auf der Bettkante, obwohl er mit jeder Minute schläfriger geworden war. Das Knarren des alten Schaukelstuhls hätte störend sein müssen, war es aber nicht. Es beruhigte ihn, bevor es dann ganz aufhörte.

Er vermutete, dass Lauren eingeschlafen war. Sie hatte seit mehreren Minuten geschwiegen und auch auf seine letzte Geschichte nicht reagiert.

Er hatte während der letzten Jahre aufgehört, über seine Kindheit nachzudenken. Es gab fast keine Erinnerungen, die nicht Jerome und Syd mit einschlossen, und nur sehr wenige, die nicht mit den Bedwyns zu tun hatten. Aber heute Abend hatte er die Erinnerungen wieder an sich herangelassen und sie als vergnüglich empfunden, überraschend frei von Schmerz oder Verbitterung. Es waren, trotz allem, was vor drei Jahren geschehen war, glückliche Jahre gewesen. Die Freundschaften und die brüderliche Liebe hatten ihn geprägt, genährt und vermutlich zu dem Mann gemacht, der er nun war.

Laurens Kopf war auf die Seite gesunken. Es war eine liebenswerte Haltung, so anders als ihre sonst so disziplinierte Würde. Er sollte sie wecken und zum Haus zurückbegleiten. Er dachte, dass er den Rest der Nacht jetzt wohl auch selbst friedlich schlafen könnte. Tatsächlich würde er auf der Stelle einnicken, wenn er es zuließe. Der Gedanke an den Rückweg schreckte ihn.

Sie hatte es bewusst getan, dachte er, während er sie betrachtete. Sie hatte ihm erlaubt, über seine Alpträume zu sprechen, aber sie hatte nicht zugelassen, dass er sich darin suhlte. Sie hatte so geschickt das Thema gewechselt, dass er sich jetzt nicht mehr erinnern konnte, wie sie plötzlich auf ihre jeweilige Kindheit gekommen waren. Was verband Kinder mit den Erzählungen vom Krieg und vom Töten? Er konnte sich nicht erinnern, aber er war davon überzeugt, dass Lauren dies absichtlich getan hatte. Damit sich seine Stimmung hob, damit seine Gedanken sanfter, freundlicher, dem Schlaf förderlicher würden.

Er gähnte.

Wenn er sie nicht bald weckte, bekäme sie einen steifen Hals. Er erhob sich und streckte eine Hand aus, um sie an der Schulter zu rütteln – und kehrte dann auf seine Seite des Tisches zurück, ohne sie berührt zu haben. Er betrachtete das Bett und schlug dann die beiden übrigen Decken zurück. Sie waren mitten in der Nacht in einem Raum mit einem Bett gemeinsam allein – eine gefährliche Situation. Und – seltsam genug – seit sie die Hütte betreten hatten, war ihm nicht einmal der Gedanke an Verführung gekommen. Selbst jetzt stand das Verlangen, von dem er wusste, dass er es ihr gegenüber empfinden konnte, nicht im Vordergrund.

Er wandte sich wieder dem Schaukelstuhl zu, beugte sich herab und nahm sie sanft in die Arme. Sie erwachte natürlich, war aber zu schläfrig, um Widerstand zu leisten. Er legte sie sanft aufs Bett, so weit an der Innenseite wie möglich. Er zog ihr die Schuhe aus, dann seine Stiefel und legte sich neben sie. Er zog die Decken über sie beide. Sie beobachtete ihn die ganze Zeit schläfrig. Es war kein breites Bett. Es war nicht möglich, eine Lücke zwischen ihnen freizulassen.

»Schlaf weiter«, sagte er. Er glaubte, sie wäre vielleicht schon vor seinen Worten wieder eingeschlafen. Er konnte erneut den milden Seifenduft ihres Haares riechen. Er konnte die sanften Konturen ihres Körpers und ihre Wärme seine ganze rechte Seite entlang spüren. Seltsamerweise, obwohl er halb erregt war, war es nur ein angenehmes, leicht zu kontrollierendes Gefühl. Er wollte sie nicht dringender begehren. Er wünschte sich nichts weniger als eine Orgie.

Dafür war es zu kostbar.

Sie war zu kostbar.

Sie hatte die Zuneigung seiner Mutter und Großmutter errungen – tatsächlich glaubte er, dass Großmama sie anbetete. Auch hatte sie sich die respektvolle Achtung seines Vaters erworben. Und das alles mit ihrer stillen Würde. Sein eigenes Leben hier war seit ihrer Ankunft unendlich angenehmer geworden – es fiel ihm aus einem unbestimmten Grund leichter, wieder eine Beziehung zu seiner Familie aufzubauen – außer zu Syd natürlich.

Er hatte Lauren gelehrt, ein wenig mehr aus sich herauszugehen. Er hatte sie gelehrt, im See zu baden und auf Bäume zu klettern. Er hatte sie dazu beschwatzt, sich ausreichend zu entspannen, um lächeln und sogar lachen zu können. Aber nicht nur die Veränderungen an ihr waren ihm kostbar. Es war vor allem der Einblick, den sie ihm in den Menschen hinter der kühlen Fassade gewährt hatte. Den Menschen, der nicht viel für sich selbst forderte, sondern still und unermüdlich für das Wohlergehen der anderen sorgte.

Am meisten überraschte ihn vielleicht, dass eine solche Frau – anscheinend ohne jegliches stärkeres Charisma – ihn anzog.

Sie zog ihn *tatsächlich* an.

Er wandte den Kopf, rieb sein Gesicht sanft an ihren weichen Locken und küsste sie auf den Scheitel.

Er schlief innerhalb weniger Augenblicke ein, während die Lampe auf dem Tisch herunterbrannte und die letzten Scheite im Kamin erloschen.

Als Lauren erwachte, wusste sie einen kurzen Augenblick lang nicht, wo sie war. Aber dann erinnerte sie sich, dass sie sich noch immer in der Hütte im Wald befand, wo sie und Kit sich letzte Nacht unterhalten hatten. Sie hatte im Schaukelstuhl gesessen, war immer schläfriger geworden, und es war ihr zunehmend schwer gefallen, sich auf seine Worte zu konzentrieren. Und dann …

Sie lag auf dem Bett, erkannte sie, ohne die Augen zu öffnen. Das Kissen unter ihrem Nacken war warm und weich. Sie lag seitlich gegen etwas gleichermaßen Behagliches gedrückt. Eines ihrer Beine klemmte zwischen …

Sie lag nicht allein im Bett, wie sie blitzartig erkannte. Sie lag in Kits Armen. Sie konnte sein Herz schlagen hören. Sie konnte sein Cologne riechen. Sie erstarrte einen Moment erschrocken, und dann bewegte sie versuchsweise die Zehen, und merkte, sie trug keine Schuhe. Aber als sie langsam eine Hand hob, um nach ihrer Hüfte zu tasten, stellte sie zu ihrer Beruhigung fest, dass sie ansonsten vollkommen bekleidet war. Sie lag auf der Innenseite des Bettes. Sie würde sich nicht herauswinden können, ohne ihn aufzuwecken.

Aber wollte sie das? Sich herauswinden?

Was, um alles auf der Welt, würden sie im Haus denken?

Was hatte sie nur getan?

Sie hatte nichts getan, das war es. Nichts, dessen sie sich schämen müsste. Sie hatte mit Kit geredet, und sie hatten einander getröstet und es sich ermöglicht, friedlich zu schlafen. Dies war nur ein weiteres Ereignis in ihrem Sommer, das sie als zukünftige Erinnerung bewahren könnte. Und wie sie sich an diese Nacht erinnern würde!

»Bist du wach?«, fragte er leise.

Sie öffnete die Augen, legte den Kopf zurück – der zwischen seine Schulter und seinen Hals geschmiegt gewesen war – und sah ihn im schwachen Frühmorgenlicht an, das durch eines der kleinen Fenster der Hütte schien.

»Bin ich mitten in einer deiner Geschichten eingeschlafen?«, fragte sie.

»In der allerbesten.« Er schüttelte mit gespieltem Kummer den Kopf.

»Kit«, fragte sie, plötzlich wider Willen besorgt, »haben wir …«

»Nein«, sagte er fest. »Dies war eine der Gelegenheiten, bei denen ich mich wie ein perfekter Gentleman verhalten habe. Nun, fast perfekt. Ich hätte dich vermutlich wecken und zum Haus zurückbringen müssen, um vollkommen perfekt zu handeln, aber ich konnte den Gedanken an den Rückweg nicht ertragen.«

»Hast du geschlafen?«, fragte sie ihn.

»Wie ein Baby.« Sie sah im Dämmerlicht sein rasches Lächeln. »Ich danke dir, Lauren. Sowohl fürs Zuhören als auch dafür, dass du … hier warst.«

Er war ein Mann, dem man zuhören musste, dachte sie. Er war nicht der unkomplizierte, unbekümmerte Mensch, als den sie ihn bei ihrer ersten Begegnung beurteilt hatte.

»Wie gelangen wir bloß zum Haus zurück, ohne gesehen zu werden?« Sie konnte spüren, wie sie errötete.

»Warum sollten wir Misstrauen erwecken, indem wir auch nur versuchen würden, ungesehen hineinzuschleichen? Wir werden kühn den Fahrweg hinaufgehen, und jeder, der uns sieht, wird annehmen, wir hätten einen Morgenspaziergang gemacht.«

Er zog seinen Arm unter ihrem Kopf hervor und rollte sich herum, um sich auf die Bettkante zu setzen, wobei er ihr den Rücken zuwandte. Er stützte die Ellenbogen auf die Knie und fuhr sich mit den Fingern beider Hände durch die Haare. Er wirkte zerknittert und … unleugbar anziehend.

Lauren konnte kaum glauben, dass sie die Nacht mit einem Mann in einem Bett verbracht hatte. Noch erstaunlicher war die Tatsache, dass sie nicht schockiert und entsetzt war oder sich gedemütigt fühlte.

Es wäre gut, wenn diese Maskerade so bald wie möglich beendet wäre, dachte sie, während er sich erhob und sie neben dem Bett nach ihren Schuhen tastete. Sie wurde zu einer Buhlerin.

Er lächelte ihr zu, während er die Hüttentür aufhielt und sie in die frische Morgenluft und den Dämmerungschor singender Vögel in den Baumwipfeln hinaustrat. Es war sein Lächeln – und sein Lachen –, woran sie sich, noch lange nachdem die übrigen Erinnerungen verblasst wären, erinnern würde, dachte sie. Es war eine Erinnerung, die sie während der langen Jahre, die vor ihr lagen, gewiss lächeln machen würde.

Er nahm ihre Hand in seine, und sie brachen auf.

»Zur Erbauung aller, die uns zufällig beobachten«, erklärte er. »Denn es gibt keinen zärtlicheren Anblick als den eines verlobten, Händchen haltenden Paares.«

»Kit«, erwiderte sie tadelnd, machte aber keinerlei Anstalten, ihm ihre Hand zu entziehen.

14

An diesem Tag schien die Sonne, und man konnte sich draußen vergnügen. Lauren selbst ging erst am Nachmittag hinaus – abgesehen von dem Spaziergang mit Kit von der Försterhütte zurück zum Haus um kurz nach sechs Uhr. Sie half der Countess, ihre Pläne für die Geburtstagsfeierlichkeiten zu überprüfen und bot an, einen Teil der Verantwortung für die Veranstaltungen während des Tages zu übernehmen. Dann verbrachte sie auf Nell Cliffords Einladung hin eine Stunde im Kinderzimmer. Und sie unterhielt sich eine Weile zunächst mit ihrem Großvater und dann mit der Witwe und Lady Irene.

Eine Gruppe jüngerer Leute hatte vereinbart, am Nachmittag auszureiten. Sie beharrten lauthals darauf, dass Gwendoline und Lauren sie begleiteten. Gwen weigerte sich recht entschieden, aber Laurens Einwände wurden überstimmt.

»Oh, kommt doch mit«, bat die junge Marianne Butler. »Ich möchte sehen, wie Ihr reitet. Ich wette, Ihr reitet hinreißend!«

»Ladys wetten nicht«, ermahnte sie ihr Bruder Crispin und fing sich einen wütenden Seitenblick ein, den Lauren nicht zu bemerken vorgab – und den sie überraschenderweise amüsant fand.

»Natürlich kommt Ihr mit«, sagte Daphne Willard lebhaft. »Wenn nur die ganz jungen Dinger mitkommen, habe ich niemanden Vernünftigen zum Reden.«

»Kit wird verschmachten, wenn Ihr nicht dabei seid«, fügte Frederick Butler hinzu, »und wahrscheinlich von seinem Pferd fallen.«

»Wir würden ihn auf einer Tür zurücktragen müssen«, schloss sich Phillip Willard der Plänkelei an.

»Natürlich wird Lauren mitkommen«, bestätigte Kit grinsend. »Ich habe versprochen, diesen Sommer für sie vergnüglicher zu gestalten als jeden anderen Sommer, den sie je erlebt hat. Wie kann man sich vergnügen, wenn man nicht mindestens einmal im anständigen Galopp ausreitet?«

Sie blickte ihn tadelnd an, aber dies heute war sein übliches augenzwinkerndes Selbst, und er wäre keinerlei Vernunft zugänglich, das wusste sie. In ihr pulsierte das Bewusstsein, dass sie die Nacht mit ihm verbracht, sich an seine Wärme geschmiegt und ab und an, wenn sie aus dem Tiefschlaf aufgetaucht war, seinen tiefen, gleichmäßigen Atemzügen gelauscht hatte. Sie hatte mit ihm in einem Bett geschlafen. Konnte ihr Verhalten in diesem Sommer noch skandalöser werden? Noch vergnüglicher, verbesserte eine leise innere Stimme sie, die sie allmählich als ihr hervorbrechendes rebellischeres Selbst erkannte. Es war die wundervollste Nacht ihres Lebens gewesen.

»Nun gut«, sagte sie schwach. »Ich werde mitkommen. Aber ich werde nicht galoppieren, Kit. Allein die Vorstellung! Ich wäre diejenige, die auf einer Tür nach Hause käme.«

Kit blinzelte ihr zu, und die Cousins und Cousinen beschlossen, ihre Worte amüsant zu finden. Die Witwe und Tante Clara, die beide anwesend waren, lächelten nachsichtig.

Claude Willard, der aus den Ställen hinaus voranritt,

schlug eine beruhigend gesetzte Gangart an. Lauren ritt zwischen Marianne, die beklagte, dass sie nicht die Figur habe, etwas so göttlich Elegantes wie Laurens Reitkleidung zu tragen, und Penelope Willard, die – unter zahlreichen anderen Dingen – wissen wollte, ob die Gentlemen in London ansehnlicher seien als jene auf dem Land. Es war eine neue, recht erfreuliche Erfahrung für Lauren, das bewunderte Idol junger Mädchen zu sein, die noch nicht offiziell in die Gesellschaft eingeführt waren.

Kit ritt ein kleines Stück voraus, mitten in einer Gruppe, in der viel gelacht wurde. Er blickte jedoch recht häufig zurück, um ihr zuzulächeln. Und um nachzusehen, ob sie noch immer fest im Sattel saß? Aber Lauren genoss allmählich sowohl den Ritt als auch die Gesellschaft.

Das heißt, bis Lady Freyja Bedwyn und Lord Rannulf plötzlich in Sicht kamen, ebenfalls zu Pferd, und sich der Gesellschaft anzuschließen beschlossen, nachdem sie laute Begrüßungen mit allen oder fast allen Mitgliedern der Gruppe ausgetauscht hatten, mit denen sie anscheinend bekannt waren.

Plötzlich, und ohne recht zu wissen, wie, ritt Lauren zwischen den beiden.

»Ihr könnt also tatsächlich reiten, Miss Edgeworth«, bemerkte Lady Freyja, die ihr großartiges, lebhaftes Pferd, das eindeutig eine weitaus schnellere Gangart gewohnt war, mit höchster Geschicklichkeit unter Kontrolle hielt.

»Und in bemerkenswert eleganter Haltung«, fügte Lord Rannulf hinzu, wobei sein spöttischer Blick sie streifte und seine Worte doppeldeutig machte.

»Ich hatte erwartet, Euch in Alvesley tief über den Stickrahmen gebeugt vorzufinden«, sagte Lady Freyja.

»Tatsächlich?«, erwiderte Lauren kühl. »Wie äußerst merkwürdig.«

»Du demonstrierst dein Unwissen, Free«, belehrte ihr Bruder sie. »Sogar ich weiß, dass nur noch kleine Mädchen sticken. Miss Edgeworth hat zweifellos längst die Schiffchenarbeit, das Weben und Spitzennähen und Stricken und Knüpfen sowie all jene anderen faszinierenden Fertigkeiten erlernt, mit denen wahre Ladys ihre Zeit so nützlich verbringen.«

»Oh, tut Ihr tatsächlich alle diese Dinge, Miss Edgeworth?«, fragte Lady Freyja. »Wie sehr Ihr mich beschämt! Ich finde das alles so schrecklich langweilig.«

»Glücklicherweise«, erwiderte Lauren, »bietet die Welt genug Auswahl an Betätigungen, um jedem Geschmack gerecht zu werden.«

»Nun, mein Geschmack ist es nicht, auf der Erdoberfläche herumzukriechen, wenn ich ein gutes Pferd unter mir habe«, sagte Lady Freyja. »Wenn wir noch langsamer reiten, laufen wir Gefahr, uns rückwärts zu bewegen. Reitet mit mir um die Wette, Miss Edgeworth. Zum Kamm jenes Hügels?« Sie deutete mit ihrer Peitsche über die Wiese, die sie gerade überquerten, zu einem Hügel, der vielleicht zwei Meilen entfernt war – Lauren dachte, es sei der Hügel hinter Alvesley, zu dem der verwilderte Pfad führte.

»Ich fürchte, ich kann Euch diesen Gefallen nicht tun«, sagte Lauren. »Die Gangart gefällt mir ausgezeichnet.«

»Ich muss zugeben, Miss Edgeworth«, sagte Lord Rannulf mit gesenkter Stimme, während sich der Spott in seinen Augen in Lachen verwandelte, »dass ein langsamer Ritt gelegentlich ebenso befriedigend sein kann wie ein kraftvoller Galopp zum Ziel. Immer vorausgesetzt, das Pferd ist die Mühe der Beschränkung wert.«

Er konnte doch wohl nicht meinen … Aber Lauren hatte keine Gelegenheit, ihren Schock zu verarbeiten.

Lady Freyja erhob die Stimme, um die Aufmerksamkeit

der ganzen Gruppe auf sich zu lenken. »Miss Edgeworth will nicht mit mir um die Wette reiten«, rief sie. »Will sonst jemand meine Herausforderung annehmen? Kit? Du kannst nicht ablehnen! Obwohl du auf diesem Pferd nicht einmal einen Maulesel bis zum Hügelkamm besiegen könntest.«

»Ah, eine Kampfansage«, murmelte Lord Rannulf.

Kit grinste. »Du wirst diese Worte in wenigen Minuten zurücknehmen müssen, Freyja«, erwiderte er und vollführte mit einem Arm eine großartige Geste. »Nach dir.«

Einige der Cousinen jauchzten begeistert, als Lady Freyja ihrem Pferd die Sporen in die Seiten trieb und, tief gebeugt in ihrem Damensattel, in Richtung des Hügels davonritt. Kit folgte ihr lachend.

»Sie war schon immer ein ungeheurer Wildfang«, bemerkte Daphne Willard fröhlich.

»Und Kit mehr als einmal nicht gewachsen«, fügte Lord Rannulf hinzu.

Lauren sah einem Wettrennen zu, von dem sie wusste, dass es nur für sie inszeniert war. Es kümmerte sie nicht. Die beiden sahen aus, wie sie es sich an jenem Tag mit Gwen oben auf dem Hügel vorgestellt hatte. Sie galoppierten Seite an Seite, flogen wie der Wind. Sie sahen zusammen großartig aus.

Sie würden zusammen großartig *sein*, wenn dieser Sommer erst vorüber wäre und sie beide frei und ohne Druck eine dynastische Verbindung eingehen konnten. Sie waren einander in Leidenschaft und Wagemut ebenbürtig.

Es kümmerte sie nicht, sagte sich Lauren. Sie selbst hatte keinen Anspruch auf Kit. Sie wollte keinen Anspruch auf ihn haben. Sie wollte nur selbst frei sein. Aber sie konnte nicht aufhören, sich an letzte Nacht zu erinnern – die gemeinsamen Geschichten, das sanfte, gemeinsame Lachen, das rhythmische Knarren des Schaukelstuhls, die schläfrige Verwunderung, als sie aufgewacht war und gemerkt hatte, wie er sie aus dem Schaukelstuhl hob und auf dem Bett niederließ; der behagliche Trost, an ihn geschmiegt zu schlafen.

Die Wettkämpfer saßen nebeneinander am Fuß des Hügels, als die übrige Gruppe zu ihnen aufschloss. Ihre Pferde grasten unangepflockt in der Nähe. Lauren begegnete Lady Freyjas Blick und erkannte darin Herausforderung und Triumph und unterschwellige Bosheit.

»Nun, wer hat gesiegt?«, rief Claude Willard.

»Kit«, rief Lady Freyja zurück. »Er wollte sein Pferd am Ende verhalten, um mich gewinnen zu lassen, aber ich sagte ihm, dass ich ihm zwischen die Augen schießen würde, wenn er sich jemals zu solcher Herablassung entschließen sollte.«

»Um welchen Preis ging es, Kit?«, fragte Lord Rannulf.

»Leider«, sagte er, während er sich erhob, aufsaß und auf Lauren zuritt, »haben wir vorher nichts abgemacht. Nun, wenn niemand etwas dagegen hat, würden meine Verlobte und ich gerne ein wenig Zeit allein miteinander verbringen.«

Lauren wandte wortlos ihr Pferd und ritt mit Kit davon, während Daphne hinter ihnen vorschlug, dass alle den Hügel erklimmen und sich auf dem Kamm ausruhen sollten.

»Haben Freyja und Ralf dich geärgert?«, fragte Kit.

»Nicht so, dass ich nicht damit umgehen könnte«, erwiderte sie.

Er blickte sie mit einem Lächeln in den Augen an. »Nein«, sagte er. »Das habe ich schon an dir bemerkt. Hat dir dieser Nachmittag überhaupt Vergnügen bereitet?«

»Natürlich«, versicherte sie ihm. »Ich mag alle deine Verwandten, Kit. Ich bin gerne mit ihnen zusammen.«

»Aber es war nicht die Art denkwürdiges Ereignis, wie ich

sie dir versprochen habe.« Er lächelte ihr zu. »Wir werden ruhig durch dieses Tor auf die Wiese reiten, und dann werden wir sehen.«

»Kit!«, protestierte sie. »Bitte setz dir nicht wieder etwas in den Kopf. Ich bin vollkommen zufrieden, so wie es ist.«

Aber er grinste nur.

»Nun.« Ein paar Minuten später schloss er das Tor hinter ihnen und blickte in die Ferne – über eine Wiese, die sehr groß schien. »Auf der anderen Seite befindet sich noch ein Tor, an das du dich vielleicht erinnerst, auch wenn es über diese leichte Erhebung in der Landschaft nicht zu sehen ist. Wir werden dorthin um die Wette reiten.«

»Kit!«

»Und dieses Mal«, sagte er, »werden wir uns vorher auf einen Preis verständigen. Ein Kuss, wenn ich gewinne. Und … was, wenn du gewinnst?«

»Es hat keinen Sinn, sich überhaupt etwas auszudenken«, sagte sie empört. »Natürlich würdest du gewinnen, wenn ich so töricht wäre, deine Herausforderung anzunehmen. Ich reite niemals um die Wette, Kit. Ich reite nicht einmal im Galopp.«

»Dann ist es an der Zeit, dass du es tust«, erwiderte er. »Ich werde jedoch fair sein. Ich gebe dir einen Vorsprung. Ich zähle langsam bis zehn.«

»*Ki-it!*«

»Eins.«

»Ich werde es nicht tun.«

»Zwei.«

»Du bist vermutlich erst dann zufrieden, wenn ich mir das Genick gebrochen habe.«

»Drei.«

Sie ritt los.

Sie wusste, dass ihr Pferd mindestens doppelt so schnell

laufen konnte. Sie wollte ihm um keinen Preis die Zügel schießen lassen, aber es fühlte sich dennoch so an, als flöge der Boden unter seinen Hufen vorbei, als peitschte ihr der Wind, trotz der Nadeln, den Hut vom Kopf, als hätte sie noch niemals zuvor in ihrem Leben etwas auch nur annähernd so Gefährliches und Anregendes getan.

Er überholte sie nicht. Es dauerte eine ganze Weile, bevor sie erkannte, dass er unmittelbar hinter ihrer linken Schulter ritt – in einer Position, von wo aus er sie auffangen konnte, wenn sie fiele? Sie begann zu lachen.

Als das Tor in Sicht kam – beruhigend nahe, nachdem sie den Hügel überquert hatten – war sie bereits hilflos vor Lachen, und sie konnte Kit hinter sich ebenfalls lachen hören.

»Ich werde dich besiegen«, schrie sie, als nur noch wenige Meter zu reiten waren. »Ich werde …«

Da überholte er sie, als wäre ihr Pferd stehen geblieben.

Sie beugte sich vor, bis ihre Nase fast den Pferdehals berührte. Sie konnte nicht aufhören zu lachen.

»Wenn du den Kopf heben würdest«, sagte er schließlich, »könnte ich meinen Preis einfordern.«

»Das ist unfair!«, rief sie, während sie sich aufrichtete. »Du hast nur mit mir gespielt! *Ich* sollte dir eine Kugel zwischen die Augen schießen. Oh, Kit, das hat solchen Spaß gemacht!«

»Ich dachte immer«, sagte er, während er neben sie ritt, bis eines ihrer Knie gegen seinen Oberschenkel gepresst wurde, »nichts könnte bezaubernder sein als deine Augen. Aber sie übertreffen sich noch selbst, wenn sie so funkeln, wie sie es jetzt tun.«

»Oh, Unsinn«, erwiderte sie auf die alberne Schmeichelei, die sie aber bis ins Innerste ihres Herzens erwärmte.

Und dann lag sein Mund warm auf ihrem, und seine Lippen teilten sich. Er nahm sich seinen Preis mit gemächlicher Sorgfalt, während sie erneut an die Verzauberung der letzten Nacht dachte und einigermaßen entsetzt erkannte, dass sie in Gefahr stand, sich allmählich zu sehr am Wohlbefinden zu orientieren.

»So!«, sagte sie forsch, als er geendet hatte. »Die Schuld ist bezahlt, du törichter Mann.«

Sie erwartete, dass er grinsen würde. Stattdessen lächelte er nur sanft.

»Töricht«, murmelte er. »Ja, das bin ich vermutlich.«

Sie war wirklich in großer Gefahr.

Am Abend fand im Salon eine fröhliche Familienversammlung statt. Für die älteren Leute waren zwei Kartentische aufgestellt worden. Mehrere der Jüngeren spielten abwechselnd auf dem Pianoforte, während andere sich um das Instrument versammelten, um zuzuhören, zu singen, zu scherzen und zu lachen. Wieder andere saßen oder standen in Gruppen zusammen, tranken Tee und tauschten Familienneuigkeiten und allerlei anderen Klatsch aus.

Kits Großmutter befand sich mitten im Geschehen, in ihrem Sessel am Feuer, und nickte zufrieden, obwohl sie früher selbst immer gerne Karten gespielt hatte. Lauren saß auf einem Schemel neben ihr und massierte ihre kranke Hand, wie es zu ihrer täglichen Gewohnheit geworden war. Sie sei ein hübsches Kind, hatte die alte Lady ihr nicht zum ersten Mal erklärt.

»Wohl kaum ein Kind, Madam«, hatte Lauren auf ihre übliche ruhige, nüchterne Art erwidert. »Ich bin schon sechsundzwanzig.«

»Aber ganz entschieden hübsch, Großmama«, sagte Kit, der vor dem Kamin stand. »Ich stimme in diesem Punkt vollkommen mit dir überein. Jedoch nicht in dem anderen.

Was, könnte ich fragen, würde ich mit einer Kinderbraut anfangen wollen?«

Seine Großmutter kicherte. Sie liebte Lauren sehr, wie er erkannte.

Baron Galton saß an einem der Kartentische, wo er sich mit Kits Mutter zusammengetan hatte, während die Witwe Lady Kilbourne und Onkel Melvin Clifford ihr Können gegen sie maßen. Lady Muir unterhielt sich in der Fensterlaibung, sein üblicher Platz an den Abenden, mit Sydnam.

Kit gestattete sich ein Gefühl der Zufriedenheit. Laurens Familie passte gut zu seiner. Er mochte die drei Menschen, die hier waren, und sie schienen auch ihn zu mögen. Natürlich hatte niemand von ihnen im letzten Jahr Zeit in London verbracht, wodurch ihre Meinung über ihn durch den Ruf, den er sich dort erworben hatte, gewiss beeinflusst worden wäre. Kit lächelte bei der Erinnerung an das Gespräch, das Baron Galton am Tag seiner Ankunft gefordert hatte. Er hatte Kit weitaus kritischer befragt, als Portfrey es getan hatte, indem er sich nach seinen Leumundszeugnissen vom Heer, seinen gegenwärtigen Bestrebungen und seinen Zukunftsaussichten erkundigte. Kit hatte bei dem alten Mann sogar – was unter den gegebenen Umständen eher töricht war – formell um Laurens Hand angehalten. Baron Galton hatte sie ihm ebenso formell gewährt.

Sie wäre wirklich die perfekte Frau für ihn, eine perfekte Countess, ein perfektes Mitglied seiner Familie. Er war während der vergangenen Tage zu der Überzeugung gelangt, dass er mit ihr Zufriedenheit finden könnte. Was die Leidenschaft betraf – nun, Leidenschaft hatte ihm nie genutzt und nie länger als bestenfalls eine oder zwei Wochen angehalten. Im schlimmsten Fall hatte sie ihm erhebliche Trübsal eingebracht. Er könnte auf die Zufriedenheit vertrauen, sich damit entspannen, damit alt werden. Mit Lauren alt werden.

Wenn er sie während der nächsten Woche nur davon überzeugen könnte …

Aber seine Gedanken wurden durch den Klang der Stimme der jungen Marianne unterbrochen, die jedermanns Aufmerksamkeit forderte. Es müsse unbedingt getanzt werden, erklärte sie, die Hände vor der Brust verschränkt, den flehenden Blick unmittelbar auf Kit gerichtet. Die übrigen jungen Cousinen, die um das Pianoforte versammelt waren, murmelten ihre Zustimmung und sahen Kit ebenfalls hoffnungsvoll an.

»Tanzen? Eine glänzende Idee.« Er grinste und schritt voran. Warum hatte heute Abend noch niemand daran gedacht? »Wir brauchen nicht auf den Geburtstagsball zu warten, oder? Wir werden den Teppich sofort einrollen.«

Das Murmeln wurde zu Beifall, und seine Großmutter lächelte und nickte.

Während Kit zwei Lakaien bei der Aufgabe überwachte, den Perserteppich einzurollen, schlang Marianne ihrer Mutter die Arme um den Hals und beschwatzte sie ungeniert, für die Musik zu sorgen.

Acht der Cousins begannen den Tanz mit einer lebhaften Gigue, die bei ihnen viel Gelächter und bei den Zuschauern viel Applaus hervorrief. Der nächste Tanz sollte ein Roger de Coverly sein, verkündete Tante Honoria am Pianoforte. Kit streckte eine Hand nach Laurens aus und blinzelte seiner Großmutter zu.

»Komm und tanz mit mir, Lauren! Wir werden es diesem jungen Gemüse zeigen.«

Sie führten die Tanzfolge an, an der nun sechs Paare teilnahmen. Kit hatte vorher nur einmal den Walzer mit Lauren getanzt. Aber sie beherrschte auch die englischen Volkstänze perfekt, wie er bald entdeckte. Sie lächelte, ihre Wangen röteten sich, und ihre Augen funkelten, während sie zwischen den Reihen entlangschritten, sie an der Seite der Gentlemen, er an der Seite der Ladys, wobei sie mit jedem in der Reihe abwechselnd eine Drehung vollführten. Erst als sie die Reihen außen um die Tanzenden herumgeführt und mit den Händen einen Bogen gebildet hatten, unter dem alle entlangschreiten sollten, erkannte er, dass alle anderen Tätigkeiten im Raum – die Kartenspiele und die Unterhaltungen – eingestellt worden waren. Alle beobachteten sie, nicht nur die Tänzer im Allgemeinen, sondern ihn und Lauren im Besonderen. Das frisch verlobte Paar. Kit mit seiner wunderschönen zukünftigen Braut.

Er spürte die Anerkennung und Zuneigung der anderen. Und er empfand etwas ein wenig Leidenschaftlicheres als nur Zufriedenheit, als er sich Laurens hilflosen Lachens, ihrer geröteten Wangen und ihrer strahlenden Augen an diesem Nachmittag entsann – und ihres sanft ergebenen Kusses.

Er musste sie unbedingt davon abbringen, ihre Verlobung zu lösen.

Sie befanden sich erneut am entgegengesetzten Ende der Reihe, in der Nähe der Fenster, als der Tanz endete. Der junge Crispin Butler, der gerade aus Oxford gekommen war und ein erfahrener Salonheld zu sein glaubte, forderte von seiner Mutter eine Walzermelodie, und die Tänzer suchten sich eifrig neue Partner.

»Miss Edgeworth?« Sir Jeremy Brightman, Doris' Verlobter, nahm ihre Hand, um sie zum Tanz zu führen.

»Lady Muir?« Kit verbeugte sich vor Laurens Cousine, die noch immer im Fenstersitz saß. Er erinnerte sich zu spät an ihr Hinken und hoffte, er hätte sie nicht gerade unverzeihlich in Verlegenheit gebracht. Aber sie lächelte und erhob sich und legte ihre Hand in die seine.

Und dann eilte Cousine Catherine heran, ganz übersprudelnde Energie.

»Sydnam«, forderte sie und ergriff mit beiden Händen seine Hand, »komm und tanz mit mir. Du willst doch gewiss nicht den ganzen Abend hier sitzen wollen.«

Kit erstarrte. Catherine war noch nie für ihr Feingefühl bekannt gewesen, aber dies war selbst für sie ein grober Schnitzer.

»Ich bitte dich, Abstand davon zu nehmen, Catherine«, erwiderte Syd. »Frag Lawrence. Er braucht die Bewegung.«

»Ich kann an jedem anderen Abend des Jahres mit meinem Mann tanzen«, sagte sie. »Ich will dich. Du warst immer so ein göttlicher Tänzer. Ich erinnere mich genau. Komm schon …«

»Catherine!« Kits Stimme klang weitaus schärfer, als er beabsichtigt hatte. Er fuhr sie an, wie er einen ungehorsamen Soldaten in seinem Regiment angefahren hätte. »Kannst du ein höfliches Nein als Antwort nicht akzeptieren? Syd kann nicht tanzen. Er …«

»Ja. Danke.« Sydnam hatte sich mit bleichem, angespannten Gesicht erhoben, seine Stimme bebend vor kaum unterdrücktem Zorn. Er verbeugte sich vor der Cousine und ignorierte seinen Bruder dabei völlig. »Danke, Catherine. Wenn ich es mir recht überlege, kann ich vermutlich ausreichend gekonnt herumschlurfen, um dich nicht gegen Möbel oder weitere Cousins prallen zu lassen.«

Es war ein spannungsgeladener, unangenehmer Moment, ein kurzes Aufflackern heftiger Gemütserregung, größtenteils unausgesprochen, das die Aufmerksamkeit aller im Raum auf sich gezogen hatte. Kit war sich des peinlichen Schweigens hinter ihm sehr wohl bewusst, und dann des jäh wieder einsetzenden Stimmengewirrs, als alle vorgaben, sie hätten nichts Widriges bemerkt.

Er schloss kurz die Augen. Ihm war plötzlich schwindelig und sogar übel. Er hatte versucht zu helfen, Syd vor Verlegenheit zu schützen. Aber er hatte anscheinend genau das Gegenteil erreicht – und war dabei folgerichtig zurückgewiesen worden. Erneut! Die Aussicht, sich umzuwenden, Lady Muir zuzulächeln und mit ihr zu tanzen, als wäre diese letzte Minute nie gewesen, war so schrecklich, dass es ihm fast unmöglich erschien.

»Verzeiht, Madam«, sagte er und verbeugte sich hastig vor seiner Partnerin. »Bitte verzeiht mir.«

Er wandte sich um und eilte aus dem Raum, ohne jemanden anzusehen.

15

Er wählte die Treppe nach oben anstatt diejenige nach unten, obwohl er kein bestimmtes Ziel im Sinn hatte. In sein Zimmer, wo er sich den restlichen Abend verbergen könnte? Er hatte die obersten Stufen erreicht, als ihn eine Stimme aufhielt.

»Kit.«

Er wandte sich um und schaute hinunter. Sie stand mit einem Fuß auf der untersten Stufe, eine schmale Hand auf dem Treppengeländer. Er war zornig und fühlte sich gedemütigt – und von Kummer niedergedrückt, als habe er gerade alles verloren, was ihm am liebsten und teuersten war. Sein erster Impuls war, sie in den Salon zurückzuschicken. Er war im Moment keine passende Gesellschaft für sie oder für sonst jemanden. Aber er wollte nicht allein sein, wie er plötzlich erkannte. Er könnte es nicht ertragen, allein zu sein.

»Komm«, sagte er.

Er beobachtete sie, bis sie die Treppe halb hinaufgestiegen war, wandte sich dann um und nahm eine Kerze aus einer Wandhalterung. Er wusste, wohin er gehen, wohin er sie mitnehmen würde. Er wartete nicht, bis sie ihn erreicht hatte, sondern schritt von dem Flügel, in dem sich die Schlafräume befanden, zum westlichen Flügel und der Galerie mit den Porträts der Familie, die sich über die ganze Breite des Hauses erstreckte.

Die Tür wurde verschlossen gehalten, aber er wusste, dass der Schlüssel in einem nicht allzu geheimen Versteck in der großen Marmorurne lag, die in der Nähe auf dem Boden stand. Er griff hinein, schloss die Tür auf und trat beiseite, als Lauren ihm in den Raum voranging. Dann schloss er die Tür hinter ihnen.

Seine Kerze warf zuckende, unheilvolle Schatten über den Boden und die Wände und erleuchtete die Galerie nur recht unzulänglich. Und es war kalt hier oben. Irgendwann während des Abends war Wind aufgekommen. Kit konnte Regen gegen die Fenster prasseln hören. Laurens Arme waren nur von einem dünnen Kaschmirschal bedeckt. Er durchschritt den Raum, während schattenhafte, kaum sichtbare Vorfahren aus ihren üppig verzierten Rahmen an den Wänden auf ihn niederblickten und Lauren ihm folgte. Beide schwiegen, bis er zu einem großen Marmorkamin in der Mitte der langen Wand gelangte, der von zwei breiten samtbezogenen Bänken mit niedrigen Rückenlehnen flankiert wurde.

Ein Feuer war im Kamin aufgeschichtet worden. Er kniete sich hin, entzündete mit der Flamme seiner Kerze das Anmachholz und stellte sie dann auf den Kaminsims. Er richtete sich auf, blickte in die schwachen Flammen, lauschte dem Knistern des Holzes, spürte die erste Wärme.

Er wurde an die vorhergehende Nacht erinnert. Die Umstände waren sehr ähnlich gewesen, wenn auch eine völlig andere Atmosphäre geherrscht hatte. Heute Abend gäbe es keinen tröstlichen und beruhigenden Austausch von Geschichten. Heute Abend starrte er tief in den Abgrund all seiner schlimmsten und häufigsten Alpträume. Diejenigen, von denen er letzte Nacht nicht erzählt hatte. Diejenigen, die er seit drei endlosen Jahren mit niemandem geteilt hatte.

Lauren setzte sich auf eine der Bänke, was er eher spürte als sah. Sie unternahm keinen Versuch, mit ihm zu sprechen. Er hatte auch nicht erwartet, dass sie das tun würde. Sie war ein Mensch der seltenen Art, wie er erfahren hatte. Sie war eher eine Geberin als eine Nehmerin. Und Gott helfe ihm, er würde von ihr nehmen. Er würde sie als Publikum benutzen, wie er es schon letzte Nacht anfänglich getan hatte. Er würde sie zwingen, sich anzuhören, was er sagen musste. Er würde gewiss wahnsinnig – ja, geisteskrank –, wenn er es ihr nicht erzählte. Er würde nicht zulassen, dass er über die Unschicklichkeit dessen nachdachte, einer Lady vornehmer Herkunft eine solche Geschichte zu erzählen.

»Ich war es, der die Idee hatte, Syd solle ein Offizierspatent erwerben. Ich war in einer offiziellen Angelegenheit in England und zu einem einwöchigen Urlaub nach Hause gekommen. Ich beschuldigte Syd der Weichlichkeit und der Trägheit. Ein Leben beim Heer würde ihn härten und einen Mann aus ihm machen, sagte ich ihm. Es war als Scherz gemeint. Ich meinte es nicht ernst, und er wusste das. Ich liebte ihn über alles – und er mich, leider, noch mehr. Aber ich hatte eine Saat gesät, und bevor ich es erfuhr, drängte er unseren Vater bereits, ein Offizierspatent für ihn zu erwerben. Zunächst schloss ich mich dem Chor des Protests an und sagte ihm, er solle kein Dummkopf sein, es gäbe wichtigere Dinge für ihn zu tun, als das Schwert gegen die Franzosen zu führen. Aber als ich erkannte, dass seine Meinung feststand, war ich … Gott helfe mir … aber die Vorstellung gefiel mir. Als Mutter mich anflehte, es ihm auszureden, sagte ich ihr, es sei Syds Entscheidung, in die ich mich nicht einmischen würde. Ich hätte ihrer Bitte mühelos entsprechen können. Er hätte auf mich gehört. Aber ich tat es nicht.«

Flammen leckten über die größeren Scheite, die über dem Anmachholz verkeilt lagen. Wärme strömte aus dem Kamin.

»Ich bewältigte meine Aufgabe als Erkundungsoffizier gut«, fuhr Kit fort. »Es war eine einsame, gefährliche Aufgabe, aber ich besaß die physische Zähigkeit und die mentale Kraft dafür ebenso wie eine stark entwickelte Liebe zur Herausforderung. Es war eine Aufgabe, die einen stählernen Willen und ein Herz aus Stein erforderte. Da war kein Raum für Angst, für Unentschlossenheit, für Mitleid, für irgendeine der feineren Empfindsamkeiten, die sich ein Gentleman unter zivilisierteren Umständen vielleicht gestattet. Zu viele Leben hingen von mir ab. Aber ich erfüllte diese Aufgabe bereitwillig und gut. Nur Ehre und Pflicht zählten. Sie waren richtig und gut. Ich hatte niemals erwartet, zwischen Ehre und Liebe wählen zu müssen. Beides sollte auf derselben Seite stehen, nicht wahr? Auf der Seite des Rechts? Es sollte nicht nur möglich sein, zwischen beidem zu wählen, sondern es sollte unmöglich sein, sie zu trennen. Was würdet Ihr tun, wenn sie tatsächlich auf gegengesetzten Seiten stünden? Welches würdet Ihr wählen?«

Er erwartete keine Antwort, auch wenn er einige Augenblicke innehielt und in die tanzenden Flammen blickte. Er hatte fast vergessen, dass ihm jemand zuhörte, nur dass er diese unsichere Erleichterung darüber empfand, sich die Last einem anderen menschlichen Wesen gegenüber von der Seele reden zu können. Er würde jegliches Urteil annehmen, das folgen mochte. Er würde jede Strafe annehmen. Gott gewähre ihm nur, dass sie hart und schmerzlich genug wäre, um ihn zu erlösen – vorausgesetzt, die Strafe währte nicht ewig, wie jetzt die Schuld.

»Syd überzeugte Colonel Grant, ihm zu erlauben, mich bei einem meiner Einsätze zu begleiten.« Er wollte nicht weitersprechen. Er konnte nicht weitersprechen. Aber er konnte auch nicht schweigen. Er stützte einen Arm auf den Kaminsims, den Kopf gesenkt, und schloss die Augen. »Ich weiß nicht, wie er es erreicht hat, aber es ist ihm gelungen. Ich tobte und bestürmte sie beide, aber ohne Erfolg. Grant war sein übliches unbeugbares Selbst, und Syd bereitete sich einfach still und heiter vor. Zwei Dinge waren an diesem Einsatz falsch – drei, wenn man bedenkt, dass ich meinen Bruder bei mir hatte. Erstens zwang uns die Art der Aufgabe dazu, ohne Uniform zu reisen. Das kam sehr selten vor. Ich hatte es erst zwei- oder dreimal zuvor getan. Zweitens hatte ich Papiere bei mir – normalerweise gab es nichts Schriftliches, nichts Greifbares, aber dieses Mal schon. Wären sie den Franzosen in die Hände gefallen … Nun, das durften wir einfach nicht zulassen. Aber an unserem zweiten Tag wurden wir in den Bergen Portugals von einem französischen Spähtrupp in eine Falle gelockt – etwas, was mir noch nie zuvor passiert war.«

Er ballte eine Hand zur Faust und stützte die Stirn darauf. Sein Herz schlug so laut, dass er es gegen seine Trommelfelle hämmern hörte.

»Es bestand nur eine kleine Chance, freizukommen. Syd war derjenige, der sie erkannte. Wenn einer von uns ein Ablenkungsmanöver durchführte, etwas, was zur sicheren Gefangennahme führen würde, könnte der andere vielleicht entkommen. Ich musste die Wahl treffen, wer die Gefangennahme in Kauf nehmen und wer mit den Papieren weiterziehen sollte – ich war der vorgesetzte Offizier. Syd hatte keine Erfahrung. Selbst wenn er freigekommen wäre, standen die Chancen schlecht, dass er den Einsatz erfolgreich ausgeführt hätte. Aber er *musste* ausgeführt werden.

Die Ehre gebot mir, alles in meiner Macht Stehende zu tun, um der gemeinsamen Sache zu dienen. Die Ehre gebot, dass ich der Falle entkommen musste. Die Liebe gebot mir, die schmerzlichere Rolle zu übernehmen. Wie hättest du gewählt, Lauren?«

Sie sprach zum ersten Mal. »Kit«, sagte sie sanft, »oh, Kit, mein Lieber.«

»Ich wählte die Ehre«, sagte er und presste die Stirn so hart gegen seine Faust, dass er Schmerz empfand – und ihn willkommen hieß. »Gott helfe mir, ich nutzte die Chance zu entkommen und teilte meinem Bruder die Rolle des Sündenbocks zu.«

Von einer Position hoch auf einem Bergpass hatte er, nachdem er der Umzingelung entkommen war, zurückgeschaut und gesehen, wie Syd als Gefangener davongeführt wurde. Er hatte seinen Weg fortgesetzt und den Einsatz erfolgreich ausgeführt. Er wurde danach hoch gelobt, in Kriegsberichten erwähnt, als furchtloser Held bejubelt. Einer von Gottes absonderlichen Scherzen.

»Es war Krieg«, sagte Lauren.

»Es war schlimmer als Krieg.« Seine Albträume griffen nach seinem wachen Selbst. Er stand kurz davor, sich den gefürchteten Bildern freiwillig zu stellen. Er stand kurz davor, sie einer Lady gegenüber auszusprechen, die vor den rauen Realitäten des Lebens und des Krieges beschützt, ihnen nicht bewusst ausgesetzt werden sollte. Aber sein Bedürfnis, eine Art Katharsis zu erreichen, überwog seinen Sinn für Schicklichkeit. »Der Krieg ist ein Spiel, weißt du – ein verwerfliches Spiel. Wird ein britischer Offizier in Uniform gefangen genommen, wird er während der Gefangenschaft ehrenhaft und höflich behandelt. Trägt er keine Uniform, so wird er mit aller Grausamkeit behandelt, welche die französischen, die spanischen und die portugiesischen

Partisanen ihren Gefangenen gegenüber an den Tag legen. Ich wusste das, bevor ich meine Entscheidung traf.«

Er hatte es gewusst. *Er hatte es gewusst.* Es war ihm überaus bewusst gewesen, als er den Bruchteil eines Momentes gezögert hatte, bevor er seine Entscheidung traf. Er hatte gewusst, was demjenigen von ihnen bevorstünde, der gefangen genommen würde. Es war nur noch Zeit für eine rasche, feste Umarmung gewesen …

»Ich traf am gleichen Tag auf eine Gruppe Partisanen«, fuhr er fort. »Ich hätte sie zurückschicken können, um Syd zu retten. Sie hätten es schaffen können – sie waren den Franzosen zahlenmäßig überlegen. Aber ich brauchte sie – sie alle. Mein verdammter Einsatz brauchte sie. Zwei Wochen vergingen, bevor wir den Einsatz beendet hatten und Syd finden und befreien konnten. Ich hatte nicht erwartet, ihn noch lebend vorzufinden, aber er lebte – gerade noch.«

Wenn ihm die Erinnerung nur nicht immer noch so deutlich vor Augen stünde. Er schloss die Augen fester. Wenn sie ihm nur einzig und allein vor Augen stünde! Aber da waren auch Geräusche. Und Gerüche. Wer hätte vermutet, dass man im Traum verbranntes Fleisch riechen konnte?

»Sie hatten mit seiner rechten Seite begonnen«, berichtete er, »und sich mit raffinierten Folterungen durch Verbrennen, Zerbrechen und Stechen allmählich nach unten gearbeitet. Sie hatten sein rechtes Knie erreicht, bevor wir ihn fanden. Unsere Chirurgen konnten sein Bein retten, aber sein Arm musste amputiert werden, nachdem wir ihn ins Lager zurückgebracht hatten. Diese Reise!« Er atmete langsam und hörbar ein. »Er hatte unter der Folter nichts preisgegeben – weder meinen Namen noch mein Ziel, noch den Zweck meines Einsatzes. Nur seinen eigenen Namen, den Rang und das Regiment. Immer wieder hatte er das wiederholt, Tag und Nacht, sogar noch, nachdem wir ihn zurückgebracht hatten. Sie hatten ihn nicht gebrochen, nur seinen Körper. Wäre er gebrochen worden und hätte ihnen gesagt, was sie wissen wollten, hätten sie ihm einen schnellen und gnädigen Tod gewährt.«

Er hörte einen leisen Atemzug hinter sich, aber Lauren schwieg.

»Ich habe meinen Bruder geopfert. Für die Ehre. Und dann erhielt ich den ganzen Ruhm des Erfolges. Ich war dazu ausgebildet worden, ein Herz aus Stein zu haben, in Ausübung meiner Pflichten rücksichtslos opportunistisch und eigennützig zu sein. Ich habe meinen Bruder geopfert, und dann brachte ich ihn nach Hause und verursachte hier im Leben und den Empfindlichkeiten der übrigen Familie Chaos. Ich habe mich in jenem Sommer schlecht benommen, Lauren. Schändlich. Es ist gut, dass du nur eine zeitweilige Verlobung wolltest. Ich wäre kein guter Erwerb für ein ganzes Leben. Ich habe mich selbst amputiert, verstehst du, um im Austausch dafür ein glorreicher Held zu werden. Es ist nichts von mir übrig.« Er lachte leise. »Nichts außer der Ehre.«

»Er lebt«, sagte sie. Seine empfindsame, nüchterne Lauren. »Kit, er lebt.«

»Er atmet.« Er sprach harsch. »Er lebt nicht, Lauren. Das wird er niemals wieder. Er ist hier der *Verwalter* meines Vaters, um Gottes willen. Er plant, die bezahlte Stellung eines Verwalters auf einem der Anwesen der Bewcastles anzunehmen. Du begreifst natürlich nicht, wie entsetzlich solch ein Schicksal ist. Wie könntest du? Sydnam war ein Künstler. Nein, ist – er *ist* ein Künstler. Seine Landschaftsgemälde waren die außergewöhnlichsten Bilder, die ich jemals gesehen habe. Sie zeugten von Können und einem

Blick für Farben und Atmosphäre und Detail ... Ah, wie kann ein gewöhnlicher Sterblicher wie ich die ... die *Seele* dessen beschreiben, was dort zu sehen war? Seine Gemälde atmeten das, wovon sogar ein Laie wie ich spürte, dass es die Bedeutung der Szene war, die er darstellte. Er war ein sanfter Mann und ein Träumer und ein Visionär und ... und jetzt unterwirft er sich im Gefängnis eines zerstörten Körpers einem lebenslangen Urteil, zu nichts Erhabenerem fähig zu sein, als jemandes Anwesen zu verwalten.«

»Kit«, sagte sie, »du darfst dir das nicht antun, Lieber. Es herrschte Krieg. Und du tatest, was richtig war. Du hast die richtige Entscheidung getroffen. Du hast deine Pflicht getan. Das war es, was du tun musstest.«

»Wie könnte es richtig sein?«, rief er. »Wenn ich ihn so verstümmelt und vernarbt sehe, wenn ich sehe, wie mein sanfter Syd sich tief in sich verschließt, alle meine Zuneigung zurückweist, mich hasst – wie kann ich dann glauben, dass das, was ich tat, richtig war?«

»Es war einfach richtig«, sagte sie. »Manche Dinge kann man nicht ausreichend erklären, Kit. Das Leben ist leider nicht so. Man kann sein ganzes Leben damit verbringen, die richtigen Dinge zu tun, und letztendlich unbelohnt bleiben. Man kann sich gezwungen sehen, eine Wahl zwischen zwei Möglichkeiten zu treffen, die gleichermaßen richtig scheinen, aber man kann nur eine wählen. Du hast die richtige Wahl getroffen.«

Ein Teil von ihm wusste mit vollkommener Gewissheit, dass er, wenn er erneut wählen müsste, dieselbe Wahl wieder treffen würde – und danach dieselbe Hölle der Gewissensbisse und der Schuld durchleben würde.

»›Ich könnte, Teure, nicht so sehr dich lieben/Liebt' ich die Ehre selbst nicht noch viel mehr‹«, zitierte er leise. »Wer hat diese Zeilen geschrieben? Weißt du das?«

»Ich glaube, Richard Lovelace«, sagte sie. »Ein Gedicht aus dem Bürgerkrieg.«

»Glaub es nicht«, sagte er. »Es ist eine Lüge. Nichts sollte vor der Liebe stehen.«

»Hättest du die andere Wahl getroffen«, sagte sie nach einem kurzen, vom Heulen des Windes und dem peitschenden Regen erfüllten Schweigen, »und hätten daraufhin Hunderte, vielleicht sogar Tausende gelitten, Kit, hättest du dir das auch niemals verziehen.«

Er lachte leise. »Das hätte ich nicht gebraucht. Ich wäre tot gewesen.«

»Du hast deine Pflicht getan«, sagte sie sanft. »Mehr kann niemand tun, Kit.«

Er hielt die Augen weiterhin geschlossen und die Stirn auf seine Faust gepresst. Er ließ sich von ihren Worten einhüllen, besänftigen, trösten. Es war einer Absolution – zumindest im Augenblick – sehr ähnlich.

Lauren hatte sich während der letzten Minuten gefühlt, als würde sie ohnmächtig. Sie war stets bemüht gewesen, jeglichen Anblick und jegliche Erwähnung von Gewalt zu vermeiden, in dem Glauben, dass Ladys nichts mit solch schmutzigen Realitäten zu tun haben sollten. Es war nie besonders schwierig gewesen. Die meisten Gentlemen schienen desselben Glaubens zu sein. Sie konnte sich an eine Gelegenheit erinnern, als sich Lily, die neu nach Newbury gekommen war, eifrig an einer Unterhaltung über die Kriege beteiligt hatte – sie war, als Adoptivtochter eines Kavalleriesergeanten, im Dunstkreis der Heere aufgewachsen, zunächst in Indien, dann auf der Pyrenäenhalbinsel. Lauren, zu der Zeit von heimlichem Hass vereinnahmt, hatte versucht, ihr Gewissen zu beruhigen, indem sie Lily in das einwies, was als Countess of Kilbourne von ihr erwartet würde.

Sie konnte sich daran erinnern, Lily den Rat erteilt zu haben, dass eine Lady nicht über die Kriege sprach und auch keiner Unterhaltung darüber zuhörte.

Sie war in jener Zeit so rechtschaffen gewesen, so überzeugt davon, im Recht zu sein. So sehr die vollkommene Lady. So unerträglich spröde.

Aber nun konnte sie die entsetzlichen Bilder der Folter nicht mehr verdrängen, die Kit heraufbeschworen hatte, obwohl er keine Einzelheiten erzählt hatte. Oder das Bild, wie der Regimentsarzt seines Amtes waltete und, die Säge in der Hand, den Arm eines Menschen amputierte. Sie konnte das Blut fast riechen.

Sie hatte kurz erwogen, das Thema zu wechseln, wie sie es letzte Nacht so erfolgreich getan hatte. Aber diese beiden Gelegenheiten, die sich oberflächlich so sehr ähnelten, waren letztlich vollkommen verschieden. Der unselige Zwischenfall mit Sydnam Butler heute Abend im Salon hatte alle Bandagen fortgerissen, mit denen Kit notdürftig die klaffende Wunde seines tiefsten Schmerzes zu bedecken versucht hatte. Heute Abend wäre es grausam, undenkbar, unverzeihlich gewesen, ihn zu unterbrechen. Heute Abend hatte er sein Gewissen entlasten müssen, vielleicht dringender, als er jemals zuvor in seinem Leben etwas hatte tun müssen.

Und so hatte sie sehr gerade und still auf der breiten Samtbank gesessen, die Füße nebeneinander auf dem Boden, die Enden ihres Tuches fest in den Fäusten, entschlossen, bei Bewusstsein zu bleiben und gegen das Klingen in ihren Ohren und die Kälte in ihrem Kopf anzukämpfen. Es war unwichtig, dass sie eine vornehm und korrekt erzogene Lady war. Sie hatte dem Drang widerstanden, sich auf den Wind und den Regen draußen zu konzentrieren. Sie hatte jedem einzelnen Wort aufmerksam gelauscht.

Sie war nicht zurückgeschreckt oder hatte der Ohnmacht nachgegeben. Sie wusste, wie es sich anfühlte, allen Schmerz in sich zu verschließen, seinen Kummer nicht einmal mit dem besten Freund zu teilen. Sie wusste alles über Schmerz und Einsamkeit und sogar Verzweiflung. Vielleicht war das der Grund dafür, warum er sie als Zuhörerin erwählt hatte, selbst wenn es keine bewusste Wahl gewesen war. Vielleicht erkannte er in ihr einfach eine Seelenverwandte.

Er hatte zweifellos richtig gehandelt. Sie hatte es ihm gesagt, und natürlich musste er es auch selbst wissen. Aber sie erkannte auch, dass dieses Wissen seinen Schmerz nicht wirklich lindern konnte. Sie wusste, dass er sich niemals verzeihen könnte, nicht das Falsche getan zu haben. Es war sinnlos, Wörter aneinander zu reihen. Sie saß ruhig da und wartete ab, gab ihm alle Zeit, die er brauchte. Sie war froh, dass er die Tür zur Galerie hinter ihnen geschlossen hatte. So bestand keine Gefahr, dass jemand hereinplatzte, bevor er wieder bereit war, der Welt entgegenzutreten.

Nach einer Weile, als sie spürte, dass es der richtige Zeitpunkt war, erhob sie sich schweigend und näherte sich ihm. Sie legte die Arme von hinten um seine Taille und lehnte ihre Wange an seine Schulter. Sie wollte ihm um jeden Preis allen Trost ihrer Gegenwart gewähren. Sie spürte, wie er langsam und tief einatmete. Sie spürte und hörte seinen Atem zitternd wieder entweichen. Und dann wandte er sich um und umarmte sie, presste sie mit Armen wie mit Eisenbändern an sich. Sie bekam kaum mehr Luft, aber sie erschrak nicht und wollte sich nicht befreien. Er brauchte sie.

Schlicht und einfach gesagt: Er brauchte sie. Und es kam ihr keinen Moment lang in den Sinn, sich seinem Bedürfnis zu widersetzen. Als sein Mund den ihren fand, geschah dies hart und drängend, er presste ihre Lippen gegen ihre Zähne, er tat ihr weh, er drückte ihre Zähne auseinander.

Seine Zunge tauchte tief in ihren Mund ein. Eine seiner Hände, die um ihren unteren Rücken gespreizt lag, presste sie fest an sich und ließ keinerlei Zweifel zu, dass er ein körperliches Verlangen verspürte.

Sie fühlte sich seltsam losgelöst. Der Teil von ihr, der Lauren Edgeworth war, die vollkommene Lady, stand ein Stück entfernt, analysierte kühl, erinnerte sie mahnend, dass *dies* die unausweichliche Konsequenz all der Unschicklichkeit war, die ihren Umgang mit ihm von Anfang an kennzeichnete – von genau dem Moment an, als sie ihn im Hyde Park über die Schulter hinweg angeschaut hatte. Dies war die Konsequenz dessen, immer wieder mit ihm allein gewesen zu sein, sich entschlossen zu haben, ihrer und seiner Familie eine Verlobung vorzugaukeln. Dies war die Art ungezügelte, gefährliche Leidenschaft, die durch das unziemliche Gespräch über Gewalt freigesetzt wurde, das sie zugelassen hatte, als sie hinter verschlossenen Türen zusammen allein waren.

Dies musste sofort aufhören!

Der andere, weniger vertraute, fast noch unbekannte Teil ihrer selbst, der in Vauxhall zum Leben erweckt worden war – oder vielleicht schon viel früher, im Park –, blieb in seinen Armen gegenwärtig und erkannte, dass sie eine Frau war, dass er sie brauchte, dass sie ihm Wärme und Weiblichkeit und Menschlichkeit anbieten konnte. Und die Freiheit, alles zu geben, wenn sie es wollte. Wieder Wahlmöglichkeiten. Bis vor kurzem – nein, bis genau jetzt – war es niemals schwer gewesen, eine Wahl zu treffen. Sie hatte durch den starren Kodex ihrer Herkunft stets gewusst, was richtig war. Den Kodex des Herzens hatte sie niemals kennen gelernt. Ehre oder Liebe? Das waren für sie die gleichen Gegensätze, die sie für ihn gewesen waren. Aber dieses Mal könnte – und sollte – die Liebe triumphieren.

Sie wählte die Liebe, obwohl sie es sich selbst gegenüber vielleicht nicht als solche bezeichnete, da sie ihre Gedanken nicht in Worte fasste.

Dies, so erkannte sie recht deutlich – dies war es, was sie in Vauxhall gemeint hatte. Die Erkenntnis war eine jähe, blendende Eingebung. Genau das hatte sie gemeint. Dieses Erwachen als die Frau, die ihr ganzes Leben lang in der Lady eingeschlossen gewesen war, die Lauren Edgeworth hieß.

Sein Mund berührte ihre Kehle, ihre Schultern, ihre Brüste. Seine Hände bewegten sich drängend über den zarten Stoff ihres Abendgewandes, schoben es von ihren Schultern und die Arme hinab, entblößten ihre Brüste. Sie schrak nicht zurück, obwohl ihr das Feuer und der Kerzenschein das Gefühl vermittelten, doppelt entblößt zu sein. Sie war eine Frau, und er brauchte sie. Also würde sie da sein. Sie brauchte es auch – sie brauchte es, eine Frau zu sein. Sie erzitterte in einer Mischung aus Furcht und Erregung, als sich sein Mund warm über einer ihrer Brüste schloss und daran saugte, seine Zunge über die Brustwarze zuckte und sie von Kopf bis Fuß mit Verlangen erfüllte. Sie wölbte eine Hand unendlich zärtlich um seinen Hinterkopf und legte eine Wange an sein weiches, helles Haar.

Er bewegte den Kopf und lehnte seine Stirn an ihre Schulter.

»Gebiete mir Einhalt«, sagte er rau und heiser. »Um Gottes willen, Lauren, gebiete mir Einhalt.«

»Nein.« Sie hob seinen Kopf mit beiden Händen an und blickte ihm ins Gesicht, während sie sanft durch sein Haar strich. »Dies habe ich gewählt, Kit. Ich habe es frei gewählt. Hör nicht auf. Bitte hör nicht auf.« Sie könnte es nicht ertragen, wenn er jetzt aufhörte. »Es ist nicht nur für dich. Es ist auch für mich.« Sie bedeckte sein Gesicht mit federleichten Küssen, während sie sprach, küsste seine Wangen, seine Augen, seinen Mund.

Dann hielt er sie erneut, ganz fest, und küsste sie ebenso innig wie zuvor, nur dass die rasende Dringlichkeit gewichen war und heißer Leidenschaft Platz machte, die von etwas durchsetzt war was sich anfühlte wie Zärtlichkeit. Als wäre sie für ihn nicht nur zu einer Frau, sondern auch zu Lauren geworden. Sie presste ihre nackten Brüste gegen den Stoff seiner Jacke.

Sie war Gebende und Gabe. Er war Gabe und Gebender.

Nach einer oder zwei Minuten ließ er sie auf eine der Samtbänke nieder. Sie war recht breit, so dass sie als schmales Bett ausreichte. Lauren streckte ihre Arme nach ihm aus, aber er hob ihr Gewand bis zur Taille an, streifte ihr die Seidenschuhe, die Strümpfe und die Unterwäsche ab und knöpfte den Latz seiner Hose auf. Seine Augen, vor Verlangen halb geschlossen, nahmen ihren Anblick in sich auf. Sei Haar war zerzaust, seine Wangen gerötet. Er sah unglaublich schön aus.

Lauren Edgeworth, diese disziplinierte Lady, stand erneut einen Moment neben sich und informierte ihr anderes Selbst, dass sie einfach nicht nachdachte, dass sie es auf ewig bereuen würde, wenn sie diesem Treiben nicht sofort Einhalt geböte. Tatsache war aber, dass sie sehr wohl nachdachte. Dies war keine blinde Leidenschaft. Es war tatsächlich nicht einmal Leidenschaft. Es war etwas Ursprünglicheres, tiefer Emotionales als das. Es war etwas, wovon sie mit absoluter Sicherheit wusste, dass sie es niemals bereuen würde.

Er kniete sich neben die Bank, bedeckte ihr Gesicht mit sanften Küssen. Er liebkoste sie mit den Händen, tat köstliche Dinge mit ihren Brüsten, hielt sie, streichelte sie, knetete die verhärteten, empfindlichen Brustwarzen zwischen

Daumen und Zeigefinger. Und dann liebkoste er sie mit einer Hand *dort*, die Finger sondierten geschickt ihre nackte Haut, spreizten Falten, streichelten, kratzten leicht, vibrierten, fanden ihre intimste Stelle und glitten hinein.

Sie schloss die Augen und atmete langsam ein.

Sie wusste, was zwischen Mann und Frau geschah. Tante Clara hatte es ihr vor ihrer geplanten Heirat mit Neville erklärt. Sie hatte es sich manchmal vorzustellen versucht, obwohl sie häufiger bemüht gewesen war, es nicht zu tun. Sie hatte stets gedacht, es müsse peinlich und äußerst unangenehm sein. Sie hatte es sich als rein fleischliche Angelegenheit vorgestellt, vollkommen ohne Gefühle und sogar jegliche greifbaren Empfindungen außer dem demütigenden Eindringen in ihren Körper, das aus irgendeinem Grund wohl vollzogen werden musste.

Sie hatte niemals vermutet, dass da dieser Schmerz, dieses Sehnen, diese Begierde wäre, ihn in sich zu spüren, mit ihm eins zu sein. Dieses Bedürfnis – sowohl emotional als auch körperlich –, zu geben und beschenkt zu werden. War das Leidenschaft? Wenn dem so war, dann war Leidenschaft nicht blind.

»Lauren.« Sein Mund lag warm auf ihrem. »Es ist noch nicht zu spät, mir Einhalt zu gebieten.«

»Hör nicht auf.« Sie hielt die Augen geschlossen. »Kit …«

Er hatte seine Jacke und Weste abgelegt. Sein Hemd fühlte sich auf ihren nackten Brüsten warm und seidig an. Wie auch seine Hose an den Innenseiten ihrer Oberschenkel, als er sich dazwischendrängte und sie weit spreizte. Sein Gewicht drückte sie in die Seidenpolster der Bank. Das ließ sie sich noch wehrloser fühlen, fast erschreckend wehrlos. Offen und verletzlich. Und von einem verstärkten Verlangen durchströmt, das beinahe unerträglich war.

Dann spürte sie ihn, wie er sich gegen die Stelle presste,

wo nur Augenblicke zuvor seine Finger gewesen waren. Aber viel dicker, härter … Sie atmete langsam ein, als er langsam in sie eindrang, sie dehnte, sie mit erschreckendem Frohlocken erfüllte. Nun gab es kein Zurück mehr, sie konnte ihn nicht mehr aufhalten. Es war zu spät, und sie war froh darüber, dass es zu spät war. Sie umfasste seine Schultern und konzentrierte sich darauf, weder Angst noch Schmerz zu zeigen. Da war Schmerz. Es war eng. Er würde ihr wehtun – aber man hatte ihr gesagt, dass es wehtun würde. Dann zerriss etwas in ihr, etwas, das einen Moment unerträglich zu schmerzen drohte und dann schwand, wie auch die Barriere ihrer Jungfräulichkeit schwand. Er drang tief in sie ein.

»Lauren«, murmelte er an ihrem Ohr. »Süß. Oh, so süß … Habe ich dir wehgetan?«

»Nein.« Ihre Stimme klang erschreckend normal.

Sie solle stillhalten und sich entspannen, hatte Tante Clara sie angewiesen, bis ihr Ehemann fertig war. Ihr … Ehemann?

Fertig? War er jetzt fertig?

Er zog sich aus ihr zurück, und sie empfand jähes Bedauern. Das war alles? Einmal im Leben – und es war bereits vorbei, um ihr restliches Leben lang nur in Träumen wiederbelebt zu werden? So bald vorbei? Aber in dem Moment, in dem sie erwartete, dass er sich vollkommen zurückziehen würde, drang er wieder in sie ein. Da war Wundheit. Da war auch ein köstlich seidiges Gefühl und das Wissen, dass es noch einige Momente länger anhalten würde. Sie wollte ihn bitten, es erneut zu tun, empfand aber selbst in diesem Moment den Widerwillen einer Lady, linkisch zu erscheinen oder törichte Forderungen zu stellen.

Er tat es wieder. Und wieder. Sie lag still, hielt seine Schultern umfasst, als wären sie der einzige Halt ihres Daseins, und nahm still all die verbotenen Freuden ihres schockierenden Abfalls von der Tugend in sich auf.

Sie war glücklich. Welche Belohnung hatte ihr die Tugend jemals eingebracht? Sie hatte stets geglaubt, Tugend sei ihre eigene Belohnung. Aber das war sie nicht. Tugend lohnte sich nicht.

Wusste er, welch gute Gefühle es ihr verschaffte, dieses wiederholte Eindringen und Zurückziehen, das ruhig und rhythmisch geworden war? Wusste er es? Tat er es deshalb? Um sie zu beglücken? Aber sie konnte sein schweres Atmen hören, und sie konnte die Hitze seines Körpers spüren, und sie erkannte, dass er es tat, weil es ihn beglückte. Sie, Lauren Edgeworth, beglückte Kit.

Sie lächelte und konzentrierte alle ihre Gedanken, alle ihre Empfindungen auf den unteren Bereich ihres Körpers. Sie würde diesen Becher der Lust bis zur Neige leeren. Die Erinnerung würde ihr Leben lang bei ihr bleiben.

Seine Hände glitten unter ihren Körper, bevor sie den Becher auch nur halbwegs geleert hatte, hielten ihr Gesäß fest umfasst, zogen sie hoch, und er stieß härter, schneller, tiefer in sie. Ein scharfer Schmerz reiner Lust wirbelte durch ihren Bauch aufwärts und konzentrierte sich in ihren Brüsten, aber bevor es sich wiederholen konnte, anscheinend viel zu schnell – wie gierig sie war! –, spannte er sich tief in ihr an, und sie spürte eine warme Nässe.

Ah. Er war fertig.

Und sie war es nicht.

Waren Frauen jemals fertig? Begannen sie überhaupt jemals wirklich? War da nur die Freude und das Greifen nach etwas Unfassbarem? Aber die Freude genügte. Es tat ihr nicht leid. Es würde ihr niemals leid tun. Sie würde nicht zulassen, dass ihr Gewissen sie später am Abend, oder morgen oder den Rest ihres Lebens, schelten würde. Sie war froh, dass dies geschehen war. Es war eine der schönsten Erfahrungen ihres Lebens. Nein, es war die schönste überhaupt.

Sie glaubte einige Minuten lang, er wäre eingeschlafen. Sie fuhr ihm mit den Fingern durchs Haar und wandte ihren Kopf, um ins Feuer zu blicken, das knisternde Funken in den Schornstein schickte, während die Scheite herunterbrannten. Sie lauschte dem heimeligen Klang des Regens gegen das Fenster.

»Mmm«, sagte er nach einer Weile und hob den Kopf, um auf sie hinabzublicken. »Ich muss mich doch nicht entschuldigen, oder, Lauren? Ich habe nichts erzwungen …«

Sie legte die Finger einer Hand über seinen Mund. »Du weißt, dass du das nicht getan hast. Ich werde dein Gewissen nicht belasten, Kit.«

Er lächelte – ein schläfriges, warmes Lächeln. »Dann sage ich stattdessen danke«, erwiderte er. »Danke, Lauren, für solch ein kostbares Geschenk. War es sehr schmerzhaft? Ich habe gehört, dass es beim ersten Mal wehtut.«

»Nicht sehr«, versicherte sie ihm.

Er erhob sich von ihr und stand auf, um seine Kleidung zu richten, während er ihr den Rücken zuwandte. Dann hielt er ihr, ohne hinzuschauen, sein Taschentuch hin.

»Nimm das.«

Sie hatte sich schon gefragt, wie sie die Situation handhaben sollte. Da war Blut, wie sie merkte. Aber selbst jetzt, obwohl ihre Hand zitterte, als sie sich säuberte, konnte sie die Gewaltigkeit dessen, was sie getan hatte, nicht vollständig realisieren. Das gelang ihr erst, als sie sich wieder hergerichtet hatte und auf der Bankkante saß, ordentlich und ehrbar, das fleckige Taschentuch in der Faust.

»Nun«, sagte Kit, wandte sich um und lächelte ihr vergnügt zu, »wir werden uns ein Hochzeitsdatum überlegen müssen, nicht wahr?«

16

Der Regen hörte während der Nacht auf, obwohl die Sonne erst am späten Vormittag hervorkam, das Gras trocknete und für den Nachmittag Sommerhitze versprach.

Kit regte ein Kricketspiel an und organisierte es auf der langen vorderen Wiese. Es war ursprünglich nur für die Kinder gedacht, aber alle jüngeren Leute und sogar einige der älteren Gentlemen nahmen die Idee so begeistert auf, dass das Spiel rasch viele Teilnehmer hatte. Und alle, die nicht spielten – außer der Witwe, Lady Irene und Baron Galton, der sich zu einem Nachmittagsschläfchen zurückzog – stimmten zu, die Rolle der Zuschauer zu übernehmen.

Die Männer begannen das Spielfeld abzustecken, während Kit die Spieler in einigermaßen gleich starke und erfahrene Teams einteilte. Lauren, Gwendoline und Daphne breiteten inzwischen auf der Wiese, in sicherer Entfernung vom Spielfeld, Decken für die Zuschauer aus. Mehrere der jüngeren Kinder rannten umher und waren jedermann im Weg, und man duldete sie nur deshalb, weil die Sonne schien und ihre Energien bald auf das Spiel konzentriert wären. Niemand bemerkte bei all dem Lärm und der Geschäftigkeit die drei Reiter, die sich den Fahrweg und die

Terrasse herauf näherten, bis Daphne Willard sie freudig begrüßte.

Lord Rannulf Bedwyn war bereits abgestiegen und hob gerade Lady Freyja aus dem Sattel, während Lord Alleyne das Chaos auf der Wiese bestaunte.

»Ah«, sagte er. »Ein Kricket-Match, nehme ich an, und noch nicht angefangen. Guten Tag, Madam.« Er wandte sich an die Countess, zog schwungvoll seinen Hut und verneigte sich. »Ist es gestattet, sich an dem Vergnügen zu beteiligen, selbst wenn wir eigentlich nur gekommen sind, um Euch unsere Aufwartung zu machen?«

Die Countess stellte sie Gwendoline vor, der sie noch nicht begegnet waren. Lord Rannulf beugte sich über ihre Hand und hielt sie fest, während er Artigkeiten mit ihr austauschte.

»Bist du ganz sicher, dass du nicht spielen willst?«, fragte Kit, während er auf Lauren zuging und zu ihr hinablächelte.

Es schien ihr plötzlich, als wäre die letzte Nacht vielleicht gar nicht geschehen – nichts davon. Er wirkte so normal, so sehr sein übliches Selbst. Und sie war wieder sehr stark ihr übliches Selbst.

»Ganz sicher«, sagte sie bestimmt. »Ich hätte nicht die geringste Vorstellung, was ich tun sollte.«

»Du kannst doch sicher einen Ball fangen?«, lockte er sie. »Du kannst laufen. Und ich kann dir zeigen, wie du das Schlagholz führen musst.«

»Kit, wenn dies eine weitere deiner eigentümlichen Ideen ist, mir Vergnügen aufzuzwingen, magst du es gleich vergessen. Ich werde mich ganz ungeheuerlich damit vergnügen, still hier zu sitzen. Auch keine der übrigen Ladys über achtzehn stellt sich dort draußen zur Schau.«

Aber noch während sie sprach, betrat Lady Freyja Bedwyn mit Lord Alleyne die Wiese und verkündete ihre Absicht, auf der Seite mitzuspielen, die nicht Kits Seite war. Lord Alleyne schloss sich Kits Team an.

»Kann ich dich nicht überzeugen?« Kit lachte und wandte seine Aufmerksamkeit wieder dem Kricket-Match zu, das gleich beginnen würde.

Lauren richtete den breitkrempigen Strohhut, um ihren Teint wirkungsvoller vor der Sonne zu schützen, und gestattete sich einen Seufzer der Erleichterung. Sie hatte einen Moment gefürchtet, er würde beharrlich bleiben. Sie musste nachdenken. Nein, das wollte sie nicht! Nicht jetzt. Sie spürte, wie ihr bei der Erinnerung an die letzte Nacht die Röte in die Wangen stieg. Sie durfte an nichts von alledem denken, bis sie wieder allein war – auch nicht an die Tatsache, dass sie nein gesagt hatte. Gott helfe ihr, sie hatte nein gesagt.

Das Kricket-Match verlief lebhaft und fröhlich. Kit, dessen Seite den Ball zuerst auffing und zurückwarf, schrie und lachte viel. Er ließ den Ball rollen und verärgerte einige der seriöseren Mitglieder seines Teams, indem er es bereitwillig zuließ, dass die kleineren, schwächeren Spieler gegen ihn punkteten, während er sich sein tödliches Können für die erfahreneren Spieler aufhob. Als der junge David Clifford, der ihm am Dreistab am nächsten stand, das Schlagholz fast ebenso groß wie er, das ganze Spielfeld entlanglaufen musste, um nicht von Sebastian Willard, einem Mitglied von Etons bestem Kricket-Team, hinausgeworfen zu werden, hob Kit den Jungen hoch und rannte mit ihm los, wobei er die ganze Strecke über fröhlich lachte. Sie trafen ungefähr eine halbe Sekunde vor dem Ball ein.

»Du liebe Zeit. Bisher ist Kit der Star beider Teams«, bemerkte Lord Rannulf. »Er muss inspiriert sein, wie die Ritter aus der alten Zeit – vom bewundernden Blick seiner Lady. Trägt er zufällig Eure Gunst in seinem Herzen, Miss

Edgeworth? Aber wir werden sehen, was er gegen Freyja ausrichten kann.«

Da Crispin Butler gerade ausgeschlagen worden war, kam Lady Freyja tatsächlich ins Spiel. Lauren war sich ihrer von Anfang an sehr bewusst gewesen, während sie mit ihrem übrigen Team in einiger Entfernung von den Decken am Spielfeldrand stand, ohne Hut, ihre Mähne wilden Haares in der Sonne golden schimmernd, mit einem gelegentlichen Lächeln in Richtung der Zuschauer, eine Herausforderung im Blick, wenn er Laurens Blick begegnete.

Sie fühlte sich auf dem Kricket-Feld natürlich vollkommen zu Hause. Sie stellte ihr Schlagholz vor die Dreistäbe und schaute blinzelnd in Kits Richtung, der gerade auf die entgegengesetzten Dreistäbe zulief, um ihr den Ball zuzuspielen. Es war eindeutig, dass er sie als vollendete Spielerin kannte. Er warf ihr seinen besten Ball zu. Sie schlug einen »six runs«. Der Ball flog in hohem Bogen in den Himmel und landete weit jenseits einer unverteidigten Rasenfläche. Benjamin rannte hinterher, während die Zuschauer applaudierten, die Feldspieler stöhnten, Claudes Team in lauter, ungezügelter Fröhlichkeit auf und nieder sprang und Lady Freyja mit einer Hand ihr Reitgewand mit einem Ruck zurechtzog und triumphierend lachend zwischen die Dreistäbe lief, während ihr Haar hinter ihr flatterte.

Kit lachte ebenfalls. »Das war dein Freiwurf«, rief er ihr zu. »Danach wird es ernst.«

»Ernst ist für mich nicht annähernd gut genug«, rief sie zurück. »Bring einen besseren Werfer ins Spiel.«

Mit geröteten Wangen, brillant und voller Leben, wandte sie den Kopf erneut in Richtung der Decken, und ihr Blick spottete Laurens spröder, damenhafter Gegenwart.

»Ah, der Fehdehandschuh«, murmelte Lord Rannulf. »Ganz wie in alten Zeiten.«

Lady Freyja blockte den nächsten Ball ab, und die Dreistäbe standen.

Sie traf den nächsten, einen vollkommen fangbaren Schlag, aber er segelte in Richtung der vierjährigen Sarah Vreemont, die ihn erschreckt kommen sah und die Hände genau im falschen Moment zusammenschlug, während ihre Teamkameraden ihr zuschrien, sie solle ihn fangen. Sie brach in Tränen aus, als der Ball zu ihren Füßen ins Gras fiel.

Lauren, zweiundzwanzig Jahre älter, wusste genau, wie sie sich fühlte.

»Hmm.« Kit trottete auf das Kind zu. »Das war ein Fehlschlag, Freyja. Es war nicht Sarahs Fehler, dass sie ihn nicht gefangen hat. Du solltest besser noch einmal schlagen.«

Jemand warf den Ball zu Lady Freyja zurück, und sie schleuderte ihn hoch und schlug ihn erneut in gemächlichem Bogen ab. Kit nahm Sarah mit einem Arm hoch, umwölbte ihre kleinen Hände mit seiner freien Hand und fing den Ball.

»Aus!«, rief er, und seine Teamkameraden jubelten wild.

Lady Freyja machte viel Aufhebens darum – lauthals, wie auch der Rest ihres Teams. Sie stand da, die Hände in die Hüften gestemmt, das Schlagholz baumelnd, den Kopf zurückgeworfen, und beschwerte sich darüber, dass Kit verschlagen und viel zu nachsichtig sei, während er sie auslachte und ihr vorwarf, eine schlechte Verliererin zu sein. Aber Lauren war vollkommen klar, dass der Streit nicht ernst gemeint war, dass sie einander zur Belustigung ihrer Teams bereitwillig beschimpften, dass sie es in Wahrheit genossen. Sie passten in der Tat perfekt zusammen, wie sie es von Anfang an erkannt hatte.

Das war eine unleugbar niederdrückende Erkenntnis. Nicht weil sie im Wettstreit mit der Lady gestanden hätte, trotz des spöttischen Blickes, den Freyja in ihre Richtung geworfen hatte, als sie, anscheinend sehr aufgebracht, vom Feld stolziert war. Sondern nur weil Lauren – erneut! – wusste, dass sie niemals konkurrieren könnte, selbst wenn sie es wollte. Sie war hübsch und aus guter Familie, ja, aber ihr fehlte dieses gewisse Etwas, das die Bewunderung eines Mannes erringen und bewahren und seine Leidenschaft wecken konnte. Sie war, trotz letzter Nacht, letztendlich nur Lauren Edgeworth.

Sarah kam, als ihr Moment des Triumphs vorüber war, auf die Decken zu, auf der Suche nach ihrer Mutter, die bereits ins Haus gegangen war, um der Hitze zu entkommen. Es waren noch immer Tränen auf ihren Wangen. Lauren nahm ihr Taschentuch aus einer Innentasche und trocknete dem Kind die Augen.

»Du hast wundervoll gefangen«, sagte sie. »Bist du das Kricket leid?«

Das Kind nickte. »Komm und spiel mit mir«, forderte sie Lauren auf.

Lauren zögerte. Sie war während der vergangenen Tage einige Male im Kinderzimmer gewesen und hatte überrascht festgestellt, dass die Kinder sie zu mögen schienen. Aber sie war noch mit keinem der Kinder allein gewesen.

»Was würden wir tun?«, fragte sie.

»Schubs mich auf der Schaukel an.« Sarah hielt jetzt ihre Hand fest und zog daran.

»Hier ist eine Schaukel?« Sie erhob sich.

Da war tatsächlich eine. Sie hing an langen Seilen von einem hohen Ast einer der großen Eichen bei den französischen Gärten. Lauren hatte sie nie zuvor bemerkt. Sarah, die ihre Hand festhielt, während sie die Wiese überquerten, kletterte hinauf, und Lauren stieß sie an, zuerst zögerlich, dann auf Drängen des Kindes fester.

Sarah jauchzte vor Freude. »Höher!«

Lauren lachte. »Wenn du *zu* hoch schaukelst«, sagte sie, »wirst du direkt ins Baumwipfelland fliegen, und ich werde mit einer leeren Schaukel und ohne Sarah zurückbleiben.«

Und dann bemerkte sie, dass ihr Überqueren der Wiese nicht unbeobachtet geblieben war. Weitere kleine Kinder, vom Kricket gelangweilt, kamen herbei und wollten auch schaukeln. Bald war Lauren nur noch damit beschäftigt, die Schaukel anzustoßen und sicherzustellen, dass jeder gleichermaßen an die Reihe kam, sowie denen, die gerade nicht schaukelten, in die unteren Zweige der Bäume zu helfen und sie wieder herunterspringen zu lassen, so dass sie erneut hinaufklettern und das Spiel von vorne beginnen konnten. Lauren lachte mit den Kindern. Zumindest befanden sie sich hier im Schatten, dachte sie dankbar, geschützt vor der vollen Kraft der Sonne.

»Die Schaukel führt in ein magisches Land im Wipfel des Baumes«, verkündete Sarah nach einer Weile.

»Wer sagt das?«, fragte Henry Butler verächtlich.

»Ich sage das.« Lauren sah ihn verwundert an. »Hast du noch nie davon gehört? Weißt du nicht, dass es über Schaukeln ein magisches Land gibt?«

»Erzähl es uns.«

»Erzähl es uns!«

Alle fünf Kinder nahmen den Sprechchor auf, und Lauren lachte erneut. Was hatte sie da bloß in Gang gesetzt? Es war Jahre her, seit sie sich mit Geschichten unterhalten und in den Schlaf gelullt hatte, in denen kleine Mädchen niemals von ihren Müttern verlassen wurden, in denen das Leben stets ein intensives Abenteuer war, in denen man über den fernen Horizont hinaussegeln und immer wieder sicher zurückkehren konnte, in denen es stets ein glückliches Ende gab. Sie hatte diese Geschichten nie laut erzählt. Und doch gab es eine Zeit, in der sie davon geträumt hatte, genau das zu tun, neben dem Bett ihres eigenen Kindes zu sitzen – ihres und Nevilles – und Gute-Nacht-Geschichten zu erzählen.

»Ich werde mich hier in den Schatten setzen«, sagte sie, »kommt her, wenn ihr zuhören wollt.«

Die Kinder setzten sich auf den Boden und blickten sie gespannt an. Die Jüngste, die dreijährige Anna Clifford, kuschelte sich in ihre Armbeuge.

»Es war einmal vor gar nicht allzu langer Zeit …«

Sie begann, eine Geschichte von zwei kleinen Kindern zu spinnen – ein Junge und ein Mädchen –, die nebeneinander auf einer Schaukel saßen und so hoch hinaufschwangen, dass sie die Äste und die Luft beiseite schoben und durch die Vorhänge der Welt hindurch bis zum magischen Baumwipfel-Land flogen, das vom Boden aus nicht zu sehen war und das sich auf jede nur mögliche Weise von dem Land unten unterschied – das Gras war anders und auch die Häuser und die Tiere und die Menschen. Es war ein Ort staunenswerter Ungewöhnlicheiten, unglaublicher Abenteuer und gräulicher Gefahren.

»Und dann, im richtigen Augenblick«, sagte Lauren schließlich, während alle sie gebannt anstarrten, »bemerkten sie, wie die leere Schaukel durch das rote Gras wieder aufwärts schwang, und sie kletterten rasch hinauf, hielten sich an den Seilen und aneinander fest und schwangen zum Fuß des Baumes zurück, wo ihre Mama und ihr Papa besorgt auf sie warteten. Sie waren wieder in Sicherheit und hatten so viel zu erzählen.«

Ein hörbarer Seufzer der Erleichterung stieg von der Kinderschar auf.

»Sind sie jemals wieder hinaufgeflogen?«, fragte Sarah. »Sind sie?«

»O ja, in der Tat«, versicherte ihnen Lauren. »Viele Male.

Und sie erlebten alle möglichen aufregenden Abenteuer. Aber diese Geschichten werde ich euch ein anderes Mal erzählen.«

»Oooh«, protestierten die Kinder, während Lauren lachte und Anna an sich drückte.

»Was, wie wir alle hoffen müssen, sehr bald sein wird.«

Lauren schaute auf und sah Kit ohne Hut draußen im Sonnenlicht stehen, noch immer im Hemd, die Arme vor der Brust gekreuzt. Er wirkte, als stünde er dort schon eine Weile. Die Wiese hinter ihm war verwaist. Das Kricket-Match war beendet worden, ohne dass Lauren es gemerkt hatte. Er lächelte ihr zu, einen Blick unmissverständlicher Zuneigung in den Augen.

Ihr Magen vollführte einen vollständigen Salto – oder zumindest fühlte es sich so an – und ließ sie ein wenig atemlos zurück. Sie erkannte, dass dieses Gefühl Verlangen war. Sie erkannte in diesem Moment auch, dass es mehr als nur Verlangen war. Es war Erkennen. Sie kannte diesen geschmeidigen, anziehenden Körper. Mehr noch – sie kannte den Mann darinnen. Sie erkannte ihn als eine komplexe Person, die hinter der oberflächlichen Fröhlichkeit so viel von sich selbst verbarg. Und doch war auch die Fröhlichkeit real. Sie war nicht nur eine Maske.

»Alle sind zum Schwimmen zum See geeilt«, sagte er. »Hat hier jemand Interesse?« Er lächelte den Kindern zu, die sofort aufsprangen und in Richtung Wasser davonstürmten, fast bevor er zu Ende gesprochen hatte.

»Ich nicht«, sagte Lauren hastig.

Er stand still da und lächelte noch immer. »Du überraschst mich ständig«, sagte er. »Ich wusste nicht, dass du so wunderbar mit Kindern umgehen kannst.«

»Oh, das kann ich gar nicht. Ich habe nie etwas mit ihnen zu tun gehabt.«

»Erlaube mir, dir zu widersprechen. Du hast hier fast eine Stunde lang mit fünf Kleinkindern gespielt – keine einfache Aufgabe an solch einem heißen Nachmittag. Ich konnte kein Zeichen von Streit entdecken, obwohl es nur eine Schaukel gibt und sonst immer darum gestritten wird.«

»War es so lange?«, fragte sie. »Und woher willst du wissen, dass es keinen Streit gab? Du hast Kricket gespielt.«

»Oh, ich weiß es«, versicherte er ihr, womit er ihren Magen erneut in Aufruhr versetzte. Er kam näher und reichte ihr die Hand, um ihr aufzuhelfen. »Woher stammte die Geschichte? Aus einem Buch?«

»Nein, natürlich nicht«, sagte sie lachend. »Ich habe sie beim Erzählen erfunden. Es ist nicht schwer, ein magisches Land zu ersinnen, in dem alles geschehen kann und üblicherweise auch geschieht.«

»Ich glaube«, sagte er, »du hast Spaß daran gehabt, und ich kann nicht behaupten, etwas dazu beigetragen zu haben.«

»Doch, das kannst du«, erwiderte sie. »Ich wäre noch immer in London, Kit, wenn du mich nicht hierher gebracht hättest. Ich würde mich noch immer all der würdigen Gentlemen erwehren, die der Earl of Sutton und Wilma als für mich geeignet erachten. Und ich würde jeden Moment hassen.«

»Sie sind zwei erstklassige Dummköpfe«, sagte Kit. »Sie verdienen einander wirklich.«

Sie lachte erneut.

»Am See sind genügend Aufpasser. Schwänzen wir doch eine oder zwei Stunden, Lauren.«

»Ist … sind … sind alle schwimmen gegangen?«, fragte sie. »Auch die Besucher?«

»Vermutlich.« Er grinste. »Sei versichert, dass etwas so Geringfügiges wie Schicklichkeit Freyja nicht abhalten wird. Die anderen Mädchen werden sich ihrer Führung anschließen und ihren Müttern Herzklopfen verursachen. Aber es ist ein heißer Tag, und wir haben beim Kricketspiel alle viel Energie verbraucht.«

»Bist du sicher, dass du nicht lieber dort bei ih ... bei allen anderen wärst?«, fragte Lauren.

Er legte den Kopf auf eine Seite, während sie Gras und Zweige von ihrem Rock streifte. »Ich denke, wir sollten irgendwo hingehen, wo es ruhig ist«, sagte er. »Das werden alle anderen von uns erwarten, weißt du. Nein.« Er hob eine Hand, während sie zu ihm aufblickte. »Hör nicht auf zu lächeln. Wir *sind* verlobt. Und trotz deiner entschiedenen Antwort letzte Nacht werden wir doch heiraten, glaube ich. Aber das brauchen wir nicht erneut zu diskutieren. Schwänzt du mit mir?«

Sie spürte heftiges Verlangen, tief im Bauch. Gleichzeitig pochte Vorsicht an die Tür ihres Verstandes. Sie war letzte Nacht viel zu weit gegangen. Sie bedauerte es nicht auf die nahe liegende Weise – sie sah sich nicht in der Lage, moralische Entrüstung über ihr Handeln zu empfinden. Aber sie bedauerte es auf andere Weise. Ihre Weiblichkeit war letzte Nacht aus ihrem Versteck gelockt worden. Sie hatte Bedürfnissen nachgegeben, die sie vor ihrem Hochzeitstag und auch seitdem sorgfältig in sich verschlossen hatte, Bedürfnisse, die sie unbarmherzig geleugnet hatte, Bedürfnisse, von denen sie stets geglaubt hatte, dass nur Neville sie befriedigen könnte.

Das Bedürfnis, vollkommen eine Frau zu sein.

Es könnte sehr leicht so weit kommen, dass sie Kit brauchte. Sie könnte sich sehr leicht in ihn verlieben. Das war eine neue und erschreckende Möglichkeit. Sie hatte bis letzte Nacht niemals daran gezweifelt, dass sie eine Ein-Mann-Frau war, dass sie niemals einen anderen Mann als Neville lieben könnte.

In Kit könnte sie sich aber verlieben.

Aber sie durfte es sich nicht erlauben. Denn sie war überhaupt nicht die richtige Frau für ihn. Sie unterschied sich so sehr von Lady Freyja Bedwyn, wie es nur möglich war. Und Lady Freyja war so offenkundig die Richtige für ihn. Mit ihr hatte er heute Nachmittag gelacht und war so sehr aufgeblüht. Sie durfte sich nicht verlieben. Sie durfte nicht wieder ein gebrochenes Herz riskieren, das hatte sie im letzten Jahr kaum überlebt.

Außerdem hatte sie Kit versprochen, ihre Verlobung am Ende des Sommers zu lösen. Sie durfte ein Versprechen nicht brechen, auch wenn die letzte Nacht die Dinge ausreichend geändert hatte, dass er sich aus Ehrengründen gezwungen sehen würde, auf einer Ehe zu bestehen. Sie hatte ihn nicht in die Ehe locken wollen. Sie würde es nicht tun.

Sie war wirklich hierher gekommen, um ein kleines Abenteuer zu erleben, um sich kurzzeitig zu vergnügen, bevor sie sich in ihrer Zukunft einrichtete. Und was sie bisher hier gefunden hatte, war ein Abenteuer. Sie vergnügte sich in der Tat. Und sie wollte mehr. Sie wollte diesen Becher bis zur Neige leeren, bis zum letzten wundervollen Moment, bevor sie gehen müsste.

»Nur eine Stunde«, sagte sie und reichte ihm die Hand – und wunderte sich dann, warum sie etwas für sie so Uncharakteristisches tat. Es bestand augenblicklich eine Verbindung, sowohl körperlich als auch emotional. Hand in Hand mit einem Mann zu gehen war weitaus intimer, verstand sie, als Arm in Arm zu gehen.

Und jugendlicher.

Freudiger.

17

Er wusste genau, wo er sie hinführen würde. Dafür mussten sie auf der Hausseite am See entlang und an all den Kindern, Jugendlichen und einigen Erwachsenen vorbeilaufen, die spritzend und schreiend im Wasser tollten, während andere am Ufer standen oder saßen und zusahen. Wie Kit es nicht anders erwartet hatte, war auch Freyja im Wasser und schwamm mit kräftigen Zügen weiter hinaus als alle anderen. Ralf lehnte träge an einem Baumstamm und unterhielt sich mit Lady Muir. Beide wandten sich um und hoben grüßend eine Hand.

Kit war überrascht zu entdecken, dass er nicht den Wunsch verspürte, ins Wasser zu springen und mit allen anderen herumzutollen, dass er keierlei Drang spürte, mit Freyja um die Wette zu schwimmen. Er hatte sich gefragt – ja, das hatte er wirklich, selbst noch nach zwei Besuchen auf Lindsey Hall, selbst noch nach dem Pferderennen –, ob seine Leidenschaft für sie neu erwachen würde, wenn er sie wiedersähe. Er hatte es sich sogar heute Nachmittag noch gefragt, als sie mit Ralf und Alleyne herangeritten war und all ihre beträchtliche Energie in das Kricketspiel eingebracht hatte. Er hatte es sich gefragt, obwohl er gewusst hatte, dass er Lauren nun heiraten musste.

Aber im Verlauf des Spieles war etwas Seltsames geschehen. Er hatte den Wettbewerb mit Freyja, die scherzhaften Herausforderungen und den Austausch von Schimpfworten zutiefst genossen. Er hatte sich fast so gefühlt, als sei die Zeit zurückgedreht worden und er wieder ein Junge und sie ein Mädchen. Er hatte die ganze ausgelassene Kameradschaftlichkeit früherer Zeiten für sie empfunden, ohne den Wahnsinn, der ihn während jener schrecklichen Wochen vor drei Jahren gepackt hatte. Er hatte das Kricket-Match genossen, und doch war er sich die ganze Zeit über, während er sich darauf konzentrierte, das Spiel für die Kinder zu einem Vergnügen und für seine älteren Cousins zu einer Herausforderung zu machen, Laurens bewusst gewesen. Er war sich der Tatsache bewusst gewesen, dass sie kühl und damenhaft auf der Decke saß, in ihrem leichten Musselinkleid und dem Strohhut, und dem Spiel zusah. Er war sich ihrer in dem Moment bewusst gewesen, als sie sich erhob und Sarah sie in Richtung der Schaukel davonzog. Er war sich ihrer bewusst gewesen, als sie dort mit dem Mädchen spielte und weitere Kinder um sich scharte.

Die Zärtlichkeit seiner Gefühle für sie hatte ihn erstaunt. Er war es nicht gewohnt, Zärtlichkeit für Frauen zu empfinden. Er verstand dieses Gefühl nicht ganz. Und doch gefiel es ihm. Vielleicht, dachte er, war es das, was Frauen meinten, wenn sie von Romantik sprachen – etwas Warmes und Sanftes und Verlockendes. Vielleicht erlebte er mit Lauren Edgeworth eine Romanze. Seine erste. Obwohl natürlich mehr daran war – es hatte die letzte Nacht gegeben.

»Bist du sicher, dass du nicht mit allen anderen schwimmen willst?«, fragte sie ihn. »Es würde mir nichts ausmachen. Du musst dich nicht durch dein Ehrgefühl verpflichtet fühlen, bei mir zu bleiben. Ich bin für jemanden wie dich gewiss eine langweilige Gesellschaft.«

Für jemanden, der so wunderschön war, solch untadelige Manieren hatte und solch einwandfreier Herkunft war, hatte sie eine erstaunlich geringe Meinung von sich.

»Erlaube mir, das selbst zu beurteilen«, bat er und verschränkte seine Finger mit den ihren. »Lauren, hat Baron Galton niemals versucht, etwas über das Schicksal deiner Mutter herauszufinden? Hat der verstorbene Earl of Kilbourne niemals aufzuklären versucht, was mit seinem Bruder geschehen ist?«

Sie schüttelte den Kopf. »Wie wäre es möglich gewesen, etwas herauszufinden? Die Welt ist zu groß, um sie abzusuchen.«

Aber zwei Mitglieder des britischen Adels würden nicht unbemerkt bleiben, wo auch immer sie hingingen.

»Also besteht für euch beide keine endgültige Gewissheit«, sagte er.

»Das ist nicht wichtig. Ich denke nicht daran.« Eine Lüge, wahrhaftig. Sie blickte auf das Gras hinab, über das sie wanderten, das Gesicht hinter der breiten Krempe ihres Strohhuts verborgen.

»Ich habe Beziehungen«, sagte er. »Männer, deren Geschäft es ist, Verborgenes aufzudecken, zu erfahren, was scheinbar nicht erfahrbar ist. Ich könnte einige Gefallen einfordern. Ich könnte Nachforschungen in Gang setzen. Soll ich das tun?«

Da wandte sie jäh den Kopf. Ihre Augen waren weit geöffnet und sehr tief veilchenblau. »Das würdest du tun? Für mich? Selbst wenn es erst lange nach unserer Trennung etwas zu entdecken gäbe?«

Sie war letzte Nacht unerbittlich darin gewesen, ihn nicht heiraten zu wollen, obwohl sie mit ihm geschlafen hatte. Töricht unerbittlich – sie könnte schließlich schwanger sein.

»Du hast sehr viel für mich getan«, sagte er. »Erlaube mir, es wiedergutzumachen.«

»Habe ich das?« Sie war stehen geblieben. In ihren Augen standen Tränen. »Aber ich wünschte, es wäre nicht so viel Täuschung damit verbunden, Kit. Ich mag deine Familie so sehr – deine Mutter, deine Großmutter. Alle.«

»Es ist überhaupt keine Täuschung mehr nötig«, sagte er sanft. »Wir könnten an Großmamas Geburtstag unseren Hochzeitstermin verkünden. Keinen falschen Termin. Den wahren.«

Sie schüttelte den Kopf.

»Dann hängst du so unwiderruflich an ihm?«, fragte er. Er begann sich allmählich unendlich über den Earl of Kilbourne zu ärgern, obwohl er ihm nie begegnet war.

Sie schüttelte erneut den Kopf. »So lautete unser Handel. Einen Ausweg aus den Verwicklungen für dich, Freiheit für mich. Verdirb nicht alles, Kit. Alles, was ich von diesem Sommer wollte, war ein kleines Abenteuer.«

Es war deprimierend zu erkennen, dass sie ihn nicht heiraten würde, einfach weil sie es nicht wollte. Aber sie hatte nie etwas anderes vorgegeben. Er war der Narr, wenn er es zuließ, sich von einer Sommerromanze täuschen zu lassen.

Er lächelte ihr zu und ging weiter. »Du kannst einem Gentleman nicht vorwerfen, dass er ein Gewissen hat. Also werden wir uns dem Abenteuer widmen. Siehst du die Landzunge, die dort vorne in den See ragt?« Er deutete darauf. »Tatsächlich ist es eine Insel. Natürlich von Menschenhand gemacht, wie auch der See. Dort werden wir hingehen. Es gibt dort ein Boot.«

»Danke«, sagte sie.

Er wusste nicht, wofür sie ihm dankte. Aber er war es zufrieden, in umgänglichem Schweigen voranzugehen und sich darauf zu freuen, auf der Insel mit ihr zu entspannen.

Das Boot lag noch immer an seinem gewohnten Platz, wie er entdeckte, als sie bei dem kleinen Badehaus ankamen, und es war in gutem Zustand. Der Stapel Handtücher, der stets in einem Regal aufbewahrt wurde, befand sich auch noch dort und wirkte frisch und sauber. Er nahm zwei Handtücher herab. Er ruderte die kurze Entfernung übers Wasser, während Lauren entspannt und vornehm auf der schmalen Bank ihm gegenübersaß, eine Hand um Gleichgewicht bemüht auf der Seite des Bootes. Er half ihr am Ufer heraus und zog das Boot aus dem Wasser.

Die Seite der Insel, die am weitesten vom Haus entfernt lag, hatte ein breites Ufer, fast wie eine kleine Wiese, die sanft zum Wasserrand abfiel. Es war grasbewachsen und von Gänseblümchen, Butterblumen und Klee bestanden. Sie wateten knöcheltief durch die Wildblumen, und dann setzte sich Lauren mitten hinein, legte die Arme um die Knie und blickte sich um.

»Ich war nie gerne draußen«, sagte sie mit einem zufriedenen Seufzen.

»Aber nun bist du es?«

»Ja.« Sie schaute blinzelnd aufs glänzende Wasser.

Kit setzte sich nicht hin. Es war ein heißer Nachmittag. Er hatte an einem lebhaften Kricketspiel teilgenommen, sie waren eine ganze Strecke gelaufen, und er hatte gerade das Boot über den See gerudert. Er zog sich das Hemd über den Kopf, legte seine Stiefel ab und zog die Beinkleider aus. Er zögerte nur einen Moment, bevor er auch die Unterhose abstreifte. Lauren sah ihm ruhig zu. Noch vor wenigen Tagen, dachte er, wäre sie vor Verlegenheit und Zorn fast geplatzt.

»Du bist sehr schön«, sagte sie überraschend.

Er lachte. »Trotz all der Narben?«

»Jawohl.«

Er tauchte platschend ins Wasser. Es fühlte sich auf seiner heißen, nackten Haut köstlich kühl an. Er schwamm mehrere Züge unter Wasser, kam dann wieder an die Oberfläche und schüttelte sich die Tropfen aus den Augen. Sie saß noch immer inmitten der Blumen, hübsch wie ein Bild, kühl und gelassen, ihr Gesicht von der breiten Krempe des Hutes beschattet. Aber dann löste sie die Bänder unter ihrem Kinn und ließ den Hut rückwärts aufs Gras fallen, während sie ihre dunklen Locken ausschüttelte.

Er war ins Tiefe geschwommen. Er trat Wasser, die Arme seitlich ausgestreckt, und beobachtete, wie sie ihre Schuhe und Strümpfe auszog und dann aufstand, um ihr Kleid aufzuknöpfen und abzulegen. Ihr Hemd schmiegte sich an ihre schlanken Rundungen. Er betrachtete sie anerkennend und staunte darüber, dass heute nichts mehr von dem mädchenhaften Schamgefühl erkennbar war, das sie gezeigt hatte, als sie sich an den beiden Morgen beim Baden entkleidet und dann ganz nah am Ufer unter eine Decke gekauert hatte.

Und dann schürzte er erschreckt die Lippen, als sie die Arme kreuzte, das Hemd über den Kopf zog und es auf den kleinen Stapel ihrer Kleidung fallen ließ. Nackt war sie die Vollkommenheit selbst – jugendlich festes Fleisch und Muskeln, feste, pralle Brüste, lange, schlanke Beine und an deren Scheitelpunkt dunkles Haar. Sie kam das Ufer herab und watete ins Wasser, den Blick eher darauf als auf ihn gerichtet, und sie versuchte nicht, sich zu bedecken. Ihre Haut war im hellen Sonnenlicht reiner Alabaster. Er spürte, wie sein Mund trocken wurde, und benetzte die Lippen, bevor er erneut unter- und dann neben ihr wieder auftauchte.

Er berührte sie nicht. Sie berührte ihn nicht. Sie lächelten einander zu, und sie schloss die Augen und legte sich aufs Wasser. Sie ließ sich mühelos treiben und bewegte nur träge die Füße. Er schwamm gemächlich kraulend neben ihr.

Wusste sie, fragte er sich, wie sehr sie sich in der kurzen Zeit in Alvesley verändert hatte? Wie weit sie hinter ihrer eiskalten, jungfräulichen Maske hervorgetreten war? Lauren Edgeworth, die bei hellem Tageslicht nackt mit einem nackten Mann badete? Ihrer beider Freunde würden es nicht für möglich halten. Konnte es wirklich wahr sein, das sie dies nur für einen kurzen Sommer ihres Lebens wollte, dass sie bereitwillig zu ihrem alten Selbst zurückzukehren würde, wenn es vorüber wäre?

»Wenn ich mich hinstellen wollte«, fragte sie nach einigen Minuten und wandte den Kopf zu ihm, »würde ich das können?«

Er schätzte ihre Entfernung zum Ufer ab. »Wahrscheinlich nicht«, sagte er. »Aber hab keine Angst. Du wirst nicht versinken, wenn du es nicht willst. Und wenn du doch versinkst, werde ich dich retten.«

»Ich habe keine Angst. Kit, bring mir das Brustschwimmen bei. Lass es mich erneut versuchen.«

Er drehte sie auf den Bauch, während seine Hände über ihre glatte, kühle Haut strichen. Es war, als bewege sie sich in der magischen Welt, die sie zuvor für die Kinder ersonnen hatte. Heute Nachmittag konnte sie ihr Gesicht ins Wasser tauchen, ohne in Panik zu geraten und ohne Wasser zu schlucken. Und heute konnte sie ihre Füße dicht unter der Oberfläche bewegen, so dass ihre Bemühungen, vorwärts zu kommen, nicht umsonst waren. Sie lernte die Armbewegungen im Nu. Innerhalb von zehn Minuten schwamm sie tatsächlich – in Wasser, das mindestens acht Fuß tief war.

»Bei dieser Geschwindigkeit«, sagte er, während er neben ihr herschwamm, »könntest du es wahrscheinlich in vierundzwanzig Stunden bis zum Festland schaffen. In dreiundzwanzig, wenn du nicht auf halber Strecke rastest.«

»Spotte nur weiter«, sagte sie atemlos. Sie hatte wahrscheinlich noch mehr zu sagen, aber sie brauchte all ihren Atem und ihre Konzentration.

Nach einer Weile drehte er sie wieder auf den Rücken, und sie ließen sich nebeneinander treiben, ihre Hand in seiner. Er konnte sich nicht erinnern, sich jemals so entspannt, so zufrieden, so von einem Gefühl des Wohlbefindens erfüllt gefühlt zu haben, seit … Nun, vielleicht hatte er sich überhaupt noch nie so gefühlt.

Er schloss die Augen und ließ sein Gesicht von der Wärme der Sonne und seine Lider von ihrer Helligkeit durchdringen.

»Manche Augenblicke«, sagte er, »sollten für die Ewigkeit gemacht sein.«

»Mmm«, stimmte sie ihm zu.

Aber die Augenblicke und die geschwänzte Stunde vergingen natürlich nur allzu schnell. Obwohl ihr Status als frisch verlobtes Paar es ihnen erlaubte, viel Zeit allein miteinander zu verbringen, gab es doch Grenzen. Sie müssten schon bald zum Haus und der geschäftigen Fröhlichkeit der Feierlichkeiten zurückkehren.

Die Luft fühlte sich auf ihrer nassen Haut kühl an, als sie aus dem Wasser stiegen und das Ufer erklommen. Kühl, aber nicht kalt. Die Hitze der Sonne würde sie im Handumdrehen trocknen. Er breitete die Handtücher auf dem Gras aus und legte sich auf eines davon. Er erwartete, dass Lauren jetzt, wo sie nicht länger vom Wasser bedeckt war, das Handtuch um sich schlingen und sich, wieder spröde und befangen, vielleicht ein Stück von ihm entfernt hinsetzen würde. Er erwartete auch fast, dass sie sich so schnell wie möglich anziehen und zum Boot zurückkehren würde.

Aber sie legte sich nackt auf das Handtuch neben ihm, bedeckte mit einem Arm die Augen und stellte einen Fuß flach auf den Boden, eine einladende Haltung, die sie zweifellos unbewusst einnahm. Er wandte den Kopf und stützte sich dann auf einen Ellenbogen auf, um besser sehen zu können. Alle Mätressen, die er jemals gehabt hatte, und alle gelegentlichen Liebschaften waren üppig gebaut gewesen – das war ein Kriterium, nach dem er sie ausgesucht hatte. Großzügige Kurven und volle schwere Brüste erregten ihn – und Mätressen waren schließlich fürs Bett gemacht.

Lauren Edgeworth war schlank und langbeinig. Wenn sie auf dem Rücken lag, erschienen ihre Brüste sogar noch kleiner als gewöhnlich, obwohl sie hübsch geformt waren und rosige Spitzen hatten. Ihr Bauch war flach. Ihre Beine waren schlank und wohlgeformt. Er spürte ein angenehmes Ziehen in den Lenden und erkannte mit wehmütigem Humor, dass sie gewiss sofort begreifen würde, in welcher Gefahr sie schwebte, wenn sie den Arm von den Augen nähme.

Sie war zweifellos eine der schönsten Frauen, die er je gesehen hatte. Aber das hatte er schon bei Lady Mannerings Ball erkannt – nein, noch früher. Schon im Hyde Park hatte er, obwohl er nur ein heiles Auge hatte, ihre außerordentliche Schönheit bemerkt und zu würdigen gewusst.

Aber sie war mehr als nur schön. Sie war … sinnespendend? Gab es ein solches Wort? Wenn nicht, dann sollte man es erfinden. Ohne irgendeine der Verlockungen einer Kurtisane forderte ihr Körper einen Mann dennoch zur Liebe auf. Und doch war nichts Erotisches an ihrem Körper selbst oder ihrem Charakter. Was war es dann?

War er der privilegierte Zeuge lange unterdrückter Fraulichkeit, die zu herrlicher Weiblichkeit aufblühte? War er das Instrument, durch das es geschah? Wurde ihm diese Ehre zuteil? Er wusste gewiss, dass sie niemals zuvor etwas auch nur annähernd Ähnliches getan hatte. Selbst wenn er daran irgendwelche Zweifel gehegt hätte – was er nicht tat –, hätte er den Beweis letzte Nacht erhalten. Sie war Jungfrau gewesen.

Sein Blick wanderte ihren schlanken, kaum wollüstigen, *sinnespendenden* Körper hinab. Er begehrte sie so sehr, wie er nur jemals eine Frau begehren könnte. Vielleicht noch mehr. Aber sie würde ihn nicht heiraten. Sie wollte es nicht. Er durfte nicht … Er hatte sie letzte Nacht bereits einmal in Gefahr gebracht. Er durfte sie nicht in die Falle locken, die Freiheit zu verlieren, die sie so sehr schätzte. Er durfte nicht so selbstsüchtig, so undiszipliniert sein.

Sie nahm den Arm vom Gesicht, wandte den Kopf und lächelte ihm zu.

»Kit«, sagte sie, ihre schönen Augen leidenschaftlich und verträumt, »das ist es, was ich in Vauxhall meinte, genau das, obwohl ich es damals selbst noch nicht wusste. Das Sonnenlicht auf meinem Gesicht – ich habe es nie zuvor gewagt, denn es könnte meinen Teint ruinieren –, der Klang des Wassers und der Vögel und Insekten – Tausende davon, die zirpen und summen. Manchmal vergesse ich, dass die Welt lebt. Manchmal denke ich, es gäbe hier nur Menschen und vielleicht Pferde und Kühe und Schafe. Und dann der Geruch des Wassers und des Grases und der Blumen. Die Blumen, Kit. Sie sind Unkraut – Gänseblümchen und Klee und Butterblumen. Aber sie sind hübscher als alles andere im Universum. Und … und ich bin selbst ein Teil von alledem. Ich habe dem Leben immer zugeschaut, weißt du, nie daran teilgenommen. Nie. Aber jetzt tue ich es. Heute tue ich es, und ich empfinde Ehrfurcht und bin überglücklich. Das ist das Abenteuer, um das ich gebeten hatte, das Abenteuer, das ich nun erlebe. Dafür werde ich dir auf ewig dankbar sein.«

Er schluckte. Er fühlte sich lächerlicherweise den Tränen nahe. Er kämpfte gegen seine Erregung an und hoffte, dass sie es nicht bemerkt hatte. Sie hatte die einfache Wahrheit gesagt. Das konnte er erkennen, wenn er ihr nur in die Augen sah und sie als Teil ihrer Umgebung wahrnahm. Sie war ein Teil von alledem, eins mit dem Sonnenschein und dem Wasser, mit dem Gras und den Blumen, mit den Vögeln und den zirpenden Insekten. Wie eine Wald- oder Wassernymphe. Wie eine Fee oder eine Göttin.

Er wusste jenseits allen Zweifels, dass dies einer der kostbaren Momente des Lebens war und dass er ihn sein restliches Leben lang bewahren würde. Es war ein Schatz, den seine Erinnerung als zukünftigen Trost horten würde. Er durfte es durch nichts verderben.

»Kit.« Sie hob eine Hand und berührte mit leichten, kühlen Fingerspitzen seine Wange. »Tu, was du letzte Nacht mit mir getan hast. Ich will es wieder. Nur noch einmal, hier zwischen den Blumen, unter der Sommersonne. Hier wäre es wunderschön, nicht wahr? Das heißt, wenn du es willst. Vielleicht willst du es ja nicht.«

Er beugte sich über sie und legte seine Lippen auf ihre. Sie schmeckte nach kühlem Seewasser und warmem Sommer. Sie schmeckte nach Unschuld und erwachter Weiblichkeit. Sie schmeckte nach dem verzauberten Land jenseits der Baumwipfel. Er sollte sie an die Realität erinnern – an die Tatsache, dass Frauen oft schwanger wurden. Dass schwangere Frauen ihre Verführer heiraten mussten, selbst wenn sie jemand anderen liebten, selbst wenn sie sich nach Freiheit sehnten.

Aber jenes verzauberte Land lockte auch ihn. Tatsächlich war er bereits hineingetaucht, in blumengetüpfeltes Gras und Kleeduft und warmen Sommersonnenschein und Bienensummen. Das hatte sie gemeint. Nur diesen flüchtigen, magischen Moment – um erfasst zu werden oder für immer verloren zu sein. Er hob leicht den Kopf, und sie lächelte ihn verträumt an. Er erwiderte das Lächeln.

Die letzte Nacht war für ihn gewesen. Er hatte all seinen tiefsten Schmerz vor ihr ausgebreitet, indem er ihr Syds und seine Geschichte erzählt hatte, und dann hatte er sich physischen Trost bei ihr geholt, den sie ihm großzügig, herzlich, verschwenderisch gewährt hatte. Ihr innerstes Selbst hatte sie ihm geschenkt. Dieser Nachmittag war nun für sie.

Er liebte sie mit den Händen und dem Mund, setzte all sein über die Jahre erworbenes Können ein, das er aber ihren Bedürfnissen anzugleichen wusste. Sie war keine Frau wilder Leidenschaft – zumindest noch nicht. Sie war eine Frau, die Zärtlichkeit und Sanftheit brauchte. Er gab ihr beides, während seine Hände und sein Mund über ihren Körper glitten, federleicht, streichelnd, leicht kratzend und zwickend, leckend, saugend, sanft beißend – die empfindlichen Stellen wählend, wo sie ihr den größten Genuss verschaffen würden. Ihre Hände wanderten über seine Schultern, seinen Rücken, seine Brust – sanft, unerfahren. Er war Frauen gewohnt, die unfehlbar wussten, wie sie seine Leidenschaft erwecken und befriedigen konnten. Lauren kannte keinen einzigen dieser vielen Kunstgriffe. Aber ihre Unerfahrenheit bescherte ihm vollkommene, fast schmerzhafte Erregung.

Er liebte sie mit beinahe verzweifelter Zärtlichkeit. Er bedeckte ihren Mund mit sanften, intensiven Küssen, leckte liebevoll sein Inneres, während seine Finger die feuchte Hitze zwischen ihren Beinen erkundeten, Lippen teilten, suchten, tief eindrangen, spürten, wie sich ihre Muskeln anspannten. Mit dem Daumen fand er den geheimsten Teil ihrer Weiblichkeit und streichelte sie dort, bis sie ein überraschtes, leises Keuchen in seinen Mund hauchte und sich in einem Wonneschauer verkrampfte.

»Willst du mich in dir?«, murmelte er ihr zu.

»Ja.« Sie legte die Arme um ihn. »O ja. Tu es mit mir – wie letzte Nacht.«

»Nicht ganz wie letzte Nacht.« Das lange Gras und die nickenden Blumen vermittelten vielleicht den Eindruck eines weichen Teppichs, aber sie wären beim Liebesakt eine zu harte Unterlage für sie. »Komm.« Er hob sie über sich und spreizte ihre Beine, so dass sie rittlings auf ihm saß. »Knie dich aufs Gras. Vertrau mir.«

»Ja.« Sie kniete sich über ihn und stützte sich mit den Händen zu beiden Seiten seines Kopfes ab. Sie blickte zu ihm hinunter und lächelte, die Augen schwer vor Verlangen.

Er hob die Knie an und stellte die Füße flach auf. Er brachte sie vorsichtig in Position und schmiegte sich an ihre Öffnung, bevor er die Hände auf ihre Hüften legte und sie auf sich hinunterzog. Er beobachtete, wie sich ihre Augen schlossen, während sie zunächst die Stirn runzelte und sich dann entspannte. Ihre Muskeln spannten sich um ihn an, während er einige Augenblicke tief in ihr ruhte, um ihr Zeit zu geben, sich daran zu gewöhnen. Sie war heiß und nass und weiblich. Er atmete einige Male ruhig ein. Er war es nicht gewohnt, sich Kontrolle auferlegen zu müssen, nachdem er in eine Frau eingedrungen war. Es war der Moment, an dem er sich, nach langen Minuten eines wirksamen Vorspiels, normalerweise einem verzückten Höhepunkt überließ.

Bis auf letzte Nacht. Aber andererseits war es letzte Nacht nicht wirklich um die körperliche Liebe gegangen.

Heute Nachmittag auch nicht. Es war nicht Sex – jedenfalls nicht so, wie er ihn kannte. Es war … was war es? Ein wohliges, vertrautes, zärtliches Teilen von … von was?

Er hob sie mit den Händen ein wenig an und begann sich langsam in ihr auf und ab zu bewegen. Sie hielt still, obwohl ihre inneren Muskeln den Rhythmus aufnahmen, zunächst ungeübt reagierten und sich dann anpassten. Das Gefühl war köstlich und schmerzvoll zugleich. Er wollte den Genuss endlos ausdehnen. Er wollte jetzt sofort aufgeben und in ihr explodieren.

Aber hauptsächlich wollte er ihr all den Genuss verschaffen, den ihr sechsundzwanzig Jahre Leben verweigert hatten. Er wollte, dass dies für sie geschah. Nicht für sich selbst, sondern für Lauren. Er wollte sie vollkommen, zutiefst glücklich sehen.

Er stieß viele Minuten lang sanft und tief in sie, versuchte nicht, das Ende zu beschleunigen, wie er es vielleicht mühelos hätte tun können, indem er sie erneut an dieser kleinen, geheimen Stelle berührt hätte. Er konnte an ihren geschlossenen Augen, den leicht geöffneten Lippen und ihrem konzentrierten Ausdruck erkennen, dass sie all ihre Aufmerksamkeit darauf lenkte, was er in ihr tat, und dass sie die Empfindungen sehr genoss. Vielleicht war das alles, was sie empfinden würde, aber er wollte nichts verderben, bis er spüren konnte, dass sie so weit war.

Dann runzelte sie erneut die Stirn, kniff die Augen fester zu und zog die Unterlippe zwischen die Zähne. Sie geriet aus dem Rhythmus und verkrampfte sich fest um ihn. Sie öffnete den Mund und keuchte.

»Entspann dich«, befahl er. »Entspann deine Muskeln und lass los.« Er festigte den Griff um ihre Hüften und stieß nun härter und tiefer zu. »Lass alles zu. Vertrau mir.«

Aber es waren keine Anweisungen nötig, er brauchte sie nicht zum Höhepunkt zu führen. Sie schrie auf und sank dann schwer auf ihn. Er legte beide Arme schützend um sie. Sie zitterte am ganzen Körper.

»Lass alles los«, murmelte er erneut an ihrem Ohr. »Lass alles zu.«

Er hatte sich niemals mit weiblichen Höhepunkten befasst. Er war normalerweise zu sehr auf seinen eigenen konzentriert gewesen.

Schließlich lag sie still und heiß und feucht auf ihm. Nun stand es ihm endlich frei, sein eigenes Vergnügen zu vollenden. Er legte die Hände erneut auf ihre Hüften und stemmte die Füße fester auf den Boden – und hielt einen Moment mit zusammengebissenen Zähnen inne.

Dann hob er sie von sich, drehte sich um und ließ sie sanft auf dem Handtuch neben ihm nieder.

»Mmmm.« Es war ein zufriedenes Schnurren tief aus ihrer Kehle, während sie sich auf die Seite rollte, sich an ihn schmiegte und augenblicklich einschlief.

Kit legte sich wieder hin, atmete tief und gleichmäßig durch und ballte und löste die Hand auf seiner anderen Seite. Mehrere Minuten reiner Qual vergingen, bevor seine Erektion nachzulassen begann. Er lachte kläglich auf, als das Schlimmste vorüber war. Sie war sich in ihrer Unschuld zweifellos nicht bewusst, dass sie die Einzige war, die den Akt vollendet hatte.

Wie er wahrscheinlich letzte Nacht.

Er könnte sie gestern durchaus geschwängert haben. Die Zeit würde es zeigen. Und wenn nichts geschehen war, dann war sie heute noch immer sicher. Sie hätte noch immer die Wahl, wenn die mehrtägigen Feierlichkeiten beendet wären. Es stünde ihr noch immer frei, ihn zu verlassen.

Er legte einen Arm über die Augen und suchte und fand mit der anderen Hand die ihre. Dies durfte nicht wieder geschehen. Sie waren nicht wirklich verlobt – ihretwegen. Und Lauren Edgeworth war nicht die Frau, mit der man eine heimliche Affäre hatte.

Letzte Nacht hatte sie seine Bedürfnisse befriedigt.

Heute Nachmittag hatte er den Gefallen erwidert.

Das war alles. Er war beendet, dieser unerwartete körperliche Bund, der aus ihrer beider Bedürfnisse geschmiedet war.

Ja, beendet.

Kit atmete langsam eine Lunge voll kleeduftender Luft ein und stieß sie mit einem fast hörbaren Seufzen wieder aus.

18

Der folgende Morgen bot Lauren eine Gelegenheit, ungestört mit Sydnam Butler zu reden, was ihr bisher noch nicht gelungen war. Er ließ sich während des Tages nicht oft sehen, und während der Abende saß er immer im Salonfenster, wo allein schon seine Haltung Gesellschaft verbot. Sie wollte eigentlich überhaupt nicht mit ihm reden, aber sie war hierher gekommen, um Kit zu helfen, sich mit seiner Familie auszusöhnen. Und sein tiefster Schmerz betraf, wie sie vor zwei Nächten erkannt hatte, seinen Bruder.

Einige der Männer und Jungen waren mit Kit zum Angeln gegangen, unter anderem Laurens Großvater. Mehrere der Ladys, einschließlich Gwen und Tante Clara, waren ins Dorf geeilt, um die wenigen Geschäfte aufzusuchen und die normannische Kirche zu besichtigen. Lauren war zu Hause geblieben, um mit der Countess zwischen den Blumenbeeten entlangzuwandern, die Gewächshäuser zu betrachten und ihr bei der abschließenden Planung für die Geburtstagsdekorationen zu helfen. Als diese Aufgabe beendet war, begleitete sie die Witwe auf ihrem Morgenspaziergang zur Rosenlaube und zurück.

Mr. Sydnam Butler ritt allein den Fahrweg herauf, wie Lauren sah, als sie bei ihrer Rückkehr langsam die Stufen zum Haus erklommen. Er ritt anscheinend sehr gut, wenn man bedachte, dass er nur einen Arm besaß. Sie empfand großes Mitleid für sein Gebrechen, aber sie war ihm nicht sonderlich wohlgesinnt. Er war unfair zu Kit gewesen.

Die Witwe ergriff den Arm ihres Lieblingslakaien, eines kräftigen und gefälligen jungen Mannes, um sich auf ihr Zimmer bringen zu lassen. Lauren entschuldigte sich und ging wieder hinaus. Sie wusste selbst kaum, was sie vorhatte, als sie wieder auf der Treppe stand, den Blick zum Stall gerichtet. Kits Bruder kam kurz darauf über die Terrasse auf sie zu. Er hinkte ganz leicht, wie sie erkannte, was vielleicht das Ergebnis der starren Reithaltung war; das Hinken verschwand nach wenigen Schritten. Er zögerte einen Moment, als er sie bemerkte, kam aber dann weiterhin auf sie zu.

»Guten Morgen, Miss Edgeworth«, sagte er, als er ausreichend nahe war. Er tippte sich mit der Peitsche an die Hutkrempe.

»Mr. Butler.«

Sie empfand Abneigung – und Schuld. Aber warum sollte sie sich schuldig fühlen, weil er verstümmelt war? Sie mochte ihn wirklich nicht. Er hatte Kit grundlos in eine dauerhafte Hölle verwiesen. Und doch liebte Kit ihn noch immer.

Syd lächelte sein verzerrtes Lächeln, als er den Fuß der Treppe erreichte, und wollte an Lauren vorübergehen.

»Mr. Butler, würdet Ihr einen Spaziergang mit mir machen?«, fragte Lauren.

Er sah sie mit großem Erstaunen an. Er atmete ein – um eine Ausrede zu äußern, wie sie vermutete. Aber dann schloss er den Mund, verbeugte sich, wandte sich um und schritt mit ihr über die Terrasse und auf die große Wiese hinaus, wo am Vortag das Kricket-Match stattgefunden hatte.

»Das Wetter ist nicht mehr ganz so schön wie gestern«, bemerkte er.

»Nein, heute ist es wolkig.«

Sie verlor fast den Mut. Aber abgesehen von ihrem Handel, war sie auch um Kits willen betroffen. Sie mochte ihn – sie sorgte sich um ihn. In beunruhigendem Maße. Sie verschränkte die Arme auf dem Rücken und atmete tief ein.

»Mr. Butler«, fragte sie, »warum wollt Ihr ihm nicht verzeihen?« Es kam ihr nicht in den Sinn, dass er vielleicht gar nicht wusste, wovon sie sprach.

»Ah«, sagte er sanft. »Hat er Euch das erzählt? Armer Kit.«

»Also befindet er sich im Irrtum?« Sie runzelte die Stirn.

Er schwieg eine Weile, während sie diagonal in Richtung der Bäume liefen. Dann seufzte er.

»Das ist ein viel zu kompliziertes Thema«, sagte er schließlich. »Darum braucht Ihr Euch nicht zu kümmern, Miss Edgeworth. Und Ihr braucht nicht zu befürchten, dass ich ewig hier sein werde, um Euer und Kits Glück zu vereiteln. Ich glaube, ich werde schon innerhalb des nächsten Monats fortgehen. Ich werde eine Stellung beim Duke of Bewcastle annehmen.«

»Als Verwalter?«, fragte sie. »Das bestürzt Kit, wisst Ihr. Er sagte mir, Ihr wärt für ein solches Leben nicht geschaffen, da Ihr ein Künstler seid. Er liebt Euch. Erkennt Ihr das nicht?«

Er blieb stehen und starrte aufs Gras vor ihnen, bevor er den Kopf wandte und sie direkt anblickte. Lauren war sich der Tatsache erschreckend bewusst, wie ausgesprochen gut er ausgesehen hatte und wie entsetzlich entstellt er nun war. Aber ihre Abneigung gegen ihn hatte nicht nachgelassen.

»Und Ihr denkt, dass ich ihn nicht liebe?«, fragte er sie.

»Ich denke, dass Ihr ihn nicht lieben könnt«, antwortete sie, »sonst würdet Ihr ihm ein wenig Erleichterung verschaffen. Glaubt Ihr, er habe nicht gelitten, nur weil er nicht Eure Wunden trägt?«

Sydnam wurde zornig. Sogar wütend, der plötzlichen Härte in seinen Augen, der Anspannung seines Kinns und dem Beben seiner Nasenflügel nach zu urteilen. Aber er beherrschte sich.

»Doch, ich glaube, dass er gelitten hat«, sagte er kurz angebunden. Er wandte sich um und schaute zum Haus zurück. »Dieser Spaziergang war keine gute Idee, Miss Edgeworth. Es sei denn, wir kommen überein, übers Wetter zu sprechen. Ich mag Euch. Tatsächlich mag ich Euch sehr, obwohl ich mir bewusst bin, dass dieses Gefühl nicht auf Gegenseitigkeit beruht. Ihr seid bei meiner Großmutter die Liebenswürdigkeit und Geduld in Person. Ihr seid zu allen anderen freundlich und reizend. Ihr hegt eine offensichtliche Zuneigung zu meinem Bruder. Ich wünsche Euch Glück – Euch beiden. Aber ich muss gehen. Ich bezweifle, dass Ihr mich häufig sehen werdet, wenn ich erst fort bin. Auf diese Art wird es für alle das Beste sein. Wollen wir zurückgehen?«

Aber sie hatte mehr gehört, als seine Worte allein vermittelt hatten. Sie hatte eine weitere traurige und einsame Seele gehört, zu tief in sich selbst zurückgezogen, um glücklich zu sein. Kit hatte in all seinem trübsinnigen Elend vor zwei Abenden eine Zuhörerin in ihr gefunden und ein wenig Trost. Wem vertraute Sydnam Butler seinen größten Kummer an? Gab es jemanden? Er schien ein so einsamer Mensch.

»In einem bin ich gut«, erklärte sie und übersah, dass er mit der Hand zum Haus deutete. »Ich kann gut zuhören. Wirklich zuhören, anstatt nur das zu hören, was ich hören will oder zu hören erwarte. Erzählt mir, was geschehen ist. Erzählt mir Eure Version der Geschehnisse.«

Kit hatte ihr die Fakten dargelegt. Sie glaubte nicht, dass er gelogen oder auf irgendeine Weise versucht hatte, sie irrezuführen. Aber manchmal erzählten selbst Fakten nicht die ganze Geschichte. Manchmal wurde unbewusst etwas ausgelassen oder so verschleiert, dass die gesamte Perspektive verändert wurde. Wenn drei Menschen erzählen sollten, was sich bei einer aufregenden Gelegenheit zugetragen hatte – zum Beispiel bei ihrer Hochzeit auf Newbury –, dann bestand eine gute Chance, dass drei zwar ähnliche, aber im Wesentlichen doch ganz unterschiedliche Geschichten entstanden.

Er sah ihr einige Augenblicke fest in die Augen, bevor er sich umwandte, um ihren Spaziergang vom Haus fort wieder aufzunehmen.

»Ja, ich war der Künstler«, sagte er, »der Träumer, der kleine Bruder, der zu klein für sein Alter war, bis er mit fünfzehn Jahren schlagartig groß und schlaksig wurde. Ich frage mich, ob Kit jemals bemerkt hat, dass ich größer wurde als er. Jerome war der Bodenständige, der Verantwortungsbewusste, derjenige, der eines Tages erben und der Earl sein würde. Er war zuverlässig, tatkräftig, stark. Kit war der Unruhestifter, der Draufgänger, der inmitten jedes Ärgers stand, der am häufigsten in die Bibliothek unseres Vaters gerufen wurde. Er war der Charismatische, der Strahlende, der Lachende. Der Held meiner Kindertage. Ich verehrte ihn.«

Lauren schwieg. Eine ziemlich große Wolke war gerade an der Sonne vorbeigezogen, und nun drang ein Strom willkommener Helligkeit und Wärme herab.

»Ich war der Liebling aller«, fuhr er fort. »Der süße kleine Syd, der sanfte Träumer. Derjenige, der vor allen Gefahren, vor allen potentiellen Feinden, vor allen Bestrafungen geschützt werden musste.« Er lachte jäh auf, und Lauren erkannte, dass er ihre Anwesenheit fast vergessen hatte. »Einmal, als ich mit dem Boot hinausruderte und es bei meiner Rückkehr nicht richtig sicherte, so dass es in die Mitte des Sees abtrieb – es war strikt verboten, ohne Aufsicht hinauszurudern, müsst Ihr wissen –, bekannte sich Kit des Fehlverhaltens und wurde mit dem Stock gezüchtigt. Als ich dann, nachdem ich davon gehört hatte, darauf bestand, die Wahrheit zu sagen, und eher stolz auf meine brennende Kehrseite war, wurde Kit fürs Lügen erneut gezüchtigt. Sie haben es beide getan – Jerome und Kit. Sie haben mich immer geschützt. Aber ich war nur ein Träumer, versteht Ihr, kein Schwächling.«

»Sie haben Euch überbehütet?«, fragte Lauren.

»Ja.« Sie hatten den kleinen Wasserlauf erreicht, der auf dem Weg zum Fluss durch sein unebenes Felsbett sprudelte. Sie wandten sich dem Uferweg zu. »Natürlich weil sie mich liebten. Liebe kann eine höllische Plage sein, Miss Edgeworth. Wusstet Ihr das?«

Es war eine rhetorische Frage. Sie versuchte nicht, sie zu beantworten.

»Ich wollte so verwegen wie Kit sein«, fuhr er fort. »Selbsterkenntnis zu erlernen braucht weitaus länger als jede andere Lektion. Tatsächlich kommen einige Menschen dem niemals auch nur annähernd nahe, und vielleicht gelingt es niemandem von uns vollständig. Die Episode mit dem Boot war vermutlich mein Versuch, ebenso kühn zu sein wie er. Mein Beharren darauf, Offizier beim Heer zu werden, war ein weiterer. Es war äußerst töricht. Ich war natürlich nicht für ein solches Leben gemacht. Aber ich musste etwas beweisen. Kit und meiner Familie. Und vor allem mir selbst.«

»Und es endete schlecht«, sagte Lauren. »Das tut mir unendlich leid. Aber es war nicht wirklich Kits Fehler, oder? Er hat nicht darauf bestanden, dass Ihr ein Offizierspatent erwerben solltet. Er hat Euch tatkräftig davon abzuhalten versucht, sich ihm bei diesem verhängnisvollen Erkundungseinsatz anzuschließen. Und sein Versprechen, Euch zu beschützen, war unrealistisch.«

»Natürlich war es nicht sein Fehler«, sagte er nachdrücklich.

Lauren betrachtete verwundert sein vollkommenes linksseitiges Profil. »Warum weigert Ihr Euch dann, ihm zu verzeihen? Es gibt nicht einmal etwas zu verzeihen, nicht wahr? Er hat die richtige Entscheidung getroffen.«

Er wirkte erneut zornig. Sie gingen weiter, während Lauren dem Bach lauschte und darüber hinweg zu dem verwilderten Pfad blickte, der unter den gegenüberliegenden Bäumen gerade eben sichtbar war.

»Ich schuldete meinen vorgesetzten Offizieren Gehorsam«, sagte er schließlich. »Zu der Zeit war ich Lieutenant, während Kit Major war und somit zwei Ränge über mir stand. Er war mein Vorgesetzter. Mehr als das – bei diesem speziellen Einsatz war er mein befehlshabender Offizier. Hätte er mir befohlen, zu bleiben und mich gefangen nehmen zu lassen, hätte ich ihm fraglos gehorcht. Er hat es nicht befohlen. Ich habe es freiwillig getan. Hat er Euch das erzählt?«

»Nein«, antwortete sie nach einem kurzen Moment des Schweigens. »Er erzählte mir, dass Ihr derjenige wart, der die Möglichkeit zur Flucht für einen von Euch erkannte.«

»Er hat mir niemals befohlen, es zu tun«, sagte Sydnam. »Ich meldete mich freiwillig. Er war entsetzlich still, verschwendete wertvolle Augenblicke, nachdem ich es vorgeschlagen hatte, obwohl er als loyaler Offizier wohl wusste, dass es keine Alternative gab. Aber er konnte sich nicht dazu überwinden, den Befehl zu geben. Ich meldete mich erneut freiwillig. Ich beharrte darauf. Und dann umarmte ich ihn, und ich befahl *ihm* – einem vorgesetzten Offizier – zu entfliehen. Ich entschied mich selbst zu bleiben. Selbst wenn er mir schließlich befohlen hätte, es zu tun – weil die Pflicht wichtiger sein muss als der Bruder, wie Ihr gewiss versteht –, wollte ich ihn nicht damit belasten, es tun zu müssen. Ich meldete mich freiwillig.«

»Warum dann …« Lauren runzelte die Stirn. »Warum?«

»Kit wird Euch erzählt haben, dass ich gefoltert wurde«, sagte er. »Ich will Euch nicht mit Einzelheiten erschrecken, Miss Edgeworth. Ich hoffe, er hat es auch nicht getan. Ich sage nur Folgendes: Endlose Tage lang schien mir der Tod das verführerischste, begehrenswerteste Geschenk, das mich jemals gelockt hatte. Ich hätte dieses Geschenk um den Preis einiger Informationen jeden Moment ergreifen können. Ich tat es nicht, weil ich ein Offizier war, weil es meine Pflicht war zu schweigen. Ich zerbrach nicht, weil ich in der Lage war, nicht zu zerbrechen. Ich überraschte mich sogar selbst, weil die Hölle wahrscheinlich nicht schlimmer sein konnte als das – verzeiht. Schließlich erkannte ich es: Ab einem gewissen Punkt wusste ich, dass ich die Willenskraft besäße, auf die harte Art zu sterben. Ich wusste es, und ein Teil von mir triumphierte bei diesem Wissen. Ich war so stolz auf mich.« Er lachte leise. »Und dann retteten mich Kit und eine Horde Partisanen.«

Plötzlich verstand Lauren. Er musste seine Geschichte nicht zu Ende erzählen. Sie verstand. Aber da er sie begonnen hatte, musste er sie doch beenden. Sie waren zu der Stelle gelangt, wo der Wasserlauf in den Fluss mündete, und waren stehen geblieben. Lauren ließ den Blick zum jenseitigen Wildgehege schweifen und wartete.

»Wieder war ich der arme Syd«, sagte er. »Ich unterzog mich der Amputation und weiteren schmerzhaften Prozeduren. Ich durchlitt das Fieberdelirium und die Tortur der Heimreise. Und die ganze Zeit über war ich der arme Syd. Ich kam zu Hause an, und Kit nahm alle Schuld auf sich. Ich war nur der arme Syd, den man ursprünglich nicht hätte gehen lassen dürfen. Ich war der arme Syd, den mein Bruder nicht hatte beschützen können. Kit kam dem Wahnsinn in jenem Sommer sehr nahe – weil er seinen kleinen Bruder geopfert hatte, weil er die Wunden und das Leid des armen Syd nicht auf sich nehmen konnte. Verzeiht meine Verbitterung. Ich konnte es niemandem von ihnen begreiflich machen. Ich habe den Versuch aufgegeben.«

»Sie konnten sich nicht einfach mit Euch freuen?«, fragte sie.

Er sah sie scharf an. »Ihr versteht mich tatsächlich?«

Sie nickte und ihre Augen füllten sich mit Tränen, etwas, das ihr dieser Tage ziemlich häufig zu widerfahren schien.

»Ja, ich verstehe.« Sie legte eine Hand vorsichtig auf seinen Arm und streckte sich dann, um ihm einen sanften Kuss auf seine heile Wange zu geben. Sie zögerte nur einen Moment, bevor sie auch seine welke, purpurfarbene rechte Wange küsste. »Ihr hattet ganz genauso großen Anteil am Gelingen jenes Einsatzes wie Kit. Nein, Ihr hattet größeren Anteil, weil Eure Rolle um so vieles gefährlicher und schmerzhafter und einsamer war. Es ist nichts Trauriges oder Jämmerliches an Euch, Sydnam Butler. Ihr seid ein großer Held, und ich achte Euch hoch.«

Sein Lächeln geriet schief und eher einfältig.

»Ja wirklich«, sagte sie ernsthaft, »Liebe kann ein Gräuel sein, wenn sie darauf beharrt, den Geliebten in Watte zu hüllen, wenn sie der Kraft dessen nicht vertraut, dem sie gilt. Ich bin mir sicher, dass Ihr Euch zum tüchtigsten Verwalter der Welt herangebildet habt.«

Sie lachten gemeinsam, wandten sich um und kehrten zum Haus zurück.

»Ihr werdet mit Kit reden müssen«, sagte sie, als sie sich der Terrasse näherten. »Selbst wenn Ihr ihn fesseln und knebeln müsst.«

»Das glaube ich nicht«, sagte er, obwohl er über ihre Worte lächeln musste.

»Bitte!«, flehte sie.

Baron Galton war zusammen mit Sir Melvin Clifford mit dem Ruderboot zu der Stelle am Flussufer gekommen, wo sich alle Männer und Jungen zum Angeln versammelt hatten, aber zurück zum Haus ging er lieber mit Kit zu Fuß und überließ dem Earl seinen Platz in der Kutsche.

»Ein verflixt guter Platz zum Angeln«, sagte er.

»Wir hatten dort immer Spaß«, stimmte Kit ihm zu. »Es gibt nur wenige entspannendere Beschäftigungen an einem schönen Vormittag.«

Die Übrigen gingen voraus, sprachen anscheinend alle auf einmal und trugen den Morgenfang nach Hause. Kit verlangsamte seinen Schritt, um sich der Gangart des älteren Gentlemans anzupassen.

»Ich habe die Absicht, Sir«, sagte er, als niemand sonst mehr in Hörweite war, »Erkundigungen einzuholen. Ich war mehrere Jahre Erkundungsoffizier, wie Ihr wisst, und unterhalte einige nützliche Kontakte sowohl zum Außenministerium als auch zum Kriegsministerium. Auch kenne ich viele Offiziere, die noch aktiv sind. Ich glaube, Ihr solltet erfahren, was ich vorhabe. Ich hoffe, genau herauszufinden, wo, wann und wie Mrs. Wyatt, Laurens Mutter, Eure Tochter, starb.«

»Warum?« Baron Galton sah ihn wachsam an. »Warum, zum Teufel, wollt Ihr das wissen?«

Kit überraschte sein beinahe feindseliger Tonfall. »Wolltet Ihr das selbst nie herausfinden, Sir?«

»Niemals!«, versicherte ihm der alte Mann. »Ein Unglück stieß ihnen zu, und sie starben, und wir erhielten keine Nachricht darüber. Das ist alles. Menschen – Söhne, Töchter, Eltern – sterben jeden Tag, Ravensberg. Wir können sie nicht zurückbringen, wenn sie erst einmal gegangen sind. Es ist sinnlos, Zeit und Geld und Mühe aufzuwenden, nur um herauszufinden, was wir bereits wissen. Am besten ist es, sie in Frieden ruhen zu lassen und sein eigenes Leben fortzuführen.«

Vielleicht eine vernünftige Haltung, aber es schien recht unnatürlich für einen Vater, sich so wenige Gedanken um das Schicksal seiner Tochter zu machen.

»Ihr habt damals keine Nachforschungen angestellt, Sir?«, fragte Kit.

»Wann – damals? Sie haben nie viele Briefe geschrieben. Wir erfuhren erst nach Jahren, dass sie überhaupt vermisst wurden. Da wären Nachforschungen bereits sinnlos gewesen.«

»Hat der Earl of Kilbourne nicht versucht, seinen Bruder ausfindig zu machen? Oder herauszufinden, was mit ihm geschehen war?«

»Hört zu, Ravensberg.« Baron Galton war stehen geblieben und betrachtete Kit unter buschigen Augenbrauen streng. »Ich hege keinerlei Zweifel, dass Ihr ein kluger junger Mann seid und Eure Verlobte beeindrucken wollt, indem Ihr herauszufinden versucht, was zehn oder fünfzehn Jahre lang niemand herausgefunden hat. Aber folgt meinem Rat und lasst davon ab. Weckt keine schlafenden Hunde.«

Kit erwiderte seinen Blick reglos. »Gütiger Himmel, Sir«, erwiderte er, als er plötzlich verstand. »Ihr wisst es!«

Der alte Gentleman schürzte die Lippen und sah ihn nachdenklich an. »Lasst davon ab«, wiederholte er.

Kit beugte sich ein wenig zu ihm, die Hände auf dem Rücken verschränkt. »Ihr wisst es. Aber Lauren nicht. Warum? Was ist geschehen?«

»Sie war ein Kind, darum«, antwortete der Baron verärgert. »Sie hatte bei Kilbourne und seiner Countess ein gutes Zuhause. Sie war glücklich und sicher. Sie hatte Spielgefährten in ihrem Alter und gute Aussichten. Sie war erst drei Jahre alt, als ihre Mutter ging, kaum mehr als ein Baby. Sie vergaß sie rasch, wie Kinder es tun. Kilbourne und seine Frau wurden ihre Eltern. Sie hätte es nicht besser treffen können. Ihr könnt selbst sehen, dass die Witwe Lady Kilbourne sie liebt wie ihre eigene Tochter.«

»Ihr glaubt, Lauren hätte ihre Mutter nicht vermisst?« Kit blickte noch immer finster drein. »Sie hätte sich nicht im Stich gelassen gefühlt? Sie hätte nicht darunter gelitten, als die seltenen Briefe und Päckchen schließlich nicht mehr eintrafen?«

»Natürlich nicht.« Baron Galton sprach entschieden, wandte sich um und ging weiter. »Sie hat nie gefragt. Sie hat nie von ihrer Mutter gesprochen. Sie hat niemals aufgehört, so heiter und glücklich zu sein, wie sie es immer war. Ihr fragt Euch vielleicht, warum ich so sicher sein kann, obwohl ich sie nur selten besucht habe. Ich liebe meine Enkelin, Ravensberg. Ich bin in sie vernarrt. Sie ist alles, was ich noch habe. Ich hätte sie gerne einfach zu mir genommen, aber das wäre selbstsüchtig von mir gewesen. Sie war dort glücklicher, wo sie war. Ich stand bis zu Kilbournes Tod in wöchentlichem Briefkontakt mit ihm. Lauren war ein musterhaftes Kind und dann eine musterhafte junge Lady.

Sie war kaum jemals ungehorsam. Sie hat niemals ihren Unterricht oder ihre anderen Pflichten vernachlässigt. Sie war niemals unzufrieden oder fordernd. Sie hat weniger Schwierigkeiten gemacht als jedes von Kilbournes eigenen Kindern. Es gab keinen Grund, sie mit Neuigkeiten über eine Mutter unnötig zu verwirren, die sie längst vergessen hatte.«

»Also kannte Kilbourne die Wahrheit auch?«, fragte Kit.

»Natürlich kannte er sie. Lasst von Euren Nachforschungen ab, Ravensberg. Und lasst davon ab, meine Enkelin zu verwirren, indem Ihr in der Vergangenheit wühlt. Lasst davon ab.«

»Was ist geschehen?«, fragte Kit.

Der alte Gentleman seufzte. »Ihr habt vermutlich ein Recht darauf, es zu erfahren. Ich hätte es als meine Pflicht angesehen, Euch zu informieren, bevor Ihr Euch mit Lauren verlobtet, wenn Ihr mir die Gelegenheit dazu gegeben hättet. Aber stattdessen wurde ich vor vollendete Tatsachen gestellt. Meine Tochter war meiner Enkelin so wenig ähnlich wie nur möglich, Ravensberg. Sie war stets eine große Prüfung für ihre Mutter und mich. Ich glaube, sie heiratete Whitleaf nur, um von uns freizukommen, obwohl ich die Verbindung begrüßt habe. Sie trieb ein übles Spiel mit ihm. Es hatte etwas von einem Skandal, als sie Wyatt nur zehn Monate nach Whitleafs Tod heiratete. Wie durch ein Wunder verschaffte genau diese Heirat Lauren aber ein gutes, stabiles Zuhause, wo sie bald um ihrer selbst willen geliebt wurde. Ich hörte weder von Kilbourne noch von seiner Countess jemals etwas über schlechte Erbanlagen. Und sie waren ebenso sehr für die Verbindung zwischen ihrem Sohn und meiner Enkelin wie ich.«

Sie gingen eine Weile schweigend weiter. Kit schwieg, um den Gedankengang seines Begleiters nicht zu unterbrechen.

»Ihre Hochzeitsreise entwickelte sich zu einer dauerhaften Lebensform«, fuhr Lord Galton schließlich fort. »Sie – Miriam – wollte stets, dass Lauren sie begleiten sollte, aber ich weigerte mich schlicht, sie zu ihr zu schicken, und Kilbourne stärkte mir bei dieser Entscheidung den Rücken. Sie war keine gute Mutter, und sie führte mit ihrem Mann kein für ein Kind geeignetes Leben. Es gab stets Gerüchte über ihre wilden Exzesse und Ausschweifungen, die andere Reisende mit nach Hause brachten. Schließlich, Ravensberg, als sie in Indien waren, verließ sie Wyatt, um zu irgendeinem sagenhaft reichen indischen Potentaten zu ziehen, und Wyatt nahm seine Reisen mit einer Französin zweifelhaften Rufs wieder auf. Er starb fünf Jahre später – vor zehn Jahren – irgendwo in Südamerika. Kilbourne hat nicht öffentlich getrauert – hauptsächlich um Laurens willen. Er wollte sie nicht mit Erklärungen verletzen. Sie war zu der Zeit sechzehn Jahre alt – ein beeinflussbares Alter.«

»Gütiger Himmel! Und Mrs. Wyatt?«, fragte Kit.

»Zuletzt hörte ich, sie sei noch in Indien, mit irgendeinem Beamten der East India Company«, antwortete Baron Galton knapp. »Sie schreibt ein- oder zweimal pro Jahr, üblicherweise an Lauren. Für mich ist sie gestorben, Ravensberg, und verdammt, sie wird auch für meine Enkelin tot bleiben, wenn ich in dieser Angelegenheit etwas zu sagen habe.«

»Ihr – oder Kilbourne – habt ihr die Briefe ihrer Mutter vorenthalten? Meint Ihr nicht, sie sollte die Wahrheit wissen? Dass ihre Mutter noch lebt?«

»Das meine ich nicht.«

Das Haus kam in Sicht. Es war für einen älteren Gentleman, der sich offensichtlich nicht viel bewegte, ein langer Spaziergang gewesen. Er atmete schwer.

»Vielleicht«, sagte er unnachgiebig, »habt Ihr das Gefühl,

dass Ihr mit der Wahl Eurer Braut einen schlechten Handel eingegangen seid, Ravensberg. Aber Ihr habt beschlossen, Euch überstürzt zu verloben. Und Ihr werdet sie bei Gott gut behandeln, sonst werdet Ihr Euch vor mir verantworten müssen, solange das Grab noch auf mich wartet.«

»Darüber braucht Ihr Euch keine Sorgen zu machen, Sir«, sagte Kit. »Ich liebe Eure Enkelin.«

Die Lüge entwich gedankenlos, konnte aber nicht zurückgenommen werden. Und es war schließlich keine so große Unwahrheit. Er hatte Lauren wirklich ungeheuer lieb gewonnen. Er hatte die halbe vorige Nacht wach gelegen, über sie nachgedacht und sich gewünscht, sie läge neben ihm im Bett, warm und entspannt an ihn geschmiegt schlafend, wie sie es in der Hütte und auf der Insel getan hatte, und hatte erkannt, dass irgendwann in der Zukunft gähnende Leere in sein Leben einkehren würde, wenn sie ginge. Der Gedanke, sie tatsächlich zu heiraten, wurde für ihn immer reizvoller. Der Wunsch, sie irgendwie davon zu überzeugen, ihn zu heiraten, wurde immer dringlicher, einmal ganz abgesehen davon, dass sie von ihm schwanger sein könnte.

Aber wie konnte er sie zwingen, wenn doch anscheinend das größte Geschenk, das er ihr machen konnte, die Freiheit war?

»Dann werdet Ihr sie vor der schäbigen Wahrheit beschützen«, sagte Baron Galton, »wie ich es getan habe. Wie der verstorbene Kilbourne und seine Countess und ihr Sohn es getan haben. Wenn Ihr sie liebt, werdet Ihr ihr gegenüber niemals ein Wort von dem erwähnen, was wirklich mit ihrer Mutter geschehen ist. Sie ist mit ihrem Unwissen weitaus glücklicher.«

»Ja, natürlich, Sir. Ich werde alles in meiner Macht Stehende tun, um sie zu beschützen.«

Aber sie war nicht glücklich, dachte er. Darin irrten sich alle diejenigen, die sie schon ihr ganzes Leben lang liebten. Sie hatte Gehorsam und Vornehmheit und Milde kultiviert, um den Schmerz darüber zu verbergen, ein von ihrer eigenen Mutter ungewolltes Kind zu sein. Sie hatte sich zur vollkommenen Lady entwickelt, um die Liebe ihrer Adoptivfamilie zu erringen – damit diese sie nicht auch noch im Stich ließ. Sie glaubte, dass sich ihr Großvater nicht die Mühe hatte auferlegen wollen, für sie zu sorgen. Sie glaubte – anscheinend zu Recht –, dass die Familie ihres Vaters sie offen abgelehnt hatte.

Sie war nicht glücklich. Sie lebte schon so lange hinter ihrer Maske – mindestens dreiundzwanzig ihrer sechsundzwanzig Lebensjahre –, dass sogar diejenigen, die ihr am nächsten und liebsten waren, diese Maske anscheinend für die Realität hielten. Vielleicht war er der einzige Mensch auf dieser Welt, der die begierige, lebenssprühende, das Lachen liebende, sinnliche, wahrhaft wunderschöne Frau erlebt hatte, die die wahre Lauren Edgeworth war.

Aber es war wirklich eine schäbige Geschichte. Unter den Umständen hatten ihr Großvater und die Kilbournes vielleicht die richtige Entscheidung getroffen. Was würde es ihr nützen, nun zu entdecken, dass ihre Mutter noch lebte, dass sie mehrere Männer hatte?

Dass sie niemals aufgehört hatte, ihrer Tochter zu schreiben?

Dass sie gewollt hatte, dass Lauren bei ihr leben sollte?

»Nein.« Kit blieb erneut stehen. Sie waren fast beim Haus angekommen. »Nein, Sir, ich kann Euch nicht zustimmen. Lauren hat unter dem Unwissen gelitten. Sie würde auch unter dem Wissen leiden. Vielleicht würde man ihr einen Gefallen tun, wenn man die Wahrheit weiterhin vor ihr geheim hielte, sie beschützte, weil sie eine Lady ist und stets ein beschütztes Leben gelebt hat. Aber das glaube ich nicht. Ich glaube, sie hat das Recht, es zu erfahren.«

»Also wollt Ihr es ihr sagen«, erwiderte Baron Galton eindeutig verärgert, »obwohl ich strengst vertraulich mit Euch gesprochen habe?«

Kit erwiderte seinen Blick offen. »Ja, ich glaube, das werde ich, Sir, wenn ich keine andere Wahl habe. Ich würde ihr nach unserer Hochzeit die Wahrheit sagen. Nicht vorher. Aber ich bitte Euch, es zu tun. Ihr solltet ihr die Geschichte erzählen. Sie braucht die Wahrheit. Ihr müsst sie ihr anvertrauen. Ihr müsst sie befreien.«

»Befreien?« Der alte Gentleman runzelte die Stirn. Er atmete ein, um noch mehr zu sagen, schloss den Mund aber wieder.

»Bitte, Sir«, sagte Kit sanft.

19

Lauren hatte erwartet, dass der Tag vor dem Geburtstag der Witwe geschäftig wäre, da sie versprochen hatte, der Countess bei den letzten Vorbereitungen zu helfen. Und als sie später zurückdachte, staunte sie darüber, dass ein Tag so ereignisreich sein und dennoch nur vierundzwanzig Stunden umfassen konnte. Sie hatte noch nie einen turbulenteren, emotionsgeladeneren Tag erlebt.

Es begann nach dem Frühstück, als sie bereits mit der Countess in deren Privatsalon damit beschäftigt war, eine Liste für die Arbeitseinteilung des folgenden Tages zu schreiben. Der Earl und die Countess würden alle Ankömmlinge am Nachmittag offiziell begrüßen – draußen, wenn das Wetter es zuließ – und alle Wettkämpfe bewerten, die vor einem Monat im Dorf und im umliegenden Land angekündigt worden waren. Kit und Lauren würden die Kinderwettkämpfe organisieren und anleiten. Die Countess würde …

Aber da klopfte es an der Tür, und auf den Ruf der Countess wurde sie geöffnet und gab den Blick frei auf eine zerknirschte Tante Clara, mit Gwen im Schlepptau.

»Es tut mir so leid, Euch stören zu müssen, Lady Redfield«, sagte Tante Clara und hob die rechte Hand, in der sie einen geöffneten Brief hielt, »aber ich konnte es einfach nicht erwarten, Lauren die Neuigkeit zu überbringen.«

Lauren erhob sich. Sie hatte Gwens unterdrückte Aufregung im selben Moment bemerkt, als sie das herzogliche Wappen auf dem Briefkopf wahrnahm – das Siegel des Duke of Portfrey.

»Elizabeth ist von einem gesunden Jungen entbunden worden«, verkündete Tante Clara, bevor sie alle ihre Manieren vergaßen und einander in die Arme fielen und lachten und weinten und riefen.

»Die Duchess of Portfrey?«, fragte die Countess, als sie sich erhob und Lauren umarmte. »Nun, diese Neuigkeit ist wirklich eine gute Entschuldigung, die Arbeit zu unterbrechen. Setzt Euch, und ich werde eine Kanne heiße Schokolade heraufbringen lassen. Ich bin mir sicher, dass Lauren jeden Satz des Briefes hören möchte. Und wenn sie es nicht möchte, dann möchte ich es.«

Der Duke hatte geschrieben, dass sein Sohn und Erbe früher als erwartet gekommen war, aber mit zehn Fingern und zehn Zehen, kräftigen Lungen und einem unersättlichen Appetit. Elizabeth erholte sich nach einer langen und schweren Geburt gut. Sobald Mutter und Kind sicher reisen könnten, beabsichtigte er, sie nach Newbury Abbey zu bringen, damit der neugeborene Marquess of Watford seine Halbschwester Lily kennen lernen und Elizabeth ungefähr einen Monat lang von ihrer eigenen Familie umsorgt werden könnte.

»Oh, Lauren«, sagte Gwen und ergriff ihre Hände fester, »Mama und ich müssen so bald wie möglich nach Hause fahren, um ihre Ankunft vorzubereiten. Wobei wir es wahrscheinlich gar nicht müssen. Lily und Nev haben bestimmt alles gut unter Kontrolle. Der Duke ist immerhin Lilys Vater und das Baby ihr Halbbruder. Und Elizabeth ist genauso

Nevilles Tante wie meine. Aber …« Sie lächelte, noch immer mit feuchten Augen.

»Aber natürlich wollt Ihr dort sein, wenn die Portfreys eintreffen«, sagte die Countess. »Das ist vollkommen verständlich. Ich hoffe nur, Ihr werdet noch zu den morgigen Geburtstagsfeierlichkeiten bleiben?«

»Wir wollen sie unter keinen Umständen verpassen«, versicherte ihr Tante Clara. »Aber vielleicht werden wir übermorgen aufbrechen. Lauren, du musst bleiben und …«

»Aber natürlich wird sie bleiben.« Die Countess beugte sich hinüber und tätschelte Laurens Knie. »Ich frage mich allmählich, wie ich jemals ohne die Hilfe und Unterstützung einer Tochter zurechtgekommen bin. Es wird mir schwer fallen, sie wieder gehen zu lassen, Lady Kilbourne, obwohl ich es letztendlich zulassen muss, dass sie nach Newbury zurückkehrt, um ihre Hochzeitspläne zu schmieden.«

»Ja, in der Tat«, stimmte ihr Tante Clara zu, und die beiden älteren Ladys begannen gemütlich über das Thema Hochzeit zu plaudern, während Gwen Lauren zuzwinkerte und liebevoll zulächelte und Lauren sich scheußlich fühlte. Wenn sie während des berüchtigten Tête-à-Tête in Vauxhall nur aufgehört hätte zu *denken*!

Lauren kehrte später am Vormittag mit der Witwe und Lady Irene aus der Rosenlaube zurück, als sie Kit und ihren Großvater auf der Terrasse vorfand, die offensichtlich auf sie warteten und beide äußerst grimmig wirkten. Tante Claras Entscheidung, übermorgen mit Gwen nach Hause zurückzukehren, hatte Lauren bewusst gemacht, dass ihre Aufgabe hier beendet war und an sich keine weitere Notwendigkeit bestand, dass sie blieb. Doch als sie Kit nun sah, wohl wissend, dass sie bald abreisen müsste und ihn dann niemals wiedersähe, fühlte sie sich elend. Aber sie lächelte.

»Geh ein wenig mit uns spazieren, Lauren«, sagte ihr

Großvater, nachdem er mit den älteren Ladys Höflichkeiten ausgetauscht hatte.

»Natürlich, Großpapa«, erwiderte sie, griff seinen Arm und blickte Kit fragend an. Seine Miene verriet nichts.

Sie wandten sich in Richtung der Ställe.

»Tante Clara hat einen Brief vom Duke of Portfrey erhalten«, erzählte Lauren.

»Ja, das haben wir gehört«, sagte ihr Großvater.

Kit schritt schweigend neben ihr aus, die Hände hinter dem Rücken verschränkt.

»Ich habe mir Sorgen um Elizabeth gemacht«, sagte Lauren. »Sie war schon recht alt für eine Geburt.« Und vielleicht war sie ja selbst schwanger, dachte sie nicht zum ersten Mal. Was würde dann geschehen? Sie würde Kit heiraten müssen. Er würde sie heiraten müssen.

Sie gingen schweigend weiter, bis sie sich auf der Wiese jenseits der Ställe befanden, auf dem Weg zum See.

»Was ist los?«, fragte sie.

Ihr Großvater räusperte sich. »Du warst auf Newbury Abbey doch immer glücklich, nicht wahr, Lauren? Sie haben dich stets gut behandelt? Du hattest nie das Gefühl, dass dich der Earl und die Countess in irgendeiner Weise ablehnten? Dich weniger liebten als ihre eigenen Kinder?«

»Großpapa?« Sie blickte ihn verwirrt an. »Du weißt, dass ich dort immer glücklich war. Du weißt, dass sie mir gegenüber stets die Freundlichkeit in Person waren – sie alle. Nur das letzte Jahr ist unglücklich verlaufen. Neville hatte mir gesagt, ich solle nicht auf ihn warten, als er in den Krieg zog. Und er glaubte bei seiner Rückkehr wirklich, dass Lily tot sei. Er hätte mich in einer Million Jahren nicht mit Absicht verletzt. Warum stellst du …?«

Aber er tätschelte nur ihre Hand und räusperte sich erneut. »Hast du jemals an deine Mutter gedacht?«, fragte er sie.

»Warst du jemals traurig, dass sie nicht bei dir war? Warst du jemals verletzt, weil sie nicht zurückgekommen ist? Hattest du jemals das Gefühl, dass sie dich im Stich gelassen hat?«

»Großpapa?«

»War es so?«

Sie wollte es leugnen. Zu leugnen war ihre zweite Natur. Was hatte ihn überhaupt zu diesen Fragen veranlasst? Und warum war Kit bei ihnen, eine schweigende Gegenwart an ihrer Seite? Sie war des Leugnens müde. Sterbensmüde. Und so vieles anderen in ihrem Leben ebenfalls.

»Ja«, sagte sie. »Ja, auf alle deine Fragen.«

Er atmete tief ein und seufzte. »Und hast du jemals geglaubt, ich wollte dich nicht bei mir haben?«

Ah. Manchmal konnte man unmöglich die Wahrheit sagen, denn manchmal schmerzte sie.

»Du warst allein, Großpapa«, sagte sie, »und kein junger Mann mehr. Auf Dauer ein Kind bei dir zu haben wäre eine schwere Last für dich gewesen. Ich habe es dir nicht vorgeworfen. Das habe ich nie getan. Ich habe immer gewusst, dass du mich liebst.«

»Manchmal sehnte ich mich danach, dich bei mir zu haben«, sagte er. »Als ich dich zu besuchen pflegte, träumte ich davon, dich mit mir nach Hause zu nehmen, dass du mich bitten würdest, dich mitzunehmen, damit es nicht so selbstsüchtig erschienen wäre, es zu tun. Aber du warst dort, wo du warst, unter jungen Menschen, mit anderen Kindern, weitaus glücklicher.«

»Großpapa …«

»Manchmal«, sagte er, »sind Kinder ruhig und gehorsam und gefällig, und man nimmt an, sie seien vollkommen glücklich. Manchmal kann man sich irren. Ich habe mich geirrt, nicht wahr?«

»O nein«, rief sie. »Ich war glücklich, Großpapa!«

»Ich muss dir von deiner Mutter erzählen, Lauren.«

Sie hatten das Ufer des Sees erreicht, die Stelle, wo nach dem Kricket-Match alle gebadet hatten. Jetzt war es dort still, verwaist. Was meinte er damit – Ich muss dir von deiner Mutter erzählen?

Sie standen nebeneinander dicht am Wasser. Sie hielt nicht mehr seinen Arm umfasst. Kit war davongegangen und lehnte nun an einem Baumstamm, aber er war noch in Hörweite.

Lauren fror plötzlich und hatte unerklärlicherweise Angst.

»Was ist mit ihr?«, fragte sie.

Und dann erzählte er es ihr.

Eine leichte Brise wehte, genug, um die Oberfläche des Sees zu kräuseln. Sie war die drei Male, die sie darin gebadet hatte, wie Glas gewesen.

Der Himmel war von Wolken gesprenkelt. Es war erstaunlich, wie vielfarbig das Wasser sein konnte. Und der Himmel.

Jemand musste mit den Kindern spazieren gegangen sein. Ihr Rufen, Schreien und Lachen drangen aus weiter Ferne heran.

Kit, der am Baum lehnte, regte sich nur, um die Arme vor der Brust zu verschränken.

Ihr Großvater räusperte sich schließlich, schwieg aber. Lauren war es, die das Schweigen brach, das auf seine Geschichte folgte.

»Sie lebt?« Eine rhetorische Frage.

Er beantwortete sie dennoch. »Ja, oder hat zumindest bis vor kurzem gelebt.«

»Es gab Briefe von ihr, seit ich mit elf zuletzt von ihr hörte?«

»Es war besser, dass du sie für tot hieltest, Lauren. Kilbourne und ich waren darin einer Meinung.«

»Sie wollte, dass ich sie auf ihren Reisen begleitete?«

»Es ging dir da, wo du warst, besser.«

Ihre Mutter lebte. Sie hatte Lauren bei sich haben wollen. Sie lebte. Sie hatte ihr weiter geschrieben. Sie war in Indien, wo sie mit mindestens zwei Männern zusammengelebt hatte, die nicht ihre Ehemänner waren. Sie lebte.

Sie lebte.

»Die Briefe?«, fragte sie, plötzlich verzweifelt. »Die Briefe, Großpapa? Hast du sie vernichtet?«

»Nein.«

»Es gibt sie noch? Alle ihre Briefe an mich? Briefe aus fünfzehn Jahren?«

»Zweiunddreißig Stück«, sagte er mit tonloser, schwerer Stimme. »Ich habe sie alle aufbewahrt, ungeöffnet.«

Da presste sie eine Hand auf den Mund und schloss fest die Augen. Sie schwankte, dann fühlte sie starke Hände sich von hinten um ihre Oberarme schließen.

»Es wäre wohl das Beste, wenn Ihr zum Haus zurückkehren würdet, Sir«, sagte Kit. »Geht und ruht Euch aus. Ich kümmere mich um Lauren.«

»Versteht Ihr jetzt?« Die Stimme ihres Großvaters klang bekümmert. »Es war falsch. Verdammt sollt Ihr sein, Ravensberg, es war falsch.«

Sie zog sich von dem zurück, was sich wie ein langer, dunkler Tunnel anfühlte, den sie hinabfiel. Aber sie öffnete nicht die Augen.

»Es war nicht falsch, Großpapa«, sagte sie. »Es war nicht falsch.«

Sie konnte ihn sich eher entfernen spüren als hören. Dann legte Kit einen Arm sehr fest um ihre Taille und zog sie an sich, bevor er mit ihr weiter am Ufer des Sees entlangging. Sie senkte den Kopf auf seine Schulter.

»Sie lebt«, sagte sie.

»Ja.«

»Sie wollte mich. Sie hat mich geliebt.«

»Ja.«

»Und sie hat niemals aufgehört, mich zu lieben.«

»Nein.«

Sie stolperte, und er umfasste sie noch fester. Sie blieben an einer besonders hübschen Stelle des Ufers stehen, mit Beeten gezüchteter Anemonen zwischen dem grasbewachsenen Ufer und einer Baumreihe. Jenseits des Sees war der Pavillon zu sehen.

»Kit«, sagte sie. »Kit.«

»Ja, meine Liebe.«

Sie weinte. Lange und hilflos, ein heftiger Tränenstrom. Tränen für das einsame, verletzte Kind, das sie gewesen war, um das Mädchen, das sich so sehr allein gefühlt hatte, obwohl es von Liebe umgeben war. Tränen für die schreckliche Grausamkeit der Liebe – die Grausamkeit von Menschen, die sie geliebt hatten. Für die Mutter, die nicht tot war. Die sie genügend geliebt hatte, dass sie ihr in fünfzehn Jahren zweiunddreißig unbeantwortete Briefe geschrieben hatte. Die niemals nach Hause kommen konnte, weil sie sich auf eine Art verhalten hatte, die in der besseren Gesellschaft in England unverzeihlich war.

Kit hob sie hoch und setzte sich mit ihr aufs Gras. Er hielt sie auf dem Schoß, schmiegte sie an sich, barg sie in seinen schützenden Armen, summte Unsinniges in ihr Ohr.

Schließlich war sie still. Die Sonne, die hinter einer Wolke hervorsah, schien strahlend auf den weißen Marmor des Pavillons. Sein heller Widerschein zitterte im darunter befindlichen Wasser.

»War es falsch?«, fragte Kit sanft.

»Nein.« Sie putzte sich mit einem Taschentuch die Nase, steckte es wieder in ihre Tasche und lehnte den Kopf erneut an seine Schulter – er musste ihr den Hut abgenommen haben, als sie sich hinsetzten. »Die Menschen, die wir lieben, sind meistens stärker, als wir es ihnen zutrauen. Vielleicht ist es das Wesen der Liebe, lieber allen Schmerz auf sich nehmen zu wollen, als den geliebten Menschen leiden zu sehen. Aber manchmal ist Schmerz besser als Leere. Ich war so leer, Kit. Mein ganzes Leben lang. So voller Leere. Das ist ein seltsames Paradox, oder – voller Leere?«

Er küsste ihre Schläfe.

»Du warst es, nicht wahr? Du hast Großpapa dazu überredet?«

»Ich riet ihm, es dir zu sagen.«

»Danke.« Sie schmiegte sich noch enger an ihn. »Oh, Kit, ich danke dir.«

Er küsste wieder ihre Schläfe und als sie das Gesicht hob, küsste er sie auf den Mund.

»Ich muss schrecklich aussehen«, sagte sie.

Er zog den Kopf zurück und betrachtete sie genau. »Gütiger Himmel! Ja! Schrecklich! Ich werde all meinen Mut aufbringen müssen, um nicht schreiend zum Haus zu rennen.«

Sie lachte. »Du bist albern!«

Er würde Fältchen an den Augenwinkeln haben, noch lange bevor er ein alter Mann war, dachte sie, als sich Kits Haut beim Lachen kräuselte.

Und das war erst der Anfang ihres ereignisreichen Tages.

Der morgige Tag wäre den Gästen und den organisierten Feierlichkeiten vorbehalten. Der heutige Tag galt der Familie. Darauf hatten sie sich alle während der Zwischenmahlzeit verständigt, wobei es Sydnam war, der ein Picknick draußen auf dem Hügel vorschlug, wo der überwucherte Pfad endete. Die Idee wurde begeistert aufgenommen und augenblicklich umgesetzt.

Die Mütter gingen ins Kinderzimmer hinauf, um ihre Kinder fertig zu machen, und die meisten der übrigen Erwachsenen zogen sich in ihre Zimmer zurück, um sich umzuziehen. Sydnam ging zu den Ställen, um das Ruderboot bereitmachen zu lassen, da er, unterstützt von einem Chor von Cousins und Cousinen, seine Großmutter überredet hatte, ebenfalls mitzukommen. Lauren und Marjorie Clifford gingen in die Küche hinunter, um den Koch zu überreden, ein Picknick vorzubereiten, und zwei Lakaien zu bitten, es zum Hügel zu transportieren.

Die Hügelkuppe war der höchste Punkt im Park und bot in allen Richtungen einen weiten Ausblick über die Landschaft. Aus diesem Grund hatte der Gartenarchitekt damals beschlossen, dort oben keine Bäume zu pflanzen und keinen kunstvollen Pavillon zu errichten, die den Blick versperren könnten. Stattdessen hatte er nahe der Kuppe eine Einsiedlerhöhle in den Hang gebaut. Natürlich hatte dort nie ein Einsiedler gelebt, aber die Kinder liebten die Höhle. Sie kletterten als Erste zum Gipfel hinauf.

Alle anderen erklommen den Hügel langsamer. Die ganze Familie war mitgekommen. Frederick und Roger Butler verschränkten am Fuß des Hügels die Hände und trugen ihre Großmutter trotz ihren Protesten zum Kamm hinauf, nachdem man ihr aus dem Boot geholfen hatte. Boris Clifford hatte auf dem Gipfel einen Stuhl für sie aufgestellt, und Nell hatte ein Kissen für ihren Rücken darauf gelegt. Lawrence Vreemont und Kit trugen Lady Irene hinauf, während Claude und Daphne Willard ihren Stuhl vorbereiteten. Die ältlichen Schwägerinnen saßen dann Seite an Seite, wie Zwillingsköniginnen auf ihren Thronen, wie Clarence Butler bemerkte. Lauren stellte die Sonnenschirme für sie auf, und Gwendoline half Marianne dabei, für alle anderen Erwachsenen, die sich hinsetzen und vom Spaziergang ausruhen wollten, Decken auf dem Gras auszubreiten.

Kit setzte sich hin und stellte sich darauf ein, einfach zu genießen. Lauren hatte, wie er bemerkte, gerötete Wangen und strahlende Augen und sah überaus hübsch aus. Nachdem sie zuvor vom See zurückgekommen waren, war sie zum Zimmer ihres Großvaters hinaufgegangen und bis zur Zwischenmahlzeit bei ihm geblieben. Dann war sie am Arm des alten Gentlemans wieder heruntergekommen und wirkte seitdem sichtlich glücklich.

Er erinnerte sich unwillkürlich an einige ihrer Worte: *Ich war so leer, Kit. Mein ganzes Leben lang. So voller Leere.*

Es war eine solche Erleichterung zu wissen, dass er das Richtige getan hatte, als er Baron Galton überredete, ihr über ihre Mutter zu berichten. Zu wissen, dass er in seinem Leben etwas Gutes getan hatte.

Aber es war nicht viel Zeit zum Nachdenken – oder um sich von dem Spaziergang und dem Aufstieg zu erholen. Die Kinder, die friedlich miteinander herumtollten, konnten die vielen unbeschäftigten Erwachsenen nicht in Ruhe lassen: Sie hatten doch gewiss nichts Besseres zu tun, als mit ihnen zu spielen! Schon bald genügte es Banditen und Kreuzrittern nicht mehr, sich zu Fuß an Drachen, entführte Jungfrauen und in der Höhle verborgene Räuber anzuschleichen. Man brauchte Pferde, und natürlich waren die erwachsenen Cousins und Onkel und gelegentlich auch Väter großartige Streitrösser.

Kit galoppierte eine geschlagene halbe Stunde lang mit Kindern auf dem Rücken um die Kuppe des Hügels. Aber auch die Ladys wurden nicht geschont, wie er sah, bevor die älteren Kinder dieses Spiels müde wurden. Lauren, Beatrice und Lady Muir waren von einigen der Kinder aufgescheucht worden und spielten nun Hand in Hand ein Kreisspiel mit ihnen – Ringelreihen, vermutete er, als sie endlich alle ins Gras fielen. Lauren lachte, und die kleine Anna sprang auf sie, gefolgt von David und Sarah. Sie schlang die Arme um sie, während ihre Mütter schimpften und ihnen sagten, sie sollten Lauren nicht wehtun.

Aber ihre Aufmerksamkeit wurde bald abgelenkt. Der junge Benjamin hatte entdeckt, dass der Hang jenseits der Hügelkuppe von einem breiten, flachen Sims unterbrochen wurde, bevor er zu der darunter liegenden Ebene abfiel, und dass dieser obere Hang gerade ausreichend lang und glatt und grasbewachsen war, um ihn perfekt hinunterrollen zu können. Er prüfte seine Theorie mit begeistertem Geschrei, und bald wurden alle ermüdenden menschlichen Pferde zugunsten des neuen Spiels aufgegeben. Selbst die kleinsten Kinder nahmen an diesem Spiel teil.

Und dann zog Sarah an Laurens Hand, während Kit aus der Nähe grinsend zusah. Sie lachte und schüttelte den Kopf, aber dann zog David an ihrer anderen Hand, und sie trat näher an den Rand des Hanges.

»Tut es!«, rief Frederick, von der Unterhaltung abgelenkt, die er mit Lady Muir führte.

Sebastian pfiff auf zwei Fingern. Phillip jauchzte. Alle wandten sich zu Lauren um.

Lauren lachte.

»Ihr traut Euch nicht!«, rief Roger.

Sie nahm ihren Hut ab, setzte sich aufs Gras, legte sich dann hin und rollte hinunter, ganz Musselinröcke, bloße Arme, schlanke Fesseln, wirbelnde, dunkle Locken und Gelächter.

Kit schaute ihr verzaubert zu. Aber Lady Muir unterbrach seine Gedanken, indem sie neben ihn trat und eine Hand auf seinen Ärmel legte.

»*Das* ist Lauren?«, fragte sie. »Ich kann es kaum glauben.

Lord Ravensberg, gesegnet sei der Augenblick, in dem sie Euch begegnet ist.«

Lauren lag auf den Knien, wischte sich Grashalme vom Kleid, blickte auf und lachte noch immer.

»Es wäre weitaus leichter«, sagte sie, »wenn man keine Arme hätte, die einem dauernd in den Weg geraten.«

Ja, es hatte diesen Augenblick gegeben, in dem sie sich begegnet waren – jener erste Augenblick im Hyde Park, als sie Blickkontakt aufnahmen. Und es gab diesen Augenblick, in dem ihm die Wahrheit schlagartig bewusst wurde. Natürlich war sie kostbar für ihn geworden. Natürlich war sie das. Er hatte sich bis über beide Ohren in sie verliebt.

Er liebte sie.

Sydnam stand ebenfalls da und sah zu.

»Oh, nun«, rief er vergnügt hinab, »wenn man ohne Arme leichter rollen kann, sollte ich dafür halbwegs geeignet sein.« Und von schreienden, aufgeregten Kindern umgeben, die ganz in ihr Vergnügen vertieft waren, rollte er den Hügel hinab und kam wenige Fuß vor Lauren zum Halt.

Kit spannte sich an, während die Verwandten rund um ihn herum pfiffen und applaudierten. Und dann, als Syd sich aufrappelte und Lauren seine Hand reichte, schaute er zu Kit hoch, und ihre Blicke begegneten sich. Er lachte.

Sie stiegen, Hand in Hand, den Hügel hinauf, während die Kinder das Spiel fortsetzten und die meisten der Erwachsenen ihre Aufmerksamkeit den Erfrischungen zuwandten, die eben gebracht wurden. Lauren und Syd blieben vor Kit stehen, noch immer Hand in Hand. Es folgte ein Moment der Peinlichkeit.

»Ich muss dir sagen«, bemerkte Sydnam mit gesenkter Stimme, so dass nur Kit und Lauren es hören konnten, »dass ich dich belogen habe, Kit. Als ich dir an dem Abend, als du nach Hause kamst, sagte, ich wollte nichts von dir, und du mich fragtest, ob das auch für deine Liebe gelte. Ich sagte Ja. Ich habe gelogen.«

Kit schluckte schwer und voller Angst, dass sich der plötzliche Kloß in seiner Kehle in sichtbare Tränen auflösen würde.

»Verstehe«, sagte er steif. »Das freut mich.«

Dies, so dachte er, war das erste Mal, dass Syd seit jenem Abend vor drei Jahren, als er Kit gesagt hatte, er solle verschwinden und niemals wieder zurückkehren, freiwillig mit ihm gesprochen hatte. Warum hielt er Laurens Hand? Er ließ sie los, noch während Kit das dachte, lächelte unbeholfen und wollte sich abwenden.

»Syd«, sagte Kit rasch, »ich ... äh ...«

Lauren, ihrem üblichen, makellosen Selbst ganz unähnlich – ohne Hut, das Haar unordentlich und voller Gras, die Wangen gerötet, mit strahlenden Augen – schob einen Arm durch Syds und einen durch seinen und wandte ihre Schritte fort von den Stühlen und Decken und tobenden Kindern.

»Ich habe nachgedacht«, sagte Kit, »über etwas, was Lauren heute Morgen sagte. Tatsächlich ging es mir nicht mehr aus dem Kopf, obwohl sie weder über dich noch über mich sprach, Syd. Sie sagte, dass die Menschen, die wir lieben, gewöhnlich stärker sind, als wir ihnen zutrauen. Du bist stärker, nicht wahr? Und Gott weiß, dass ich dich liebe.«

»Ja«, sagte Syd.

»Und ich habe dich an jenem Abend gedemütigt, als ich kam, um dich zu beschützen, weil Catherine mit dir Walzer tanzen wollte.«

»Ja.«

»Das passiert vermutlich immer wieder«, sagte Kit ,«bei Mutter und bei Vater und bei allen deinen alten Freunden und Nachbarn.«

»Ja«, gab Syd zu. »Aber am meisten bei dir, Kit.«

Sie wandten sich nicht hügelabwärts. Sie blieben stehen und blickten über die weiten Felder und über die Wiese hinweg, auf der Kit und Lauren vor wenigen Tagen um die Wette geritten waren.

»Du bist ein Künstler, Syd.« Er empfand erneut einen Schmerz in Kehle und Brust, das schreckliche, ohnmächtige Mitleid für den Bruder, den er von Kindheit an bewundert hatte. »Aber du bist zum Verwalter verdammt.«

»Ja«, sagte Syd. »Es war nicht leicht, sich darein zu fügen. Vielleicht wird es niemals vollständig gelingen. Vielleicht wird der Erfolg, ein exzellenter Verwalter zu sein, mich nie darüber trösten können, dass ich nie wieder malen kann. Aber das ist mein Problem, Kit, und ich allein muss mich darein fügen. Es ist mein Körper, mein Leben. Ich werde damit fertig. Ich habe es bisher auch recht gut geschafft. Ich wüsste ein wenig Zutrauen zu schätzen. Ich brauche dein Mitleid nicht. Nur deine Liebe.«

Lauren hatte sie immer noch beide untergehakt und schuf damit eine Verbindung zwischen ihnen, eine Art Brücke, dachte Kit, als er jäh erkannte, dass dies recht bewusst geschah. Laurens Hand schlich sich in seine und sie verschränkte ihre Finger mit den seinen.

»Ich kann mir nicht verzeihen«, sagte Kit. »Ich kann es nicht, Syd. Du hättest niemals auf der Pyrenäenhalbinsel sein sollen. Du hättest gewiss nicht mit mir bei diesem Einsatz sein sollen. Meine Unachtsamkeit hat uns in diese Falle geführt. Und dann habe ich dich zurückgelassen, um solches zu erleiden ... während ich entkam. Sag mir nicht, es sei dein Leben und deine Angelegenheit. Es ist meine Angelegenheit. Ich habe dich zu einem halben Leben verdammt und bin selbst ungeschoren davongekommen.«

»Ich könnte gekränkt sein, wenn ich deinen Schmerz

nicht erkannt hätte«, erwiderte Syd. »Kit, ich habe es mir selbst ausgesucht, Offizier zu werden. Ich wollte Erkundungsoffizier werden. Die Falle war nicht vorhersehbar. Ich habe mich freiwillig als Köder angeboten.«

War das die Wahrheit? Natürlich war es das. Aber machte das einen Unterschied? Hatte Syd eine Wahl gehabt? Hätte er sich nicht freiwillig gemeldet, hätte Kit ihm befehlen müssen, diese Rolle zu übernehmen. Syd hatte ihn vor diesem Schritt bewahrt.

»Ich will nicht behaupten, dass ich genossen habe, was darauf folgte«, fuhr Syd fort. »Tatsächlich war es die reine Hölle. Aber ich war stolz auf mich, Kit. Ich hatte mich dir und Jerome endlich ebenbürtig erwiesen. Vielleicht hatte ich euch beide sogar übertroffen. Ich erwartete in meinem Hochmut, dass auch du stolz auf mich wärst. Ich erwartete, dass du, als du mich nach Hause brachtest, jedermann erzählen würdest, wie stolz du wärst. Ich dachte, du würdest meinen Mut und meine Standhaftigkeit rühmen. Da war ich wohl sehr eingebildet.«

»Und stattdessen habe ich dich herabgesetzt«, sagte Kit leise, »indem ich alle Schuld auf mich nahm und jedermanns Aufmerksamkeit auf mich zog, während ich fast verrückt wurde. Ich habe dich nur als Opfer dargestellt.«

»Jawohl«, sagte Sydnam.

»Ich war immer, immer stolz auf dich! Du musstest nichts beweisen, Syd. Du bist mein Bruder.«

Sie standen da und blickten über die Landschaft, den Wind im Rücken, den Lärm fröhlicher Stimmen hinter ihnen.

Kit lachte leise. »Du hast über mich gesprochen, Lauren, nicht wahr? Was hast du heute Morgen noch gesagt? ›Vielleicht liegt es in der Natur der Liebe, dass man lieber allen Schmerz auf sich nehmen möchte, als den geliebten Menschen leiden zu sehen.‹ In gewisser Weise, Syd, war meine Rolle genauso schwer wie deine. Das klingt vielleicht vermessen, aber es liegt Wahrheit darin.«

»Ja, ich weiß«, stimmte sein Bruder zu. »Ich war stets dankbar dafür, dass ich nicht zur Flucht bestimmt wurde. Ich hätte es nicht ertragen können, dich so zu sehen. Es ist in der Tat leichter, selbst etwas zu erleiden, als es einen geliebten Menschen erleiden zu sehen.«

»Ich weiß nicht, wie es euch beiden geht«, sagte Lauren nach einem kurzen Schweigen, »aber ich habe großen Hunger.«

Kit wandte den Kopf und lächelte ihr zu und begegnete dann dem Blick seines Bruders. Er fragte sich, ob er ebenso einfältig wirkte wie Syd, und entschied, dass dem wahrscheinlich so war.

»Komm, Syd«, sagte er, »lass uns einmal sehen, wie gut du mit einer Hand Hähnchen essen kannst – und noch dazu mit der linken.«

»Ich habe einen entschiedenen Vorteil, wenn es fettig ist«, erwiderte Syd. »Ich muss mir danach nur eine Hand waschen.«

Kit presste fest Laurens Hand und pries erneut den Augenblick, in dem er aufgeschaut hatte, als er die Milchmagd küsste, und dem Blick einer spröden, schockierten Lauren Edgeworth begegnet war.

Nur dass sie ihre Verlobung noch immer lösen könnte.

20

Lauren stand an ihrem Schlafzimmerfenster, noch immer im Nachthemd, und blickte aus dem Fenster. Ein wunderschöner Tag dämmerte herauf. Keine Wolke war am Himmel zu sehen. Die Zweige der Bäume regten sich nicht, woraus man schließen konnte, dass, wenn überhaupt, nur eine leichte Brise wehte. All die besorgt ersonnenen Alternativpläne für die Festlichkeiten des Tages für den Fall, dass es regnete, konnten außer Acht gelassen werden. Die Countess wäre so erleichtert. Alles wäre perfekt für den Geburtstag der Witwe.

Morgen würden Tante Clara und Gwen nach Newbury abreisen. Großpapa hatte ebenfalls beschlossen, nach Hause, nach Yorkshire, zurückzukehren. Er würde die Briefe von Laurens Mutter mit einem Sonderkurier schicken – nach Newbury. Sie hatte ihn gebeten, sie lieber dorthin als hierher zu senden.

Sie war gekommen, um Kit zu helfen, eine unwillkommene Verlobung zu vermeiden. Das hatte sie getan. Sie war gekommen, um ihm dabei zu helfen, sich mit seiner Familie auszusöhnen, die ihn vor drei Jahren zurückgewiesen und fortgeschickt hatte. Das hatte sie getan. Es war ihr rechtzeitig zu diesem Geburtstag gelungen, und sie durfte zuversichtlich sein, dass Kit ihn in vollem Umfang und glücklich mit seiner Familie feiern konnte und diese mit ihm. Es blieb wirklich nichts mehr zu tun.

Sie war um eines kleinen Abenteuers willen gekommen, um einer Kostprobe des Lebens willen, wie andere Menschen es lebten, die anderen, die nicht allen Übermut, alle Freude durch eiserne Disziplin aus ihrem Leben getilgt hatten. Sie hatte Abenteuer im Übermaß gefunden. Sie hatte im See gebadet und war geschwommen – einmal sogar nackt. Sie war auf einen Baum geklettert. Sie war um die Wette geritten. Sie hatte mit Kindern gespielt und war mit ihnen einen steilen Hang hinabgerollt. In Wirklichkeit sehr kleine Abenteuer.

Sie war eines Nachts allein hinausgegangen und hatte den Rest der Nacht mit Kit in einer Hütte verbracht. Sie hatte in einem schmalen Bett mit ihm geschlafen. Sie hatte ihm auf einer der Samtbänke in der Ahnengalerie ihre Jungfräulichkeit geschenkt. Sie hatte mit ihm zwischen Wildblumen auf der Insel gelegen, und auch dort hatte er sie geliebt. Dies war ein bedeutsames Abenteuer.

Der Klang von Gelächter und Stimmen ließ sie sich näher zum Fenster beugen und hinunterspähen. Phillip und Penelope Willard und Crispin und Marianne Butler brachen zu einem frühen Morgenspaziergang auf. Der Tag hatte begonnen.

Der letzte Tag.

Es gab nicht mehr zu erleben. Es war bereits zu viel gewesen. Viel zu viel. Es hatte keinen Sinn, das Unausweichliche hinauszuzögern. Morgen würde sie mit Tante Clara und Gwen abreisen, obwohl sie es niemandem sagen würde, bis der heutige Tag vorüber wäre. Wenn sie nicht bald ginge, würde sie vielleicht für immer bleiben, und das wäre unehrenhaft.

Sie würde sich nicht an das klammern, was sie gefunden hatte. Ihr ganzes Leben lang hatte sie sich mit aller Macht an ihre einzige Hoffnung dauerhafter Zugehörigkeit und Sicherheit geklammert – an eine Heirat mit Neville. Und als ihr dieser Anker entrissen wurde, war sie auf einem weiten, düsteren, bedrohlichen Ozean getrieben, dessen Leere sie beängstigte. Sie würde sich jetzt nicht erneut anklammern, obwohl sie wusste, dass sich Kit durch sein Ehrgefühl gedrängt fühlen würde, sie genau dazu zu ermutigen. Auch wenn sie wusste, dass er sie lieb gewonnen hatte. Sie klammerte sich nicht an. An niemanden. Sie konnte und wollte allein bleiben.

Dieses Mal würde ihr Herz nicht brechen, auch wenn es für lange Zeit schmerzen würde. Vielleicht ihr restliches Leben lang. Aber es würde nicht brechen. Sie hatte die Kraft, allein weiterzumachen.

Sie hatte hier in Alvesley etwas von grenzenlosem Wert gelernt. Und das hatte sie Kit zu verdanken. Es war eine solch einfache und dennoch welterschütternde Lektion. Die Welt, so hatte sie entdeckt – ihre Welt – würde nicht in Chaos versinken, wenn Lauren Edgeworth einmal lachte.

Als es an der Tür hinter ihr klopfte, wandte sie sich lächelnd um und sah ihre Zofe mit ihrer morgendlichen Tasse Schokolade hereinkommen.

Der Morgen sollte allein der Familie gehören – offensichtlich die Ruhe vor dem sprichwörtlichen Sturm. Sie gingen alle zu einem Festgottesdienst in die Dorfkirche. Es war geplant, dass die Witwe anschließend mit der ersten Kutsche nach Hause zurückkehren sollte, um sich einige Stunden in ihren Privaträumen auszuruhen, bevor die Nachmittagsfestlichkeiten begannen.

Die Rückkehr wurde um fast eine halbe Stunde verzögert. Beinahe das ganze Dorf war aus den Häusern gekommen und hatte sich um den Eingang zum Kirchhof versammelt, um der Witwe zuzujubeln, ihr Respekt zu zollen und Blütenblätter für sie zu streuen. Sie würde sie alle am Nachmittag wiedersehen, aber sie bestand dennoch darauf, anzuhalten und mit einigen von ihnen zu sprechen – keine geringe Leistung für sie – sowie Münzen an die Kinder zu verteilen.

Schließlich war sie auf dem Heimweg, Lady Irene an ihrer Seite. Eine lange Reihe Kutschen, Landauer und Karriolen fuhren nacheinander vor, um auch die restliche Familie aufzunehmen.

Kit nahm Lauren am Ellbogen. »Hättest du etwas dagegen, wenn wir einen Spaziergang zum Haus zurück machen?«, fragte er.

»Natürlich nicht.« Sie wandte den Kopf und lächelte ihm zu. Ihr Hut und die Bänder an ihrem leichten Musselinkleid passten genau zu ihren Augen. Sie sah wirklich äußerst reizend aus.

»Ich möchte mir etwas ansehen«, sagte er zu ihr.

Er hatte sich am Vorabend, nachdem alle anderen zu Bett gegangen waren, mit seinem Vater zusammengesetzt – und auch Syd war auf seinem Fenstersitz geblieben, ein stummer Zuhörer der nachfolgenden Unterhaltung. Kit hatte sie damit begonnen, sich für sein Verhalten von vor drei Jahren zu entschuldigen.

»Das sollten wir besser vergessen«, erwiderte sein Vater. »Es ist vorbei.«

Aber Kit hatte widersprochen, und sie hatten miteinander geredet, zunächst unbeholfen, aber im Verlauf des Gesprächs mit zunehmender Mühelosigkeit.

»Ich habe dich fortgeschickt«, sagte sein Vater einmal.

»Es war niemals für immer gedacht. Ich habe nie das Wort Verbannung gebraucht. Das war deine Auslegung, Kit. Aber ich war es zufrieden, es so stehen zu lassen. Ich war starrsinnig wie ein Maultier. In der Beziehung gerätst du nach mir. Als du nicht schriebst, wollte deine Mutter, dass ich es tue. Aber ich wollte nicht. Jerome bat mich ebenfalls dringend, dir zu schreiben, aber ich wollte nicht. Er natürlich auch nicht – oder deine Mutter. Wir waren ein Haufen Narren. Wir alle – auch du. Familienstreitigkeiten sind das Schlimmste. Sie sind so schwer beizulegen.«

»Jerome wollte, dass du mir schreibst?«

Es hatte anscheinend mehrere Jahre lang gutes Einvernehmen zwischen Jerome und Freyja bestanden. Es war eine jener Werbungen gewesen, bei denen es niemand eilig damit hatte, sie zu einem Erfolg zu führen. Aber dann war Kit nach Hause gekommen, in loderndem Zorn auf die ganze Welt, aber hauptsächlich wütend auf sich selbst. Seine Familie hatte hilflos zugesehen, wie er Freyja plötzlich leidenschaftlich umwarb, was ihrer Meinung nach überhaupt nichts mit Liebe zu tun hatte. Jerome war besonders beunruhigt gewesen und war hinübergeritten, um die Angelegenheit mit Bewcastle zu besprechen – und mit Freyja selbst. Das Ergebnis war seine Ankündigung ihrer Verlobung beim Abendessen – natürlich gefolgt von Kits Streit, zuerst mit ihm und dann mit Rannulf.

»Er hat es dir nie vorgeworfen oder einen Groll gegen dich gehegt, weißt du, Kit«, sagte der Earl. »Er hat sich selbst vorgeworfen, die Dinge auf die vollkommen falsche Art angegangen zu haben. Er hätte mit dir sprechen, sich um eine Erklärung bemühen sollen, hat er später stets gesagt. Er hätte versuchen sollen, deinem Zorn Luft zu verschaffen, von Bruder zu Bruder. Obwohl man in jenem Sommer wirklich nicht mit dir reden konnte, Kit. Nachdem du fort warst, hat er die Hochzeit immer wieder aufgeschoben. Er wollte dich hier haben. Er wollte mit dir ins Reine kommen, bevor er Freyja heiratete. Er wollte hören, dass du erkannt hättest, dass sie nicht die Richtige für dich war. Er wollte, dass ich dir schreibe. Aber er war zu eigensinnig, es selbst zu tun.«

»Und dann«, sagte Kit, »lief uns allen die Zeit davon.«

»Jawohl.«

»Er hat niemals aufgehört, dich zu lieben, Kit«, sagte Syd und erhob die Stimme. »Wir alle nicht. Und du musst jetzt damit aufhören, dich selbst zu bestrafen. Es hat lange genug gedauert. Für uns alle.«

Es war Jahre her, seit Kit zum Familiengrab hinter dem Kirchhof gegangen war. Sein Großvater war das Idol seiner Kindheit gewesen, und Kit hatte sein Grab nach dessen Tod einige Jahre lang regelmäßig besucht. Aber er war nicht mehr dort gewesen, seit er achtzehn war, seit sein Offizierspatent erworben wurde.

»Hier sind unsere Vorfahren beerdigt«, erzählte er Lauren, während er sie durch den Eingang zwischen den beiden Hälften der niedrigen, ordentlich gestutzten Hecke hindurchführte, die den Friedhof vom restlichen Kirchhof trennte. »Ich war seit elf Jahren nicht mehr hier.«

Er fand das Grab seines Großvaters sofort. Frische Rosen standen in der Marmorvase vor dem Grabstein – die Großmutter war gestern nach dem Picknick mit ihren beiden Söhnen und ihrer Tochter hierher gekommen. Auch vor einem anderen Grabstein, der vor elf Jahren noch nicht da gewesen war, standen in einer Vase Rosen. Kit trat darauf zu, blieb am Fuß des Grabes stehen und las die Inschrift auf dem Stein. Nur zwei Worte fielen ihm ins Auge.

Jerome Butler.

Seine Hand lag in Laurens, wie er jäh erkannte, ihre Finger fest verschränkt. Er tat ihr wahrscheinlich weh. Er löste seine Hand und legte den Arm leicht um ihre Schultern.

»Mein Bruder«, sagte er unnötigerweise.

»Ja.«

»Ich habe ihn geliebt.«

»Ja.«

Er hatte befürchtet, von bitterem Bedauern überwältigt zu werden, wenn er hier stünde – in Erinnerung an ihre letzte Begegnung, wohl wissend, dass sie unversöhnt waren, als Jerome starb. Aber es war wirklich nicht wichtig, wie er jetzt merkte. Liebe starb nicht nur wegen eines Streits. Und eine Beziehung war nichts Lineares, bei dem nur die letzte Begebenheit das Ganze definierte. Sie hatten einander nahe gestanden, sie drei – Jerome, Kit, Syd. Sie hatten zusammen gespielt und gekämpft und gelacht. Sie waren Brüder gewesen. Sie *waren* Brüder.

Er hatte befürchtet, dass er untröstlich bekümmert zusammenbrechen würde, wenn er letztendlich den unleugbaren Beweis für Jeromes Nichtexistenz sähe. Er war tot. Seine Überreste lagen hier unter der Erde.

Kit lächelte. »Er hat mich immer geneckt«, sagte er, »wenn ich auf Urlaub nach Hause kam und er wieder von einem Kriegsbericht gehört hatte, in dem ich gelobt wurde. Ich würde einen gloriosen Heldentot sterben, pflegte er zu sagen – natürlich nur, wenn Mutter nicht in Hörweite war –, und ich würde stets in Erinnerung bleiben, was unerträglich wäre. Ich denke, es hätte ihn vielleicht amüsiert, wenn er erfahren hätte, dass er selbst der Anwärter aufs Heldentum war. Und auf den Tod.«

»Es gibt schlimmere Arten zu sterben, Kit«, sagte Lauren.

»Ja, die gibt es.« Er hatte zu viel vom Tod gesehen, um sich an die Illusion zu klammern, er wäre dem Alter vorbehalten. »Auf Wiedersehen, Bruder. Ruhe in Frieden.«

Dann musste er mehrmals blinzeln. Und er musste den Druck seines Griffs um Laurens Schulter lockern. Sie lehnte sich an ihn. Ihr Arm lag um seine Taille.

Vielleicht, dachte er, hatte er nach allem doch nicht das Recht verwirkt, zu ergreifen, was auch immer vom Leben geblieben war, und es seinen Fähigkeiten gemäß bestmöglich zu nutzen. Jerome hatte sein Leben gelebt. Syd lebte seines. Sie waren seine Brüder, und er würde sie beide bis zum Tod lieben, aber wenn alles gesagt und getan war, konnte er nur noch sein eigenes Leben leben. Er hatte seinen Anteil an Törichtem, sogar Falschem gehabt – aber wer hatte das nicht? Es stand ihm frei, weiterzuleben und zu versuchen, es besser zu machen. Mehr konnte er nicht tun.

Er fühlte sich plötzlich seltsam glücklich.

»Gehen wir nach Hause«, sagte er.

»Ja.«

Er nahm Laurens Hand in die seine und zog sie durch seinen Arm.

Am Nachmittag kamen Freunde und Nachbarn und Pächter und Arbeiter und Dorfbewohner – tatsächlich Menschen aller Klassen aus Meilen im Umkreis – zu einem Gartenfest auf die Wiesen von Alvesley, das mit Wettbewerben aller Arten für alle Altersstufen belebt wurde.

Lauren hatte ihre Rolle zu spielen – fast ihre letzte Rolle – und füllte sie vollkommen aus. Während der Earl und die Countess die Wettbewerbe im Handarbeiten, Backen und bei Holzarbeiten beurteilten und die Witwe zuhörte, als die Wettstreiter in der Dichtkunst ihre Verse aufsagten, sich aber weigerte, sie zu beurteilen, weil alle Gedichte zu ihren Ehren geschrieben wurden – sie zogen viel Aufmerksamkeit auf sich und bewirkten viel Gelächter –, organisierten Lauren und Kit die Wettrennen und anderen Wettkämpfe mit Körpereinsatz.

Es gab Wettläufe und Sackhüpfen und Dreibeinlauf für die Kinder, obwohl Kit an Letzterem mit der jungen Doris ebenfalls teilnahm, da die Anzahl potentieller Teilnehmer ungleich war. Es gab für die jüngeren Jungen einen Schlagwettbewerb mit Krickethholz und -ball. Es gab einen Holzschnitz-Wettbewerb für die jungen Männer und auch einen Wettbewerb im Bogenschießen, der allerdings von der einzigen weiblichen Teilnehmerin gewonnen wurde, Lady Morgan Bedwyn, die mit Lord Alleyne nach Alvesley herübergeritten war. Sie würde am Abend nicht an dem Ball teilnehmen, wie sie hochmütig einräumte, als sie zu dieser Aussage gedrängt wurde, weil Bewcastle die altmodische Vorstellung hatte, dass sie mit sechzehn noch zu jung dafür sei. Sie drohte, Lord Alleyne einen Pfeil zwischen die Augen zu schießen, wenn er lachen würde.

Als alles vorüber war, gab es Tee für jedermann, und Lauren ging unter den Besuchern umher, ein Tablett in der Hand, und versicherte sich, ein freundliches Wort mit fast jedem zu wechseln, der gekommen war. Aber sie fühlte sich erhitzt und erschöpft. Wie sollte sie jemals die Energie aufbringen, am Abend zu tanzen?

Es war ein Gefühl, das anscheinend auch andere empfanden. Nachdem der letzte Gast gegangen war, schlug der Earl vor, dass sich alle zum Ausruhen in ihre Zimmer zurückziehen sollten. Er würde dafür sorgen, dass entsprechend geläutet würde, um sie alle rechtzeitig aufzuwecken, damit sie sich für das Abendessen und den Ball ankleiden konnten.

»Wollen wir einen Spaziergang machen?«, fragte Kit Lauren und nahm ihre Hand.

Ein Spaziergang war nicht, was sie brauchte. Aber es war ihr letzter Tag, und es war bereits Spätnachmittag. Der Gedanke hätte sie in Panik versetzen können, wenn sie es zugelassen hätte. Aber es war noch immer ein wenig Zeit übrig, dieser Abend und ... der Rest dieses Nachmittags.

Sie lächelte.

Er führte sie nicht weit. Zunächst, als er in Richtung See ging, hoffte sie, dass er sie vielleicht wieder zu der Insel führen würde. Sie hoffte, dass sie sich vielleicht noch einmal lieben würden. Aber obwohl sich ein Teil von ihr danach sehnte, tat es ihr nicht Leid, als er sie nur zu der abgesonderten Stelle führte, an der sie gestern gestanden hatten, gegenüber des Pavillons. Die Position der Sonne bewirkte, dass die umgebenden Bäume das Ufer beschatteten.

»Welch ein ereignisreicher Tag!«, sagte sie, während sie neben Kit aufs Gras sank. »Ich hoffe, er wird nicht zu anstrengend für deine Großmutter.«

»Sie nimmt jeden Moment davon gierig in sich auf.« Kit streckte sich auf dem Rücken aus und schloss die Augen.

Lauren nahm ihren Strohhut ab und legte sich neben ihn. Er tastete nach ihrer Hand und hielt sie fest. Es fühlte sich jetzt so natürlich an, dachte sie, so zusammen allein zu sein und einander mit beiläufig liebevollen Gesten zu berühren. Und verführerisch tröstlich.

Er wollte anscheinend nicht reden. Sie auch nicht. Sie wollte sich hierauf konzentrieren, vielleicht ihr letztes Zusammensein allein. Sie wollte es in ihr Gedächtnis eingraben, damit sie es in Zukunft jederzeit abrufen könnte. Es war eine Erinnerung, die sie vermutlich lange Zeit meiden würde, da es eine zu schmerzliche Erinnerung an einen kurzen Sommer wäre, in dem das Leben aufgeblüht und die Liebe erschreckend unerwartet geboren war. Aber letztendlich würde sie sich dieser trägen Hitze, der kühlen Spannkraft des Grases, des Geruchs der Blumen, des Summens der Insekten, der Wärme seiner Hand erinnern.

Sie schlief ein.

Sie schlug nach der Ameise, die über ihre Nase krabbelte und sie aufzuwecken versuchte, obwohl sie doch nicht aufwachen wollte. Aber es war ein beharrliches Insekt, das erneut kühn über ihre Nase streifte. Als sie es ärgerlich fortwischte, lachte jemand leise und küsste sie warm auf die Lippen.

»Du warst das!«, beschuldigte sie Kit schläfrig, als sie den verräterischen Grashalm in seiner Hand bemerkte. »Du abscheulicher Mensch!«

»Wir sollen an einem Ball teilnehmen, Dornröschen!«

»Das war Aschenputtel.« Lauren fielen die Augen wieder zu. »Falsche Geschichte. Dornröschen hat nicht auf Bällen getanzt. Sie durfte hundert Jahre lang schlafen.«

»Ich frage mich«, sagte er, »ob sie den Prinzen, der sie küsste, auch so grob behandelt hat.«

Sie öffnete die Augen und lächelte ihm erneut zu. »Habe ich wirklich geschlafen?«

»Du hast dröhnend geschnarcht«, sagte er. »Ich konnte selbst nicht einschlafen.«

»Sei nicht albern.« Sie seufzte zufrieden. Sie hatte einen Augenblick lang vergessen, dass dies der letzte Tag war.

»Lauren«, sagte er, »ich möchte, dass wir heute Abend unseren Hochzeitstermin verkünden.«

Jetzt war sie endgültig wach.

»Nein, Kit.«

»Warum nicht?«, fragte er. »Wir sind verlobt, und ich dachte, du hättest mich vielleicht lieb gewonnen – und meine Familie auch. Du musst wissen, dass ich dich lieb gewonnen habe.«

»Ja.« Sie hob eine Hand und strich eine Locke zurück, die ihm in die Stirn gefallen war. Sie fiel erneut herab, als sie die Hand wieder fortnahm. »Aber das gehört nicht zu unserem Handel, Kit.«

»Zum Teufel mit unserem Handel!«

»Rede nicht so«, sagte sie. »Es ist keine schöne Ausdrucksweise.«

»Meine zutiefst zerknischte Entschuldigung, Madam.« Er grinste sie an. »Es gehörte auch nicht zu unserem Handel, einer fleischlichen Beziehung zu frönen. Wir müssen heiraten, weißt du. Du könntest sehr wohl schwanger sein.«

»Das hoffe ich nicht«, sagte sie. »Es würde alles verderben. Ich glaube, hier ist etwas Wundervolles geschehen, Kit, viel mehr, als wir jemals hätten vorausahnen können. Ich glaube, wir haben einander dabei geholfen, uns zu befreien. Wirklich frei zu werden, nicht nur von gewissen gesellschaftlichen Beschränkungen, sondern von allem, was uns am Glücklichsein gehindert hat – in deinem Fall jahrelang, in meinem Fall ein ganzes Leben lang. Wir müssen uns jetzt nicht binden, bevor wir auch nur eine Chance hatten zu versuchen, auf eigenen Beinen zu stehen.«

Er sah zu ihr herab, die Augen plötzlich leer und unergründlich.

»Ist es das, was du glaubst?«, fragte er sie. »Dass wir unsere jeweiligen Freiheiten gefunden haben? Dass unsere Heirat eine nicht wünschenswerte Falle wäre?«

Ja, es war das, was sie glaubte – mit dem Verstand. Ihr Herz war etwas völlig anderes. Aber ihr Herz hatte keinerlei Anteil an ihrem Handel. Und es wäre höchst unfair zu erklären, Zuneigung sei keine Grundlage für eine Heirat. Einst hatte ihr das vollkommen genügt. Aber Kit war nicht Neville. Mit ihm war sie nicht aufgewachsen wie eine Schwester mit einem Bruder. Kit war anders. Zuneigung würde bei ihm nicht genügen, nicht wenn von einer Seite etwas vollkommen anderes als Zuneigung bestand.

»Das glaube ich wirklich«, sagte sie und zwang sich, seinen Blick unbewegt zu erwidern. »So lautete unser Handel, erinnerst du dich? Dass die Verlobung für dich real wäre, dass du mich in deiner Ritterlichkeit davon zu überzeugen versuchen würdest, sie nicht zu lösen. Dass es für mich eine Scharade wäre. Dass ich sie lösen würde, wenn der richtige Zeitpunkt käme.«

»Noch nicht«, sagte er rasch.

Sie atmete ein, um ihm zu sagen, dass sie morgen abreisen würde, aber sie sprach es nicht aus.

»Noch nicht«, stimmte sie ihm sanft zu, und er legte sich wieder aufs Gras zurück.

Sie wandte nicht den Kopf, aber sie wusste, dass er ebenso in den Himmel starrte wie sie, fern von Schlaf und Entspannung, auch wenn viele Minuten verstrichen, bis er sich schweigend erhob und eine Hand ausstreckte, um ihr aufzuhelfen.

21

Nach dem Abendessen stand Lauren mit Kit, dem Earl und der Countess zur Begrüßung an den Türen zum Ballsaal. Die Witwe saß innen auf einem bequemen Stuhl, auf drei Seiten von großen Blumenbänken umgeben – ihre eigene, private Laube, wie sie bei ihrem Anblick gesagt hatte. Dort wurde sie von allen Vorübergehenden begrüßt und geküsst und mit Geschenken überhäuft.

Lauren hatte nach ihrer Rückkehr vom See überhaupt keine Gelegenheit gehabt, sich auszuruhen. Abgesehen vom Baden und Umkleiden und Frisieren, hatte sie es auf sich genommen, der Countess dabei zu helfen, die Dekorationen zu kontrollieren, welche die Dienstboten während des Nachmittags angebracht hatten. Der Ballsaal wirkte wie ein Garten. Es war Laurens Idee gewesen, die Farben, abgesehen von Weiß, auf verschiedene Rosa- und Purpurschattierungen zu beschränken. Und Grün natürlich, das bei Blumenarrangements so häufig vernachlässigt wurde. Sie habe eine Begabung für Farben und Gestaltung, hatte ihr die Countess anerkennend versichert.

Es herrschte nicht annähernd so viel Gedränge wie auf einem Londoner Ball, aber der Raum war dennoch erfreulich bevölkert, bevor der Tanz begann. Die meisten Gäste waren nicht ganz so elegant gekleidet wie Londoner, und auch nicht mit so viel kostbarem Schmuck behangen; sie trugen alle lediglich ihr Bestes und wirkten so strahlend und festlich. Sie mochte die Feste auf dem Land lieber als diejenigen in der Stadt, entschied Lauren, als Kit sie in den Ballsaal auf die Tanzfläche führte, um die Eröffnung des Balles anzuzeigen. Es war etwas Herzliches und Vertrautes um sie.

Kit sah in seiner Kleidung in Grau-, Silber- und Weißschattierungen sehr gut aus. Lauren trug das veilchenfarbene Kleid, das sie zum Mannering-Ball getragen hatte, eine bewusste Wahl. Es schien ihr irgendwie passend, es ebenso beim letzten Tanz mit ihm zu tragen, wie sie es auch beim ersten Tanz getragen hatte. Mehr als einer der Gäste, wie auch einige der Familienmitglieder, hatte bemerkt, wie gut sie von der Erscheinung her zueinander passten und welch ein hübsches Paar sie waren.

Sie würde den Abend genießen, beschloss Lauren, während sich andere Paare um sie scharten. Jeden einzelnen Augenblick davon. Ihre Zofe packte oben schon ihre Koffer, aber ihr blieb noch diese Nacht.

»Du siehst heute Abend besonders entzückend aus«, sagte Kit, während er sich näher beugte, damit nur sie ihn hören konnte. »Und irre ich mich oder nicht – nein, tatsächlich irre ich mich nicht. Dein Kleid passt wirklich zur Farbe deiner Augen.« Seine Augen blickten lachend in die ihren.

»Lächerlich.« Sie erwiderte seinen Blick. Wie vieles war seit dem ersten Mal geschehen, als er diese Worte zu ihr gesagt hatte! Und doch war auch nicht so viel Zeit vergangen. Damals war er ein Schurke gewesen, ein unwillkommener Fremder. Jetzt war er … Nun, jetzt war er Kit. Und ihr schmerzlich lieb geworden.

Die Musik begann zu spielen, und sie konzentrierte sich

auf die Schritte und Figuren der Quadrille. Sie könnte niemals glücklicher sein als in diesem Moment, dachte sie – und erkannte einigermaßen entsetzt, dass sie sich genau das auch auf ihrem Hochzeitsball mit Neville gesagt hatte.

Der darauf folgende Tag war der schwärzeste ihres ganzen Lebens gewesen …

Sie lächelte noch strahlender und bemerkte, dass gerade der Duke of Bewcastle mit seinen Brüdern und Lady Freyja den Ballsaal betreten hatte.

Dornröschen hatte Kit sie heute Nachmittag genannt. Sie fühlte sich eher wie Aschenputtel, die beim Ball mit ihrem Prinzen tanzte – wohl wissend, dass die Mitternacht unvermeidlich kommen und alles zerstören würde.

Aber sie hatte keinen Glasschuh, den sie auf den Stufen zurücklassen konnte.

Lauren hatte sich mit Bewcastle auf die Tanzfläche begeben. Er wirkte in seinem Schwarz und Weiß elegant, streng, fast satanisch. Kit hatte ihn zuvor noch auf keinem Ball und keiner Zusammenkunft tanzen sehen. Nun tat er es anscheinend, um alle Gerüchte, die sich vielleicht noch in der Nachbarschaft hielten, zu beschwichtigen, dass er einen Groll gegen den Earl of Redfield und seine Familie hegte. Ralf führte Lady Muir auf die Tanzfläche, während Alleyne den Kopf zu Kits Großmutter beugte, um zu hören, was sie sagte.

»Darf ich bitten, Freyja?« Kit verbeugte sich vor ihr und streckte die Hand aus. Sie sah heute Abend in goldfarbenem Satin mit üppiger, heller Spitze besonders hübsch aus. Ihr Haar war gebändigt und mit Goldschmuck, der im Kerzenschein schimmerte, hoch auf ihrem Kopf aufgesteckt.

Sie war klein – kleiner als Lauren, aber fraulicher und gut

gerundet. Und sie besaß die Kühnheit, die Energie, die Lebenskraft, auf die er stets reagiert hatte. Während sie schweigend tanzten, versuchte er, in Gedanken und Gefühlen den Wahnsinn noch einmal zu empfinden, der ihn vor drei Jahren befallen hatte, als er von Leidenschaft zu ihr vereinnahmt war. Es gelang ihm in Gedanken. Sie war für ihn stets eine Freundin gewesen – und er hatte in jenem Sommer eine Freundin gebraucht. Ein Freund genügte nicht, wie er entdeckte, als er versucht hatte, sein Elend Ralf anzuvertrauen, der ihm eher ungeduldig erklärt hatte, er solle kein Dummkopf sein. Er hatte seine Pflicht getan und auch Syds Leben gerettet, nicht wahr? Und ihn nach Hause gebracht. Was konnte er sich vorwerfen? Freyja hatte auch kein allzu großes Mitgefühl gezeigt, aber Freyja war eine Frau. All sein Kummer, sein Zorn, seine Schuldgefühle waren in körperliche, erotische Leidenschaft verwandelt und auf ihre Person konzentriert worden.

Wenn er bezüglich jenes Sommers Schuld empfand, dann gewiss wegen der Art, wie er Freyja benutzt hatte. Es war natürlich unbewusst und unbeabsichtigt geschehen. Aber es war geschehen. Sie war dort gewesen, und er hatte sie benutzt.

»Es ist zu stickig hier drinnen«, sagte sie, als die Tanzrunde fast zu Ende war. Die Worte, typisch für Freyja, wurden fast herausfordernd geäußert.

»Das ist es«, stimmte er ihr zu. »Es war ein heißer Tag. Draußen ist es wahrscheinlich noch warm.«

»Zumindest muss die Luft dort draußen frischer sein«, sagte sie.

»Willst du nachsehen?« Er lächelte ihr zu. »Du wirst doch nicht ohnmächtig, oder?«

Sie sah ihn hochmütig und verächtlich an.

Der Ballsaal befand sich an der Ostseite des Hauses im

Parterre, und der Osteingang war ganz in der Nähe. In einer solch warmen Nacht waren die Türen geöffnet, und mehrere Gäste waren hinausgegangen. Einige wollten nur die kühlere Luft genießen, einige flanierten in den französischen Gärten. Die Rosenlaube, zu der Freyja sich wandte, war unbesucht. Kit ging neben ihr und hoffte, sie würde umkehren, bevor sie die Rosenlaube tatsächlich erreichten.

»Wir müssen reden«, sagte sie.

Also die Rosenlaube. Sie setzte sich genau auf den Platz, auf dem Lauren am Abend ihrer Ankunft in Alvesley gesessen hatte, und Kit blieb stehen und blickte auf Freyja hinab, die Hände auf dem Rücken verschränkt.

»Was ist los?«, fragte er. Aber er wartete ihre Antwort nicht ab. »Freyja, gestatte mir, mich zu entschuldigen – für die Geschehnisse von vor drei Jahren. Du hast nie gesagt, dass du mich liebtest, oder? Du hast nie gesagt, du würdest mich heiraten und mit mir kommen, um dem Ruf der Trommel zu folgen. Ich habe mir das alles nur eingebildet. Ich hatte kein Recht, an die Tür von Lindsey Hall zu pochen, Ralf diesen Kampf aufzuzwingen und solch eine grässliche Szene zu machen. Bitte verzeih mir.«

Sie betrachtete ihn kühl. »Wie töricht du bist, Kit«, sagte sie. »Wie äußerst töricht.«

»Du hattest eine Übereinkunft mit Jerome. Du hättest mich nicht geheiratet.«

»Natürlich nicht«, sagte sie ungeduldig. »Du warst ein jüngerer Sohn. Ich bin die Tochter des Duke of Bewcastle.«

»Nun, dann.« Wie verheerend diese Worte vor drei Sommern für ihn geklungen hätten. Wie erleichtert er war, als er sie jetzt hörte. »Also ist kein dauerhafter Schaden entstanden, nicht wahr? Hast du Jerome geliebt?«

»Oh, du Tor, Kit«, sagte sie leise. »Du Tor!«

Er kannte sie schon sehr lange. Sie waren eng befreundet

gewesen. Manches musste nicht in Worten ausgedrückt werden.

»Freyja …«, begann er.

»Wofür bestrafst du dich dieses Mal?«, fragte sie ihn. »Noch immer für Sydnam? Für Jerome? Weil du ihm die Nase gebrochen hast und keine Chance hattest, ihn um Verzeihung zu bitten, bevor er starb? Du bist ein Langweiler geworden, Kit. Sieh sie dir nur an! Wenn du die Wahl getroffen hättest, dich mit einer nagelbewehrten Keule zu geißeln, hättest du dir keine schlimmere Strafe aufbürden können. Sie ist die personifizierte Sprödigkeit und Langeweile. Du hast deine Argumente vorgebracht, glaub mir. Nun, wie willst du dich da wieder herauswinden?«

Er schloss einen kurzen Moment die Augen. Das hatte er nicht erwartet. Er trat ein wenig näher, aus Angst, jemand könnte lauschen. Er stellte einen Fuß auf den Sitz neben ihr und legte einen Arm über sein Knie.

»Freyja, du bist im Irrtum. Stark im Irrtum, fürchte ich.«

Eines musste man Freyja lassen – sie war noch nie schwer von Begriff gewesen. Und es war völlig gegen ihre Natur, zu Kreuze zu kriechen, zu betteln, zu weinen, irgendeine Szene zu machen. Sie blickte ihn an, ganz kalter Hochmut, und wollte aufspringen.

»Nein, nicht.« Er ergriff ihre Schulter. »Lauf nicht ohne mich zurück. Es könnte bemerkt und kommentiert werden. Nimm meinen Arm, und wir gehen zusammen. Vielleicht mit einem Lächeln?«

»Kit«, sagte sie, erhob sich plötzlich ganz gemächlich und hakte ihn unter, »zur Hölle sollst du fahren. Ich hoffe, du verbrennst dort. Nein, besser – ich hoffe, dass du mit deiner damenhaften Braut über neunzig wirst. Ich kann mir für einen Mann wie dich keine höllischere Strafe vorstellen.«

Sie hob ihm ihr lächelndes Gesicht entgegen. Freyja hatte das falsche Lächeln schon immer gut beherrscht.

Er antwortete nicht. Es hatte keinen Zweck. Außerdem hatten ihn ihre Worte daran erinnert, dass er, wenn er tatsächlich über neunzig würde, ungefähr sechzig dieser Jahre ohne Lauren verbringen müsste. Es sei denn, er könnte sie doch noch dazu bringen, ihre Meinung zu ändern. Gewiss könnte er das. Wenn dieser Tag erst vorüber wäre, würde er alle seine Bemühungen darauf konzentrieren können, sie davon zu überzeugen, ihn zu lieben.

Wir dürfen einander jetzt nicht in eine Falle locken.

Er würde nicht daran denken, dass sie die Ehe mit ihm als eine Art Gefangenschaft ansähe, als Verlust all ihrer neu gewonnenen Freiheit.

Er würde ihr vermitteln, dass es mehr als eine Art Freiheit gab.

Kit war nirgendwo zu sehen, als der Tanz mit dem Duke of Bewcastle endete. Aber Gwen näherte sich gerade an Lord Rannulfs Arm. Lauren lächelte beiden zu. Sie würde Gwen vorschlagen, sich ein paar Minuten davonzustehlen, um etwas Kühles zu trinken. Es war eine warme Nacht. Aber Lord Rannulf bot ihr keine Gelegenheit, den Vorschlag anzubringen. Er verbeugte sich vor Lauren und bat um den nächsten Tanz.

Er war einer der wenigen Gentlemen ihrer Bekanntschaft, dachte sie, als sie der Bitte nachkam, neben dem sie sich fast klein fühlte. Er war wirklich ein Riese von einem Mann.

»Ihr seid hübsch errötet, Miss Edgeworth«, sagte er mit diesem Blick in seinen Augen, den sie nie recht deuten konnte. War es Spott oder einfach Belustigung? »Man möchte Euch nicht so bald weitere Strapazen zumuten. Lasst uns draußen spazieren gehen.«

Sie wollte absolut nicht mit ihm spazieren gehen, obwohl sie wusste, dass mehrere andere Gäste dort draußen waren, so dass es schicklich wäre. Aber sie erkannte, dass er keine Bitte geäußert hatte. Er hatte bereits ihren Arm durch seinen gezogen und schritt entschlossen aus dem Ballsaal auf die Außentüren zu. Nun, entschied sie, ein wenig frische Luft würde tatsächlich gut tun.

Er konnte ein amüsanter Begleiter sein. Er deutete auf mehrere der Nachbarn und erzählte ihr kurze Anekdoten über sie. Er war anscheinend ein scharfer Beobachter des menschlichen Charakters, und doch war keine seiner Bemerkungen ernstlich boshaft. Lauren merkte, dass sie sich gut unterhielt. Sie gingen oberhalb der französischen Gärten auf die Rosenlaube zu.

»Ah«, sagte er sanft, als sie sich näherten, »schade. Es ist uns jemand zuvorgekommen – tatsächlich zwei Personen. Dann müssen wir stattdessen die Blumengärten aufsuchen.«

Sie erkannte, dass er schon vor dem Spaziergang, ja schon bevor er sie um diesen Tanz gebeten hatte, gewusst haben musste, wer in der Rosenlaube war. Er hatte gewollt, dass sie es erfuhr, dass sie es selbst sah. Lady Freyja wollte das wahrscheinlich auch.

Sie saß auf einem der Sitze. Kit stand in charakteristischer Pose nahe bei ihr, einen Fuß auf dem Sitz, ein Arm über das Bein gelegt. Die andere Hand lag auf ihrer Schulter, so dass sein Kopf ihrem sehr nahe war.

Lord Rannulf erzählte gerade eine weitere Anekdote, der Lauren aber nicht zuhörte. Er hielt inne, offensichtlich ohne die Erzählung zu beenden.

»Verzeiht«, sagte er, »ich hätte um nichts auf der Welt gewollt, dass Ihr das seht.«

»Hättet Ihr nicht?«, fragte sie. Ladys nennen Gentlemen keine Lügner.

»Es ist nicht, was Ihr denkt«, sagte er. »Sie sind schon ihr ganzes Leben lang befreundet. Sie sind noch immer Freunde. Ihr habt selbst gesehen, wie viel sie gemeinsam haben, wie sie es lieben, einander herauszufordern und gegeneinander anzutreten, wie sehr einer in der Gesellschaft des anderen aufblüht. Aber es ist nicht mehr als Freundschaft, das versichere ich Euch.«

»Lord Rannulf«, sagte sie, »Ihr erzähltet gerade eine Anekdote. Bitte fahrt fort. Ihr braucht Euch nicht darum zu sorgen, was ich denke. Meine Gedanken sind sehr persönlicher Natur. Ihr könnt deren Inhalt nicht einmal annähernd erahnen.«

Sie hatte wider Willen in ihrer Entschlossenheit geschwankt. Sie erkannte es erst jetzt, als sich ihre Entschlossenheit, am Morgen zu gehen, verstärkte, als es schließlich absolut keine Alternative mehr war, auch nur noch einen Tag länger zu bleiben. Es war gut, dass dies geschehen war, dachte sie, während Lord Rannulf an ihrer Seite in Schweigen verfiel, weit davon entfernt, die Geschichte zu beenden, die er zuvor begonnen hatte.

Sie hatte natürlich gewusst, dass es geschehen würde, dass es unausweichlich war. Aber nun hatte sie es selbst gesehen und konnte keine quälenden Zweifel mehr hegen. Keine schwachen Hoffnungen.

Sie würde nicht zulassen, dass sie dies aufregte. Es wäre in höchstem Maße unfair – Kit und ihr selbst gegenüber. Sie hatte ihr Abenteuer gehabt, und nun war es beendet. Es war verständlich, dass sie nach einem solch großartigen Abenteuer eher niedergedrückt war. Aber sie würde bald neuen Mut fassen, wenn sie erst wieder in Newbury wäre. Dort hätte sie die Briefe ihrer Mutter zu lesen, könnte sich um Elizabeth und das Baby kümmern, sich mit Lily amüsieren – o ja, endlich, endlich wäre sie in der Lage, sich mit Lily zu amüsieren! – und könnte ihre Zukunft planen. Sie könnte ihre neue Freiheit genießen. Wie viele Frauen besaßen die Freiheit, die sie nun besaß?

»Es tut mir leid«, sagte Lord Rannulf leise, und Lauren hatte zum ersten Mal das Gefühl, dass er es ehrlich meinte. »Es tut mir wirklich leid, Miss Edgeworth. Das habt Ihr nicht verdient.«

»Was habe ich nicht verdient, Lord Rannulf? Betrügerei? Aber das Leben ist voller Betrug und Lügen und Masken. Es wäre töricht, wenn man nicht dagegen gewappnet wäre.«

Zumal sie selbst die größte Betrügerin war.

Er begleitete sie zu Tante Clara, die sich im Ballsaal mit der Countess of Redfield unterhielt, beugte sich über ihre Hand, führte sie an seine Lippen und ging ohne ein weiteres Wort davon.

Lord Rannulf fand Lady Freyja in der Rosenlaube. Sie saß auf demselben Platz, den sie schon wenige Minuten zuvor innegehabt hatte.

»Geh weg«, sagte sie ungnädig, als sie ihn kommen sah.

Bedwyns taten selten, um was sie gebeten wurden. Er trat näher und setzte sich neben sie.

»Und?«, fragte er.

»Verdammte Hölle und tausendmal verflucht«, sagte sie giftig. »Nein, Millionen Mal!«

Er schnalzte mit der Zunge, bemühte sich aber, keine weitere Ermahnung zu äußern. Keiner ihrer vielen Erzieherinnen war es damals gelungen, der eigensinnigen Schülerin einzubläuen, dass sie eine Lady war und lernen musste, sich entsprechend zu benehmen. Und ihre Brüder hatten sich nie sehr darum bemüht, die Lehren der Erzieherinnen zu vertiefen.

»Ich will nach Hause«, sagte sie. »Ich will Wulfs Weinkeller plündern. Ich will mich betrinken. Völlig betrinken. Mit dir. Du kannst mit mir trinken.«

»Das ist sehr großzügig von dir, Free«, sagte er. »Es ist auch sehr verführerisch, nach dem, was du mich gerade hast durchmachen lassen – ich mag die Frau gut leiden, verdammt! Aber Wulf und Alleyne würden es nicht gutheißen, wenn sie ohne Kutsche hier festsäßen. Und es würde mein Feingefühl verletzen, den besten Wein nur zu dem Zweck hinunterzustürzen, uns sinnlos zu betrinken. Schlechterer Alkohol wäre ebenso dienlich, aber Wulf hat so etwas nicht!«

»Der Teufel soll Wulf holen!«

Ihr Bruder hob die Augenbrauen. »Dich zu betrinken, ist nicht das richtige Heilmittel für deine Qual«, sagte er. »Du wirst nur schlimme Kopfschmerzen bekommen und dir wünschen, du wärest tot.«

»Wenn ich deinen Rat brauche«, sagte sie mit jämmerlichem Mangel an Originalität, »werde ich dich danach fragen.«

»Auch gut.« Er zuckte die Achseln. »Es war töricht von dir, sich vor drei Jahren zu verlieben und nie wieder zu entlieben, weißt du.«

Er sah es, trotz der Dunkelheit, kommen. Aber er dachte, es würde ihr mehr nützen, als sich unter den Tisch zu trinken. Sie ballte die rechte Hand zur Faust, zog den Arm zurück und boxte ihn fest gegen das Kinn. Sein Kopf wurde zurückgeworfen, aber er geriet nicht aus dem Gleichgewicht.

»Autsch!«, sagte er nach wenigen Augenblicken ruhig. »Wenn du wirklich darauf bestehst, dich zu betrinken, Free, werden wir zwei Pferde aus den hiesigen Ställen stehlen und aufbrechen. Aber wir könnten auch wieder hineingehen und tanzen. Du könntest allen zeigen, aus welchem Holz du geschnitzt bist. Zeig ihnen, dass Kit und jeder andere unwürdige Sterbliche Lady Freyja nicht im Geringsten kümmern.«

»Er kümmert mich wirklich nicht«, sagte sie und erhob sich. »Ich hasse ihn, wenn du die Wahrheit hören willst, Ralf. Und was diese glattzüngige Lady betrifft, die er mit nach Hause gebracht hat, nun – ich würde sagen, er verdient sie vollkommen. Und das ist alles, was ich zu sagen habe. Kommst du nun mit oder nicht?«

»Ich komme.« Er erhob sich ebenfalls und lächelte zu ihr herab. »Gutes Mädchen, Free. Kopf hoch. Die Bedwyn-Nase kann bei Gelegenheiten wie dieser ein unbezahlbarer Aktivposten sein, oder?«

Freyja sah ihn entlang der ihren an, als wäre er ein Wurm unter ihrem Tanzschuh.

Ländliche Bälle dauerten, auch wenn sie wie der in Alvesley wohl durchdacht waren, nicht bis zur Morgendämmerung, wie es für die denkwürdigsten Bälle in London galt. Das Abendessen wurde um elf Uhr serviert, und darauf folgte der erste und einzige Walzer des Abends für die wenigen Paare, die kühn und geschickt genug waren, ihn zu tanzen. Danach wurde auch noch weitergetanzt, aber die Gäste wanderten bereits allmählich ab. Und die Duchess-Witwe of Redfield zog sich zurück, um zu Bett zu gehen.

Kit und Lauren brachten sie in ihr Zimmer hinauf. Sie hatten gerade zusammen Walzer getanzt, und Kit hatte sich stark an ihren ersten Walzer erinnert gefühlt, als er ihre Schönheit erkannt hatte, von ihrer scheinbar kalten Würde eingeschüchtert worden war, sich aber herausgefordert gefühlt hatte, sie aus ihrer Selbstzufriedenheit aufzurütteln.

Seine Großmutter war müde. Heute Abend war nichts von ihrer grimmigen Unabhängigkeit zu spüren. Anstatt mit ihrer gesunden Hand ihren Stock zu umfassen, hatte sie einen Arm durch Laurens und den anderen durch Kits Arm geschoben und stützte sich schwer auf beide. Aber Kit wusste, dass es ein außerordentlich glücklicher Tag für sie gewesen war.

»Gute … Nacht.« Sie ließ Laurens Arm los, als Kit die Tür zu ihrem Ankleideraum öffnete und ihre Ankleidefrau zu ihrer Hilfe herbeieilte. »G … guter Junge.«

»Gute Nacht, Großmama.« Er drückte sie liebevoll, während sie ihn auf die Wange küsste.

»Gute Nacht.« Sie wandte sich um und küsste Lauren, die sich zu ihr gebeugt hatte, um sie auch zu umarmen, ebenfalls auf die Wange. »Liebes … Kind.«

»Gute Nacht, Madam. Herzlichen Glückwunsch zum Geburtstag.« In Laurens Augen schimmerten Tränen, als sie Kits Arm wieder ergriff.

»Wir haben gerade zusammen getanzt«, sagte er, während sie wieder nach unten gingen. »Wenn wir in den Ballsaal zurückkehren, werden wir andere Partner erwählen müssen.«

»Dann werden wir das«, sagte sie. »Das gebietet die Höflichkeit.«

»Wäre es unhöflich, wenn wir draußen spazieren gingen?«

Sie schüttelte den Kopf. »Für diesen Tanz hat ohnehin schon jeder einen Partner.«

Es befanden sich noch immer einige Leute draußen, hauptsächlich die jungen Cousins, die zusammenstanden und plauderten. Kit führte Lauren an ihnen vorbei, und sie grüßten fröhlich. Sie spazierten schweigend durch die französischen Gärten und über die jenseitige Wiese, bis sie zu der kleinen Holzbrücke über den Wasserlauf kamen. Dort blieben sie in schweigendem Einvernehmen stehen und stützten die Arme auf das Holzgeländer. Unter ihnen plätscherte das Wasser, aber es war in der Dunkelheit unter den Bäumen nicht zu sehen. Im Gegensatz dazu waren die Wiese, die Blumenbeete und das Haus in Mondlicht gebadet.

Kit seufzte. »Ein langer Tag ist fast vorüber.«

»Aber ein wunderschöner Tag. Er war perfekt, nicht wahr? Perfekt für deine Großmutter und perfekt auch für alle anderen.«

»Ja«, stimmte er ihr zu.

Er konnte vom Haus fernes Lachen hören. Und den leisen Klang von Musik. Es war gut, mit Lauren allein zu sein. Sie war eine angenehme Begleitung. Er hatte erst kürzlich erkannt, ein wie wichtiger Bestandteil von Freundschaft die Fähigkeit war, gemeinsam schweigen zu können. Und sich dabei ebenso wohl zu fühlen wie dann, wenn man alleine war. Nein, sogar wohler.

»Kit«, sagte sie leise, »wir haben das Richtige getan, oder?«

Er verstand die Frage sofort.

»Wenn du allein hierher gekommen wärst«, fuhr sie fort, »hättest du jetzt das Gefühl, ohne Wahlmöglichkeit zu einer Verlobung gezwungen zu sein. Du hättest es vielleicht immer übel genommen, und deine Familie hätte es gespürt, selbst wenn du es nicht ausgesprochen hättest. Es wären Peinlichkeit und Misshelligkeiten und Feindseligkeit entstanden, wohingegen nun Friede und Liebe und Harmonie herrschen. Es war nicht falsch, oder?«

»Es war nicht falsch«, antwortete er, tastete nach ihrer Hand auf dem Geländer und umschloss sie.

»Wenn alles vorüber ist«, sagte sie, »wird die Harmonie bleiben, und du wirst die Freiheit haben, deine Zukunft selbst zu bestimmen.«

»Von morgen an«, erwiderte er, »werde ich die Freiheit haben, dich heftiger zu umwerben. Ich werde es tun. Sei gewarnt. Ich werde dich davon überzeugen, dass der beste Ausgang dessen, was hier begonnen wurde, unsere Hochzeit sein wird. Glücklich bis in alle Ewigkeit und so weiter.«

»Kit«, sagte sie nach einem kurzen Schweigen. »Ich werde morgen mit Tante Clara und Gwen abreisen.«

»Nein!« Seine Finger schlossen sich fest um ihre. Panik verkrampfte sein Inneres.

»Es ist die beste Lösung. Du wirst mir gewiss zustimmen, wenn du darüber nachdenkst. Sie kommen aus meinem Zuhause. Sie haben mich als Anstandsdamen hierher begleitet. Sie wollen rasch nach Hause zurückkehren, weil Elizabeth mit dem neuen Baby kommt. Es wird für mich die natürlichste Sache der Welt sein, mit ihnen zu gehen. Und deine Mutter und Tante Clara nehmen ohnehin an, dass unsere Hochzeit in Newbury stattfinden wird. Es wird so aussehen, als ginge ich, um mit den Vorbereitungen zu beginnen. Es werden keine unbeholfenen Erklärungen nötig sein. Wenn ich unsere Verlobung schriftlich löse, werden eure Familiengäste alle nach Hause zurückgekehrt sein, und du wirst dem Earl und der Countess die Nachricht in Ruhe überbringen können. Und deiner Großmutter und Sydnam.«

Ihre Stimme klang ruhig und vernünftig. Ohne eine Spur von Bedauern, von Schmerz, von Gefühlen irgendeiner Art.

»Bleib noch ein wenig länger«, bat er. »Nur eine Woche. Gib mir eine Woche Zeit, dich zu überzeugen. Fahr morgen nicht ab, Lauren. Es ist zu bald.«

»Ich habe alles erfüllt, weshalb ich hierher gekommen bin«, sagte sie. »Und ich hatte mein Abenteuer, meinen Sommer der Erinnerung. Es gibt keinen guten Grund, es zu verlängern, aber allen Grund, es zu beenden. Es ist an der Zeit, Kit. Du wirst es bald selbst erkennen.«

»Bleib«, drängte er, »bis wir sicher wissen, ob du schwanger bist oder nicht.«

»Wenn ich es bin«, sagte sie ebenso kühl wie zuvor, »werde ich dir sofort schreiben. Wenn nicht, werde ich unsere Verlobung schriftlich lösen. Ich werde warten, bis ich es weiß, Kit. Das kann ich ebenso gut in Newbury tun. Und ich glaube wirklich, dass ich es nicht bin. Es gab immerhin nur zwei Gelegenheiten.«

Eine. Es gab nur eine Gelegenheit, bei der sie hätte empfangen können. »Ich hoffe, du bist es«, sagte er und ergriff ihre Hand noch fester. »Ich hoffe, du bist schwanger.« Tat er das? War er so verzweifelt, dass er sie diesem Zwang aussetzen wollte?

»Warum?«, fragte sie.

Weil ich dich liebe. Weil ich den Gedanken an ein Leben ohne dich nicht ertragen kann. Aber er konnte ihr diese Last nicht aufbürden. Das wäre entsetzlich unfair. Sie könnte sich aus Ehrgefühl verpflichtet fühlen, bei ihm zu bleiben, ihn zu heiraten, das Leben aufzugeben, von dem sie träumte und das nun zum Greifen nahe war.

»Es ist, weil du … weil du mich gehabt hast, oder?«, fragte sie. »Du musst mich als Gentleman überreden, dich um jeden Preis zu heiraten. Das ist nicht nötig – nicht, wenn ich nicht schwanger bin. Es war keine Verführung. Was ich getan habe, tat ich freiwillig. Es war ein Teil des Abenteuers, ein Teil des denkwürdigen Sommers. Ich werde es niemals bereuen. Ich werde immer froh sein, dass ich … dass ich weiß. Und dass es mit dir geschah. Und dass es so … wundervoll war. Aber du schuldest mir nichts, gewiss keine lebenslange Aufopferung. Du bist frei, Kit. Und ich auch. Frei!«

Aus ihrem Mund klang das Wort Freiheit wie der begehrenswerteste Zustand menschlicher Befindlichkeit. Vor ungefähr einem Monat hätte er ihr vielleicht noch zugestimmt.

Er ahnte die Niederlage. Wie konnte er gegen eine Bitte um Freiheit argumentieren?

»Dann kann ich nichts tun, um deine Meinung zu ändern?«

»Nein.«

Er hob ihre Hand, legte seine Stirn daran, atmete langsam durch.

»Danke«, sagte er. »Ich danke dir für alles, was du für mich und meine Familie getan hast, Lauren. Du warst die Liebenswürdigkeit und Geduld und Großzügigkeit und unfehlbare Würde in Person.«

»Und ich danke dir.« Sie legte ihre freie Hand auf seinen Arm. »Für mein Abenteuer, Kit. Für das Schwimmen und Reiten und Bäumeklettern. Für das – für das Lachen. Und dafür, dass du Großpapa überredet hast, mir die Wahrheit über meine Mutter zu sagen. Das ist ein kostbareres Geschenk, als ich es mit Worten ausdrücken kann. Ich danke dir.«

Er spürte ihre Lippen an seiner Wange und bekämpfte den Drang, sie in seine Arme zu ziehen, seine überlegene physische Kraft zu nutzen, sich einfach zu weigern, sie gehen zu lassen – jemals.

»Also morgen früh?«, fragte er mit fest geschlossenen Augen. »Wir werden heiter sein müssen, nicht wahr? Die kurzzeitige Trennung bedauernd, aber heiter, weil die Hochzeitspläne auf den Weg gebracht werden. Grundsätzlich heiter. Ja. Ich werde dich wohl küssen. Auf die Lippen. Das wird angemessen scheinen.«

»Ja«, stimmte sie ihm zu. »Es werden andere versammelt sein, um uns zu verabschieden. Sie werden zusehen.«

»Aber jetzt«, sagte er und führte ihre Hand an seine Lippen, »sind wir beide allein. Zum letzten Mal. Dann leb wohl, meine Freundin. Auf Wiedersehen, Lauren.«

»Oh, mein Lieber«, sagte sie, und es schien ihm zum ersten Mal, als schwanke ihre Stimme gefühlvoll. »Leb wohl. Ich wünsche dir ein schönes Leben. Ich werde mich deiner stets mit … mit tiefer Zuneigung erinnern.«

Er stand mehrere schweigende Augenblicke da, den Rücken dem Haus zugewandt, die Augen geschlossen, ihre Hand an seinen Lippen, und prägte sich das Gefühl und ihren Seifenduft und die sanfte Aura ein, mit der sie ihn zu umgeben schien, bevor er sie zu dem zurückbegleitete, was vom Geburtstagsball noch geblieben war.

22

Der Sommer hatte sich während der heißen trägen Tage des Augusts und weit in den September hinein gehalten. Aber schließlich wich er doch dem Herbst. Ferne Kühle lag in der Luft, und schwere, tief hängende Wolken sammelten sich. Es würde regnen.

Sie befand sich an dem schlimmsten Ort, an dem man sich an einem solchen Tag aufhalten konnte, dachte Lauren – am Strand von Newbury Abbey. Nicht nur am Strand, sondern sogar oben auf dem großen Felsen, der aller Welt vorkam, als habe ihn ein Riese einst von den Klippen herabgeschleudert, so dass er inmitten der weiten Fläche goldfarbenen Sandes gelandet war. Sie saß da, warm in eine Jacke gehüllt, die Arme unter deren Falten um die hochgezogenen Knie geschlungen. Aber sie trug keinen Hut – ihr Hut lag am Fuß des Felsens, zusammen mit ihren Handschuhen in einen schmalen Spalt gezwängt, damit sie nicht fortgeweht wurden. Der Wind – nein, es war eher ein Sturm – peitschte ihr das Haar aus dem Gesicht und schmeckte nach Salz. Das Meer, das den Sand nach der Ebbe erst wieder halbwegs erobert hatte, war schiefergrau und rau und mit stürmischer weißer Gischt gesprenkelt.

Sie war beinahe glücklich. Sie erlaubte sich die Umschreibung beinahe, weil sie begriffen hatte, dass Selbsttäuschung auch Selbstzerstörung war. Sie würde sich nichts mehr vormachen oder sich hinter einer Maske verstecken, um sich vor der Realität des Lebens abzuschirmen.

Daher der Strand, den sie bis vor kurzem nie gemocht hatte, besonders nicht an stürmischen Tagen. Und daher ihr Platz oben auf dem Felsen, den sie vor dem heutigen Tag nie erklettert hatte. Es war verboten gewesen, ihn zu erklimmen, als sie noch ein Kind war, und daher hatten sowohl Neville als auch Gwen ihn natürlich häufiger erklommen. Sie hatte es, ebenso zwangsläufig, nie getan. Und in den letzten Jahren wäre es wenig damenhaft gewesen, ihn zu ersteigen. Sie konnte sich erinnern, wie entsetzt sie gewesen war, Lily eines Tages dort oben sitzen zu sehen, nicht lange nach ihrer Ankunft auf Newbury.

Und daher war sie auch ohne Hut. Der Wind und die Seeluft würden sowohl ihrem Haar als auch ihrem Teint Schreckliches antun. Sie streckte das Gesicht in die Luft und schüttelte ihr wirres Haar trotzig lächelnd aus.

Daher auch die Tatsache, dass sie trotz der Wahrscheinlichkeit, dass es regnen würde, nicht zum Haus der Witwe zurückeilte. Wenn sie nass wurde, würde sie eben frieren und sich unwohl fühlen und vielleicht ihren Hut und ihre guten Schuhe verderben. Sie schaute zu den Wolken hinauf und forderte den Regen heraus, auf sie herniederzuprasseln.

Sie war nicht schwanger. Sie hatte in der Ungestörtheit ihres Zimmers geweint, als kaum eine Woche nach ihrer Rückkehr aus Alvesley ihre Periode eingesetzt hatte. Sie hatte um das Kind getrauert, das nie war, und um die Hochzeit, die nie stattfinden würde. Gleichzeitig war sie überwältigend erleichtert gewesen. Sie hatte Kit am Tag darauf geschrieben und ihre Verlobung gelöst – die schwerste Aufgabe, die sie jemals in ihrem Leben bewältigen musste.

Beim Gedanken daran – an den Moment, in dem sie den Brief aus der Hand gegeben hatte – zog sich ihre Brust noch immer vor fast unerträglichem Schmerz zusammen. Sie würde sich nicht erlauben, daran zu denken. Irgendwann in der Zukunft – eher in der ferneren Zukunft, wie sie glaubte – würde sie auf den kurzen Sommer auf Alvesley zurückblicken und sich freudig an das erinnern können, was gewiss die glücklichste Zeit ihres Lebens gewesen war.

Aber noch nicht jetzt. In diesem speziellen Moment ihres Lebens war sie beinahe glücklich. Sie akzeptierte mit ruhiger Duldsamkeit, dass sie noch nicht ganz glücklich war.

Morgen würde sie nach Bath fahren. Oh, noch nicht für immer, aber es war in Planung. Gwen und Neville würden sie begleiten. Ein Makler hatte vier verschiedene Häuser gefunden, die er als geeignete Wohnstatt für eine allein stehende Lady mit bescheidenem Vermögen enschätzte. Sie würde sie sich ansehen und ihre Wahl treffen. Entgegen dem Rat aller anderen außer Elizabeth, aber auch mit der widerwilligen Unterstützung aller, würde sie sich für ihr restliches Leben einrichten. Keine passive Beobachterin mehr, sondern aktiv Teilnehmende.

Der Sprühnebel von der Meeresgischt – oder vielleicht war es der beginnende Regen – befeuchtete ihr Gesicht. Ihr Haar wäre entsetzlich gelockt, wenn sie nach Hause käme, und ihre arme Zofe wäre gefordert, etwas damit anzufangen. Lauren schloss die Augen und fühlte sich von Wind eingehüllt. Von seiner Wildheit belebt. Durch ihn gestärkt.

Sie hatte fünfzehn Jahre Briefe der Fremden gelesen, die ihre Mutter war. Heiter, unbekümmert, sorglos geschriebene Briefe einer Frau, die ihr Leben eindeutig genoss, auch wenn sie sich weitschweifig über alles und jeden beklagte – besonders über die Männer, die sie in früheren Briefen mit begeistertem Lob überhäuft hatte, wie auch darüber, dass ihre geliebte Lauren ihr nie antwortete und nicht zu ihr kam, um bei ihr zu leben. Es waren Briefe, die Lauren noch vor wenigen Monaten bis in die Grundfesten erschüttert hätten. Aber sie hatte eine neue Duldsamkeit gelernt, eine Akzeptanz der unzähligen Arten, wie andere Menschen das eine Leben bewältigten, das ihnen gewährt war. Sie empfand eine schmerzliche Liebe für die Mutter, an die sie sich nur so vage erinnerte, dass keine dieser Erinnerungen greifbar war. Sie hatte einen langen, langen Brief geschrieben und nach Indien geschickt. Es war erst irgendwann im nächsten Jahr mit einer Antwort zu rechnen, aber sie spürte eine Verbindung zu der Frau, die sie geboren hatte.

Sie sollte vermutlich hinabklettern, dachte sie, während sie bange die Fuß- und Handstützen betrachtete, die ihr vom Strand aus gut zu bewältigen erschienen waren. Aber da hatte sie nach oben geschaut, nicht nach unten. Wenn sie wartete, bis es richtig regnete, könnte der Felsen glitschig werden, und sie säße fest.

Ihre Gedanken schweiften einen Moment zu Kit, wie er ihr geholfen hatte, den Baum auf Alvesley hinunterzuklettern, und sein Körper und seine Arme sie von hinten schützend bargen, obwohl sie ihm verboten hatte, sie zu berühren oder hinunterzutragen. Sie schob die Erinnerung fort. Sie war noch nicht dazu bereit. Es war noch zu schmerzvoll.

Etwas am Rand ihres Blickfeldes erregte ihre Aufmerksamkeit, und sie wandte den Kopf, um hinzusehen. Dort führte ein steiler Pfad vom oberen Teil der Klippe zu dem Tal, in dem sich der Wasserfall, der Teich und die Hütte befanden. Von ihrem Platz konnte sie so weit nicht blicken. Aber sie konnte die Brücke über den Fluss sehen, bevor dieser die letzten wenigen Meter zum Strand und zum Meer zurücklegte. Er betrat gerade die Brücke, sein langer, graubrauner Reitmantel bauschte sich im Wind, sein Hut war tief in die Stirn gezogen.

Ein Trugbild, dachte sie töricht und senkte den Kopf rasch wieder auf die Knie. Ihr Herz pochte heftig, als wäre sie zu schnell gelaufen. Bestimmt nur Neville, der von Tante Clara geschickt worden war, um nachzusehen, was sie so lange am Strand aufgehalten hatte. Aber es war nicht Neville. Dann eben der Duke of Portfrey, der von Elizabeth und Lily aus demselben Grund geschickt worden war. Nein. Nein, er war es nicht. Außerdem hätte keiner von ihnen nach ihr gesucht. Sie hatte ihnen gesagt, dass sie allein sein wollte.

Sie hob erneut den Kopf und wandte ihn beiläufig, um nicht enttäuscht zu sein, wenn sie einen leeren Strand, eine leere Brücke und einen leeren Pfad sähe.

Er war am Strand, kam auf sie zu.

Lauren umfasste ihre Knie fester.

Alle Gäste hatten Alvesley innerhalb von zwei Wochen nach der Geburtstagsfeier verlassen. Sydnam war eine Woche danach zu einem der größeren Anwesen des Duke of Bewcastle in Wales aufgebrochen. Er hatte sich sehr darauf gefreut. Gute Arbeit als Verwalter zu leisten war eine notwendige Herausforderung für ihn, um weiterzumachen, hatte Kit erkannt. Das zusätzliche Einkommen brauchte Syd gewiss nicht.

Das Leben zu Hause hätte ruhig und glücklich verlaufen können, wenn nur eines nicht gewesen wäre. Die Beziehung zu seinem Vater war besser denn je. Sie konnten von Mann zu Mann miteinander reden und eine Vater-Sohn-Beziehung miteinander führen. Vater wollte Dinge lehren; Kit wollte Dinge lernen. Und er brachte einige Fertigkeiten mit, die er während der Jahre als Befehlshaber und der Verantwortung auf Leben und Tod erworben hatte, sowie die Energie eines jungen Mannes, welche die gemächlichere, bewusstere Weisheit seines Vaters ergänzte. Seine Mutter war heiter und liebevoll. Er war wieder der Liebling seiner Großmutter, wobei er natürlich nur noch wenig Konkurrenz hatte. Eines Tages begegnete er Rannulf, als beide allein ausritten. Sie sprachen einige Stunden miteinander, nachdem Rannulf sein Pferd gewendet hatte, um neben seinem ehemaligen Freund herzureiten, da sie beide kein bestimmtes Ziel im Sinn hatten. Sie verfielen wieder in die mühelose Kameradschaftlichkeit, die sie während ihrer Kindheit genossen hatten. Seitdem hatten sie sich mehrmals getroffen. Ihre Freundschaft war wieder aufgelebt.

Es gab nur eines, was den Frieden störte, obwohl der Begriff *eines* es zu klein, zu unbedeutend, zu unwichtig erscheinen ließ. Es war der verzehrende Faktor in Kits Leben. Lauren hatte aus Newbury geschrieben, eine formelle kleine Notiz, mit der sie ihre Verlobung löste, Gegensätze und persönliche Unbeständigkeit als Grund. Sie hatte ihren Teil des Handels bis zum bitteren Ende eingehalten und sorgfältig darauf geachtet, alle Schuld für die Lösung der Verlobung auf sich zu nehmen. Und der Brief war auch noch für andere Augen als die seinen gedacht. Eine Schwangerschaft wurde mit keinem Wort erwähnt. Er musste aus der Art des Briefes schließen, dass sie nicht schwanger war. Er hatte ihn geöffnet, ohne zu wissen, welches der beiden möglichen, recht gegensätzlichen Schicksale ihm bevorstünde.

Nachdem er ihn gelesen hatte, war er zum See hinuntergegangen, hatte alle seine Kleider abgelegt – obwohl bei helllichtem Tag völlige Ungestörtheit keineswegs garantiert war – und hatte den See vollständig durchschwommen, wobei er noch das letzte Quäntchen seiner Energie verbraucht hatte, so dass er sich, als er die andere Seite der

Insel erreichte, halb stolpernd das leicht geneigte Ufer hinaufschleppen musste, um dann keuchend und benommen mit dem Gesicht nach unten zwischen die Wildblumen aufs Gras zu sinken. Er wusste nicht einmal, wie viele Stunden er dort gelegen hatte.

Das Törichte – das wirklich Dumme – daran war, dass er es nach seiner Rückkehr zum Haus niemandem sofort erzählte. Er konnte sich den Fragen, den Erklärungen, dem Gefühl, den Gegenbeschuldigungen, dem Mitleid, dem, was auch immer es war, was er ertragen müsste, wenn er es erzählen würde, nicht stellen. Er hatte die Eröffnung auf den Abend verschoben und dann auf den nächsten Morgen und dann …

Er hatte es überhaupt nicht erzählt.

Eines Morgens, als sie von einer Besichtigung des Getreides zurückkamen, gab sein Vater ihm gegenüber zu, die Heirat mit Freyja nur arrangiert zu haben, weil er geglaubt hatte, es würde Kit freuen. Dann fügte er hinzu, Kit habe, sich selbst überlassen, die weitaus klügere und bessere Wahl getroffen, als irgendjemand es für ihn hätte tun können. Er habe sich, trotz seines ausschweifenden Lebens in London noch im letzten Frühjahr, zu einem vernünftigen, verlässlichen Mann entwickelt. Miss Edgeworth sei eine gute Viscountess und werde eine würdige Countess sein, wenn es einmal so weit wäre.

An dem Tag, an dem Syd abreiste, hakte sich seine Mutter bei ihm ein, nachdem sie ihre Tränen getrocknet hatte, und spazierte mit ihm in die französischen Gärten. Sie räumte ein, sie hätte sich bei der Aussicht, ein Haus mit Freyja teilen zu müssen, gefürchtet, obwohl sie sie wie alle anderen Bedwyns sehr mochte, die nur darunter gelitten hätten, während der prägenden Jahre keine Mutter gehabt zu haben, die ihre Wildheit gezügelt und sie einige Beschränkungen gelehrt hätte. Aber Lauren liebte sie. Das hatte fast vom ersten Moment an gegolten, obwohl sie zugab, dass sie bereit gewesen wäre, sie vollkommen abzulehnen. Lauren fühlte sich bereits wie die Tochter an, die sie nie gehabt, sich aber immer gewünscht hatte.

Kits Großmutter sprach morgens von Lauren, wenn sie aufstand und Lauren nicht da war, um sie auf ihrem Spaziergang zu begleiten, und wenn sie sich abends ans Feuer setzte und Lauren nicht da war, um ihr zuzuhören oder sie mit Gesprächen zu unterhalten oder ihre kranke Hand zu massieren, und wann immer sie den Eindruck hatte, dass Kit ruhelos sei, was fast immer der Fall war, wenn sie ihn sah.

Er hatte weder den Mut noch das Herz gehabt, ihnen zu sagen, dass die Verlobung gelöst sei, dass sie Lauren niemals wiedersehen würden, dass er sie selbst niemals wiedersehen würde.

Mitte September, als seine Mutter beinahe täglich fragte, wann das Hochzeitsdatum festgesetzt werden sollte, und seine Großmutter darauf drängte, dass es vor Weihnachten geschähe, damit sie Lauren während der Feiertage bei sich hätten – und damit sie beginnen könnten, die Taufkleidung der Familie auszulüften –, erkannte er, dass er entschlossen handeln müsste. Er würde es ihnen sagen müssen.

Es war in einer Gesprächspause beim Abendessen, als er sich schließlich stählte und tief einatmete, um es zu verkünden.

»Ich werde nach Newbury Abbey fahren«, sagte er jäh. »Morgen, denke ich. Ich muss … Lauren sehen.«

Seine Worte überraschten ihn ebenso sehr wie seine Familie. Tatsächlich noch mehr. Alle freuten sich. Tatsächlich hatten sie es erwartet. Sie glaubten, es sei höchste Zeit. Lauren würde sonst denken, er hätte Zweifel.

Erst als die unerwarteten, ungeplanten Worte ausgesprochen waren, begriff er, warum er seiner Familie die Neuigkeit nicht mitgeteilt hatte, warum er nicht in der Lage gewesen war, seine Scharade aufzugeben. Er hatte während des Sommers etwas unendlich Wertvolles gelernt – er glaubte, dass Lauren und er es beide gelernt hatten. Er hatte die Wichtigkeit dessen erfahren, mit Menschen, die er liebte, offen zu reden, selbst wenn die Gewohnheit ihn dazu drängte, alles in sich verschlossen zu halten. Er hatte heute eine gute Beziehung zu seinem Vater und zu Syd, weil Lauren ihn dazu überredet hatte, nach dreijähriger Entfremdung mit ihnen zu sprechen.

Und doch hatte er Lauren selbst gegenüber nie die volle Wahrheit gesagt. Er hatte sie um ihretwillen zurückgehalten, weil es etwas war, das sie nicht hören wollte, weil sie das Wissen vielleicht als Last empfinden, weil es sie vielleicht insofern beeinflussen würde, dass sie das opferte, was für sie von größter Bedeutung war – ihre Freiheit.

Aber vielleicht hatte sie ein Recht auf die Wahrheit. Freiheit beinhaltete gewiss das Recht zu wählen.

Aber vielleicht war er einfach nachgiebig sich selbst gegenüber.

Doch wenn er sich selbst gegenüber nachsichtig war, dachte er, als er vorgestern an einem stürmischen Tag in das Dorf Upper Newbury hineinritt und sich im Gasthaus auf dem Dorfanger ein Zimmer nahm, fühlte sich das bemerkenswert beunruhigend an. Es war ein malerisches Dorf. Am Fuß des steilen Hügels gab es noch einen weiteren Ortsteil – Lower Newbury? –, wie er von seinem Zimmer aus sehen konnte, dessen kleine Häuser um einen geschützten Hafen kauerten, der die Rauheit der See dennoch nicht verhehlen konnte.

Er war unentschlossen, ob er zunächst im Haus der Witwe

oder gleich auf Newbury Abbey selbst vorsprechen sollte. Das Haus der Witwe befand sich, wie er feststellte, ein kurzes Stück innerhalb der Tore des Parks. Er ging zunächst dorthin. Ein Diener informierte ihn, die Ladys befänden sich auf dem herrschaftlichen Wohnsitz, und so ritt er einen sehr langen, gewundenen Fahrweg entlang und präsentierte seine Karte auf Newbury Abbey mit der Bitte, von der Countess of Kilbourne empfangen zu werden.

Er musste nur wenige Minuten warten, bevor er eilig in den Salon hinaufgeführt wurde, wo mehrere Menschen beisammenstanden, die sein Erscheinen bereits erwarteten. Lauren war nicht unter ihnen.

Sie war nicht so verschwiegen gewesen wie er, wie er sofort erkannte. Diese Menschen wussten alle Bescheid. Lady Muir war blass, die Witwe Lady Kilbourne ernst, Portfrey zeigte ein Pokergesicht. Aber die kleine, blonde, äußerst hübsche junge Lady, die mit ausgestreckter Hand auf ihn zueilte, lächelte.

»Lord Ravensberg?«, sagte sie. »Welch eine Freude.«

»Madam?« Er beugte sich über ihre Hand.

»Ravensberg?« Ein großer, blonder Mann, ungefähr in Kits Alter, trat neben sie und verbeugte sich, ohne Kit die Hand zu reichen.

»Kilbourne?«

Kit erkannte, dass er dem Mann gegenüberstand, der Lauren ihr ganzes Leben lang so viel bedeutet hatte, den sie beinahe geheiratet hätte, den sie geliebt hatte und wahrscheinlich noch immer liebte. Und in Gegenwart der berüchtigten Lily, die alle Hoffnungen und Träume Laurens zunichte gemacht hatte.

»Welch freudige Überraschung«, sagte die Countess. »Kommt und setzt Euch. Es ist heute eher kalt draußen, nicht wahr? Ihr kennt die übrigen vermutlich?«

Die Ladys knicksten. Portfrey neigte den Kopf. Er hielt ein kleines Kind auf dem Arm, wie Kit jetzt erst bemerkte. Die Duchess lächelte herzlich.

»Ihr seid gekommen, Lord Ravensberg«, sagte sie. »Ich bin so froh, da ich es vorausgesagt habe.«

»Ich auch«, fügte die Countess hinzu, nahm Kits Arm und führte ihn zu einem Sessel. »Lauren hat Euch geschrieben, bevor sie jemandem von uns – Gwen eingeschlossen – erzählt hat, dass sie ihre Verlobung gelöst hat. Wir waren alle sehr verblüfft und sehr traurig, weil Gwen und meine Schwiegermama beide der felsenfesten Meinung waren, es sei eine Liebesverbindung, die von Eurer Familie in hohem Maße gutgeheißen würde. Lauren beharrte darauf, die Lösung der Verlobung sei allein ihre Idee, dass wir Euch keine Schuld zuschreiben dürften, aber natürlich haben wir genau das getan. Wir lieben Lauren sehr, wisst Ihr, und es ist stets leichter, Fremde für etwas verantwortlich zu machen. Aber nun seid Ihr gekommen und könnt Euch persönlich verteidigen.«

»Lily!«, schalt Kilbourne. »Ravensberg schuldet uns absolut keine Erklärung. Wie wissen nicht einmal, warum er gekommen ist.«

»Ich kam«, antwortete Kit, »um mit Lauren zu sprechen. Wo ist sie?«

»Was wollt Ihr ihr sagen?«, fragte Kilbourne. »Sie hat die Verlobung gelöst. Niemand von uns weiß genau, warum, aber wir können gewiss davon ausgehen, dass sie Euch weder sehen noch mit Euch sprechen möchte.«

»Lasst sie am besten in Ruhe, Ravensberg«, fügte die Witwe hinzu. »Sie hat recht unbeugsam darauf bestanden, sie habe nicht impulsiv gehandelt, als sie Euch schrieb. Ich weiß nicht, was auf Alvesley geschehen ist, aber sie ist entschlossen, Euch trotz des gesellschaftlichen Stigmas einer gelösten Verlobung nicht zu wollen. Falls dies ein Höflichkeitsbesuch ist, danke ich Euch im Namen meiner Nichte. Falls nicht, seht Ihr hier eine beachtliche Phalanx ihrer besorgten Verwandten vor Euch, die bereit sind, sie vor Euch zu schützen.«

»Armer Lord Ravensberg«, sagte die Duchess mit mitfühlendem Lachen. »Ihr müsst das Gefühl haben, einen arktischen Kontinent betreten zu haben. Wir sind unfair zu Euch. Tatsächlich hat Lauren darauf beharrt, dass Euch keinerlei Schuld an dem trifft, was geschehen ist.«

»Sie ist unten am Strand«, sagte Lady Muir in einiger Entfernung ruhig.

Kit sah sie an und neigte den Kopf. Er hatte sich noch immer nicht hingesetzt.

»Danke, Madam«, sagte er.

»Sie sagte, sie wolle allein sein«, sagte Kilbourne. »Sie sagte, sie wolle nicht gestört werden.«

»Und daher, Lord Ravensberg«, fügte die Countess lächelnd hinzu, »werdet Ihr alle Ungestörtheit der Welt haben, um ihr zu sagen, was zu sagen Ihr gekommen seid.«

»Ich möchte nicht, dass Ihr sie aufregt«, sagte Kilbourne.

Die Countess ließ Kits Arm los und nahm den Arm ihres Mannes. Sie sah lächelnd zu ihm hoch. »Lauren ist sechsundzwanzig Jahre alt, Neville. Sie ist sehr vernünftig und hat uns gerade wochenlang davon überzeugt, dass sie ihr Leben unter Kontrolle hat und ihre eigenen Entscheidungen treffen kann. Wenn sie nicht mit Lord Ravensberg sprechen will, wird sie es ihm sagen.«

Als Kilbourne in die Augen seiner Frau hinabblickte, erkannte Kit zwei Dinge. Lauren wurde hier auf Newbury Abbey sehr geliebt, vielleicht besonders von den beiden Menschen, die ihr am meisten Kummer bereitet hatten. Und Kilbourne empfand große Schuld für das, was er ihr angetan hatte. Demzufolge tat er alles in seiner Macht Stehende, um dafür zu sorgen, dass sie nicht erneut leiden musste.

»Ich werde zum Strand hinuntergehen, wenn mir jemand den Weg zeigt«, sagte Kit.

»Es wird regnen«, erwiderte Kilbourne, während er zum Fenster schaute. »Sagt ihr, sie soll unverzüglich nach Hause kommen.«

Die Countess lächelte ihren Mann strahlend an, obwohl sie an Kit gewandt sprach. »Sagt ihr, sie soll im Cottage Schutz suchen, Lord Ravensberg. Das liegt näher.«

»Geht die Wiese hinunter«, wies Lady Muir ihn an, »und haltet Euch dabei rechts, bis ihr den Klippenpfad erreicht.«

Kit verbeugte sich vor ihnen allen und ging.

Es regnete nicht wirklich, als er den steilen, seitlich der Klippe hinabführenden Pfad erreichte. Es nieselte nicht einmal richtig. Aber sein Gesicht fühlte sich dennoch feucht und seine unbehandschuhten Hände klamm an. Es würde gewiss bald regnen.

Auf halbem Weg erkannte er, wo er war. Lauren hatte es ihm einmal beschrieben – das kleine Tal mit dem Wasserfall und dem Teich am inneren Ende sowie einem malerischen Cottage neben dem Teich. Dort hatte sie einst Kilbourne und seine Countess herumtollen sehen und den Schluss gezogen, sie selbst sei zu solcher Art Leidenschaft nicht fähig. Es war keine Spur von Lauren zu sehen. Kit wandte den Blick zum Strand und beschattete seine Augen, während er den weiten Streifen goldenen Sandes absuchte.

Und dann erblickte er sie. Und lächelte. Und erkannte jenseits allen Zweifels, dass der Sommer für sie nicht umsonst gewesen war. Sie trug an einem stürmischen, feuchten Tag eine Jacke, aber keinen Hut, sie war mitten auf dem Strand, einer wilden, aufgewühlten See zugewandt, hockte auf der obersten Spitze eines großen, hohen Felsens, der aus diesem Blickwinkel fast vollständig steil aufzuragen schien.

Gleichzeitig ließ ihn die Szene frösteln. Dies hatte sie allein getan. Sie hatte keine Hilfe oder Unterstützung gebraucht – weder von ihm noch von sonst jemandem. Als er sie so sah, erkannte er, dass sie Selbsterkenntnis und Frieden gefunden hatte. Dass sie in der Lage war, ihr Leben auf ihre Art zu führen. Dass sie niemanden brauchte.

Dass sie ihn nicht brauchte.

Er war törichterweise versucht umzukehren, bevor sie ihn sähe. Aber er hatte etwas zu sagen. Er musste etwas sagen.

Der Wind drohte ihn umzuwehen, als er den Schutz des Pfades verließ und die Brücke über den flachen Fluss betrat. Er beugte den Kopf, um den Hut nicht zu verlieren. Dann war er am Strand, stapfte über den Sand, und schließlich blickte er wieder auf. Sie hatte ihn gesehen. Sie beobachtete sein Herannahen, ruhig oben auf dem Felsen sitzend, ihre Knie umfassend. Der restliche Weg schien ewig zu dauern.

Er sah zu ihr hoch und grinste. »Sitzt du fest?«, fragte er. »Musst du gerettet werden?«

»Nein«, sagte sie mit all der für sie charakteristischen, ruhigen Würde, »danke.«

Und sie verließ ihren Platz, um auf der anderen Seite des Felsens herabzuklettern. Diese war weitaus leichter zu erklimmen als die Seite, von der er sich genähert hatte, wie er erkannte, als er um den Felsen herumging. Dennoch stieg sie in einer Geschwindigkeit herab, die eine Schildkröte zum Einschlafen gebracht hätte. Er wäre hinaufgeklettert, um nahe genug zu sein, sie aufzufangen, falls sie ausrutschte, aber etwas sagte ihm, dass das absolut falsch wäre. Schließlich gelangte zuerst der eine und dann der andere Fuß auf festen Boden – oder zumindest auf nachgiebigen Sand. Sie wandte sich um und blickte ihn an.

Er öffnete den Mund zum Sprechen und merkte, dass er keine Ahnung hatte, was er sagen würde.

Sie machte keinerlei Anstalten, ihm zu helfen.

Sie sahen einander an.

Und da sein Verstand wirklich recht erschreckend leer war, beugte er sich vor und küsste sie, anstatt zu reden. Ihre Lippen gaben nach und erwiderten den Druck der seinen leicht.

»Lauren«, sagte er.

»Kit.« Nach einigen Augenblicken rettete sie ihn. »Warum bist du hier? Warum bist du gekommen?«

Die Feuchtigkeit in der Luft war in Nieseln übergegangen.

»Um dich zu informieren, dass du eilig zum Haus zurückkehren solltest«, antwortete er, »wenn du auf Kilbourne hören willst. Um das Cottage als näher gelegenes Ziel vorzuschlagen, wenn du den Rat der Countess bevorzugst.« Er grinste erneut.

»Kit.« Sie runzelte die Stirn. »Ich wollte dich nicht wiedersehen. Wirklich nicht.«

Er schluckte und legte eine Hand an den Felsen hinter ihrer Schulter. Er senkte den Kopf und sah, dass der Sand den Glanz seiner Reitstiefel verdarb – und er war ohne seinen Kammerdiener gekommen.

»Du bist immer noch hier«, sagte er. »Noch immer auf Newbury.« Er hatte sich für die Möglichkeit gewappnet, dass sie bereits fort wäre.

»Nur bis morgen. Morgen gehe ich nach Bath, um ein Haus auszusuchen. Ich werde dort leben.«

»Willst du das wirklich?«

»Das weißt du«, erwiderte sie. »Kit, warum bist du gekommen? Wo ist Lady Freyja?«

»Freyja?« Er sah sie stirnrunzelnd an. »Auf Lindsey Hall vermutlich. Warum?« Aber er begriff, bevor sie antworten konnte. »Da ist nichts zwischen Freyja und mir, Lauren. Es gab einmal eine kurze Romanze, aber das war vor langer Zeit. Jetzt ist da nichts mehr. Überhaupt nichts, und es wird niemals etwas sein.«

»Aber ihr passt gut zusammen«, sagte sie.

»Tatsächlich?« Er dachte darüber nach. »Ja, es besteht vermutlich eine Ähnlichkeit. Das bedeutet aber nicht, dass wir zusammenpassen würden. Dem ist nicht so. Hat dieses Missverständnis irgendetwas mit deiner Lösung unserer Verlobung zu tun?«

»Natürlich nicht.« Sie seufzte und lehnte sich an den Felsen. »Das wurde alles bereits arrangiert, bevor ich Lady Freyja je begegnete, erinnerst du dich? Kit, warum bist du hier?«

»Es gibt etwas, was ich dir sagen muss«, antwortete er. »Etwas, was ich dir schon hätte sagen sollen, bevor du Alvesley verließest. Etwas, was du wissen solltest, gleichgültig was du mit diesem Wissen anfangen wirst. Wenn ich es dir erst gesagt habe, brauchst du mich nur aufzufordern, und ich werde diesen Strand entlang zurück, die Klippe hinauf und ins Dorf gehen und dich nie wieder belästigen, niemals versuchen, dich wiederzusehen. Das ist ein Versprechen.«

»Kit …«

Er legte einen Finger auf ihre Lippen und sah ihr in die Augen.

»Ich will dich heiraten«, sagte er. »Ich will es mehr, als ich jemals etwas anderes in meinem Leben gewollt habe. Aus vielen Gründen. Aber nur einer ist mir wirklich wichtig. Es ist der Grund, den ich dir nicht gesagt habe, weil es irgendwie unehrenhaft schien, nachdem du deine Seite des

Handels so lieb und so gut eingehalten hattest. Ich liebe dich. Das ist es, verstehst du, der Teil, den ich ausließ. Nur das. Ich liebe dich. Ich glaube nicht, dass es dich wirklich verletzen kann, es zu wissen. Es bedeutet keinerlei Verpflichtung für dich. Ich musste es nur sagen. Ich gehe jetzt, wenn du willst.«

Sie schwieg, drückte ihren Rücken nur fester gegen den Felsen und sah ihn mit ihren wunderschönen veilchenblauen Augen an. Das Nieseln verwandelte sich in leichten Regen. Er rann in Tropfen ihr Gesicht herab. Aber nicht Regentropfen lösten sich aus ihren Augen.

»Sag mir, dass ich gehen soll«, flüsterte er.

Sie wollte etwas sagen, schluckte es aber dann hinunter. Sie versuchte es erneut. »Ich brauche dich nicht, weißt du«, sagte sie.

»Ich weiß.« Sein Herz war irgendwo unten in seine Stiefel gesunken.

»Ich brauche niemanden«, sagte sie. »Ich kann es allein bewältigen, dieses Leben. Ich habe mich mein ganzes Leben lang zu dem geformt, was andere von mir zu sein erwarteten, damit ich irgendwo hingehörte, irgendwo akzeptiert wurde, von irgendjemandem geliebt wurde. Als ich erkannte, dass ich nicht zu Neville gehören konnte, fühlte ich mich, als treibe ich von allem abgeschnitten im Weltall. Ich habe mich dadurch gerettet, dass ich mich in noch starrere Vornehmheit zurückzog. Nichts davon brauche ich mehr zu tun. Und ich muss dir dafür danken. Aber ich brauche dich nicht mehr, Kit. Ich bin selbst stark genug.«

»Ja.« Er neigte den Kopf und schloss erneut die Augen. »Ja, ich weiß.«

»Ich bin frei, verstehst du. Frei, zu lieben oder Liebe zurückzuhalten. Liebe und Abhängigkeit müssen für mich nicht mehr dasselbe sein. Es steht mir frei zu lieben. Darum liebe ich dich, und es ist meine Art zu lieben. Wenn du hierher gekommen bist, Kit, weil du mir etwas zu schulden glaubst, weil du denkst, ich würde ohne deinen Schutz zerbrechen, dann geh mit meinem Segen und finde dein Glück mit jemand anderem.«

»Ich liebe dich«, wiederholte er.

Sie blickte ihn lange Zeit an, die Augen noch immer in Tränen schwimmend, und dann lächelte sie, ganz allmählich und immer strahlender.

Er schlang die Arme um ihre Taille, hob sie hoch und wirbelte sie im Kreis umher, während sie die Hände auf seine Schultern stützte, den Kopf zurückwarf, um ihr Gesicht dem Regen darzubieten, und lachte.

Kit jubelte, und da das Echo von den Klippen so beeindruckend war, warf auch er den Kopf zurück und heulte wie ein Wolf.

23

»Wie geht es deiner Großmama?«

»Sie ist damit beschäftigt, die Taufkleider der Familie bereitzulegen.«

»Oh.«

»Ich soll dich noch vor Weihnachten heiraten, dich an Weihnachten schwängern und nächstes Jahr um diese Zeit in Alvesley umhergehen, mir die Haare in Büscheln ausreißen und die Sohlen meiner Stiefel abtreten, während du unseren ersten Jungen zur Welt bringst. Strikte Anweisungen. Was glaubst du, warum ich wirklich gekommen bin? Nur um dir zu sagen, dass ich dich liebe?«

»Wie dumm von mir.«

Als am Strand wieder Vernunft einkehrte, regnete es richtig, und sie nahmen sich an den Händen und liefen rasch zum Cottage. Lauren legte ihren Mantel und ihre Schuhe ab – ihr Hut und ihre Handschuhe, wie sie sich zu spät erinnerte, steckten noch immer irgendwo am Fuß des großen Felsens. Sie rieb sich mit einem Handtuch gerade das Haar trocken und beobachete Kit, der seine graubraune Reitjacke ebenfalls abgelegt hatte, sich vor den Kamin kniete und mit den daneben liegenden Scheiten und dem Anmachholz ein Feuer entfachte.

Wenn dies ein Traum war, dachte sie, dann wollte sie lange, lange Zeit nicht aufwachen – ungefähr den Rest ihres Lebens.

»Hast du die Briefe deiner Mutter gelesen?«

»Ja, alle. Sie ist gar keine ehrenwerte Person, Kit. Und das ist noch eine gewaltige Untertreibung. Sie klingt so herrlich, dass es mich wehmütig macht. Aber du solltest es dir vielleicht gut überlegen, dich mit ihrer Tochter zu verbinden.«

»Ah«, sagte er, griff nach dem Anmachholz und entzündete das Feuer, »das erklärt einiges. Ich glaube, es war ihre Tochter, die auf Alvesley nackt im See schwamm, mir fast den Atem nahm und mich beinahe ertränkte. Es war ihre Tochter, die mir bei einer Gelegenheit folgte, um die Nacht allein mit mir in der Hütte des Wildhüters zu verbringen. Vielleicht geht bei ihr wirklich alles zu erschreckend schnell für mich.«

»Kit!«

Er erhob sich, rieb sich die Hände und wandte sich lachend zu ihr um. Sie rubbelte sich das Haar noch fester trocken.

»Und sieh dich jetzt nur an!«

Sie blickte an sich herunter und erkannte einigermaßen verlegen, dass das feuchte Kleid an ihrem Körper klebte. Sie lachte.

»Wir können es nicht riskieren, dass du dir eine Erkältung zuziehst«, sagte er und schaute durch die geöffnete Tür in das kleine dahinter liegende Schlafzimmer, »und während unserer Hochzeit hustest und schnupfst. Das wäre einfach nicht romantisch.« Er ging ins Schlafzimmer und kam mit einer Decke zurück. »Komm hier ans Feuer.«

Sie kam und stand dann sanftmütig vor ihm, während er sie auszog und sie dabei offen und anerkennend ansah, bevor er die Decke um sie wickelte, während er ununterbrochen redete.

»Portfrey hatte ein Kind auf dem Arm«, sagte er. »Können sie sich kein Kindermädchen leisten?«

Sie kicherte. »Das Baby ist absolut allerliebst und wird von uns allen schändlich verwöhnt. Ich habe Elizabeth niemals glücklicher und seine Gnaden noch nie so entspannt erlebt. Und Lily kann von ihrem neuen Halbbruder auch nicht genug bekommen.«

»Dann bist du jetzt nachsichtig mit der Countess?«

»Ich hatte immer schon gewusst, dass ich sie unter gewissen Umständen sehr mögen könnte. Sie ist eine Frohnatur und aufrichtig und liebevoll. Sie war mir gegenüber stets unfehlbar freundlich und einfühlsam. Jetzt mag ich sie sehr.«

»Und Kilbourne?«

Er zog sie an sich und schlug dabei die Ecken der Decke zurück. Sie konnte seine feine Jacke, seine Reithose, seine Lederstiefel an ihrer nackten Haut spüren – sie spürte ihn intensiver, als wenn er unbekleidet gewesen wäre.

»Ich mag ihn auch sehr, Kit. Das galt immer, und das wird immer gelten. Hätten wir an jenem Tag geheiratet, hätten wir wohl eine gute Ehe geführt. Ich glaube, ich wäre zufrieden gewesen und hätte mich glücklich geschätzt. Ich hätte niemals erkannt, dass meine Liebe zu ihm die einer hingebungsvollen Schwester war. Ich hätte mich niemals gefragt, warum ich keine – keine Leidenschaft für ihn empfinden könnte. Ich hätte einfach geglaubt, ich wäre so.«

»Aber so ist es nicht?« Sie hatte ihr Gesicht angehoben, und er beugte sich darüber, während sein Blick es erforschte.

»Nein.« Sie schüttelte den Kopf.

»Gott helfe mir«, sagte er. »Du empfindest doch nicht

etwa Leidenschaft für mich, Lauren? Und erwartest auch noch, dass ich dementsprechend handle?«

Sie lachte. Und sie tat etwas recht Unerhörtes – sie rieb sich an ihm und blickte ihn durch halb geschlossene Augen dabei an. Verlangen pochte an der Innenseite ihrer Oberschenkel.

»Der Teufel hole den Regen«, sagte er. »Er hält mich in einer verlassenen Hütte mit einer Frau gefangen, die eine *Leidenschaft* für mich entwickelt hat. Und es wird niemand zu meiner Rettung herbeireiten. Ich erinnere mich vage, dass jemand oben im Haus jemand anderem erzählte, du hättest um Ungestörtheit gebeten. Und dass mir dann jemand erzählte, ich hätte alle Ungestörtheit, die ich brauchte, um zu sagen, was ich dir sagen wollte. Was soll ich jetzt tun?«

Sie liebte es zu sehen, wie ernst er bleiben oder wie erschreckt er wirken konnte, während seine Augen vor Lachen tanzten.

»Absolut überhaupt nichts«, belehrte sie ihn. Sie senkte ihre Stimme, während ihre Hände das oberste Knopfloch seiner Jacke fanden. »Noch nichts.«

Er erzitterte wohlerwogen, und seine Augen tanzten.

»Ich glaube allmählich, dass ich mich daran gewöhnen könnte, Frauen zu mögen, denen es freisteht zu lieben.«

»Und ich glaube allmählich«, sagte sie mit leiser, samtiger Stimme, »dass Ihr gleich von einer dieser Frauen an den Rand des Wahnsinns getrieben werdet, Mylord.«

»Oh, gut, gut«, murmelte er bereitwillig.

Sie schlug seine Jacke zurück und schob sie ihm von den Schultern und die Arme hinab, während er entspannt und regungslos dastand. Westen, entkannte sie dann, hatten viel zu viele Knöpfe, alle sehr klein, mit anscheinend noch viel kleineren Knopflöchern. Aber sie hatte es nicht eilig. Während ihre Hände in Bewegung waren, bedeckte sie seine

Kehle und seinen Hals oberhalb des Halstuchs mit federleichten Küssen. Sie ließ ihre Zunge den Rand der langen Narbe unterhalb seines Kinns entlanggleiten und entlockte ihm eine überraschte Lautäußerung, die für die Ohren einer Lady gewiss nicht geeignet war. Sie küsste ihn auf den Mund. Sie drängte ihre Zunge zwischen seine Lippen, erkundete das weiche, feuchte Innere mit deren Spitze. Sie schob die Zunge tief in seinen Mund.

»Ich habe von hohen Stellen Lob und Empfehlungen wegen militärischer Heldentaten erhalten«, sagte er im Plauderton, als sein Mund wieder frei war, da sie ihre Augen brauchte, um die Geheimnisse seines Hosenlatzes zu ergründen, »die nur halb so viel Mut und Disziplin erforderten, wie ich sie heute Nachmittag zeige. Ich hoffe, du erkennst, dass du an außerordentlichem Heldentum teilhast.«

Lauren erkannte, dass ihr irgendwann während der letzten zehn Minuten die Decke entglitten war. Aber das war unwichtig, denn das Feuer war aufgelodert und hatte die feuchte Kälte aus der Luft vertrieben. Tatsächlich fühlte sich das Cottage beinahe unbehaglich warm an.

»Ein guter Ratschlag«, sagte er, »von einem Mann, der mich fast dreißig Jahre lang ausgezogen hat. Nimm zuerst die Stiefel in Angriff. Möchtest du, dass ich doch mithelfe? Soll ich sie ablegen?«

»Nein.« Sie kniete sich auf den Boden.

»Welch ergebene Haltung«, bemerkte er seufzend und hob einen Fuß. »Natürlich vollkommen irreführend. Ja, du musst fest ziehen. Du wirst mir nicht den Knöchel brechen, das versichere ich dir. Ich bin geneigt, dich zur Eile zu bewegen, damit wir zum angenehmen Teil kommen. Aber leider stellst du alle meine vorgefassten Meinungen auf den Kopf, Lauren. Diese unendlich langsame Verführung fühlt sich unerträglich gut an.«

»Und das ist erst der Anfang«, versprach sie ihm und blickte unter den Wimpern zu ihm auf, bevor sie ihm den zweiten Stiefel auszog und sich wieder erhob.

»Hexe!«, sagte er. »Ich bin an jenem Abend vollkommen ahnungslos in Lady Mannerings Ballsaal geschlendert, der arme Unschuldige, der ich war. Du wirktest wie eine vollkommen harmlose Lady. Ehrbar, spröde.«

»Prüde.«

»Genau.«

»Dann sollte ich jetzt nach dem Riechsalz rufen«, sagte sie. »Du siehst weder unschuldig noch harmlos aus, Kit.« Sie hatte ihm inzwischen zuerst die Hose und dann die Unterhose ausgezogen.

Er sah an sich herab, und im selben Moment berührte sie ihn, umwölbte ihn leicht mit beiden Händen, erstaunt über ihre eigene Unverfrorenheit, halb wahnsinnig vor Verlangen. Er schaute auf, und ihre Blicke begegneten sich.

»Du kannst dieses Spiel den ganzen Nachmittag und Abend fortführen, wenn du willst, Liebes«, sagte er. »Erotische Spiele sind herrlich. Ich freue mich darauf, den Rest unseres Lebens eine unendliche Vielzahl davon mit dir auszuprobieren. Aber wenn du es nicht unbedingt hinauszögern willst, sollten wir vielleicht besser das Bett dort drinnen aufsuchen. Ich würde diesen hier sehr gerne in dir versenken.«

Die größte aller Überraschungen war die Entdeckung, dass nicht berührt zu werden ebenso erregend sein konnte, als wenn seine Hände und sein Mund sie überall berührten. Er stand noch immer regungslos da, dic Arme locker an den Seiten und die halb geschlossenen Augen, bar allen Lachens, in ihre blickend. Aber seine Worte waren ihr Verderben. Ihre Knie gaben nach.

»Ich dachte«, sagte sie, »du würdest nie fragen. Eine Lady lädt einen Gentleman niemals ins Bett ein.«

Seine Hände berührten sie erst, als sie die Decken zurückgeschlagen, sich aufs Bett gelegt und die Hände nach ihm ausgestreckt hatte. Aber auch dann berührten sie sie nur an den Hüften und unter dem Gesäß, während sie die Beine weit spreizte. Er legte sich auf sie und drang mit einem tiefen, harten, befriedigenden Stoß in sie ein.

Sie atmete einige Male langsam durch.

»Wir können es auf die einfache Art tun«, sagte er, als er den Kopf hob und auf sie hinablächelte, wieder mit dem vertrauten schurkischen Glanz in den Augen, »oder ich kann die höchste Ehrenmedaille anstreben und den langen, harten Weg nach Hause reiten. Sehr lang und hart. Welcher Weg soll es sein?«

»Welcher ist der annähernd zum Wahnsinn führende?«, fragte sie, während sie ihre Beine um seine schmiegte und sich leicht anhob, so dass sie ihn tiefer aufnehmen konnte.

»Der weniger leichte Weg«, sagte er.

»Dann bitte den langen, harten Ritt«, flüsterte sie mit gesenkter Stimme und ließ ihre Handflächen über die Muskeln an seinen Schultern gleiten, während sie das Lachen aus seinen Augen schwinden sah. »Bitte, mein Geliebter.«

Es war sehr lang. Und sehr hart. Es brauchte viel Kraft. Nach einer Weile wurde sie sich der Feuchtigkeit ihres Schweißes, der Hitze ihrer Körper, ihres schweren Atems, des seidigen Pochens ihrer Vereinigung, der erotischen Geräusche ihrer eigenen Feuchte und des rhythmischen Quietschens des Bettes bewusst.

Eine Weile war ihr Genuss durch die Angst gedämpft, es könnte zu bald vorbei sein, sie würde die verblüffende Entladung der Lust nicht erreichen, die sie zwischen den Wildblumen am Ufer der Insel erlebt hatte, als er sie mit der Hand berührte und dann auf sich hob. Aber nach einer Weile erkannte sie mit aus Liebe und Vertrauen erwachsenem Instinkt, dass er wirklich die seelische Stärke und Einfühlsamkeit besaß, auf sie zu warten – wie er es am See getan hatte.

Es kam langsam. Qualvoll langsam, zunächst mit einem intensiven, körperlichen Sehnen an der Stelle, wo sie sich gemeinsam bewegten, und dann in langsamen Spiralen umherwirbelnd, ihre Beine hinab, in die Mitte zurück, in ihren Bauch hinauf, in ihre Brüste, ihre Kehle, ihre Nase. Es kam so langsam, dass sie befürchtete, es gäbe kein Ende, keinen Höhepunkt, keine Erfüllung.

»Entspann dich jetzt, Liebes«, murmelte er an ihrem Ohr. »Lass mich den Rest für dich tun. Bleib offen, und ich werde zu dir kommen. Vertrau mir.«

Vage erinnerte Worte. Hatte er sie schon früher zu ihr gesagt? Sie hatte Angst. Todesangst. Er hätte sie ebenso gut bitten können, von einer hohen Klippe in seine wartenden Arme zu springen. Aber sie hatte schon vor langer Zeit erkannt, dass sie ihm ihr Leben anvertrauen würde. Sie hatte ihm seitdem ihre Liebe geschenkt und die seine genau heute angenommen. Nun musste sie ihm noch ihr Herz anvertrauen, nichts zurückhalten, was ihr Selbst ausmachte – mit dem Herzen zu glauben, wie sie es bereits mit dem Verstand tat, dass er das Geschenk niemals missbrauchen, dass er ihre Liebe niemals einsperren würde.

Sie warf sich von der Klippe, voller Vertrauen, ohne Zweifel, dass er sie auffangen würde.

»Ah, Liebes.« Er stieß fester, tiefer in sie hinein. »Oh, Gott!«

Sie fiel, zitterte unkontrolliert, ohne einen Moment der Furcht oder des Zweifels. Er schrie auf, und seine Arme und sein Körper fingen sie am Ende ihres Sturzes auf, er umschlang sie fest, drückte sie sicher und warm und zufrieden auf die Matratze. Sie konnte ihren Herzschlag in den Ohren pochen hören. Und seinen auch. Sie pochten im gleichen Rhythmus.

Er war schwer. Sie konnte kaum atmen. Ihre Beine waren steif vom langen Spreizen. Sie war wund. Und sie hatte sich niemals in ihrem Leben wohler gefühlt.

»Wir«, sagte er, und seine Stimme klang erschreckend normal, »werden nächsten Sonntag das erste Aufgebot verlesen lassen. Es ist höchste Zeit, dass ich dich zu einer ehrbaren Frau mache. Außerdem – vielleicht kann man ein Achtmonatskind noch als Frühgeburt ausgeben, aber ein Sieben- oder Sechsmonatskind wäre äußerst verdächtig. Vielleicht entstünde sogar das Gerücht, wir hätten unsere Hochzeitsnacht vorgezogen.«

»Wirklich verdächtig.« Sie seufzte zufrieden. »Also am Sonntag.«

»Eine große Hochzeit der vornehmen Gesellschaft in einem Monat«, sagte er. »Unsere beiden Familien werden darauf bestehen, und ich habe, ehrlich gesagt, nicht die Kraft, deshalb zu streiten. Du?«

»Mir würde eine große Hochzeit gefallen«, gestand sie.

»Gut. Dann ist das geregelt.« Er küsste sie auf die Schläfe. »Ich habe gerade eine erfreuliche Entdeckung gemacht, wenn man die Tatsache bedenkt, dass wir uns unser restliches Leben lang ein Bett teilen werden. Du bist eine wunderbar bequeme Matratze.«

»Und du eine recht annehmbare Decke«, erwiderte sie, löste ihre Beine und streckte sie wohlig neben den seinen aus. Sie gähnte träge. »Schweig, Kit, und lass uns schlafen.«

»Schlafen?« Er hob den Kopf und grinste sie an. Sie war sofort beunruhigt. »Schlafen, Lauren? Wo wir beide vom Schwitzen und von der Liebe verbraucht sind und dort draußen ein sehr anständiger Teich ist, komplett mit Wasserfall?«

»Kit!«

Er grinste nur.

»Das werde ich nicht tun! Ich werde absolut, definitiv nicht dort draußen schwimmen gehen. Es regnet!«

»Entschieden ein Problem«, räumte er ein, löste sich von ihr und erhob sich sowohl von ihr als auch vom Bett. »Du könntest nass werden.«

Hätte sie nicht bereits lachen müssen, wäre sie vielleicht gerettet gewesen. Andererseits wahrscheinlich auch wieder nicht, wie sie ein paar Minuten später zugab, als ihr nackter Körper in eiskaltes Wasser eintauchte und sie keuchend wieder hochkam, ihre Hände die seinen fest umklammernd. Sie wünschte sich inbrünstig, einige üble Flüche zu kennen. Aber ihre Zähne klapperten wahrscheinlich ohnehin zu laut, als dass man sie hätte hören können.

Sie schüttelte den Kopf, um das Wasser aus ihren Augen zu entfernen, und lachte ihn an, bevor sie das Törichtste tat, was sie an diesem ganzen Tag getan hatte. Sie forderte ihn zu einem Wettschwimmen zum Wasserfall heraus, und er nahm – natürlich – an, noch einmal Liebe im Cottage als Preis, falls er siegte.

Falls er siegte!

Sie kämpfte noch mit der Koordination ihrer Arme und Beine, als er bereits unmittelbar unter dem Wasserfall lässig Wasser trat und herablassend grinste.

Ein Ball am Vorabend der Hochzeit war auf Newbury Abbey schon seit vielen Generationen Tradition. Es kam Kit eher seltsam vor, hätte man doch erwarten können, dass Braut und Bräutigam in der Nacht vor ihrer Hochzeitsnacht so viel Schlaf wie möglich bekommen sollten, aber vielleicht waren die Bräutigame von Newbury, die zugelassen hatten, dass sich diese Tradition entwickeln konnte, besonders kraftvolle Männer gewesen. Oder vielleicht war es eine kluge List der Bräute von Newbury, um ihrer Begierde die Spitze zu nehmen.

Was auch immer es war, der Ball am Vorabend von seiner und Laurens Hochzeit war bereits in vollem Gange. Der herrschaftliche Wohnsitz war bis unter die Dachsparren mit Familienmitgliedern und Freunden der Kilbournes und der Redfields voll gestopft. Ebenso das Witwenhaus und das Dorfgasthaus. Die Versammlung im Ballsaal, auf dem Balkon und auf dem Treppenabsatz und der gewundenen Treppe jenseits des Ballsaals konnte selbst nach den Maßstäben der Londoner Saison als großartig bezeichnet werden. Wie alle morgen in die Dorfkirche passen sollten, konnte Kit sich nicht annähernd vorstellen.

Lauren, mit der als Bräutigam nur ein einziges Mal tanzen durfte – und er hatte seine Quote bereits erfüllt –, war erhitzt und wirkte strahlend glücklich. Außerdem war sie viele Male hübscher als jede andere Lady im Raum. Sie schimmerte in einem Satinkleid, das so tief veilchenblau war, dass man es fast purpurfarben nennen konnte. Die Brillantkette, die seine Mutter und sein Vater ihr zum Hochzeitsgeschenk gemacht hatten, funkelte im Schein Hunderter von Kerzen. Sein Ring glitzerte an ihrem Finger; der Brillant daran war so groß und facettenreich, dass Kit geflissentlich die Bemerkung der früheren Lady Wilma Fawcitt hatte überhören müssen, die er ohnehin nicht besonders leiden konnte: Sie fand den Brillanten arg vulgär.

»Kannst du nicht nahe genug herankommen, um einen weiteren Tanz zu bekommen?«, fragte Lord Farrington.

»Ein Gräuel, oder?«, erwiderte Kit heiter.

»Tanzt die ergötzliche Lady Muir?«, fragte Farrington. »Man möchte wegen ihres Hinkens keinen Fauxpas riskieren.«

»Sie tanzt«, sagte Kit.

Farrington war den Fängen der ehrgeizigen Merklingers im Frühjahr anscheinend entkommen. Er war wieder ungebunden und auf Brautschau.

»Dann gehe ich und versuche mein Glück bei ihr«, sagte er, »und sehe, ob ich sie von diesem großen gut aussehenden Wikinger fortlocken kann.«

»Ralf Bedwyn?« Kit grinste – und wandte seine Aufmerksamkeit dann einem Lakaien zu, der ihn am Ärmel berührt hatte. Unten wartete ein Gentleman, der mit Lord Ravensberg zu sprechen wünschte.

Noch ein Gast? Kit schritt in Richtung Treppe davon.

Der Neuankömmling war ein sehr junger Mann. Er war groß und überschlank, als wäre er noch nicht ganz in seinen Körper hineingewachsen. Er hatte ein frisches Gesicht. Wenn er sich überhaupt schon rasierte, war es eindeutig keine tägliche Notwendigkeit. Er war jedoch ein hübscher Junge. Kit schätzte ihn mit einem raschen Blick ab, wie er es einst bei Dutzenden und sogar Hunderten neuer Rekruten gewohnt gewesen war.

»Guten Abend«, sagte er.

»Ravensberg?« Der junge Mann kam mit ausgestreckter Hand auf ihn zu. »Ich habe Eure Einladung erst vor knapp einer Woche erhalten. Zu dem Zeitpunkt stand die Nachricht über Eure Hochzeit bereits in allen Zeitungen. Ich kam, so schnell ich konnte.« Er errötete, als Kit ihn verständnislos ansah. »Ich bitte um Verzeihung«, sagte er. »Ich bin Whitleaf. Viscount Whitleaf.«

»Whitleaf?« Kit ergriff seine Hand. »Die Einladung galt für meine Verlobungsfeierlichkeiten auf Alvesley Park. Tatsächlich eigentlich die Geburtstagsfeierlichkeiten meiner Großmutter.« Er hatte die Einladung gleichzeitig mit der Einladung an Baron Galton abgesandt, bevor Lauren auf

Alvesley eingetroffen war, bevor er von der völligen Entfremdung von der Familie ihres Vaters gewusst hatte. Er war eher erleichtert als enttäuscht gewesen, als niemand erschienen war.

»Ich war in Schottland, seit ich im Frühjahr von Oxford gekommen bin«, erklärte der junge Mann, »auf Wandertour mit meinem ehemaligen Tutor und einigen Freunden.«

Und wo warst du Laurens übriges Leben lang?

Kit sprach die Frage nicht aus. Er verschränkte die Hände hinter dem Rücken.

»Ich fragte meine Mutter, wer Lauren Edgeworth sei, nachdem ich Eure Einladung gelesen hatte«, sagte Viscount Whitleaf. »Sie musste offensichtlich eine Verwandte sein. Ich bin auch ein Edgeworth.«

»Ihr wusstet nicht, wer sie war?«

»Nein, nicht wirklich«, antwortete der junge Mann. »Vielleicht wurde sie erwähnt, als ich ein Kind war. Ich erinnere mich nicht. Es tat mir leid, die Feierlichkeiten auf Alvesley verpasst zu haben. Aber als ich die Nachricht in der Zeitung las, dachte ich, es wäre famos, hierher zu kommen, um meiner Cousine anlässlich ihrer Hochzeit meine Aufwartung zu machen.«

»Famos?« Kit runzelte die Stirn.

Der junge Mann errötete erneut. »Ihr seid nicht erfreut, mich zu sehen«, stellte er fest.

»Wie lange tragt Ihr schon diesen Titel?«, fragte Kit.

»Oh, schon immer.« Whitleaf vollführte mit einer Hand eine abschätzige Geste. »Mein Vater starb, als ich drei war. Ich war das letzte von sechs Kindern – der einzige Junge – und werde im Januar volljährig. Dann habe ich keine Vormünder mehr. Das wird famos werden, glaubt mir. Seid Ihr wirklich nicht froh, dass ich gekommen bin? War meine Cousine gekränkt, als ich nicht auf die Einladung reagierte?«

»Vormünder«, sagte Kit ruhig. »Seit Ihr drei wart.«

»Himmel, ja«, sagte der junge Mann mit verzerrter Miene. »Drei davon. Ein humorloser Haufen. Nicht ein fideler Mensch darunter. Meine Mutter ebenso, obwohl sie gelegentlich lacht, um ihr nicht Unrecht zu tun. Aber Mütter haben im Leben ihrer minderjährigen Söhne nicht viel zu sagen, wisst Ihr. Aus einem unerfindlichen Grund sollen sie keinen Verstand haben. Wie dem auch sei – den größten Teil meines Lebens ragten aus allen Teilen meines Körpers Marionettenfäden heraus wie die Speichen eines Regenschirms.«

»Wusstet Ihr«, fragte Kit, »dass diese Vormünder in Eurem Namen Briefe geschrieben haben? Zum Beispiel, um abzulehnen, Lauren als Kind zu adoptieren, als ihre Mutter während einer langen Überseereise anscheinend verschwand – obwohl ihr Vater ein Viscount Whitleaf war, vermutlich Ihr Onkel? Und um auf Laurens Freundschaftsangebot, als sie achtzehn war – vor acht Jahren – mit dem Hinweis zu antworten, Ihr würdet bedürftige Verwandte oder Schmarotzer nicht ermutigen?«

Viscount Whitleaf errötete und zuckte zusammen. »Wenn ich jemals darum bat, meine Korrespondenz oder die Antworten meiner Vormünder darauf zu sehen«, sagte er, »nannten sie mich ein altkluges Küken oder etwas ähnlich Liebenswertes und sahen mich an, als sei ich nur ein besonders lästiges Insekt, das unter einem Möbelstück hervorgekrochen sei. Aber das klingt genau nach ihnen – was Ihr gerade beschrieben habt, meine ich. Meine Mutter erzählte mir letzte Woche, dass meine Tante, Miss Edgeworths Mutter, nicht gut angesehen war. Sie poussierte wohl mit allem, was Hosen trug – laut meiner Mutter. Und dann ging sie davon und heiratete Wyatt, noch bevor mein Onkel in seinem Grab erkaltet war. Es bestand sogar der Verdacht – hm, vielleicht sollte ich das besser nicht erwähnen. Es ist zweifellos Unsinn, von alten Klatschbasen ersonnen, die nichts Besseres mit ihrer Zeit anzufangen wussten. Es wurde übrigens sogar behauptet, dass ihre Tochter – das heißt, diese Miss Edgeworth – sein Kind sei. Das des neuen Ehemannes, meine ich, und nicht das meines Onkels.«

Kit hätte zornig werden können, entschied sich aber stattdessen, belustigt zu sein. »Aber Ihr dachtet dennoch, es könnte famos sein, ihr zu begegnen?«

»Oh, das dachte ich.« Der junge Mann lächelte. »Die schwarzen Schafe der Familie sind ausnahmslos interessanter als die weißen. Die weißen neigen dazu, todlangweilig zu sein. Oder Schlimmeres.«

»Bleibt«, sagte Kit. »Macht es Euch bequem. Lauren tanzt vermutlich gerade. Ich werde sie holen, sobald sie frei ist. Ich kann Euch übrigens ohne jeden begründeten Zweifel versichern, dass meine Braut tatsächlich ein rechtmäßiges Mitglied der Familie Edgeworth ist.«

»Oh, das kann ich mir denken«, sagte der Viscount gefällig. »Aber es würde mich wirklich keinen Deut kümmern, wenn dem nicht so wäre.«

»Sie hat Eure Augenfarbe«, sagte Kit lächelnd. »Ich hätte sofort erkennen müssen, wer Ihr seid, sobald ich durch die Tür trat. Aber da war das Licht hinter Euch.«

»Ah, die Edgeworth-Augen«, sagte der junge Mann. »Sie wirken bei den Frauen stets besser als bei den Männern.«

Kit lächelte in sich hinein, während er wieder nach oben ging, wobei er auf dem Weg Gäste begrüßte und deren Glück- und Segenswünsche entgegennahm. Das Bürschchen würde innerhalb der nächsten drei oder vier Jahre gewiss noch entdecken, dass Frauen sich für einen einzigen Blick aus den veilchenblauen Augen des Viscount Whitleaf schier umbringen würden.

24

Laurens Ankleidezimmer schien plötzlich recht bevölkert, obwohl sie ihre in Tränen aufgelöste Zofe vor fünf Minuten fortgeschickt hatte. Das alberne Mädchen hatte während der ganzen Stunde, in der ihre Herrin angezogen und ihr Haar gerichtet wurde, nur geschnieft und geweint. Sie hatte erklärt, sie sei niemals in ihrem Leben glücklicher gewesen, während sie sich in einen heftigen Schluckauf ergab; und obwohl es ihr nicht sehr behagte, ihre Mutter, die in Lower Newbury lebte, nicht mehr so oft sehen zu können, würde sie doch freudig nach Alvesley ziehen und Lord Ravensberg ihren Herrn nennen. Er sei der am besten aussehende, freundlichste Gentleman, den sie je erblickt habe.

Lauren hatte durchaus damit gerechnet, dass alle Gefühle an diesem Tag hohe Wellen schlagen mussten.

Es war ihr Hochzeitstag.

Tante Clara war als Erste in ihr Ankleidezimmer gekommen. Lauren hatte nicht mit den übrigen Gästen im Speisezimmer gefrühstückt. Man hatte ihr ein Tablett ins Schlafzimmer heraufgebracht, das mit appetitlichen Speisen – alles ihre Lieblingsspeisen – beladen war. Sie hatte keinen Bissen herunterbekommen.

Tante Clara umarmte sie vorsichtig, um ihr Hochzeitskleid nicht zu zerdrücken.

»Lauren.« Mehr konnte sie eine Weile lang nicht hervorbringen. Aber sie lächelte.

O ja, es war ein Tag der Emotionen. Lauren wusste, dass sich ihre Tante für sie freute. Sie war über die gelöste Verlobung schrecklich aufgebracht gewesen und jetzt, wie schon auf Alvesley, überzeugt davon, dass ihre Nichte letztendlich ihr Glück gefunden hätte. Tatsächlich hatte sie geweint – Neville und Lily hatten sie trösten müssen –, als Lauren und Kit spät an jenem nassen Nachmittag vor einem Monat den Salon des herrschaftlichen Wohnsitzes betreten hatten. Sie hatten nichts sagen müssen. Alle hatten sofort erkannt, dass sie sich versöhnt hatten. Es war beinahe peinlich gewesen. Es musste himmelschreiend offensichtlich gewesen sein, warum sie so lange unten am Strand gewesen waren.

Gwen kam als Nächste.

»Oh«, sagte sie und blieb im Eingang stehen. »Wie wunderschön du bist, Lauren. Niemand sonst, den ich kenne – außer vielleicht Elizabeth – kann mit einfachen Mitteln wie die personifizierte Eleganz aussehen. Einige von uns sind einfach plump.«

Lauren lachte wahrhaft belustigt. Gwen war klein und rundlich, aber *plump* war der letzte Begriff, den jemand benutzen würde, um sie zu beschreiben.

Und dann klopfte Viscount Whitleaf – Cousin Peter – an die Tür und spähte hinein, vor Eifer errötet, als Gwen öffnete.

»Oh, Donnerwetter!«, sagte er. »Du siehst großartig aus, Cousine. Ich gehe gleich zur Kirche. Ich dachte, ich sollte kurz hereinschauen, guten Morgen sagen und dir alles Gute wünschen und so weiter, da ich hier dein einziger Verwandter väterlicherseits bin. Ich hoffe, das ist nicht unangebracht. Der Ball gestern Abend war recht famos, nicht wahr?«

Lauren eilte durch den Raum und ergriff seine beiden Hände.

»Der Ball war sehr famos«, sagte sie, »und ganz besonders, weil du kamst und ich dich endlich kennen lernte. Du hast mein Glück vollkommen gemacht.«

»Oh, Donnerwetter!«, wiederholte er erfreut. »Aber nun muss ich gehen.« Er erblickte Gwen neben der Tür und verbeugte sich vor ihr. »Darf ich Euch noch einmal für Eure überaus großzügige Freundlichkeit danken, Madam, Euer Zimmer gestern Abend für mich aufgegeben zu haben?«

Es hatte auf dem herrschaftlichen Wohnsitz, im Witwenhaus und auch im Gasthaus keine andere Möglichkeit gegeben. Gwen hatte auf einem Rollbett in Tante Claras Ankleidezimmer geschlafen.

Und dann, kaum zwei Minuten, nachdem er gegangen war, erschienen Neville und Lily.

»Wir mussten einfach herkommen, um Lauren zur Kirche zu begleiten«, sagte Lily wie als Entschuldigung. »Oh, Lauren, wie wunderbar du aussiehst. Ich freue mich so für dich. So sehr.« Sie umarmte Lauren, ungeachtet der Gefahr für ihr Hochzeitskleid – und für ihren eigenen, zunehmend sichtbaren Schwangerschaftsbauch.

Lauren erwiderte die Umarmung. »Ich hab dich lieb, Lily«, flüsterte sie.

»Nun, das glaube ich«, erwiderte Lily vollkommen unerschrocken. »Wäre ich nicht gewesen, wäre dies nicht dein Hochzeitstag, richtig?«

Man konnte darauf wetten, dass Lily immer alles aussprach.

Und dann war Neville an der Reihe. Er sagte nichts, genau wie Tante Clara – nicht einmal ihren Namen. Aber er nahm sie fest in die Arme und drückte sie an sich. Sie schlang die Arme um ihn und schloss die Augen.

Neville. Ihr innig geliebter Neville. Der liebste, liebste Bruder, den eine Frau jemals gehabt hatte. Sie wusste genau – obwohl sie nicht darüber gesprochen hatten – wie viel der heutige Tag ihm bedeutete. Es war der Tag, an dem er ihr Glück letztendlich vollendet sähe, der Tag, an dem er endlich von seinen schrecklichen Schuldgefühlen würde lassen können.

»Werde glücklich«, sagte er, ließ sie schließlich los und lächelte ihr zu. »Versprochen?«

»Ich verspreche es.« Sie erwiderte sein Lächeln. »Ich liebe ihn, weißt du.«

»Wenn wir nicht augenblicklich aufbrechen, Neville«, schaltete sich Tante Clara ein, »wird die Braut vor uns bei der Kirche sein. Welche Schande das wäre.«

Alle lachten, und Tante Clara warf einen letzten langen Blick auf Lauren, als sie mit Neville und Lily ging.

Lauren blieb mit Gwen allein zurück. Sie wandte sich um, sah sie an, und ihr Lächeln schwand.

»Vielleicht«, sagte sie, »hätte ich doch Alvesley für die Hochzeit vorschlagen sollen.«

Gwen verstand. Wie auch nicht? Sie waren schon seit dreiundzwanzig Jahren Schwestern und beste Freundinnen.

»Nein«, sagte sie. »Deine Würde und dein Mut haben dich seit eineinhalb Jahren nicht im Stich gelassen, Lauren. Sie werden dich auch jetzt nicht im Stich lassen.«

Dann klopfte Laurens Zofe an die Tür und streckte den Kopf herein. Sie war noch immer verweint. Sie verkündete, Baron Galton erwarte Miss Lauren Edgeworth und Lady Muir unten in der Eingangshalle.

Alles war so erinnerungsträchtig …

Beim letzten Mal war es Frühling gewesen – März. Dieses Mal war es Ende Oktober. Das Wetter war ebenso schön – kühl, aber sonnig. Die Bäume rund um das Witwenhaus und jene, die den kurzen Fahrweg säumten, bevor die Kutsche die Parktore erreichte und zum Dorf und zur Kirche hinausfuhr, trugen all die prächtigen Farben des Herbstes. Der Weg war schon mit dem ersten Laub bedeckt.

Der Dorfanger war von Dorfbewohnern bevölkert. Eine dichte Menschenmenge hatte sich auch um die Tore des Kirchhofs versammelt. Der um den Anger führende Weg war von leeren Kutschen aller Arten gesäumt. Ihre Kutscher standen müßig da und stierten stumm auf die ganze Aufregung, wobei ihre farbenfrohen Livreen sie von den Dorfbewohnern abhoben.

Ah ja, unheimlich erinnerungsträchtig.

Als sie einige Minuten später im Kirchenportal stand, während Gwen sich herabbeugte, um ihren Saum und ihre Schleppe zu richten, konnte sie die Menschen in der Kirche unmittelbar jenseits ihres Sichtfeldes spüren. Der Vikar würde am Altargeländer warten. Ebenso Kit und Sydnam. Sie konnte sich vorstellen, wie all die Menschen draußen darauf warteten, dass das Läuten der Kirchenglocken die Vollendung der Hochzeitszeremonie verkündete, und darauf warteten, einen Blick auf Braut und Bräutigam zu erhaschen, wenn sie, frisch verheiratet, aus der Kirche traten.

Und sie konnte eine kleine, schäbig gekleidete Frau fast spüren, die den Kirchhofweg herauf und an Lauren vorbei durchs Portal in die Kirche strebte, um die Welt einstürzen zu lassen.

Ihr Großvater wartete geduldig und lächelte ihr gütig zu.

Sie glaubte, gewiss ohnmächtig zu werden. Schlimmer noch, sie fühlte sich entsetzlich gereizt. Panik wollte die

Kontrolle übernehmen. Dann sah Gwen zu ihr hoch – und erhob sich und nahm ihre Hand fest in ihre beiden.

»Lauren«, sagte sie sanft, »es ist alles vorüber. Die Vergangenheit ist vorbei. Die Zukunft erwartet dich. Dies ist heute – dein Hochzeitstag. Dein wirklicher Hochzeitstag.«

Die große Orgel begann zu spielen. Laurens Großvater bot ihr seinen Arm. Und sie betraten das Innere der Kirche, das lang gezogene Mittelschiff.

Sie sah wenige Augenblicke lang alles so, als grabe es sich gerade für alle Zeit in ihr Gedächtnis. Gesichter wurden ihr zugewandt, die meisten vertraut, fast alle lächelnd. Sie nahm sogar einzelne Personen wahr – Joseph, der es wagte, ihr zuzuzwinkern, Claude und Daphne Willard, Tante Sadie und Onkel Webster, den Duke of Bewcastle und Lord Rannulf Bedwyn, Elizabeth und den Duke of Portfrey, Cousin Peter, Kits Großmutter, die ihr strahlend zunickte, Lily und Neville, Tante Clara, den Earl und die Countess of Redfield.

Aber nur sehr wenige Augenblicke. Dann konzentrierte sich ihr Blick auf das Ende des Mittelschiffs, wo ein Mann stand und ihr Herannahen beobachtete. Er war nicht so groß, wie der Vikar auf seiner einen und Sydnam auf seiner anderen Seite. Aber er sah unglaublich gut aus und war mit einem schwarzen, eng anliegenden Rock, einer elfenbeinfarbenen Satinhose, bestickter Weste und blendend weißem Leinen und Strümpfen vollendet elegant gekleidet. Spitze kräuselte sich an Hals und Handgelenken.

Kit.

Er wirkte förmlich und erhaben. Als Lauren näher kam, konnte sie erkennen, dass seine Augen lächelten. Nicht mit der üblichen Belustigung und Spitzbüberei, sondern mit etwas, was ihr den Atem nahm, obwohl sie seit einem ganzen Monat jenseits allen Zweifels wusste, dass er sie liebte. Er hatte ihr täglich von Alvesley geschrieben – manchmal zweimal am Tag, dreimal – um es ihr zu sagen, häufig in übertrieben blumiger Sprache, von der er wusste, dass sie sie zum Lachen brachte.

Sein Blick zog sie zu ihm. Er erwärmte sie von Kopf bis Fuß, er verschlang sie, er machte sie wunderschön und reizvoll und begehrenswert. Sein Blick betete sie an.

Sie fragte sich, ob sie lächelte, und merkte, dass dem so war.

Aber sie war auch immer noch ebenso ängstlich, wie sie es eine schlaflose Nacht hindurch, während des Ankleidens für ihre Hochzeit, den ganzen Weg bis zur Kirche und während des Wartens im Portal gewesen war. Ängstlich, dass selbst jetzt noch, selbst jetzt, wo Großpapa die Frage des Vikars beantwortete und ihre Hand in Kits gab, etwas geschehen könnte. Der Hochzeitsgottesdienst – ihre Hochzeit! – hatte begonnen, aber sie konnte sich nicht darauf konzentrieren. Sie hielt es für durchaus möglich, dass sie ohnmächtig würde.

Sie war ihm nie schöner erschienen. Ihr Kleid aus schimmerndem, weißem Satin war ungeschmückt, bis auf den Saum und um den Rand der Schleppe, an den kurzen Ärmeln und um den runden Halsausschnitt, wo es kunstvoll bogenförmig verziert und mit Silberstickerei sowie Hunderten – vielleicht Tausenden – winziger Perlen versehen war. Ihr Hut, die Schuhe und die Handschuhe waren weiß, Ersterer mit einem feinen Spitzenschleier versehen, der über ihr Gesicht fiel. Die einzigen Farbtupfer bildeten ein veilchenblaues Band unter ihrem Busen, dessen Enden bis auf den Saum reichten, sowie der kleine Veilchenstrauß mit seinen dunkelgrünen Blättern, den sie in einer Hand trug.

Er hatte niemals erwartet, dass sein Hochzeitstag der glücklichste Tag seines Lebens würde. Hochzeiten waren –

wohl höchstens mit Ausnahme der Hochzeitsnacht – für den Mann ermüdend und eher peinlich, hatte er stets gedacht. Aber heute war er bereit zuzugeben, dass an dem alten Klischee etwas dran war. Tatsächlich eine Menge. Sie erinnerte zunächst eher an die frühere marmorne Lauren Edgeworth. Aber dann, als sich ihr Blick auf ihn richtete und sie näher kam, lächelte sie.

Sein Herz schlug Purzelbäume. Ein weiteres Klischee. Vielleicht waren Hochzeiten das Gestalt gewordene Klischee schlechthin. Er hatte Lauren während des vergangenen Monats vermisst. Und gestern hatte er kaum in ihre Nähe gelangen können. Heute … nun, heute war der glücklichste Tag seines Lebens.

Und dann sah er die Angst hinter ihrem Lächeln und spürte, wie starr ihre Hand war. Das war nicht nur Nervosität. Er kannte sie, bei Gott, gut genug, um das zu erkennen. Und natürlich – natürlich! Er hatte sich gefragt, ob die Kirche auf Newbury – der Schauplatz ihrer ersten Hochzeit – für diese Hochzeit angemessen wäre. Aber er hatte vermutet, dass es gut für sie wäre, sie hier durchzuführen, um die Geister endlich zu vertreiben. Töricht von ihm – dumm von ihm –, nicht erkannt zu haben, welche Tortur dieser Teil des Tages für sie wäre.

Er versuchte, sie mit den Händen, mit den Augen zu beruhigen. Er versuchte, sie mit der Sicherheit seiner Liebe zu umhüllen. Er konzentrierte sich nicht mehr auf den Hochzeitsgottesdienst.

»Ich muss euch nun beide fragen«, sagte der Vikar gerade, als Kit wieder aufpasste – und er konnte erkennen, dass Lauren plötzlich auch zuhörte, »wie ihr am schrecklichen Tag des göttlichen Strafgerichts antworten werdet, wenn die Geheimnisse aller Herzen offenbart werden, und euch bitten, es jetzt zu bekennen, wenn jemand von euch Einwände hat, warum ihr nicht rechtmäßig in der Ehe vereint werden dürft. Denn seid versichert, dass ebenso viele, die nicht Gottes Wort gemäß vereinigt werden, auch nicht von Gott vereinigt werden, noch ist ihr Ehestand rechtens.«

Ihre Hand lag weiterhin starr in seiner.

Nein, meine Liebe, niemand wird das Schweigen brechen. Es gibt keine Einwände. Es wird nun gleich alles vorbei sein – all die irrationale Angst. Mut, meine Liebe.

»Willst du nun diese Frau zu deiner angetrauten Ehefrau nehmen?«

Es war vorbei ... Es war vorbei! Sie entspannte sich augenblicklich und lächelte ihn strahlend an. Es gab keinen Einspruch.

Bald – sehr bald – wären sie Mann und Frau. Vereint, bis dass der Tod sie scheide. Er hob den Schleier von ihrem Gesicht und legte ihn über ihre Hutkrempe. Er blickte ihr lächelnd in die Augen.

Seine Liebe. Seine Viscountess. Seine Frau.

Die Angst – die törichte Angst – war vergessen. Die Unterschriften waren geleistet, die Kirchenglocken läuteten für die Welt draußen freudig, die Orgel spielte frohlockend, das frisch vermählte Ehepaar ging durchs Mittelschiff zurück und lächelte den Familien und Freunden zu, die das Lächeln erwiderten.

Aber einige aus der Versammlung hatten nicht gewartet. Cousins aus beiden Familien sowie einige andere waren hinausgeschlüpft und hatten sich gewappnet, bevor Kit und Lauren in den hellen Sonnenschein traten und die Dorfbewohner jubelten, die jetzt fast alle um den Eingang und den offenen Landauer versammelt waren, der üppig mit weißen Bändern und Wimpeln geschmückt war und sie zum Hochzeitsfrühstück im herrschaftlichen Wohnsitz bringen würde.

Die Cousins standen zu beiden Seiten des Kirchhofweges aufgereiht, alle schelmisch lächelnd, alle mit Bergen von Herbstlaub bewaffnet.

»Hmm«, sagte Kit, während Lauren sich strahlend umsah. Nichts konnte ihr Glück ihren restlichen Hochzeitstag lang schmälern. »Sollen wir uns hier hinkauern und hoffen, gleich mit der Menge zu verschmelzen? Oder sollen wir davonlaufen?«

»Es wäre unfair«, sagte sie, »ihnen den Spaß zu verderben.«

»Unfair.« Er grinste zu ihr hinab. »Und das wäre es auch. Aber sie werden tief enttäuscht sein, wenn wir nicht die Köpfe senken und loslaufen. Sollen wir sie enttäuschen?«

»Absolut«, stimmte sie ihm zu, nahm seinen Arm und ging gesetzten Schrittes mit ihm den Kirchhofweg hinab, lächelnd und winkend und von farbenprächtigen Blättern beregnet.

Sie winkten der Menschenmenge erneut zu, als Kit Lauren in den Landauer half und dann neben ihr hineinsprang. Der Kutscher rief einen gutmütigen Befehl, die Menge teilte sich, die Kutsche fuhr ruckend an, und Kit warf Hände voll Münzen, die auf dem Sitz bereitgelegen hatten. Die Hochzeitsgäste verließen langsam die Kirche.

Kits Hand fand Laurens und drückte sie herzlich. Sie sahen einander an und lächelten, während der Landauer langsam um den Anger fuhr, bevor er zwischen den Torpfosten hindurch in den Park bog.

»Endlich allein«, sagte Kit. »Oder fast allein. Dieser vergangene Monat war endlos.«

»Ja, aber er ist vorüber.« Ihre Augen glitzerten vor Tränen. »Und dieser Morgen ist vorüber.«

Er drückte ihre Hand fester. »Alles war perfekt. Du bist

meine Frau. Immer und ewig meine Frau, Lauren. Immer und ewig meine Liebe.«

»Meine Liebe«, wiederholte sie sanft. Und dann lächelte sie noch strahlender. »Oh, Kit, ich bin froh, dass du dich an jenem Tag im Park gerauft hast und ich dort spazieren ging. Ich bin froh, dass du diese grässliche Wette mit deinen Freunden abgeschlossen hast. Ich bin froh …«

Er beugte den Kopf und küsste sie.

Hinter ihnen erklang lautes Jubeln. Und ein einzelner durchdringender Pfiff.

Die Kirchenglocken läuteten fröhlich.

»Mary Balogh ist ein Juwel.«
Romantic Times Magazine

Lord Ferdinand Dudley ist gewohnt, zu bekommen, was er will. Bis zu dem Tag, als er vor Pinewood Manor steht, um das Anwesen als seinen Besitz einzufordern – und dort auf die wütende Viola trifft, die behauptet, die rechtmäßige Erbin zu sein. Die junge Frau weigert sich, ihm das Haus zu überlassen, und Lord Dudley weigert sich, zu gehen. Ein heißer Kampf entbrennt. Bald kann Viola die Leidenschaft nicht mehr ignorieren, die sie zu ihrem Gegner hinzieht. Doch sie wird keine Schwäche zeigen ...

Dir darf ich nicht gehören
Roman
ISBN-13: 978-3-548-26270-3
ISBN-10: 3-548-26270-8

ULLSTEIN

UB297